Isa Klink
Gnadenkalt

AF178711

Das Buch

Schreie im nächtlichen Schwarzwald lassen Kriminalpsychologin Cora Brecht hochschrecken. Eine Gruppe Jugendlicher, die in einer verlassenen Lungenheilanstalt auf Geistersuche war, hat einen grauenhaften Fund gemacht: In Statuen vor der Klinik sind mehrere mumifizierte Leichen versteckt. Welches Drama hat sich hier in Coras unmittelbarer Nachbarschaft abgespielt?

Der Fall lässt Cora keine Ruhe und so beschließt sie, die Cold-Case-Einheit des LKA bei den Ermittlungen zu unterstützen. Die Spur des Verbrechens führt zurück in die düstere Vergangenheit der Klinik – und wieder zurück in die Gegenwart. Denn der Sanatoriumsmord bleibt kein Cold Case, sondern weist mysteriöse Verbindungen zu aktuellen Fällen auf, in denen Coras Freund, der Kriminalhauptkommissar Till Moritz, ermittelt. Offenbar will jemand mit allen Mitteln verhindern, dass die wahre Geschichte der Anstalt ans Licht kommt …

Die Autorin

Isa Klink, 1973 in Tübingen geboren, lebt mit ihrer Familie in Neuffen. Sie studierte Lehramt und absolvierte die Erste Staatsprüfung im Fach Literaturwissenschaft erfolgreich zum Thema Kriminalliteratur. Nach Lehrtätigkeiten in Costa Rica und auf Gran Canaria arbeitet sie heute an einer deutschen Grundschule.

Ihre größte Leidenschaft ist aber das Schreiben. Seit 2015 schreibt und veröffentlicht sie Krimis sowie Kinder- und Jugendbücher. Ihr Debüt »Tatort Hohenzollern« wurde ein regionaler Bestseller. Sie ist Mitglied beim Syndikat e.V. und im Montségur Autorenforum.

Zehn Jahre ihres Lebens verbrachte Isa Klink im Nordschwarzwald, sechs Jahre davon lebte sie mit ihrer Familie auf einer abgeschiedenen Waldlichtung. Diese Erfahrung inspirierte sie, ihre neue Krimireihe um Cora Brecht im Schwarzwald anzusiedeln.

Mit »Steinkalt« gelang ihr der Sprung in die Top 10 der Kindle-Charts und in die BILD-Bestsellerliste.

ISA KLINK

GNADEN KALT

EIN FALL FÜR CORA BRECHT

Deutsche Erstveröffentlichung bei
Edition M, Amazon Media EU S.à r.l.
38, avenue John F. Kennedy, L-1855 Luxembourg
März 2024
Copyright © der deutschsprachigen Ausgabe 2024
By Isa Klink
All rights reserved.

Umschlaggestaltung: Brian Barth, Berlin
Umschlagmotiv: © hanohiki / Shutterstock
1. Lektorat: Angela Kuepper
2. Lektorat und Korrektorat: VLG Verlag & Agentur, Haar bei München,
www.vlg.de
Gedruckt durch:
Amazon Distribution GmbH, Amazonstraße 1, 04347 Leipzig /
Canon Deutschland Business Services GmbH, Ferdinand-Jühlke-Str. 7,
99095 Erfurt /
CPI books GmbH, Birkstraße 10, 25917 Leck

ISBN 978-2-49671-441-8
e-ISBN 978-2-49671-440-1

www.edition-m-verlag.de

Für meine Kinder
Laetitia und Leander

Prolog

Ingrid Heitermann trat ans Fenster und sah in den winterlichen Garten hinaus. Alles war ruhig, nichts bewegte sich. Der Vollmond schien hinter den Wolken hervor und warf ein sanftes Licht auf die weiß überzuckerten Bäume und Sträucher. Einige Sekunden lang ließ sie sich von der Schönheit des nächtlichen Stilllebens gefangen nehmen, dann zog sie seufzend am Rollladengurt. Wie sie es hasste, sich so verbarrikadieren zu müssen!

Müde streifte sie sich das kurzärmelige Nachthemd über, schlüpfte ins Bett und knipste die Nachttischlampe aus. Mit geöffneten Augen starrte sie in die Dunkelheit und dachte über ihren zufälligen Fund auf dem Dachboden nach. Wenn man es geschickt anstellte, waren die prekären Unterlagen Gold wert. Sicher, die Sache war nicht ganz ungefährlich, aber nun hatte sie den Stein bereits ins Rollen gebracht. Solange der Deal noch nicht abgeschlossen war, blieben die Fenster deshalb nachts besser geschlossen … Hatte sie eigentlich die Haustür richtig abgesperrt? Hektisch knipste sie die Nachttischlampe an und eilte barfuß zur Tür.

Sie war doppelt abgeschlossen. Kopfschüttelnd kehrte Ingrid ins Schlafzimmer zurück. Diese Sache brachte sie ganz durcheinander.

Wieder im Bett fiel ihr Blick auf den Wecker. Meine Güte, es war schon kurz vor zwei! Seitdem sie sich im Ruhestand befand, litt sie regelmäßig unter Schlafstörungen. Zum einen trieben sie Geldsorgen um, nun kam auch noch diese Sache mit den Akten hinzu. Zum Glück hatte sie zur Not eine Einschlafhilfe zur Hand. Ingrid nahm das Baldrianfläschchen aus dem Nachttisch, träufelte sich fünf Tropfen direkt auf die Zunge, woraufhin sich das Gedankenkarussell in ihrem Kopf tatsächlich verlangsamte und schließlich stillstand. Ehe sie sichs versah, war sie in einen tiefen und traumlosen Schlaf hinübergeglitten.

* * *

Was war das für ein merkwürdig süßlicher Duft?

Während Ingrid schläfrig die Lider öffnete, nahm sie auf einmal die Umrisse zweier schwarz maskierter Menschen über sich wahr. Augenblicklich schoss ihr Puls in die Höhe und hämmerte dröhnend in ihren Ohren. Sie holte Luft, wollte um Hilfe rufen, doch bevor sie auch nur einen Laut von sich geben konnte, wurde ihr bereits ein feuchtes Tuch auf Mund und Nase gepresst. Es ging alles so schnell, dass ihr keine Zeit zur Gegenwehr blieb. Ein kurzes Aufbäumen, ein erstickter Schrei – dann benebelte der stechende Geruch des Tuchs ihr die Sinne und sie verlor das Bewusstsein.

Das Erste, was sie wieder wahrnahm, war der Knebel in ihrem Mund. Voller Panik blähte sie die Nasenlöcher und gierte hektisch nach Luft. Nein, dachte sie verzweifelt, ich will nicht ersticken! Röchelnd hob sie ihren Kopf an und versuchte, sich aufzurichten. Vergeblich. Die beiden dunklen Gestalten drückten sie entschieden ins Kissen zurück und zogen zugleich die Fesseln an Beinen und Hüfte fester an.

»Bleiben Sie liegen!«, zischte die Gestalt zu ihrer Linken. Ingrid horchte verblüfft auf. Es war eine Frauenstimme. Genau wie die Person auf der anderen Seite des Bettes, der Statur nach handelte es sich um einen Mann, trug die Frau eine Sturmmaske, war schwarz gekleidet und hatte sich durchsichtige Plastikhandschuhe über die Hände gestreift. Noch während sie die zweite Person musterte, packte die Frau plötzlich ihren Unterarm und betastete grob den Handrücken. Dann holte sie eine Spritze hervor und stach zu. Ingrid zuckte beim Einstich der Nadel vor Schmerz zusammen und starrte schockiert auf die Spritze, die nun in ihrem Handrücken steckte und durch die ihr die Frau irgendeine kalte Flüssigkeit in die Vene verabreichte. Im selben Moment überkam sie eine solch heftige Übelkeit, dass sie den Drang zu erbrechen kaum mehr unterdrücken konnte.

Die Frau zog die Nadel wieder aus der Vene heraus und hielt die Spritze in die Höhe. »Hören Sie mir genau zu! Ich werde es nämlich nur einmal erklären. Ich habe Ihnen gerade ein Schlangengift injiziert. Sie werden …«

Schlangengift? Ingrid riss angsterfüllt die Augen auf. Musste sie jetzt etwa sterben? Panisch versuchte sie, sich aufzurichten.

»Ruhig!«, herrschte die Frau sie an. »Sie bekommen von mir gleich ein Gegengift. Aber nur, wenn Sie kooperieren!« Die Einbrecherin schaute ihr fest in die Augen. »Werden Sie kooperieren?«

Ingrid nickte. Sie nickte so heftig, wie sie noch nie zuvor in ihrem Leben genickt hatte.

Natürlich würde sie kooperieren. Wenn sie nur das Gegenmittel erhielt! Wenn sie nur weiterleben durfte!

»Gut«, sagte die Frau. »Sie müssen uns nur eine Frage beantworten. Allerdings haben wir dafür nicht viel Zeit. Das Gift wirkt sehr schnell.«

Die Frau kam nun so dicht an Ingrids Ohr heran, dass sie den warmen Atem auf der Haut spüren konnte. »Wir nehmen Ihnen jetzt gleich den Knebel ab. Falls Sie um Hilfe schreien, werden wir gehen. Dann sind Sie in weniger als zehn Minuten tot. Haben Sie das verstanden?«

Ingrids Augen füllten sich mit Tränen, während sie erneut kräftig nickte. Ja, sie hatte verstanden. Los, dachte sie. Stell mir die Frage und gib mir das Gegenmittel. Schnell!

Auf ein Zeichen der Frau hin löste die dunkle Gestalt zu ihrer Rechten den Knebel unsanft von ihrem Kopf.

Ingrid schnappte sogleich begierig nach Luft. Doch so tief sie auch einatmete, die Atemnot besserte sich nicht. Hinzu kamen heftige Brustschmerzen und ein unangenehmer Druck auf der Lunge.

»Die Atembeschwerden haben mit dem Gift zu tun«, erklärte die Frau. Sie schob Ingrid ein zusätzliches Kissen in den Rücken, um ihr zu einer aufrechteren Position zu verhelfen.

Ingrid japste noch einige Male, dann konnte sie nicht mehr an sich halten und brach in Tränen aus. Als sie zu einem Schluchzen ansetzte, schoss von rechts die Hand des Mannes heran, fasste sie am Kinn und presste ihr wüst die Finger in den Kiefer. Ein eindringlicher Zischlaut ließ Ingrid verstummen. Still rannen ihr die Tränen über die Wangen.

»Sagen Sie uns einfach, wo die Akten sind«, fauchte die Frau. »Sobald wir die Akten haben, werden Sie erlöst.«

Die Akten. Natürlich.

»Sie sind in meinem Schreibtisch«, stieß Ingrid hektisch hervor. »Im Arbeitszimmer.«

»Gut«, sagte die Frau. »Dann schauen wir doch mal, ob wir sie da auch tatsächlich finden.« Sie gab ihrem Begleiter einen Wink, der daraufhin aufstand und das Zimmer verließ.

Ingrid stieß ein schwaches Wimmern aus. »Bitte!«, flehte sie. »Geben Sie mir das Gegengift!«

»Gleich«, sagte die Frau. »Sobald wir die Akten haben.«

»Sie sind im Schreibtisch«, beteuerte Ingrid. »Bitte … mir ist so schwindlig. Und mein Kopf tut so weh.« Mit jedem Wort war ihre Aussprache undeutlicher geworden. Ihre Zunge schwoll an. Wie eine riesige, schwere Nacktschnecke lag sie in ihrem Mund und ließ sich kaum noch bewegen. Wenn ich nicht bald dieses Gegengift erhalte, dachte Ingrid verzweifelt, werde ich noch an meiner eigenen Zunge ersticken! Mühsam schluckte sie den Speichel, der sich in ihrem Mund angesammelt hatte, hinunter.

Die Frau beugte sich zu Ingrid herab und sah ihr einen Moment lang prüfend in die Augen. Sie wollte sich gerade wieder aufrichten, als Ingrid die aufgezogene Spritze auf dem Nachttisch erspähte. Das Gegengift! Dort in dieser Spritze befand sich das Gegengift, das sie retten konnte! Sie brauchte es jetzt. Auf der Stelle! In ihrer Erregtheit versuchte sie, die Frau an der Schulter zu fassen, verfehlte jedoch ihr Ziel und erwischte sie stattdessen am Kopf. Es hätte nicht viel gefehlt und sie hätte der Frau mit der schwungvollen Bewegung die Sturmmaske heruntergerissen.

Die Frau stieß einen wüsten Fluch aus und rückte hektisch die verrutschte Maske wieder zurecht.

»Bitte!«, wimmerte Ingrid. »Mein Hals … mein Mund … alles schwillt zu.« Die letzten Worte waren in ein verwaschenes Nuscheln übergegangen. Ich bekomme keine Luft mehr, fügte sie in Gedanken hinzu. Ich sterbe.

Die Todesangst hatte mit solcher Macht von ihr Besitz ergriffen, dass ihr Blickfeld sich verengte. Die Dunkelheit kroch bereits von allen Seiten auf sie zu. In diesem Moment kam der Mann angerannt, die Akten in den Händen. »Ich habe sie!«, rief er.

»Und, wie viele sind es?«, wollte die Frau wissen.

»Drei.«

Sie nickte. »Passt.«

Ingrid streckte mit letzter Kraft ihren Arm in die Höhe und sah die Frau flehend an.

Diese nahm daraufhin wortlos die Spritze vom Nachttisch, befühlte kurz Ingrids Venen im Handrücken und stach dann zu.

Während sich die Kühle unter der Haut langsam ausbreitete, sank Ingrid erschöpft ins Kissen zurück. Endlich, dachte sie. Das Gegengift. Die Rettung.

Nachdem die Frau die Lösung vollständig injiziert hatte, zog sie die Nadel wieder aus der Vene heraus und strich anschließend mit dem Finger mehrmals über die Einstichstelle. »So«, murmelte sie, »das müsste nun reichen.«

Ingrid wartete derweil voller Ungeduld auf die Linderung ihrer Beschwerden. Sie konnte kaum noch schlucken, so stark war ihr Rachen bereits zugeschwollen. Wie lange würde es dauern, bis die Zunge endlich wieder abschwoll – und wann würde dieses quälende Engegefühl in der Brust nachlassen?

Das Lösen der Fesseln, das Entfernen des Kissens in ihrem Rücken, all das nahm sie nur noch am Rande wahr. Und obwohl sie innerlich spürte, dass sie im Begriff war zu sterben, wollte sie es vom Verstand her immer noch nicht wahrhaben. Entgegen ihrem Instinkt klammerte sie sich an die Hoffnung, dass die Frau die Wahrheit gesagt hatte.

Erst als sich ihr Herz vor Schmerz zusammenkrampfte, begriff sie, dass die Spritze kein Gegengift enthalten hatte.

1. Kapitel

In Oberlengenhardt reihten sich die Häuser wie auch die Höfe mit ihren lang gezogenen Anbauflächen an der Hauptstraße entlang. Es war eines der wenigen alten Waldhufendörfer, die die charakteristische Siedlungsform des Nordschwarzwalds bewahrt hatten. Cora mochte den Ort. Die Spazierwege rund um das idyllisch gelegene Dorf führten über weite Wiesen hinweg und durch dichte Wälder hindurch. Zudem bot das auf einem Höhenzug gelegene Dorf eine herrliche Weitsicht bis hin zur Schwäbischen Alb.

Cora hatte heute eine Rundwanderung gewählt und befand sich inzwischen auf dem Rückweg. Die gleichmäßige Bewegung an der frischen Luft hatte sie so entspannt, dass sie nun still vor sich hinlächelte. Wäre es nicht so kalt gewesen, hätte sie den Spaziergang wohl noch etwas ausgedehnt. In Anbetracht ihrer kalten Zehen und Finger war es ihr hingegen nicht unrecht, dass der Parkplatz nun in Sichtweite kam. Sie nahm die Sonnenbrille ab, steckte sie ins Haar und ließ ihren Blick nochmals über die verschneiten Wiesen schweifen. Traumhaft, dachte sie. Wie diese Eiskristalle glitzerten! Die Sonne schien sich in Millionen kleinster Spiegelchen zu brechen, die das Licht in schillernden Regenbogenfarben zurückstrahlten. Das musste Till sehen! Sie nahm ihr Handy aus der Manteltasche und ging in die Knie. Aus dieser Position heraus machte sie eine Nahaufnahme der Schneedecke. Ob sich das Funkeln wohl auf dem Foto einfangen ließ?

Sie beschattete das Display mit der Hand und kontrollierte die Aufnahme. Die Farben waren blasser als in der Realität, dennoch konnte man das Glitzern erahnen. Damit Till mehr mit dem Schneefoto anfangen konnte, verfasste sie eine Bildunterschrift: »Diamanten im Winterwunderland.« Rasch fügte sie noch ein rotes Herz hinzu, dann tippte sie auf »Senden«. Es dauerte nicht lange, da kam ein Daumen zurück. Zwei Sekunden später ein Herz. Mit einem zufriedenen Lächeln auf den Lippen spazierte Cora zum Parkplatz zurück.

Auf der Heimfahrt hörte sie über das Handy französische Liebeslieder und träumte vor sich hin. Sie sehnte sich nach Till. Seit fast drei Monaten waren sie jetzt zusammen. Im Herbst war sie ihrer alten Jugendliebe hier zufällig über den Weg gelaufen. Ein, zwei Verabredungen hatten genügt, um das Feuer zwischen ihnen wieder zu entfachen. Dabei war sie eigentlich nur hergekommen, um sich nach dem Tod ihrer Mutter um den Verkauf des elterlichen Hauses zu kümmern. Obwohl das gelbe Schindelhaus mit den weißen Fensterläden hübsch und gepflegt aussah, hatte sich aufgrund der abgeschiedenen Lage im Wald kein Käufer finden lassen. Also war Cora schließlich selbst dort eingezogen. Nicht zuletzt, weil sie in der Nähe von Till sein wollte, der seinen Lebensmittelpunkt in Calw hatte und dort als Kriminalhauptkommissar arbeitete.

Der Zeitpunkt für einen Neuanfang war günstig, da sie sich gerade erst eine Auszeit von ihrer Arbeit als Kriminalpsychologin beim LKA genommen hatte. Zudem war sie frisch geschieden und somit unabhängig. Der Umzug brachte leider eine größere räumliche Distanz zu ihrem siebzehnjährigen Sohn mit sich, der bei seinem Vater in Nürtingen lebte. Da das eigentliche

Problem aber in der inneren Distanziertheit lag, die Adam seit der Scheidung zu ihr aufgebaut hatte, war die räumliche Entfernung nicht ursächlich für ihre gestörte Beziehung. Hatte sie erst einmal wieder einen Draht zu ihm gefunden, würde er die Nähe zu ihr von selbst suchen.

Cora hatte das Forsthaus erreicht. Im Schritttempo fuhr sie vor und hielt nach Martin Ehni Ausschau. Der Förster nahm gelegentlich die Rolle des Pförtners ein und kontrollierte die Kennzeichen der Autos, die in den Wald hineinfuhren. Wer an dieser Stelle ohne Genehmigung durchfuhr, wurde von ihm knallhart beim Ordnungsamt angezeigt. Der Förster erschien im Fenster und schaute mit strengem Blick herüber. Als er Coras alten Geländewagen erkannte, winkte er ihr zu und verschwand sogleich wieder. Sie setzte die Fahrt fort und passierte wenige Meter nach dem Forsthaus eine Schranke. War Martin zugegen, stand sie in der Regel offen. Für den Fall, dass sie geschlossen war, besaß Cora einen Schlüssel, mit dem sich die Schranke öffnen ließ.

Von nun an führte die Forststraße auf einer Strecke von zwei Kilometern immer geradeaus durch den Wald. Cora fuhr in gemächlichem Tempo. Im Winter wurde selten geräumt. Und wenn, dann nur oberflächlich. Gut, dass sie ein Auto mit Allradantrieb besaß. So musste sie keine Angst haben, im Schnee stecken zu bleiben.

Die gerade Teilstrecke endete, das nächste Stück ging kurvig bergab. Cora hatte Respekt vor dem Gefälle. Bei zu viel Schwung konnte sie jederzeit auf einem Baumstamm landen oder in den Graben rutschen. Sie hatte gerade die zweite Kurve hinter sich gelassen, als ihr von unten her der rote Jeep der Dehners entgegenkam.

»Scheiße!«, entfuhr es ihr. Hinterm Steuer saß Marion. Die ältere Nachbarin war eine ängstliche Autofahrerin und behauptete von sich, nicht rückwärtsfahren zu können. Na, da war sie ja mal gespannt, wie sie das nun hinbekamen! Cora stoppte, Marion ebenfalls. Einige Sekunden lang saßen sie beide regungslos da und starrten sich von Weitem durch die Windschutzscheiben an. Eigentlich hätte die Nachbarin zurücksetzen müssen. Hundert Meter hinter ihr befand sich eine Kreuzung, die ausreichend Platz zum Ausweichen bot. Doch Marion machte keine Anstalten nachzugeben. Mit einem resignierten Stöhnen stellte Cora den Motor ab, stieg aus und lief zu ihrer Nachbarin hinunter.

»Hallo«, sagte sie freundlich und lächelte. »Könntest du bitte zurücksetzen? Für dich ist es bergab ja leichter als für mich bergauf.«

Marion hielt das Lenkrad fest umklammert und sah sie entgeistert durch ihre goldeingefassten Brillengläser an. »Ich kann das nicht!«, rief sie schrill.

»Eigentlich ist das gar nicht so schwer«, ermutigte sie Cora. »Du kannst aus der Heckscheibe rausschauen. Oder du benutzt die Außenspiegel. Musst das Auto nur langsam rückwärtsrollen lassen.«

Marion presste die Lippen zusammen und schüttelte vehement den Pagenkopf. »Tut mir leid. Ich kann das nicht. Ich habe da Angst.«

Als Cora ihre weit aufgerissenen Augen bemerkte, nickte sie. Marions Unnachgiebigkeit hatte nichts mit Bequemlichkeit oder Uneinsichtigkeit zu tun. Da steckte wahrhaftig Angst dahinter. In diesem Fall war es vernünftiger, zu deeskalieren und Marion entgegenzukommen. »Soll ich dein Auto zurückfahren?«, schlug sie vor.

Marions Gesicht hellte sich augenblicklich auf. »Kannst du das?«, fragte sie erleichtert. »Das wäre super!«

»Ja klar«, erwiderte Cora und lächelte zuversichtlich. »Ich denke, das ist die einfachste Lösung.«

Cora war froh, dass es ihr gelungen war, die Situation zu entschärfen. In so einer abgeschiedenen Wohnlage war man aufeinander angewiesen. Marion oder ihr Mann würden ihr gewiss auch beistehen, wenn sie einmal Hilfe benötigen sollte. Dennoch fragte sie sich, während sie Marions Auto zurückrollen ließ, wie eine so ängstliche Person an diesem Ort leben konnte. Vermutlich litt die Frau die gesamte Winterzeit über unter einem erhöhten Stresslevel. Und doch wohnte sie hier mit ihrem Mann schon seit über einem Jahrzehnt.

2. Kapitel

Cora kam ohne weitere Zwischenfälle zu Hause an. Sie stellte das Auto auf dem frei geräumten Carport ab und stapfte dann auf dem Trampelpfad die letzten zwanzig Meter durch den Tiefschnee zu ihrem Haus. Aus dem Augenwinkel heraus sah sie am Wegesrand die überquellenden Mülltonnen stehen. Drumherum lagen unzählige gelbe Säcke und volle Restmülltüten. Wann, fragte sie sich, schaffte es die Müllabfuhr endlich, den Müll abzuholen? Hoffentlich mussten sie sich nicht bis zur Schneeschmelze gedulden!

Sie kramte den Briefkastenschlüssel hervor, öffnete den weißen Metallkasten und kontrollierte die Post. Mal sehen … Zwei Rechnungen und die Zeitung. Da kein Zeitungsausträger den langen Weg durch den Wald auf sich genommen hätte, musste sie die Zeitung mit der Post kommen lassen. Sie klemmte sie unter den Arm und öffnete das Gartentor. Quer durch den Vorgarten verlief eine Tierspur. Interessiert musterte sie die Abdrücke im Schnee. Sie hatte offenbar Besuch von einem Reh gehabt. Seltsam. Nun lebte sie ja schon seit einigen Wochen mitten im Wald, aber in all der Zeit hatte sie nicht ein einziges Wildtier zu Gesicht bekommen. Nicht einmal Eichhörnchen ließen sich in ihrem Waldgarten blicken. In der Stadt hingegen gehörten zutrauliche Eichhörnchen und herumstreunende Füchse bereits zum Alltag. Die Waldtiere in dieser Gegend hatten dagegen eine natürliche Scheu und mieden die Siedlung.

Der Anblick der Schneeschaufel erinnerte Cora daran, dass sie noch den Weg zum Kellereingang freiräumen musste. Nachdem sie Post und Zeitung in der Diele abgelegt hatte, kehrte sie in den Garten zurück, schnappte sich die Schneeschaufel von der Wand und fing an zu schippen. Es war ganz schön anstrengend, den schweren Schnee aufzuheben und beiseite zu hieven. Zum Glück gab es vor dem Haus keinen Gehweg, den man frühmorgens freiräumen musste. Ob man Schnee räumte oder nicht, blieb hier jedem selbst überlassen. Puh! Obwohl sie den Weg erst zur Hälfte frei geschaufelt hatte, war sie schon komplett verschwitzt. Sie streifte sich die Kapuze des Mantels vom Kopf und strich sich eine Haarsträhne aus dem Gesicht. Schluss für heute. Es dämmerte ja auch bereits.

In der Ferne läuteten Kirchenglocken. Cora stützte sich auf der Schneeschaufel ab und lauschte. Das Glockenläuten war das einzige Geräusch, das gelegentlich vom Wind aus dem Tal heraufgetragen wurde. Es faszinierte sie jeden Tag aufs Neue, dass sie an einem Ort lebte, wo kein Verkehr zu hören war. Da sie von der Stadt her an einen permanenten Klangteppich gewöhnt war, rief die Ruhe bei ihr zwiespältige Gefühle hervor. Einerseits war das Vogelgezwitscher beruhigend, andererseits befremdete sie die extreme Abgeschiedenheit. Der Klang der Kirchenglocken bewies jedoch, dass die Zivilisation nicht allzu weit entfernt war.

Aber weshalb wurden die Glocken überhaupt geläutet? War heute denn ein besonderer Feiertag? Seit sie sich die berufliche Auszeit genommen hatte, spielte Zeit eine untergeordnete Rolle. Sie nahm das Handy aus der Tasche und kontrollierte das Datum: 6. Januar. Heilige Drei Könige. Unwillkürlich heftete sich ihr Blick auf die hölzerne Eingangstür. Ihr Haus musste wohl ohne katholischen Segenswunsch über dem Türrahmen auskommen. Die Sternsinger würden gewiss nicht kilometerweit durch den Wald wandern, nur um ihr den Segen zu bringen.

Sie räumte die Schaufel auf und ging zurück ins Haus. Rasch entledigte sie sich ihrer Winterbekleidung, dann lief sie in die Küche, um Teewasser aufzusetzen. Coras Blick streifte das quadratische Leinwandbild, das auf dem Regalbrett stand. Es zeigte sie mit Till am Bodensee. Sie hielt für einen Moment inne und betrachtete das Bild. Was für ein wunderschöner Tag das gewesen war! Vom See war auf dem Foto nicht viel zu sehen, dafür spiegelte sich in ihren verliebten Gesichtern das glückliche Gefühl dieser Stunden. Till wirkte auf dem Foto ganz natürlich: die blonden Haare verwuschelt, unrasiert und um die blauen Augen herum charmante Lachfältchen. Obwohl er inzwischen auch schon Mitte vierzig war, sah er mit seiner sportlichen Statur immer noch jung aus. Je länger sie das Bild betrachtete, desto mehr sehnte sie sich nach Till. Meistens verabredeten sie sich ja spontan, weil ihm das vom Job her entgegenkam. Für heute war nichts ausgemacht, allerdings hatte sie beim letzten Gespräch auch nicht an den Feiertag gedacht. Mit etwas Glück hatte Till heute ja Zeit für sie.

Nachdem sie das Teenetz mit grünen Jasminblättern befüllt hatte, ging sie ins Bad und wusch sich die Hände. Es prickelte, als das warme Wasser über ihre kalten Finger lief. Cora musterte sich kritisch im Spiegel. Musste sie sich noch ein wenig aufhübschen? Auf den ersten Blick sah sie ganz passabel aus. Die schwarz getuschten Wimpern und der dünne Lidstrich hatten seit dem Auftragen kaum gelitten und brachten ihre blauen Augen gut zur Geltung. Ihr sommersprossiger Teint hatte durch die Kälte eine frische Farbe bekommen. Die Wangen waren rosig – die Nase allerdings auch. Gut, das würde sich nach einer

Weile wieder geben. Aber die Haare! Seufzend drehte sie das Wasser ab und strich sich mit den feuchten Händen über die wirr abstehenden Haare am Oberkopf. Sollte sie die Haare noch schnell waschen oder genügte es, sie ein wenig in Form zu bringen? Sie öffnete den langen Zopf und kämmte die kupferroten, langen Haare gründlich durch. Dann beäugte sie im Spiegel das Ergebnis. Nun gut, Till mochte es, wenn sie das Haar offen trug.

Sie bereitete noch schnell ihren Tee zu, dann griff sie nach dem Handy, setzte sich an den Küchentisch und wählte Tills Nummer. Während sie auf die Verbindung wartete, goss sie sich etwas dampfenden Tee in die bereitgestellte Tasse, woraufhin sich sofort ein angenehmer Duft nach Jasmin verbreitete.

»Cora? Was gibt's?«

»Nichts Besonderes. Ich wollte dich nur fragen, ob wir uns heute sehen können.« Sie lächelte.

»Oh, das tut mir leid«, erwiderte Till bedauernd. »Ich muss arbeiten.«

Coras Mundwinkel sanken nach unten. »Am Feiertag?«

Till seufzte. »Ja, Süße. Wir haben heute einen neuen Fall reingekriegt.« Er räusperte sich. »Also, das heißt, noch wissen wir nicht sicher, ob es sich um einen Mordfall handelt.«

»Geht es um Selbstmord?«, erkundigte sich Cora.

»Nein. Bei der Toten handelt es sich um eine ältere, alleinstehende Frau aus Calw. Einer Nachbarin ist aufgefallen, dass bei ihr um zwölf Uhr immer noch die Rollläden unten waren. Zunächst einmal hat sie Sturm geklingelt, als dann keine Reaktion kam, hat sie die Polizei gerufen.« Er zog die Nase hoch. »Die Kollegen haben die Frau daraufhin tot im Bett vorgefunden.«

»Ja und?«, hakte Cora nach. »Woran ist sie gestorben?«

»Herzinfarkt.« Er machte eine Pause. »Es weist auch nichts auf Fremdverschulden hin. Es gibt weder Kampf- noch Abwehrspuren.«

»Aber dann …«

»Allerdings hat sie einen seltsamen Einstich und eine leichte Rötung auf dem Handrücken«, fiel ihr Till ins Wort. »Das hat den Arzt stutzig gemacht. Es gibt keine nachvollziehbare Erklärung für diesen Einstich. Der Arzt meint, der könnte von einer Spritze stammen.« Cora hörte das klickende Geräusch eines Feuerzeugs. Offenbar hatte er sich gerade eine Zigarette angezündet. »Die Kollegen haben uns deshalb sicherheitshalber hinzugerufen.«

»Aha. Und jetzt? Lass ihr die Frau obduzieren?«

»Ja. Wir wollen wissen, was die Ursache für den Infarkt war.«

»Na, das kann ja viele Gründe haben«, gab Cora zu bedenken.

»Schon. Allerdings haben wir bei ihrem Hausarzt nachgefragt und der meinte, Frau Heitermann hätte zuvor nie irgendwelche Probleme mit dem Herzen gehabt. Sie hatte auch keine Vorerkrankungen, die einen Herzinfarkt erklären würden. Weder Bluthochdruck noch Herzrhythmusstörungen oder dergleichen.«

»Hm, hat der Arzt denn schon eine Hypothese aufgestellt? Hat er einen Verdacht?«

»Es gibt wohl Substanzen, die einen Infarkt auslösen können. Aber wenn ihr so eine Lösung über die Vene injiziert worden ist, müsste das eigentlich noch nachweisbar sein. Die Frau ist vermutlich in den frühen Morgenstunden gestorben. Bis zum Auffinden ist also nicht allzu viel Zeit vergangen.«

»Gut, dass die Nachbarin so aufmerksam war«, meinte Cora. Sie überlegte. »Weshalb war sie eigentlich so besorgt? Ich meine, manche Leute schlafen schon auch mal bis mittags durch, wenn sie nachts entsprechend lange auf waren. Da muss ja nicht immer gleich was passiert sein, wenn um zwölf Uhr die Rollläden noch unten sind.«

»Stimmt. Aber zum einen war die Heitermann schon achtundsechzig und ging normalerweise eher zeitig ins Bett. Zum anderen wurde die Nachbarin stutzig, weil sämtliche Rollläden am Haus runtergelassen waren. Das hat Frau Heitermann ansonsten wohl nie gemacht.«

»Vielleicht hatte sie ja vor irgendetwas Angst«, erwiderte Cora.

»Ja, danach sieht es aus. Die Kellertür war nämlich auch verrammelt.«

»Gibt es Einbruchspuren?«

»Nein, wir konnten nichts finden. Die Fenster waren ja durch die Rollläden gesichert und das Türschloss war auch intakt.«

»Na ja, dann könnt ihr im Moment wohl nur abwarten, bis es Ergebnisse aus der Rechtsmedizin gibt.«

»Ja. Die Spusi hat ein langes blondes Haar im Bett der Toten entdeckt, das nicht von ihr ist. Mal schauen, ob wir nach der DNA-Analyse einen Treffer in der Datenbank landen.«

»Und was musst du heute Abend dann noch so dringend tun?«, fragte Cora. Sie konnte sich immer noch nicht so recht damit abfinden, dass er keine Zeit hatte.

»Ich muss noch den Bericht schreiben und einige andere Dinge erledigen.« Er machte eine kurze Pause und seufzte. »Du hast schon fest damit gerechnet, dass ich komme, nicht wahr?«

Cora ließ einen Moment verstreichen, dann sagte sie leise: »Na ja, ehrlich gesagt habe ich mich schon für dich hübsch gemacht.«

Till lachte auf. »Mensch, Cora! Am liebsten würde ich jetzt sofort losfahren und dich in die Arme schließen!« Seine Stimme wurde wieder ernst. »Nein, ehrlich. Ich vermiss dich auch total.

Und ich wäre heute Abend tausendmal lieber bei dir als in diesem blöden Büro.« Er machte erneut eine Pause, in der er vermutlich einen Zug von seiner Zigarette nahm. »Aber weißt du was?«, fuhr er fort. »Falls sich der Mordverdacht bei der Toten nicht bestätigt, mache ich mal für zwei Tage frei. Dann buchen wir uns in ein nettes Hotel ein und lassen es uns gut gehen. Würde dir das gefallen?«

Cora strahlte. »Das ist eine tolle Idee! Na, dann hoffen wir mal, dass die Frau doch eines natürlichen Todes gestorben ist. Für ihre Vorsichtsmaßnahmen kann es ja zig plausible Erklärungen geben. Womöglich hat sie in der Zeitung von der Einbruchserie in Pforzheim gelesen. Da kann so eine ältere alleinstehende Frau schon mal ängstlich reagieren.«

»Ja, schon. Trotzdem ist es komisch. Ich werde morgen mal das nähere Umfeld der Frau abchecken. Vielleicht erhalte ich da ja einen Hinweis, der mich weiterbringt. So, meine Liebe. Ich muss jetzt weitermachen. Mach dir noch einen schönen Abend. Ich denk an dich.«

Cora versicherte ihm, in Gedanken ebenfalls bei ihm zu sein, dann verabschiedete sie sich. Still sah sie aus dem Fenster und nippte dabei an ihrem Tee. Hinter dem Wald war der Vollmond aufgestiegen und tauchte die Siedlung in ein fahles Licht. Im Gegensatz zu den Städten, die in der Nacht unter massiver Lichtverschmutzung litten, existierte hier nur das natürliche Licht des Mondes. Da sich die Anwohner aus Kostengründen gegen eine durchgängige Straßenbeleuchtung entschieden hatten, brannte auf der gesamten Lichtung nur eine einzige Laterne, nämlich die bei den Mülltonnen. In mondfreien Nächten oder bei bedecktem Himmel war es deshalb zappenduster. Aber hatte sie deshalb Angst? Nein, eigentlich nicht. Dies war keine Villengegend. Die Häuser auf der Waldlichtung waren ursprünglich einmal für die Ärzte und Mitarbeiter der inzwischen verwaisten

Lungenheilanstalt erbaut worden. Die kleinen Häuser waren mindestens schon achtzig bis neunzig Jahre alt. Und wer sollte bei ihr schon einbrechen? Altes Haus, altes Auto. Bei ihr gab es ja nichts zu holen. Wobei – bei den Kauders im Haus schräg gegenüber hatte es dennoch vor einigen Monaten einen Einbruch gegeben. Man sollte sich wohl doch nie zu sicher sein.

3. Kapitel

Der Weg zur alten Lungenheilanstalt führte auf einer Strecke von vier Kilometern stetig bergauf durch den Wald. Lena hielt den Blick starr nach vorn auf die verschneite Straße gerichtet und lauschte dem klappernden Geräusch der Schneeketten. Sie hatte das Gefühl, dass die Schneemenge mit jedem Höhenmeter zunahm. Der Schnee hatte zwar dank der eisigen Temperatur eine griffige Oberfläche, dennoch tat sich der Kleinwagen schwer, mit dem Gewicht von vier Insassen plus Gepäck voranzukommen. Da es keine Straßenlampen gab, überblickten sie immer nur den Wegabschnitt, der direkt vor ihnen lag. Lena zog ein Päckchen Kaugummi aus der Jackentasche hervor und schob sich eines der Dragees in den Mund. Während sie es zerkaute, verbreitete sich ein frischer Duft nach Pfefferminz im Wageninneren.

»Hast du für mich auch einen Kaugummi?«, fragte Mika.

Lena nickte, reichte ihm stumm ein Dragee über die Schulter hinweg und konzentrierte sich dann wieder auf die Straße. Sie war jetzt schon gespannt auf die Rückfahrt. Streckenweise ging es neben dem Fahrbahnrand verdammt steil den Abhang hinunter – und es waren kaum Leitplanken vorhanden, die das Auto abfangen konnten, wenn man ins Rutschen kam.

Eigentlich hätten sie die paar Kilometer durch den Wald ja auch wirklich zu Fuß gehen können, dachte Lena. Angesichts der Tatsache, dass sie allesamt Fahranfänger waren, wäre es klüger gewesen. Leider hatte sie mit ihrem Vorschlag bei den Jungs nicht landen können. Es sei viel zu anstrengend, das ganze Equipment den Berg hoch- und wieder herunterzuschleppen, hatten sie argumentiert. Am Ende der Diskussion hatten sie sich dafür entschieden, schnell montierbare Schneeketten zu verwenden. Denn ohne Allradantrieb war das Risiko hoch, auf halber Strecke im tiefen Schnee stecken zu bleiben.

Jetzt hatten sie es gleich geschafft. Allerdings stand ihnen auf dem letzten Stück noch ein kurzer, steiler Anstieg bevor. Simon schaltete in den ersten Gang zurück.

»Bleib im zweiten«, riet Freddy, der hinter ihm auf der Rückbank saß. »Und schau, dass du nicht zu langsam wirst. Besser, du fährst da mit Schwung hoch.«

»Kannst nachher gern zurückfahren«, knurrte Simon, während er Freddys Rat befolgte und in den zweiten Gang hochschaltete. Als sie auf der Kreuzung oberhalb der Lichtung angelangt waren, stellte Simon den Wagen wie schon bei den vorhergehenden Besuchen seitlich neben einem Langholzstapel ab.

Während die Jungs die Ausrüstung zusammensuchten, sah sich Lena um. Das letzte Mal war sie im Herbst hier gewesen. Damals hatte der nächtliche Wald auf sie düster und unheimlich gewirkt. Heute dagegen muteten die tief verschneiten Tannen und Fichten im Licht des Vollmonds fast schon märchenhaft an. Der frische Schnee ringsum reflektierte das Mondlicht so stark, dass im Moment nicht einmal Taschenlampen nötig waren.

Sie zog ihre Wollmütze aus der Jackentasche und streifte sie über ihre geflochtenen Haare. »Puh, ist das kalt!«, stöhnte sie und rieb die Handflächen aneinander. Trotz Handschuhen waren ihre Finger schon ganz klamm.

»Nach meiner Wetterapp hat es minus acht Grad«, nuschelte Freddy dumpf unter dem hochgeklappten Kragen seines Parkas hervor.

Simon deutete auf die Forststraße, die von der entgegengesetzten Seite her auf die Kreuzung traf. »Blöd, dass wir da nicht fahren dürfen. Diese Strecke sieht halbwegs geräumt aus.«

Lena trat neben ihn. »Ich hab's dir doch schon gesagt, du kommst da nicht durch. Gleich am Anfang ist eine geschlossene Schranke, die man nicht umfahren kann.« Sie schüttelte den Kopf. »Die Strecke ist nur für Anwohner und Forstarbeiter gedacht.«

»Ich versteh nicht, wie man hier wohnen kann!«, raunte Mika.

Einen Moment lang standen sie still da und schauten zwischen den Bäumen hindurch über die Waldlichtung hinweg. Ja, es war erstaunlich. Tief verborgen im Wald, an einem Platz, wo niemand eine Siedlung vermuten würde, tauchte wie aus dem Nichts plötzlich diese kleine Ansammlung von Häusern auf. Die ehemalige Lungenheilanstalt nahm den vorderen Bereich der Lichtung ein und bestand aus einem Hauptgebäude, diversen Nebengebäuden und Liegehallen. Aus der Ferne verströmte die Anlage immer noch mondänes Flair, doch der Schein täuschte. Der Betrieb war hier schon vor Jahrzehnten eingestellt worden. Unweit der verwaisten Kurklinik gab es im hinteren Bereich der Lichtung aber zudem fünf kleinere Schindelhäuser. Und die waren allesamt bewohnt.

Simon stupste Lena sanft am Arm an. »Hast du eigentlich das Infrarot-Thermometer eingepackt?«

»Ja, das müsste bei der Wärmebildkamera sein«, erwiderte Lena.

Simon öffnete den Rucksack, sah nach und nickte dann. »Hm, alles klar. Dann lasst uns gehen. Bin ja mal gespannt, was uns heute erwartet.«

Auf dem Weg zum Hauptgebäude liefen sie in einer Reihe nebeneinanderher und unterhielten sich leise. Um diese Uhrzeit war es unwahrscheinlich, auf Anwohner zu treffen. Außerdem waren sie mit ihrer schwarzen Kleidung in der Dunkelheit schwer auszumachen. Simon und Freddy fachsimpelten über ihre neuesten Errungenschaften.

»Inzwischen ist endlich das Mel-Meter angekommen«, sagte Simon. »Erst hieß es zwei Wochen Lieferzeit, am Ende waren es dann aber doch vier Wochen.«

»Was kann denn das Mel-Meter, was das EMF-Messgerät nicht kann?«, erkundigte sich Mika. Er war das jüngste Mitglied der Gruppe und hatte bislang noch wenig Erfahrung mit der Messung paranormaler Aktivitäten.

»Das Mel-Meter misst nicht nur elektromagnetische Felder, sondern auch die Umgebungstemperatur«, klärte ihn Simon auf. »Außerdem gibt es eine eingebaute Taschenlampe.«

»Hm, dann versteh ich aber nicht, weshalb das Ding um so viel teurer ist«, wandte Mika ein. »Nur weil es gleichzeitig die Umgebungstemperatur misst?«

»Na ja, auf dem Mel-Meter kannst du alles digital ablesen. Das ist qualitativ ja schon ein Unterschied zum EMF-Meter. Das K-II misst die Aktivität der Geister ja noch mit Multifarben, also mit diesen winzigen Lämpchen.« Simon räusperte sich. »Gut, das Ding ist natürlich einfach zu bedienen, reagiert allerdings auch auf Stromquellen. Wenn du das K-II-Meter verwendest, musst du immer darauf achten, dass dein Handy auf Flugmodus geschaltet ist.«

»Hm, klar. Und was ist mit dem Ghostmeter? Das soll ja auch nicht schlecht sein.«

»Ja, das ist ähnlich wie das K-II und reagiert auch auf elektromagnetische Felder. Der Vorteil ist, dass das Ding einen akustischen Alarm hat und rot aufleuchtet. Dann musst du nicht ständig auf das Messgerät gucken. Für den Anfang ist das Gerät nicht schlecht. Zumindest reicht es aus, um die Spitzen der elektromagnetischen Energie zu messen.«

»Vielleicht besorg ich mir dann zum Einstieg zuerst einmal ein Ghostmeter«, überlegte Mika laut.

Freddy tippte auf seine Fototasche. »Ich habe inzwischen übrigens meine Canon umgebaut. Die nimmt jetzt zusätzlich noch das UV-Spektrum wahr.«

»Hammer! Das ist ja eine super Ergänzung zu unserer Wärmebildkamera.« Mika schien beeindruckt. »Sag mal, konntest du wirklich schon mal über die Spirit Box mit einem Geist kommunizieren?«

Lena hörte nicht mehr zu. Die technischen Details der Messgeräte interessierten sie nicht. Sie hatte eine andere Art des Zugangs, um mit Geistern in Kontakt zu treten. Sie konnte paranormale Aktivität spüren. Es klappte nicht immer. Manchmal schlugen die Geräte auch aus, obwohl sie nichts wahrnahm. Vermutlich hing es auch von ihrer Tagesverfassung ab, wie sensibel sie gerade war oder wie sehr sie sich innerlich darauf einlassen konnte. Doch auch wenn auf ihr Gespür nicht hundertprozentig Verlass war, schätzten die Jungs ihre außergewöhnliche Begabung. Diese zeigte sich auch beim Pendeln und beim Umgang mit der Wünschelrute. Es verblüffte sie oftmals selbst, wenn die Rute urplötzlich ausschlug, obwohl sie die Messingdrähte nur ganz locker in den Händen hielt.

Als sie an der Klinik angelangt waren, stellten sie die Gespräche ein. Nun hörte man nur noch das leise Knirschen des Schnees unter den Stiefeln. Lena ließ ihren Blick über das zerfallene Gebäude schweifen. Der Anblick war bedrückend. Die Heilanstalt befand sich in einem desaströsen Zustand. Der jahrzehntelange Leerstand und die Feuchtigkeit hatten der Gebäudesubstanz massiv zugesetzt. Die Holzschindeln an den Außenwänden waren vermodert, aus den Ritzen im Mauerwerk wucherte Unkraut, Moose und wilde Sträucher machten sich breit – die Natur eroberte den Ort mit Macht zurück. Weit aggressiver als die Natur hatten sich hier jedoch die Menschen verhalten. Eine Welle von Vandalismus war über das Gebäude hereingebrochen. In blinder Zerstörungswut hatte man Scheiben eingeschlagen, die Wände mit Farbschmierereien verunstaltet, Türen eingetreten und in allen Ecken Sperrmüll und Schutt verteilt. Lena hatte im Internet einige alte Fotos der Anlage gesehen. Es war ein prächtiges Sanatorium gewesen, gepflegt, belebt, mit einem schönen Park drumherum. Vom damaligen Glanz war leider rein gar nichts mehr zu sehen. Dieser Tage herrschten hier nur noch die Natur und der Verfall. Es war ein Lost Place.

Das Betreten des baufälligen Gebäudes war natürlich verboten. »Lebensgefahr« stand auf einem Warnschild. Um zu verhindern, dass Neugierige dennoch eindrangen, hatte man Türen und Fenster im Erdgeschoss vorsorglich mit Holzbrettern vernagelt. Das stellte jedoch kein Problem dar. Es gab noch genügend andere Stellen, wo man sich Zugang verschaffen konnte. Lena wich einer Badewanne aus, machte einen großen Bogen um einen Berg Matratzen und folgte dann den Jungs auf die rückwärtige Seite des Gebäudes.

»Hier ist es«, raunte Freddy und drückte mit der flachen Hand gegen das Kellerfenster. Mit einem leisen Knarren gab das Fenster nach und öffnete sich. Auf demselben Weg waren sie auch die letzten Male eingestiegen. Man landete in einem kleinen Raum, der in früheren Jahren vermutlich als Abstellkammer gedient hatte.

»Ich geh zuerst«, flüsterte Lena und leuchtete mit der Taschenlampe in den dunklen Kellerraum. Zum Glück ging es nicht weit runter. Obwohl sie bereits seit zwei Monaten achtzehn war, war sie immer noch so klein und zierlich wie eine Vierzehnjährige. Im Licht von Simons Taschenlampe stieg sie mit einem Bein auf das Fensterbrett, hielt sich mit der rechten

Hand am Rahmen fest und sprang dann, nach einem kurzen Moment des Zögerns, leichtfüßig wie eine Katze auf den steinernen Boden. Augenblicklich umfing sie ein feucht-modriger Kellergeruch. Für Freddy und Simon stellte der Einstieg auch keine Schwierigkeit dar. Freddy war ein hageres Leichtgewicht, Simon hatte dafür lange Beine. Nur der beleibte Mika brauchte etwas länger, bis er sich durch die Fensteröffnung manövriert hatte.

Sie wollten gerade durch die Tür hindurch in den Flur hinausgehen, als Freddy stutzte.

»Was ist?«, fragte Simon.

»Die Tür!«, wisperte Freddy. »Ich habe sie letztes Mal hinter uns zugezogen. Ganz sicher! Und jetzt steht sie sperrangelweit offen …«

Mikas Augen weiteten sich. »Stimmt! Ich kann mich noch daran erinnern, dass du sie zugemacht hast.« Er nickte aufgeregt.

Simon legte einen Finger auf die Lippen. Augenblicklich verharrten sie allesamt und lauschten. Einige Sekunden lang war es still, dann hörte man von irgendwoher ein leises Rauschen.

»Wasserleitung?«, fragte Mika heiser.

Freddy schüttelte den Kopf. »Ist doch alles stillgelegt …«

Simon zuckte mit den Achseln. »Die geöffnete Tür ist ein gutes Zeichen. Tag der offenen Tür. Die Geister heißen uns willkommen.« Er grinste zuversichtlich in die Runde und trat dann durch die Tür. »Lasst uns gleich zum großen Saal hochgehen«, sagte er über die Schulter hinweg. »Ich will da noch mal mit der Wärmebildkamera rein. Auf der Fensterseite gab es enorme elektromagnetische Schwankungen.«

Mika atmete hörbar auf. Simon war derjenige unter ihnen, der am meisten Erfahrung im Umgang mit Geistern hatte. Er wusste, wovon er sprach. Hinzu kam seine lockere Art, die in solchen Situationen half, die Anspannung wieder zu lösen.

»Ich mach hinter uns zu, ja?«, flüsterte Lena, ließ die Jungs passieren und schloss die Tür dann leise.

Vorsichtig schlichen sie über die Treppe in den zweiten Stock hinauf, stets darauf bedacht, nicht auf herumliegende Scherben und Mauerbruchstücke zu treten. Jedes Mal, wenn Lena durch die Räume lief, staunte sie über die vielen Einrichtungsgegenstände, die es hier noch gab: Bettgestelle mit nackten Matratzen, altmodische Garderobenständer, Umkleidekabinen und defekte Nachttischlampen. Hin und wieder trafen sie sogar noch auf Infusionsständer, Nachttöpfe und Toilettenstühle. Lena hatte den Eindruck, als hätten die Menschen dieses Sanatorium fluchtartig verlassen und alles zurückgelassen. Ja, es war fast so, als würden sie hier ein gesunkenes Schiffswrack erkunden. Ein Schiffswrack, in dem die unglücklichen Seelen der Ertrunkenen keine Ruhe fanden.

»Ich schau mir heut mal den Dachboden an«, verkündete Mika, der derweil seinen Mut wiedergefunden hatte. »Geht jemand mit?« Als alle die Köpfe schüttelten, sanken seine Mundwinkel nach unten. Unsicher trat er von einem Fuß auf den anderen.

Simon überlegte kurz. »Kannst ja schon mal vorgehen. Ich komm dann später nach.« Er lächelte. »Keine Sorge, es deutet bislang nichts auf eine dämonische Präsenz hin.«

Mika nickte hektisch. Im Licht der Taschenlampe sah sein Gesicht ganz bleich aus. »Okay, bis gleich.« Er nickte nochmals, dann wandte er sich ab und ging langsamen Schrittes davon.

Freddy und Simon tauschten Blicke und grinsten.

»Mutprobe«, formte Simon tonlos mit den Lippen.

Während die beiden Jungen im großen Saal mit den Messungen begannen, schlenderte Lena zum Fenster und betrachtete nachdenklich den Vollmond, der draußen zwischen den kahlen Ästen der alten Buchen hing. Sie hatte keine Angst. Es waren gute Geister, die hier umgingen. Das nahm sie ganz deutlich wahr. Vermutlich waren es die Seelen der Menschen, die vor Jahrzehnten an diesem Ort verstorben waren und seitdem keine Ruhe fanden. Sie schloss für einen Moment die Augen und spürte der Aura des Ortes nach. In so einem alten Gebäude gab es viele verschiedene Schwingungen, die sich überlagerten. Manche waren positiv und hoffnungsvoll. Andere dagegen trostlos. Und leiderfüllt. Leider war ihr bislang noch keine Idee gekommen, wie man diesen unglücklichen Seelen helfen konnte. Selbst wenn Simon es schaffen würde, mit den Geistern über die Spirit Box zu kommunizieren, würden sie den Spuk nicht beenden können. Ihr Gefühl sagte ihr, dass die Hintergründe komplex waren.

Ein lautstarkes Poltern riss sie aus ihren Gedanken. Auch Freddy und Simon, die gerade mit dem Mel-Meter beschäftigt waren, sahen erschrocken auf. Im nächsten Moment stolperte Mika zur Tür herein. Er war ganz aufgelöst und völlig außer Atem.

»He, das müsst ihr sehen!«, rief er keuchend aus. »Da oben steht ein Sarg, ein Sarg! Und ... ich habe ein Geräusch gehört. So ein leises Piepsen.«

Die anderen Geisterjäger sahen sich kurz an, dann nickten sie und folgten Mika auf den Dachboden. Und tatsächlich – ganz hinten unter der Dachschräge stand ein sargähnlicher, geschlossener Holzkasten.

»Wow!«, raunte Freddy. »Vielleicht liegt da ja noch einer drin.«

»Ist eigentlich zu klein für einen Sarg«, wisperte Simon.

»Und wenn's ein Kindersarg ist?«, meinte Freddy und riss dabei die Augen auf.

Lena wich erschrocken zurück. Der Gedanke war grauenhaft! Mit Geistern kam sie klar. Aber nicht mit so was ...

Simon ging hin, kniete sich neben den Kasten und sah mit ernstem Gesicht fragend in die Runde. Freddy nickte ihm zu und richtete den Lichtschein seiner Taschenlampe so aus, dass der Kasten gut beleuchtet war. Langsam hob Simon den schweren Holzdeckel an. Alle Augen waren gespannt auf den Kasten gerichtet. Was, um Himmels willen, war da drin?

Lena hielt die Spannung nicht mehr aus. Sie wollte das nicht sehen! Blitzschnell wandte sie sich ab und rannte die Treppen hinunter. Schwer atmend erreichte sie den Vorratskeller. Sie riss die Tür auf und stürzte zum Fenster. Sie musste raus. Raus an die frische Luft.

4. Kapitel

Kurz darauf befand sich Lena im Freien. Da der Mond für genügend Helligkeit sorgte, verstaute sie die Taschenlampe in ihrer Jackentasche und atmete tief durch. Die Luft, die in ihre Lungen strömte, war jedoch so eisig, dass sie ein unangenehmes Brennen in der Brust hervorrief. Rasch zog sie ihren Wollschal über Mund und Nase, dann stapfte sie über die verschneite Wiese des ehemaligen Kurparks hinunter zum Pavillon. Sie kam nur langsam vorwärts. Der Schnee war so hoch, dass er bei jedem Schritt in ihre Stiefel einzudringen drohte. Neben einigen kleineren Tannenbäumchen, halb verdeckt vom Gestrüpp kahler Brombeersträucher, entdeckte sie im Mondlicht vier steinerne Kinderfiguren, die kreisförmig angeordnet waren. Lena erkannte es auf den ersten Blick: Die Figuren stellten die vier Jahreszeiten dar. Das Frühlingskind trug einen Korb mit Blumen bei sich, das Sommerkind hielt im Arm Kornähren. Das Herbstkind besaß einen Weintraubenkorb, das Winterkind trug einen Mantel. Die Skulpturen sahen schon sehr alt aus. Wie sich die Patienten damals wohl gefühlt haben mochten, wenn sie hier im Kurpark spazieren gegangen waren? Damals, als alles noch gepflegt und belebt gewesen war.

Lena musste wieder an den Holzkasten auf dem Dachboden denken. Vielleicht hatte sie ja doch etwas überreagiert. Die Jungs hatten sich gewiss gewundert, weshalb sie ohne ein weiteres Wort einfach abgehauen war. Normalerweise stellte sie sich nämlich nicht so an. Aber in diesem Fall …

Drei hohe, kurze Töne zeigten an, dass soeben mehrere Nachrichten auf ihrem Handy eingegangen waren. Lena nahm das Gerät aus der Jackentasche und sah nach. Simon. Eilig streifte sie den rechten Handschuh ab und tippte mit dem Finger auf das grüne Icon. Was sie wohl gefunden hatten?

Alles klar bei dir? Du warst so plötzlich weg! Schau mal, was in dem Kasten drin war …

Es folgte ein Smiley, der Tränen lachte. Darunter hatte er ein Foto angefügt. Lena atmete erleichtert auf. Bettwäsche. Weiße Bettwäsche, akkurat zusammengefaltet, gestapelt bis obenhin. Simon hatte noch eine weitere Nachricht geschickt:

Wo steckst du?

Lena beschloss, ihm eine Selfie-Aufnahme zu schicken. Das war einfacher, als umständlich zu beschreiben, wo sie sich befand. Ihr Blick fiel auf den steinernen Pavillon. Das Bauwerk bestand aus sechs Marmorsäulen, die eine gewölbte Kuppel trugen.

Die Mitte des Pavillons zierte die lebensgroße Skulptur eines römisch-griechischen Gottes. Lena trat näher und betrachtete die Figur. Im Lateinunterricht hatte sie einmal sämtliche römischen und griechischen Götter auswendig lernen müssen. Mal sehen, um welchen Gott es sich hier handelte. Der bärtige Mann stützte sich auf einen Stab, um den sich eine Schlange wand. Stab mit Schlange, das war das Symbol der Medizin.

Demnach konnte es sich hier nur um Äskulap handeln, den Gott der Heilkunde und Medizin.

Ein Selfie mit Äskulap. Sie war gespannt, wie lange die Jungs brauchen würden, um sie hier zu finden. Nachdem sie sich des zweiten Handschuhs entledigt hatte, betätigte sie den Timer des Selbstauslösers und hakte sich dann rasch bei dem freien Arm der Skulptur unter. Im selben Moment, als sie sich bei der Götterfigur eingehängt hatte, krachte es. Erschrocken riss Lena ihren Arm zurück. Was war das denn gewesen? Oh nein, ein Stück des Unterarms war abgeplatzt! Und in dem Arm klaffte ein handbreites Loch.

Lena bückte sich nach dem Bruchstück, das auf den Boden gefallen war. Vielleicht konnte sie das Teilstück ja wieder einsetzen. Sie strich mit den kalten Fingern darüber. Was war das eigentlich für ein Material? Beton? Oder Gips? Vermutlich war die obere Schicht der Skulptur im Lauf der Jahre spröde geworden. Sie begutachtete das Loch. Die Statue war innen hohl. Ja, aber … irgendwas steckte da drinnen! Das sah seltsam aus …

Mit pochendem Herzen holte sie die Taschenlampe hervor und leuchtete in das Loch hinein. Einige Sekunden lang starrte sie argwöhnisch in das Innere der Statue, dann erstarrten ihre Gesichtszüge. Das kann nicht sein, schoss es ihr durch den Kopf. Mit angehaltenem Atem führte sie Zeige- und Mittelfinger in die Öffnung und tastete. Zerfetztes, brüchiges Papier. Darunter dünnes schwarzbraunes Leder. Aufgeregt versuchte sie, das Loch zu erweitern. Sie riss und drückte am Rand der Öffnung, doch das Material war erstaunlich robust. Sie brauchte dafür beide Hände. Rasch steckte sie die Taschenlampe in die Jackentasche zurück und schlug dann mit beiden Fäusten so lange auf den Götterarm ein, bis sich endlich ein weiteres Stück der Schale löste und zu Boden bröckelte. Nun war das Loch groß genug, um mit der Hand hineinzugreifen. Vorsichtig kratzte sie mit den Fingernägeln an dem schwarzen Leder. Es dauerte nicht lange, da hatte sie eine größere Stelle freigelegt. Darunter hervor kam etwas Hartes, Glattes, das im Mondlicht hell schimmerte. Lena hob ungläubig die Augenbrauen an. Das sah ja aus wie … Fuck!

Mit einem entsetzten Japsen riss sie die Hand aus dem Loch und wich taumelnd zurück. Das Gesicht vor Ekel zur Grimasse verzogen, stolperte sie schreiend durch den tiefen Schnee davon.

5. Kapitel

Cora erwachte. Mit einem leisen Stöhnen drehte sie sich auf die Seite. Irgendein Geräusch von draußen hatte sie geweckt. Egal, dachte sie und kuschelte sich ins Kissen. Einfach weiterschlafen. Doch da hörte sie es erneut. Aus der Ferne drangen laute Stimmen herüber. Sie lauschte. Eine Frau schrie. Es klang hysterisch. Sie machte die Nachttischlampe an und sah auf den Wecker. Zehn nach vier. Oh, Mann! Mit einem ungehaltenen Murren rollte sie sich aus dem Bett, schlurfte zum Fenster hinüber und öffnete es. Eisige Nachtluft strömte ihr entgegen. Im Haus der Dehners brannte Licht, ansonsten war nichts zu sehen. Sie beugte sich zum Fenster hinaus, reckte den Hals und versuchte, den Lärm zu orten. Wo kam das Geschrei denn her? Vom Sanatorium? Vermutlich waren mal wieder Jugendliche in das leer stehende Gebäude eingebrochen. Seitdem die alte Lungenheilanstalt in einigen »Lost-Places-Reiseführern« als gruseliges Highlight eingestuft worden war, drangen immer wieder Sensationstouristen und Geisterjäger in das gesperrte Areal ein. Einmal musste sogar die Feuerwehr gerufen werden, weil Jugendliche den herumliegenden Müll angezündet hatten. Der Lärm verhieß nichts Gutes. Besser, sie sah nach, was da los war.

Rasch kleidete sie sich an, schaltete die Taschenlampe am Handy ein und eilte nach draußen. Sie hatte gerade das Gartentor hinter sich geschlossen, als ihr bereits Marion Dehner entgegenkam. Sie hatte sich mit einer großen Taschenlampe bewaffnet und sah beunruhigt aus.

»Soll ich die Polizei rufen?«, fragte sie mit gedämpfter Stimme und fuhr sich mit der Hand über die wirr abstehenden Haare. »Das ist ja ein furchtbares Geschrei!« Fröstelnd trippelte sie von einem Fuß auf den anderen. Sie hatte sich zwar eine Daunenjacke übergezogen, darunter trug sie aber nur einen dünnen Schlafanzug.

»Hört sich den Stimmen nach nicht nach Jugendlichen an«, meinte Cora. »Ich schau mal nach, was die da treiben.« Mit einem Blick auf Marions Schlafanzughose fügte sie hinzu: »Kannst ruhig wieder reingehen. Ich ruf dann die Polizei, falls es nötig ist.«

»Ich würde da nicht allein hingehen.« Marion riss die Augen auf und schüttelte den Kopf. Sie reckte den Hals und lauschte einen Moment lang, dann raunte sie: »Wer weiß, was das für Typen sind!«

»Keine Angst, ich habe ja Erfahrung in solchen Dingen«, beruhigte sie Cora. »Ich pass schon auf, dass die Situation nicht eskaliert.«

Die Querfalten auf Marions Stirn verrieten, dass sie Coras Alleingang nach wie vor für keine gute Idee hielt. Obwohl sie dadurch gewiss nicht mehr erkennen konnte, stellte sie sich auf die Zehenspitzen und sah in die Richtung, aus der die Stimmen kamen. Einige Sekunden lang stand sie starr und lauschte, dann sank sie seufzend wieder auf ihre Füße zurück und meinte widerstrebend: »Na gut, wie du meinst. Aber falls du Hilfe brauchst, meldest du dich bei uns, ja?«

Während Marion ins Haus zurückging, lief Cora weiter. Die alte Lungenheilanstalt ragte vor ihr im Mondlicht auf und hob sich matt gegen den Nachthimmel ab. Da es hell genug war, schaltete sie die Taschenlampe aus, behielt das Handy aber zur Sicherheit in der Hand. Als sie auf der Höhe des einstigen Kurparks angelangt war, konnte sie in der Nähe des alten Pavillons vier schemenhafte Gestalten erkennen, ein Mädchen und drei Männer. Von Kopf bis Fuß schwarz gekleidet, verschwammen ihre Konturen mit den Schatten der Umgebung. Die Gruppe diskutierte lautstark.

Cora stapfte quer über die verschneite Wiese. Sie war schon fast am Pavillon angelangt, als die jungen Leute sie bemerkten. Schlagartig verstummten sie. Nachdem sie die ersten Schrecksekunden überwunden hatten, kam plötzlich Bewegung in die Gruppe. Es folgte ein kurzer hektischer Wortwechsel, wobei Cora nur mehrfaches Fluchen und die Worte »Polizei« und »Rucksack« heraushörte. Auf ein Zeichen hin rannten die drei Männer schließlich in Richtung des Hauptgebäudes davon.

»Hallo?«, rief Cora ihnen nach. »Es ist verboten, das Gelände zu betreten!«

Das Mädchen lief zuerst ein paar Schritte hinterher, dann blieb sie jedoch auf einmal stehen und drehte sich zu Cora um. Jetzt, da sie das Gesicht aus der Nähe sah, erkannte Cora, dass sie es nicht mit einem jungen Teenager zu tun hatte. Durch ihre zierliche Erscheinung wirkte sie nur sehr jung. In ihrem Blick lag eine starke Verunsicherung. Sie machte einen konfusen, ja beinahe schon verstörten Eindruck.

»Brauchen Sie Hilfe?«, fragte Cora, während sie sich ihr langsam näherte. »Geht es Ihnen gut?«

Die junge Frau warf einen nervösen Blick über die Schulter. Als sie feststellte, dass ihre Freunde sich ohne sie aus dem Staub gemacht hatten, konzentrierte sie sich wieder auf Cora.

»Wohnen Sie hier?«, fragte das Mädchen, ohne auf Coras Fragen einzugehen.

Cora nickte bedächtig. »Ja, ich wohne hier. Und darf ich fragen, wer Sie sind und was Sie hier machen?«

»Ich …«, presste das Mädchen hervor, »… ich bin Lena. Und ich habe da drüben …« Sie verstummte und wies auf den Pavillon. »In der Statue … da ist ein Mensch drin.« Sie holte Luft. »Glaube ich. Ich meine, ich bin mir ziemlich sicher.«

Cora legte den Kopf schief und sah sie zweifelnd an. Ein Mensch? Was redete das Mädchen denn da? Dann wanderte ihr Blick zu der Götterstatue hinüber, die in der Mitte des Pavillons stand.

»Schauen Sie!«, rief Lena aufgeregt. Sie gab Cora einen Wink, ihr zu folgen, und stakste dann mit ausladenden Schritten durch den Schnee zu der Statue hinüber. Zögernd ging Cora hinterher. So ein Quatsch, dachte sie. Allein schon die Vorstellung war absurd. Lena wies auf den Arm der Statue. »Da ist ein Loch. Wenn Sie da mal reinschauen, können Sie es sehen!«

Cora musterte die verwitterte Götterstatue. Im Frühling war sie in den letzten Jahren öfter mal über die alte Kurparkwiese spaziert. Der Pavillon mit der Äskulap-Skulptur hatte ihr schon immer gut gefallen. Von Wildrosen umgeben, mit Efeu berankt – das Ensemble bot ein wildromantisches Motiv, das sich auf Fotos gut machte. So ganz aus der Nähe hatte sie die Skulptur jedoch noch nie betrachtet. Lena hatte recht. Die Götterstatue war tatsächlich beschädigt. Im Unterarm klaffte ein großes Loch. Sie tauschte mit dem Mädchen Blicke, dann machte sie ihre Handylampe an und spähte gespannt in die Öffnung.

Ja, irgendetwas steckte da drinnen. Sah aus wie ein Stück Elfenbein … Coras Herzschlag beschleunigte sich. Es war eigentlich unvorstellbar, und doch …

»Sehen Sie das?«, fragte Lena erregt. »Warten Sie …« Mit zusammengepressten Lippen fasste sie in die Öffnung hinein

43

und schob Papierreste beiseite. Darunter hervor kam eine Schicht, die dunklem Leder glich. Das Material war so brüchig, dass Lena es in ganzen Fetzen abziehen konnte. Einen Moment lang verfolgte Cora gespannt, wie das Mädchen das Leder abschälte, dann besann sie sich plötzlich und fasste Lena am Arm. »Halt, nicht! Hören Sie auf, da muss die Spurensicherung ran! Ich muss meine Kollegen rufen.«

Lena riss einen letzten großen Fetzen heraus, dann ließ sie ihren Arm sinken und trat zurück. Cora atmete tief durch und ging mit dem Gesicht ganz dicht an das Loch heran. Lena hatte die Stelle so weit freigelegt, dass man das, was an Elfenbein erinnert hatte, nun besser erkennen konnte. Ja, es sah tatsächlich aus wie ein Knochen. Jetzt erst erkannte sie, dass es zwei Teile waren, die mit geringem Abstand hintereinanderlagen. Cora stockte der Atem. Elle und Speiche!

6. Kapitel

Cora stellte die dampfenden Teetassen auf den Küchentisch und nahm gegenüber Lena Platz. Die Polizei war bereits über den Leichenfund informiert, nun mussten sie auf das Eintreffen der Polizisten warten. Auch Till hatte sie Bescheid gegeben. Dies war eindeutig ein Fall für die Kripo. Um die Wartezeit zu überbrücken, hatte sie Lena zu sich auf einen Tee eingeladen. Inzwischen wusste sie, dass ihr Gast aus Stuttgart kam und achtzehn Jahre alt war.

Lena hielt die Tasse umklammert und wärmte sich die Finger an dem heißen Porzellan. »Haben die Polizisten gesagt, bis wann sie ungefähr da sein werden?«

»Nein«, erwiderte Cora. »Die sind bestimmt gleich losgefahren. Aber bei der Schneelage kann es schon eine Weile dauern, bis sie hier sind.«

Lena nickte, spitzte die Lippen und pustete den Tee, der noch zu heiß zum Trinken war.

Cora betrachtete das Mädchen unauffällig. Sie sah hübsch aus mit ihren dunklen, geflochtenen Haaren und den grünen, katzenartigen Augen. Über dem schwarzen Shirt trug sie eine silberne Halskette in Form eines keltischen Knotens. Auch wenn Lena sich inzwischen abgeregt hatte und äußerlich ruhig wirkte, sah Cora ihr an, wie unwohl sie sich fühlte. Es behagte ihr gar nicht, auf die Polizei warten zu müssen. Am liebsten wäre sie abgehauen. So wie ihre Kumpels. Aber nachdem diese sie so schmählich im Stich gelassen hatten, war sie nun auf fremde Hilfe angewiesen. Cora hatte ihr versprochen, sie zum Bahnhof zu fahren. Aber natürlich erst, wenn sie ihre Zeugenaussage gemacht hatte.

»Was werden die mich wohl fragen?«, überlegte Lena laut. »Eigentlich kann ich ja gar nicht viel dazu sagen.«

»Die Befragung wird bestimmt schnell erledigt sein«, beruhigte Cora das Mädchen. »Die werden noch deine Personalien aufnehmen und das war's dann.«

In diesem Moment klingelte Coras Handy. Es war Marion.

»Entschuldige«, sagte Marion. »Ich wollte nur noch mal nachfragen, was da los war. Musstest du die Polizei rufen? Waren es Jugendliche?«

Cora informierte sie rasch über den Stand der Dinge. Allerdings erzählte sie ihr noch nichts von dem Leichenfund, sondern erwähnte lediglich, dass in der Statue seltsame Dinge steckten, die polizeilich untersucht werden mussten. Es reichte, wenn Marion morgen von der Leiche erfahren würde.

»Ich kann's immer noch nicht fassen!«, rief Lena, nachdem Cora das Telefonat beendet hatte. »Wie kommt man nur auf die Idee, einen Menschen in so eine Statue zu stecken? Das ist doch voll der Horror!«

»Ja, schrecklich«, erwiderte Cora. Die Vorstellung, dass sie in den letzten Jahren immer wieder unwissentlich an einem toten Menschen vorbeispaziert war, war grauenhaft. Sie schauderte bei dem Gedanken.

»Wie lange steht diese Statue da schon?«, wollte Lena wissen, während sie nebenbei mit dem Anhänger ihrer Halskette spielte.

Cora zuckte mit den Schultern. »Keine Ahnung. Aber so verwittert, wie sie aussieht, bestimmt schon seit einigen Jahrzehnten.«

»Der Mörder hat das Skelett in Papier eingewickelt«, sagte Lena. »Aber was war das wohl für eine schwarze Hülle, die da um den Knochen drumherum war?«

»Äh, ich vermute mal …« Cora zögerte. Sollte sie dem Mädchen gegenüber ihren Verdacht wirklich äußern? »Könnte Haut sein.«

»Haut?«, japste Lena. Sie verzog angeekelt das Gesicht. »Oh nein, das ist ja widerlich! Und ich habe das angefasst!«

»Ist nur eine Vermutung«, beschwichtigte Cora. »Kann natürlich auch ganz was anderes sein. Das werden wir erst nach der Obduktion wissen.«

Eine Weile lang herrschte Schweigen, dann meinte Lena: »Warum hat der Mörder die Leiche nicht einfach im Wald verbuddelt? Das muss ja enorm umständlich gewesen sein, die Knochen in so einer Skulptur zu verstecken.«

Schlaues Mädchen, dachte Cora. Ja, das hatte sie sich auch schon überlegt. Es gab gewiss einfachere Wege, eine Leiche verschwinden zu lassen. Das war ein wichtiger Aspekt in diesem Fall. Dass der Täter die Leiche gerade so und nicht anders beseitigt hatte, musste ja einen Grund haben. Das Opfer wurde exponiert aufgestellt. Das konnte ein Hinweis darauf sein, dass der Täter eine persönliche Beziehung zum Opfer hatte. Oder aber sie hatten es hier ganz einfach mit einem Sadisten zu tun, der durch diese makabre Art der Bestattung seine Macht über das Opfer zum Ausdruck gebracht hatte. Vielleicht steckte aber auch ein ganz anderes Motiv dahinter. Es war äußerst rätselhaft.

»Ich habe noch nie von so einem Fall gehört«, gestand Cora. »Und ich habe, was Mord und Totschlag angeht, wirklich Erfahrung. Ich arbeite nämlich als Kriminalpsychologin beim LKA.«

Das Mädchen warf Cora einen erstaunten Blick zu.

»Ach ja? Sind Sie dann so was wie ein Profiler?«

»Ja, so ähnlich. Bei uns in Deutschland sagt man aber eher Fallanalytiker oder Kriminalpsychologe dazu. Der Begriff Profiler kommt aus den USA.«

»Und was macht man als Fallanalytikerin?«

»Ich erstelle psychologische Profile von Straftätern und unterstütze die Polizei bei ihren Ermittlungen.«

»Wie kommen Sie denn auf so ein Profil?«, wollte Lena wissen. »Ich meine, wenn man gar nicht weiß, wer der Mörder ist, ist das doch schwierig, oder?«

»Ich schaue mir den Tatort an und versuche, daraus Rückschlüsse auf den Täter und seine Gefühle während der Tat zu ziehen. Und ich überlege mir, welche Motive wohl hinter der Tat stecken. Durch meine Analyse weiß die Polizei dann eher, nach welchem Tätertyp sie suchen muss.«

»Ermitteln Sie selbst auch? So wie die Profiler in den Fernsehserien?«

»Teilweise. Normalerweise arbeite ich eher im Hintergrund und gebe die Daten, die ich von der Kriminalpolizei erhalte, in ein spezielles Programm ein, das dann ein Täterprofil entwickelt. Manchmal begleite ich aber auch die Kriminalpolizei bei Zeugenbefragungen.« Sie lächelte. »So richtig auf Verbrecherjagd gehe ich eher selten. Das ist in Wirklichkeit nicht wie im Fernsehen.«

»Ach so«, sagte Lena und nickte. Sie trank einen Schluck Tee, dann schien ihr auf einmal etwas einzufallen und sie bekam einen besorgten Gesichtsausdruck. Eilig holte sie ihr Handy hervor und verfasste wortlos eine Nachricht. Während sie auf die Antwort wartete, blickte sie starr auf das Display und trommelte dabei ungeduldig mit den Fingern auf der Tischplatte herum.

»Gibt es ein Problem?«, erkundigte sich Cora.

Lena sah auf und lächelte verlegen. »Nein, ich will nur sichergehen, dass meine Freunde nicht in der Hektik das Equipment vergessen haben.«

»Was für ein Equipment?«

»Unsere Kameras und Messgeräte.« Sie schielte auf das Display. »Ah, ich habe eine Antwort erhalten. Moment.« Mit ernster Miene überflog sie die Zeilen, danach gab sie mit fliegenden Daumen die nächste Nachricht ein. Ihrer energischen Schreibweise entnahm Cora, dass Lena ihren Kumpels gerade den Marsch blies.

»Alles okay?«, erkundigte sie sich.

Lena nickte. »Ja, sie haben alles mitgenommen. Ich habe schon befürchtet, dass ich die Sachen noch holen muss.«

Cora horchte auf. »Seid ihr etwa in die Klinik eingebrochen?«

Lena schwieg einen Moment, dann fragte sie kleinlaut: »Bekomme ich deshalb jetzt Ärger?«

Cora überlegte kurz, dann schüttelte sie den Kopf. »Glaube ich nicht. Der Einbruch ist Nebensache. Außerdem weiß doch niemand, dass ihr das Gebäude betreten habt. Das musst du ja nicht erzählen.« Sie hatte angefangen, Lena zu duzen. In Anbetracht ihres jungen Alters ging ihr das Du leichter über die Lippen. »Ich muss dir ja nicht sagen, dass das gefährlich ist, was ihr da treibt. Der Zutritt ist nicht ohne Grund verboten. Das Gebäude ist total baufällig. Das sieht man ja schon von außen.« Sie pustete über ihren Tee hinweg, nippte vorsichtig daran und warf Lena über den Rand ihrer Tasse einen strengen Blick zu. »Was wolltet ihr denn da drinnen?«

Lena knetete nervös ihre Unterlippe, während sie über die Antwort nachdachte. »In dem Gebäude gibt es Geister«, sagte sie schließlich. »Wir wollen mit ihnen Kontakt aufnehmen.«

Coras Mundwinkel zuckten. »Geister? Seid ihr etwa Geisterjäger?«

Das Mädchen lehnte sich zurück und sah Cora fest in die Augen. »Wir bezeichnen uns nicht als Geisterjäger, sondern als paranormale Ermittler.«

Als Cora die Gespanntheit in ihrer Stimme bemerkte, bemühte sie sich rasch um einen neutralen Gesichtsausdruck. Wenn sie nicht wollte, dass das Mädchen sich verschloss, musste sie trotz ihrer Vorbehalte eine gewisse Offenheit signalisieren. »Aha, und wo ist da der Unterschied?«

»Die Leute denken immer gleich an diese Ghostbusters-Filme. Aber das ist Quatsch.« Sie schüttelte den Kopf. »Wir jagen keine Geister. Die allermeisten Geister sind ja auch gar nicht böse. Das Problem ist nur, dass manche Leute Angst bekommen, wenn sie einen Geist in ihrem Haus bemerken.« Sie kratzte sich im Nacken. »Solche Leute nehmen dann über unsere Website mit uns Kontakt auf und bitten um Hilfe.«

»Und was macht ihr dann genau?«

»Wir ermitteln. Das heißt, wir versuchen, mit dem Geist in Verbindung zu treten und herauszufinden, was diese Seele umtreibt. Manchmal können wir das Problem mit den Hausbesitzern gemeinsam lösen und der Geist verschwindet dann. Manchmal arrangieren sich aber auch die Leute mit ihrem Geist und akzeptieren ihn sozusagen als unsichtbaren Mitbewohner.«

»Wie macht ihr das dann mit der Bezahlung?«, erkundigte sich Cora. »Habt ihr einen festen Stundensatz oder ein Erfolgshonorar?«

Lena schüttelte den Kopf. »Nein, wir machen das unentgeltlich. Wir freuen uns immer, wenn wir jemandem weiterhelfen können.«

Cora nickte zufrieden. Zumindest zockten sie die Leute nicht ab.

»Und wie seid ihr auf unser Sanatorium gekommen? Ich kann mir nicht vorstellen, dass euch jemand dafür beauftragt hat.«

»Wir sind nicht die Einzigen, die in dem Gebäude paranormale Aktivitäten festgestellt haben. Es gibt schon verschiedene Berichte im Netz von anderen Leuten, die Beobachtungen gemacht haben. Das hat uns interessiert. Wir wollten selbst mal sehen, was an der Sache dran ist.«

Cora meinte, ein Motorengeräusch zu hören. Sie stand auf, öffnete das Fenster und lauschte. Ja, das Brummen wurde lauter. Und nun konnte sie zwischen den Bäumen auch Lichter erkennen. Sie schloss das Fenster wieder. »Die Polizei kommt, wir sollten uns mal langsam aufmachen.«

Sie tranken noch schnell ihren Tee aus, dann zogen sie sich an und gingen zum Sanatorium hinüber. Während sie nebeneinanderher liefen, knüpfte Cora nochmals an das vorherige Gespräch an.

»Wie funktioniert das denn, diese Kontaktaufnahme mit den Geistern?«

»Wir haben verschiedene Geräte, mit denen wir zum Beispiel elektromagnetische Felder und Temperaturunterschiede messen können. Wir benutzen aber auch Wärmebildkameras oder machen Audioaufnahmen.«

»Damit stellt ihr dann fest, ob es paranormale Aktivitäten gibt«, bemerkte Cora. »Das ist aber ja noch keine Kontaktaufnahme.«

»Die Kommunikation läuft über eine Spirit Box ab. Aber fragen Sie mich jetzt nicht, wie das technisch funktioniert. Ich habe mit diesem ganzen Technikkram eh nichts am Hut.« Auf ihren Lippen zeigte sich ein stolzes Lächeln. »Ich brauch keine Technik. Ich kann paranormale Aktivität spüren. Ich bin hochsensitiv, was das angeht.«

»Dann bist du so eine Art Medium?«, fragte Cora. Obwohl sie sich unvoreingenommen geben wollte, konnte sie nicht vermeiden, dass sich ein skeptischer Unterton in ihre Stimme schlich.

»Gewissermaßen.« Lena deutete auf das Hauptgebäude der alten Lungenheilanstalt. »Da drinnen ist nicht nur ein Geist. Es sind etliche Seelen, die dort herumspuken und keine Ruhe finden, weil sie dort gestorben sind.« Sie schluckte trocken. »Am schlimmsten finde ich, dass die Kinderseelen keinen Frieden finden können.« Ihre Gesichtszüge erstarrten, während ihre Gedanken abschweiften. Es dauerte einige Sekunden, dann klärte sich ihr Blick wieder. »Ich wünschte, ich könnte ihnen irgendwie helfen«, sagte sie seufzend. »Na ja, zumindest stören sie in dem unbewohnten Gebäude niemanden.«

»Und deine Freunde? Haben die mit ihren Geräten tatsächlich irgendetwas messen können?«

»Ob sie heute was messen konnten, weiß ich nicht. Aber beim letzten Mal gab es Auffälligkeiten bei der elektromagnetischen Messung. Außerdem ist im Keller eine Tür, die sich immer von selbst öffnet. Da müsste man mal eine Langzeitaufnahme mit der Wildkamera machen.«

Cora nickte. Sie hatte nur noch halb zugehört. Da vorn stand eine kleine Gruppe von Polizisten, darunter auch Till. Sie wurden bereits erwartet.

7. Kapitel

Till tigerte auf der freien Fläche vor dem Pavillon auf und ab, die glimmende Zigarette in den zitternden Fingern. Im Licht der Scheinwerfer traten die architektonischen Details des Pavillons effektvoll hervor. Doch auch wenn das hell angestrahlte Bauwerk in der Dunkelheit ein Blickfang war, interessierten sich weder er noch die Leute von der Kriminaltechnik für die Verzierungen an den steinernen Säulen. Alle Augen waren auf die Götterstatue gerichtet, die nun unterhalb des Sockels auf einer Plastikplane lag. Seit über einer Stunde schon waren die Kriminaltechniker am Werk. Der Schnee rund um den Pavillon war geräumt worden, ein rot-weißes Absperrband markierte den Arbeitsbereich.

Was für eine Eiseskälte! Trotz gefütterter Stiefel hatte er frostklamme Zehen. In regelmäßigen Abständen warf Till deshalb einen ungeduldigen Blick zu den Kriminaltechnikern hinüber und verfolgte das Voranschreiten der Arbeit. Den Kollegen in ihren weißen Ganzkörperanzügen schien die Kälte nichts auszumachen. Sie waren ganz in ihrem Element. Es war nämlich äußerst schwierig, die Leiche aus der Skulptur herauszubekommen. Die Tonhülle musste zuerst einmal behutsam aufgefräst werden, ehe die Bruchstücke einzeln und mit größter Vorsicht zu entfernen waren.

Auch Staatsanwalt Pfeffer war inzwischen zugegen und wartete. Mit hochgeschlagenem Kragen stand er da, die Hände tief in den Taschen vergraben, und wippte mit den Füßen. Nach Pfeffers Ankunft hatte Till mit ihm ein paar belanglose Worte über den Schnee und die Anfahrt gewechselt, nun aber hatte sich jeder in einer anderen Ecke positioniert. Schweigend warteten sie auf das, was die Kriminaltechnik zutage fördern würde.

»Habt ihr keinen größeren Fräser?«, fragte Till. »Einen Diamantfräser oder so? Damit ginge es doch viel schneller.«

Einer der weißen Overalls drehte sich um. Es war Alex. Till kannte ihn schon von vorherigen Einsätzen. »Hier kannst du nicht mit dem Diamantfräser ran. Wir wollen die Leiche ja möglichst unbeschadet rauskriegen.« Kopfschüttelnd wandte er sich ab. »Da muss sich der Herr Kommissar schon noch ein wenig gedulden.«

»Kriminalhauptkommissar«, brummte Till. »Wenn schon.«

Vom Wald her war ein Auto zu hören. Till sah sich um. Zwischen den Bäumen konnte er bereits die Lichter des Fahrzeugs erkennen. Das musste der Bestatter sein. Er drückte die Zigarette im Schnee aus und verstaute den Stummel in einer kleinen Plastiktüte, die er in der Jackentasche aufbewahrte. Als das Auto in Sichtweite kam, stellte er fest, dass er sich getäuscht hatte – es war Coras silberner Toyota, der vom Bahnhof zurückkam. Nachdem die junge Geisterjägerin ihre Aussage gemacht hatte, war Cora mit ihr nach Bad Wildbad gefahren. Von dort aus konnte das Mädchen den Zug nach Stuttgart nehmen.

Cora parkte auf dem Carport, dann kam sie quer über das Schneefeld zu ihm herübergestapft. Sie sieht müde aus, dachte Till. Und blass. Oder war das nur das Mondlicht? Er lächelte ihr aufmunternd entgegen. »Na, alles klar?«

Auf Coras Gesicht zeigte sich ein schwaches Lächeln. »Hm, es geht so.« Sie wies mit dem Kinn auf den Pavillon. »Und?«

»Ist ein Heidengeschäft, die Leiche freizulegen. Die Kollegen sagen, sie fühlen sich fast schon wie Archäologen. Würd mich nicht wundern, wenn sie demnächst auch noch ihre Pinselchen auspacken.«

»Wäre es dann nicht gescheiter, die Leiche mitsamt Statue in die Rechtsmedizin zu verfrachten?«

»Sie meinten, das Ding sei zu sperrig, um es im Ganzen in den Leichenwagen reinzukriegen. Deshalb wollten sie den Körper lieber hier vor Ort rausholen. Pfeffer hat den Meyer aus der Rechtsmedizin herbestellt. Der übernimmt die Leichenschau.« Er verdrehte die Augen. »Und ich frier mir hier derweil die Zehen ab.«

Cora sah sich suchend um. »Wo ist denn der Leichenwagen?«

»Der ist noch nicht da. Steckt auf halber Strecke fest. Der Bestatter hat vorhin angerufen. Er ist wohl irgendwo falsch abgebogen und hat sich dann total verfranzt. Jetzt muss er erst einmal Schneeketten aufziehen.«

Cora verschränkte die Arme vor der Brust und schob ihre Hände unter die Achseln. »Falls ihr euch zwischendurch aufwärmen wollt, könnt ihr gern auch zu mir kommen.«

Die Aussicht auf einen heißen Kaffee in Coras warmer Küche war verlockend. Allerdings sah es nicht danach aus, als beabsichtigten die Kriminaltechniker, eine Pause zu machen. Er senkte die Stimme: »Nettes Angebot, aber ich fürchte, die sind viel zu vertieft in ihr Geschäft. Und so lange die hier werkeln, kann ich auch nicht weg.«

Eine Weile lang beobachteten sie still, wie die Spusi ihrer Arbeit nachging, dann meinte Cora: »Gut, dass meine Eltern das nicht mehr mitbekommen. Meiner Mutter hätte der Leichenfund bestimmt zu schaffen gemacht. Für sie war das hier eine heile Welt, ein sicherer Rückzugsort. Idylle.«

Till musterte Cora verstohlen. Äußerlich wirkte sie gefasst, aber in ihrem Innersten sah es gewiss anders aus. »Und wie geht es dir damit?«, fragte er sanft.

Cora überlegte, dann schüttelte sie matt den Kopf. »Ich bin zig Mal an dieser Statue vorbeigelaufen. Das ist jetzt im Nachhinein schon ein seltsamer Gedanke.« Sie schüttelte sich. »Gruselig!«

»Weißt du, wie lange die Skulptur hier schon steht?«

Sie überlegte. »Hm, ich habe mal so eine alte Postkarte aus den Sechzigerjahren gesehen, als die Kurklinik noch in Betrieb war. Da gab es den Pavillon noch nicht.«

Till warf dem Bauwerk einen abschätzenden Blick zu. »Ein paar Jahrzehnte werden es aber schon sein. Sieht ja ziemlich verwittert aus.« Er wandte sich an die Kriminaltechniker. »Was denkt ihr, wie lange die Leiche bereits in dieser Statue steckt?«

»Mindestens zehn Jahre«, rief Ute zurück. Ute war die einzige Frau im Spusi-Team und meist etwas auskunftsfreudiger als ihre männlichen Kollegen. »Könnten aber auch zwanzig oder dreißig Jahre sein. Das lässt sich ohne Obduktion schwer sagen. Die Leiche ist nämlich mumifiziert.«

Till zog erstaunt die Augenbrauen hoch. »Echt jetzt? Das ist eine Mumie?«

»Ja«, sagte Ute gedehnt. »Das erklärt auch, weshalb die Leiche so lange nicht entdeckt worden ist. Andernfalls hätten die Überreste so furchtbar gestunken, dass man das auch durch die Hülle hindurch gerochen hätte.«

»Und aus welchem Material besteht die Hülle?«

»Soweit wir das ohne Analyse sagen können, besteht sie hauptsächlich aus Ton. Es wurde aber vermutlich auch noch Gips oder Zement beigemischt.«

»Und das ist frostfest?«, fragte Till erstaunt.

»Das Material ist auf jeden Fall wetterfest, bedingt auch frostfest.« Ute rieb sich den unteren Rücken. »Ich vermute mal, dass der Ton deshalb zusätzlich mit einem speziellen Schutzlack oder einem Harz versiegelt worden ist. Dass die Hülle dennoch gesprungen ist, kann man sich mit den extremen Minusgraden in letzter Zeit erklären. Mit den Jahren wird das Material natürlich spröde und bekommt kleine Risse. Da reicht eine etwas festere Berührung, und schon platzt die Hülle.« Sie wandte sich ab, um ihre Arbeit fortzusetzen.

Till tastete nach der Zigarettenschachtel in seiner Jackentasche. Beim Rauchen konnte er besser denken. Er hatte die Packung gerade schon in der Hand, als er zögerte. Hatte er sich nicht erst an Silvester vorgenommen, künftig weniger zu rauchen? Das war gerade mal sechs Tage her. Seufzend zog er die Hand wieder aus der Tasche. Mal sehen, ob seine Gehirnzellen auch ohne Nikotin funktionierten ... Der Künstler war mit der Schaffung dieser Skulptur ein großes Risiko eingegangen. Es musste ihm ja klar gewesen sein, dass die Sache jederzeit auffliegen konnte. Wer das Kunstwerk angefertigt hatte, konnte man leicht herausfinden. Aber offenbar hatte er geglaubt, die Statue sei ein sicheres Versteck. Er hatte auf die Wetterfestigkeit seiner Skulptur vertraut. Gut, wenn diese Geisterjägerin dem Äskulap nicht zu nahe gekommen wäre, hätte der Plan tatsächlich aufgehen können. Aber weshalb verewigte man sein Opfer überhaupt in so einer Statue und stellte sie auf? Er wandte sich an Cora: »Was meinst du? Welches Tatmotiv könnte hier dahinterstecken?«

Cora überlegte einen Moment, dann antwortete sie: »Kommt darauf an, ob wir es mit einem oder mehreren Tätern zu tun haben. Falls es mehrere Täter waren, könnte es sich um einen Ritualmord handeln. Oder um eine Racheaktion.« Sie rieb sich nachdenklich die Nase. »Falls es sich hingegen um einen Einzeltäter handelt, könnte ein persönliches Motiv dahinterstecken. Enttäuschte Liebe, die in Hass umgeschlagen ist. Vielleicht hat er durch die Tat auch seine Unterlegenheitsgefühle kompensiert. Er demütigt sein Opfer über den Tod hinaus, indem er es zu einer Skulptur degradiert.«

»Könnte die Art der Inszenierung nicht auch für eine Wiedergutmachung der Tat sprechen?«

Cora schüttelte den Kopf. »Eher nicht. Ein Täter, der Schuldgefühle hat, lässt die Leiche meist in Schlafposition zurück. Oder sie liegt auf dem Bauch, weil er es nicht verkraftet, das Gesicht zu sehen.« Sie zuckte mit den Schultern. »Wenn ein Täter die Persönlichkeit des Opfers verdrängt, hatte er entweder eine enge Beziehung zum Opfer oder die Tat ist im Affekt geschehen. Ich denke aber eher, dass wir es hier mit einem Täter zu tun haben, der geplant vorging. Die Idee mit der Skulptur wird ihm ja wohl kaum spontan eingefallen sein.«

Till nickte. »Ich werde mich morgen mal in den umliegenden Gemeinden erkundigen, ob jemand weiß, wer diese Skulptur hergestellt hat. Womöglich ist der Künstler ja in der Region bekannt und hat noch mehr Werke geschaffen, die öffentlich zugänglich sind.« Er räusperte sich. »Da drüben hinter dem hohen Gestrüpp gibt es ja auch noch ein paar kleinere Figuren.«

Er deutete vage in die Richtung, wo er die Skulpturengruppe vermutete. »Hast du dir die schon mal angesehen? Vielleicht stammen die ja vom selben Künstler.«

»Die vier Jahreszeiten?«, fragte Cora und zog zweifelnd die Augenbrauen zusammen. »Das glaube ich nicht. Die sind bestimmt viel älter.«

»Komm«, sagte er und gab ihr einen Wink, »lass uns die mal aus der Nähe anschauen.«

8. Kapitel

Das Standbild der vier Jahreszeiten wirkte ein wenig verloren zwischen den Tannen und wilden Beerenhecken, die es umgaben. In früheren Zeiten hatte das Ensemble womöglich in einem Zusammenhang mit dem Wegekonzept des Parks gestanden, heute dagegen schienen die Figuren am falschen Platz zu sein.

Till trat an eine der Statuen heran und nahm sie im Licht seiner Handylampe genauer unter die Lupe. Die Figur, die ihm gerade mal bis zur Brust reichte, hatte einen Blumenkorb im Arm und verkörperte demnach den Frühling. Cora hatte recht. Diese Jahreszeitenfigur schien in der Tat älter als der Äskulap zu sein. Allerdings stand das Ensemble im Gegensatz zu der Statue im Pavillon völlig frei und ungeschützt. Regen und Schnee hatten den Plastiken zugesetzt, Nasenspitzen, Haare und Finger waren bereits teilweise abgebröckelt. Vom Stil und auch vom Material her ähnelten die Jahreszeiten jedoch der Götterstatue. Nachdenklich legte er die Stirn in Falten. War es vorstellbar, dass …

Nein, der Gedanke war absurd. Die Statuen waren viel zu klein für einen Menschen. Es sei denn … es sei denn, es handelte sich um sehr kleine Menschen. Auf einmal kam ihm die

Kälte unerträglich vor. Es war eine innere Kälte, die plötzlich von ihm Besitz ergriffen hatte und seinen Körper durchdrang. Langsam ließ er den Lichtkegel der Taschenlampe über die kindlichen Gesichtszüge der Figur hinweggleiten.

»Irgendwas stört mich an der Darstellung«, drang Coras Stimme an sein Ohr. »Die Gesichter sind zwar wirklichkeitsgetreu nachgebildet, aber die Mimik ist nicht fröhlich genug. Gut, beim Winter lass ich mir das noch gefallen, aber beim Frühling sollte das Kind doch …«

Till signalisierte Cora mit einer Handbewegung zu schweigen. Mit versteinerter Miene beugte er sich zu der Statue hinunter und klopfte an verschiedenen Stellen gegen die Außenhaut. Es klang hohl …

Cora hatte ihm still zugesehen. Nun schüttelte sie vehement den Kopf und wisperte: »Nein, Till. Nein. Das kann nicht sein.«

Ich muss es wissen, schoss es Till durch den Kopf. Jetzt gleich. Ohne ein weiteres Wort nahm er seinen Schal ab und wickelte ihn um seine Hand herum. Dann holte er aus und ließ seine Faust auf den Oberkörper der Statue krachen. Die Zähne fest aufeinandergepresst, schlug er zu, wieder und wieder – und hoffte dabei inständig, dass er sich irrte.

Endlich gab die Hülle nach und brach auf. Aus dem Augenwinkel heraus sah er, dass Cora die Hand vor den Mund geschlagen hatte. Till riss sich den Schal von der Hand und vergrößerte mit den Fingern das entstandene Loch. Noch ein Stück. Und noch ein Stück. Er griff in die Öffnung hinein und holte zerfleddertes Papier heraus.

Der Morgen graute schon, als aus Tills schlimmer Ahnung Gewissheit geworden war. Ein Schlüsselbein war bereits sichtbar, als Till seine Faust erneut mit dem Schal umwickelte. Doch da packte ihn Cora plötzlich am Arm. »Hör auf«, sagte sie laut. »Das bringt nichts. Da muss die Spurensicherung ran.«

Till ließ die Faust sinken und sah sie an. In Coras Augen standen Tränen.

* * *

Keiner der Kriminaltechniker sprach auch nur ein Wort, als sie die vier kleinen Statuen nebeneinander auf die Plastikplane legten. Till, Cora und Staatsanwalt Pfeffer standen in nächster Nähe stumm beisammen und verfolgten das mit, was vom Verstand her nicht zu begreifen war. Und obwohl alle längst eine Pause gebraucht hätten und völlig durchgefroren waren, kam niemand auf die Idee, die Arbeit zu unterbrechen. Das, was hier getan werden musste, war zu schrecklich, um eine Pause einzulegen. Die Gefahr war zu groß, dass man nach dem Durchatmen nicht mehr die mentale Kraft fand, die Arbeit fortzuführen. Till hatte irgendwann jegliches Zeitgefühl verloren. Bis man auch die letzte der vier Kinderleichen aus der tönernen Hülle befreit hatte, war die Sonne jedenfalls längst aufgegangen.

9. Kapitel

Es war schon gegen sechzehn Uhr, als Cora erwachte. Durch die ausgesägten Herzen der geschlossenen Fensterläden fielen die schrägen Strahlen der Nachmittagssonne ins Zimmer. Sie blickte zur Seite. Till schlief noch tief und fest. Die Decke hatte er bis zum Kinn hochgezogen.

Die Untersuchungen am Fundort hatten sich bis in die späteren Morgenstunden hingezogen. Es war ein grauenvoller Prozess gewesen, die Kinderleichen aus den Statuen zu schälen. Gegen halb zehn Uhr hatte die Kriminaltechnik dann endlich ihre Arbeit für beendet erklärt und die Leichen für den Transport ins rechtsmedizinische Institut freigegeben. Till hatte Cora nach Hause begleitet und sich spontan dazu entschlossen, bei ihr zu schlafen. Durchgefroren bis auf die Knochen waren sie ins Bett gekrochen und hatten sich bibbernd aneinandergeschmiegt. Till war vor Erschöpfung rasch eingeschlafen, Cora dagegen hatte noch eine ganze Weile lang wach gelegen. Die entsetzlichen Eindrücke der letzten Stunden geisterten in ihrem Kopf herum und ließen sie nicht in den Schlaf finden. Die mumifizierten Körper der Kinder waren so zart und zerbrechlich gewesen, dazu die kleinen Totenschädel … der blanke

Horror! Als sie endlich doch noch vom Schlaf übermannt worden war, hatte sie wirre Träume gehabt.

Obwohl sie um die fünf Stunden geschlafen hatte, fühlte sie sich gerädert und gänzlich unausgeschlafen. Mit einem leisen Stöhnen streckte sie sich, dann stand sie auf und zog sich an. In der Küche machte sie sich zuerst einmal einen Kaffee. Auf dem Tisch standen immer noch die Tassen, die sie mit Lena benutzt hatte. Wenigstens hatte das Mädchen von den Kinderleichen nichts mehr mitbekommen. Sie war auch so schon ganz aufgelöst gewesen. Cora öffnete den Geschirrspüler und räumte die Tassen ein. Als sie die Klappe des Gerätes wieder zudrückte, fiel ihr noch etwas anderes ein. Wenn die Neuigkeit über die Leichenfunde bis zu den Geisterjägern durchdrang, konnten sie sich hier vor Sensationslustigen bestimmt bald nicht mehr retten. Aber gut, das war im Moment gewiss das kleinste Problem.

Während die Kaffeemaschine leise vor sich hin gluckerte, blickte Cora nachdenklich aus dem Fenster. Weshalb hatten diese Kinder und die erwachsene Person sterben müssen? Auf welche Weise hatte man sie umgebracht? Und warum, um Gottes willen, hatte der Mörder all diese Toten in Statuen gesteckt und aufgestellt? Der Duft des frisch gebrühten Kaffees stieg ihr in die Nase. Seufzend drehte sie sich um und ging zu der dampfenden Kaffeemaschine hinüber. So wie die knatterte, stand mal wieder eine Entkalkung an. Sie zog die Kanne heraus, goss sich das schwarze Gebräu in die Tasse und nippte sogleich daran. Heiß und bitter. Das brauchte sie jetzt, um wieder in Schwung zu kommen. Sie hatte sich gerade an den Küchentisch gesetzt, als Till hereinkam.

»Oh, Kaffee! Sehr gut. Hast du für mich auch eine Tasse?« Er strich sich mit der Hand durch die verwuschelten Haare und dehnte sich. »Mensch, bin ich k. o.!«

Cora füllte eine weitere Tasse mit Kaffee und reichte sie Till mit einem müden Lächeln.

»Tja, wirst leider trotzdem ins Büro müssen.«

»Klar, es gibt fünf Mordfälle zu klären. Womöglich sogar sechs.« Er verzog das Gesicht. »Da weiß man ja gar nicht, wo man anfangen soll.«

»Also, wenn ich dir helfen kann, dann sag Bescheid«, bot Cora an.

Till setzte sich Cora gegenüber und nickte. »Du könntest mir ein wenig Insiderwissen zum Sanatorium geben. Was weißt du über diesen Ort? Gibt es irgendwelche Geschichten, die man sich in der Nachbarschaft erzählt? Oder gibt es Gerüchte über Leute, die hier früher gelebt haben?«

Cora überlegte. »Klatsch und Tratsch über die Klinik ...« Sie schüttelte den Kopf. »Ne, alte Geschichten von früher kenne ich keine. Die Nachbarn unterhalten sich nur über aktuelle Probleme. Da geht es um die Einbrüche durch Jugendliche und den zunehmenden Vandalismus zum Beispiel. Die meisten wohnen hier ja auch noch gar nicht so lange.« Sie zuckte mit den Schultern. »Ich kann dir nur allgemein etwas zur Klinik erzählen.« Sie sah ihn fragend an. »Interessiert dich das?«

»Klar, je mehr Infos ich habe, umso besser.«

»Okay«, sagte sie gedehnt. »Also, das Sanatorium ist Anfang des zwanzigsten Jahrhunderts erbaut worden. 1906 oder 1907, weiß nicht mehr, wann genau. Ursprünglich war das hier eine Heilstätte für Tuberkulosekranke. Das Sanatorium muss einen guten Ruf gehabt haben. Es gab Liegehallen im Freien, wo die Kranken stundenlang herumlagen, um frische Luft zu tanken. Auf alten Postkarten sieht man, dass hier ganz schön was los war. Damals war die Anlage natürlich schön angelegt und noch sehr gepflegt. Es gab den Kurpark und sogar eine Gaststätte mit kleinem

Biergarten. Für die Ärzte und Angestellten hat man die Wohnhäuser gebaut.«

»Woher weißt du das denn alles?«, fragte Till verwundert. »Von deinen Eltern?«

»Nein, in Schömberg gibt es ein Heimatmuseum. Da ist das alles dokumentiert und beschrieben.« Sie lächelte. »Es hat mich natürlich interessiert, welche Vorgeschichte der Wohnort meiner Eltern hat. Wenn man dort lebt, hat man das Sanatorium ja ständig vor Augen.«

Till nickte. Nach einer kurzen Pause meinte er: »Aber wenn die Klinik so einen guten Ruf hatte – weshalb ging es dann doch irgendwann bergab?«

»Weil man in der medizinischen Forschung Fortschritte gemacht hat. Robert Koch hat das Ganze mit seiner Tuberkuloseforschung in Afrika angestoßen. In der Zeit danach hat man immer effektivere Behandlungen entwickelt. Und irgendwann war die Tuberkulose in Deutschland eben so gut wie ausgemerzt. Tja, und deshalb wurde die Lungenheilanstalt in den Neunzigerjahren endgültig geschlossen.« Sie seufzte. »Seitdem zerfällt das Gebäude von Tag zu Tag immer mehr …«

»Na ja, grundsätzlich kann man ja froh sein, dass diese Krankheit besiegt ist und man solche Sanatorien heutzutage nicht mehr braucht. Aber was das Gebäude angeht – warum reißt man das nicht einfach ab? Das ist inzwischen ja nur noch eine Baracke.«

»Geht nicht«, antwortete Cora und schüttelte den Kopf. »Das Hauptgebäude steht unter Denkmalschutz.«

Till verdrehte die Augen. »Was will das Denkmalamt denn mit dieser Bruchbude machen? Das Gebäude ist so runtergekommen, das kann man nicht mehr sanieren.«

Cora zuckte mit den Schultern. »Ursprünglich wäre eine Sanierung wohl schon noch möglich gewesen. Die Klinik hat in den letzten Jahren mehrfach den Besitzer gewechselt. Letztlich scheitert es dann aber doch immer an der Finanzierung.« Sie seufzte. »Der letzte Käufer hat den Kasten für null Euro ersteigert. Daraufhin hat er ein Absperrband drumherum gezogen und ist unbekannt verzogen. Man vermutet, dass er ins Ausland abgehauen ist. Jetzt soll es bald die nächste Zwangsversteigerung geben.«

Till schnalzte missbilligend mit der Zunge. »Das Ding wollt ich nicht mal geschenkt haben.«

»Und wenn jetzt noch rauskommt, dass man auf dem Gelände Leichen gefunden hat, ist es sicher ganz aus«, meinte Cora matt. »Wer will in so einen Ort schon noch sein Geld reinstecken?«

»Wobei es durchaus möglich ist, dass der Tatort sich ganz woanders befindet«, wandte Till ein.

»Du musst rausfinden, wo der Bildhauer sein Atelier hatte«, schlug Cora vor. »Vielleicht ist das der Tatort.«

»Wenn wir es hier überhaupt mit einem echten Künstler zu tun haben …«

»Die Statuen wurden so professionell gestaltet; ganz sicher war da ein echter Künstler am Werk. Was speziell den Äskulap angeht, da hat der Künstler – oder die Künstlerin – den Toten außerdem regelrecht inszeniert. Der Pavillon diente als Wetterschutz und rückte die Skulptur gleichzeitig in den Mittelpunkt. Das scheint alles äußerst durchdacht zu sein.« Sie griff nach ihrem Zopf und legte ihn sich nach vorn über die Schulter. »Der Äskulap wurde mit Sicherheit speziell für diesen Ort hier angefertigt. Der Gott der Medizin passt ja perfekt in den Garten einer Klinik.«

»Auch die Kinderleichen wurden inszeniert«, erwiderte Till.

»Richtig«, bestätigte Cora und rieb sich nachdenklich die Stirn. »Wobei ich mir dabei aber noch nicht über die zeitliche

Reihenfolge im Klaren bin. Ich meine, wir gehen ja davon aus, dass zuerst die Leichen da waren und der Mörder daraufhin den Plan mit den vier Jahreszeiten entwickelte.« Sie lehnte sich nach vorn. »Es könnte ja aber auch genau andersherum gewesen sein. Stell dir vor, er hat wahllos vier Kinder getötet, *weil* er dieses Jahreszeiten-Standbild schaffen wollte.«

Till sah Cora einen Moment lang verblüfft an, dann atmete er vernehmlich aus. »Der Gedanke ist ja abartig! Du meinst, wenn er die neun Musen der Kunst dargestellt hätte, hätte er im Umkehrschluss dafür neun Menschen getötet?«

Cora zuckte mit den Achseln. »Beides ist denkbar. Wenn es ihm nur darum gegangen wäre, die Leichen zu entsorgen – weshalb hätte er das auf eine so aufwendige Art tun sollen? Zuerst mumifiziert er die Menschen, dann passt er die Skulpturen an die Leichen an.« Sie schüttelte den Kopf. »Man muss echt abgebrüht sein, um einen Menschen auf diese Art zu entsorgen. Und es ist enorm zeitaufwendig.« Sie deutete mit einer vagen Geste aus dem Fenster. »Falls sich der Tatort hier auf dem Gelände befindet, hätte er die Leichen einfach im Wald verbuddeln können.«

Till stimmte ihr mit einem schwachen Kopfnicken zu und konzentrierte sich dann wieder auf seinen Kaffee. Während sie still an ihren Tassen nippten, zupfte Cora an den Haarspitzen ihres Zopfes herum und dachte nach. Ihre Intuition sagte ihr, dass die Inszenierung der Leichen von besonderer Bedeutung war. Indem der Künstler die Toten zur Skulptur machte, setzte er ihnen zugleich ein Denkmal. Dafür musste es einen Grund geben.

Der Klang von Tills abgestellter Tasse holte sie aus den Gedanken zurück. »Ich muss los«, verkündete er, beugte sich über den Tisch hinweg und gab ihr einen Abschiedskuss. »Könntest du dich mal in der Nachbarschaft über den Bildhauer und die Skulpturen umhören? Vielleicht weiß ja doch jemand darüber Bescheid.«

»Mach ich«, sagte Cora und lächelte. Sie war froh, dass sie etwas Sinnvolles tun konnte. Und sie wusste auch schon, wo sie mit ihren Erkundigungen beginnen würde. Wenn sich jemand bezüglich des Sanatoriums auskannte, dann war das Peter.

10. Kapitel

Peter Schulz wohnte im Haus nebenan. Er war mit seinen achtzig Jahren der älteste Bewohner der kleinen Siedlung. Peter lebte schon lange hier. So lange, dass er die guten Zeiten des Sanatoriums noch miterlebt hatte. Er war aus beruflichen Gründen hergekommen und hatte an der Klinik als Facharzt für Lungenheilkunde gearbeitet. Da es praktischer gewesen war, vor Ort zu wohnen, war er schließlich mit seiner Frau Frida und den drei Söhnen in eines der bestehenden Wohnhäuser eingezogen. Coras Mutter hatte sich nach ihrem Einzug ins Nachbarhaus mit Frida angefreundet. Wenn der Eindruck ihrer Mutter stimmte, hatte das Ehepaar Schulz eine außergewöhnlich wertschätzende und innige Beziehung zueinander gehabt. Als Frida dann vor sechs Jahren nach kurzer Krankheitsphase an Krebs verstorben war, hatte sie Peter in tiefer Trauer zurückgelassen. Unmittelbar nach Fridas Tod hatten sich die Nachbarn verstärkt um ihn gekümmert. Irgendwann war ihnen jedoch klar geworden, dass er über das bestehende nachbarschaftliche Verhältnis hinaus keine Gesellschaft wünschte. Zu Grillfesten und Geburtstagsfeiern kam er gern, ansonsten lebte er jedoch eher zurückgezogen.

Cora kannte Peter Schulz nicht näher, dennoch hatte er schon immer einen sympathischen Eindruck auf sie gemacht. Intelligent und belesen, zugleich zurückhaltend, bescheiden und stets hilfsbereit – so hatte sie ihn kennengelernt. Obwohl er einen Doktortitel besaß, führte er diesen nur bei offiziellen Anlässen im Namen an. Auf seinem Klingelschild stand schlicht »Schulz«, und in der Siedlung bestand er darauf, von allen beim Vornamen genannt zu werden.

Ein schmaler Pfad führte in direkter Linie durch den Schnee bis zur Haustür hin. Cora klopfte ihre Schuhe auf der Fußmatte ab und drückte dann auf die Klingel. Es dauerte nur wenige Sekunden, dann hörte sie Schritte und die Tür wurde geöffnet. Obwohl Peter nicht mit Besuch gerechnet hatte, war er wie immer ordentlich gekleidet. Zur grauen Stoffhose trug er ein blaues, gebügeltes Hemd und lederne Pantoffeln.

»Hallo, Peter«, sagte Cora und lächelte. »Entschuldige den Überfall. Ich …«

Auf Peters Gesicht zeigte sich ein Lächeln. »Ah, Cora!«, fiel er ihr ins Wort. »Wie schön, komm rein, komm rein!« Er öffnete die Tür bis zum Anschlag und machte eine einladende Geste. Im Flur nahm er ihr den Mantel ab, hängte ihn an die Garderobe und bat sie ins Esszimmer.

»Darf ich dir einen Tee anbieten?«, fragte er beflissen, während er einen Stuhl am Tisch herauszog und Cora darauf Platz nehmen ließ. »Oder lieber Kaffee?«

»Was dir weniger Umstände macht«, entgegnete Cora.

»Einen Kräutertee hätte ich schon zubereitet«, sagte Peter. »Aber ich mach dir auch gern …«

»Kräutertee ist prima«, erwiderte Cora rasch.

Peter nickte und schlurfte in die Küche. Cora lehnte sich auf dem Stuhl zurück und sah sich um. Es war gewiss schon zwei, drei Jahre her, dass sie das letzte Mal bei Peter zu Besuch gewesen war. Damals hatte sie gemeinsam mit ihrer Mutter hier am Tisch gesessen. Was die Einrichtung anging, war alles gleich geblieben. Esszimmer und Wohnzimmer waren durch einen halbrunden Durchgang miteinander verbunden. Das Erste, was einem ins Auge stach, war die beeindruckende Büchersammlung in beiden Räumen. Die Bücherregale reichten bis zur Decke und reihten sich an mehreren Wänden entlang. Ansonsten war der Wohnbereich eher schlicht eingerichtet. Im Wohnzimmer befand sich ein großes Ledersofa, an der gegenüberliegenden Wand hing ein kleiner Fernseher. Vor einem der Bücherregale stand ein bequemer Ohrensessel, vom Blick her ausgerichtet auf den Holzofen in der Ecke. Eine Sammlung weißer Orchideen schmückte das Esszimmerfenster, das Wohnzimmer wurde durch mehrere große Palmen begrünt.

Aus der Küche ertönte ein Klirren. Cora erhob sich ein Stück und wandte den Kopf der Küchentür zu. »Brauchst du Hilfe?«

»Nein, nein«, rief Peter mit brüchiger Stimme zurück. »Mir ist nur die Tasse runtergefallen. Ich komme gleich.«

Als Cora hörte, wie er die Scherben zusammenfegte, ließ sie sich zögernd zurück auf den Stuhl sinken. Peter mochte es nicht, wenn man ihm unnötig zu Hilfe eilte. Das wusste sie. Allerdings erschien er ihr heute gebrechlicher als bei ihren letzten Begegnungen außerhalb des Hauses. Wie er wohl inzwischen so ganz allein im Haushalt zurechtkam? Sie ließ ihren Blick über die Familienfotos gleiten, die neben dem Esstisch auf der Kommode standen: ein gerahmtes Bild von Frida, auf dem sie herzhaft lachte, daneben ein Hochzeitsfoto von dem frisch vermählten Ehepaar Schulz, rechts davon ein Familienbild aus glücklicheren Zeiten. Zumindest seine Söhne kamen in regelmäßigen Abständen abwechselnd vorbei und sahen nach ihm.

Peter kam herein und balancierte ein Tablett vor sich her. Den Blick hatte er fest auf die beiden vollen Teetassen gerichtet.

»So, bitte schön.« Mit zitternden Händen stellte er das Tablett auf dem Tisch ab. Mit einem freundlichen Kopfnicken nahm Cora die Tassen und den Gebäckteller vom Tablett herunter und deckte den Tisch damit. Peter zog die Kerze, die in der Mitte des Tischs stand, heran und reichte ihr ein Päckchen Streichhölzer. »Würdest du bitte?« Er lächelte verlegen.

»Hast du mitbekommen, dass die Polizei da war?«, fragte Cora, während sie die Kerze anzündete.

Peter nickte und strich mit den zitternden Fingern über das Tischtuch. »Ja, von Marion. Sie hat heute Morgen einen Rundruf gemacht und uns alle informiert.«

Informiert? Cora horchte erstaunt auf. »Was hat sie denn gesagt?«

»Sie hat gesagt, dass im Kurpark mehrere Leichen gefunden worden sind«, erwiderte Peter. Seine Finger flatterten auf dem Tischtuch hin und her, während er sprach.

»Woher weiß sie das denn?«, fragte Cora verwundert.

»Sie hat heut früh mit dem Leichenbestatter gesprochen.«

»Ach so.« Cora runzelte die Stirn. Davon hatte sie nichts mitbekommen. »Hat sie noch was erzählt?«

»Sie hat gesagt, die Leichen seien in den Statuen versteckt gewesen.« Seine trüben Augen wurden auf einmal feucht. »Das ist … das ist so schrecklich. Ich kann das gar nicht glauben!«

»Ja, es ist unfassbar«, bestätigte Cora und seufzte. »Der Anblick der Kinderleichen war kaum auszuhalten.«

Peters Augen weiteten sich. »Kinder?«, fragte er heiser. »Was für Kinder?«

Cora griff nach der Tasse und umklammerte das heiße Porzellan mit den Händen. »Wir wissen nicht, was das für Kinder sind. Die Leichen sind jetzt in der Rechtsmedizin.«

Der alte Mann starrte ins Leere und nickte.

Cora ließ ihm die Zeit, die er brauchte, um sich zu sammeln. Peter war zutiefst betroffen. Er war so in seine Gedanken vertieft, dass er seine Besucherin gar nicht mehr wahrzunehmen schien. Es dauerte ein, zwei Minuten, dann wurde sein Blick wieder klar.

»Waren in allen Statuen Leichen?«, fragte er.

»Ja, wir haben die Leiche von einer erwachsenen Person und vier Kinderleichen gefunden.« Sie machte eine Pause. »Kennst du den Bildhauer, der die Statuen angefertigt hat?«

Peter holte Luft. »Das war der Stoll«, stieß er hervor. »Hugo Stoll.«

Cora riss die Augen auf und beugte sich nach vorn. »Hugo Stoll? Sicher?«

»Ja, Hugo Stoll«, bestätigte Peter. »Von ihm stammt der Äskulap. Ob er die anderen Statuen auch gemacht hat, das weiß ich nicht. Die sind nämlich älter. Aber beim Äskulap bin ich mir sicher.« Er nickte. »Ich weiß das deshalb so genau, weil das Hugos letztes Werk war. Noch im selben Jahr ist er gestorben.«

Was? Cora erstarrte. Der Künstler war tot?

»Äh, und wann war das?«

Peter dachte nach. »Hm, das ist schon lange her. Ich denke mal, so um die dreißig Jahre.« Er legte die Stirn in Falten. »Das war in den Neunzigern.«

»Woran ist er denn gestorben?«, fragte sie leise.

»Es war ein Autounfall. Da hatten wir so viel Schnee wie jetzt. Die Straße war nicht geräumt und der Hugo war wohl zu schnell unterwegs. Er ist an einem steilen Stück von der Straße abgekommen.«

Cora ließ enttäuscht die Schultern sinken. Das würde schwierig werden, den Fall nach all der Zeit aufzuklären. Zumal der mutmaßliche Täter tot war ...

»Und die Statuen von den vier Jahreszeiten? Du sagst, die sind älter?«

73

Peter seufzte. »Ja, aber von wann, kann ich dir leider auch nicht sagen.« Er hielt sich mit einer Hand am Tisch fest. »Als wir hierhergezogen sind, da waren die Statuen schon da.« Er zuckte mit den Schultern. »Ich habe nie nachgefragt, von wem diese Skulpturen stammen. Es hat mich nicht interessiert und irgendwie hat man auch nie darüber gesprochen.« Er machte eine Pause. »Der Hugo war ja auch in erster Linie Maler – und kein Bildhauer. Ich bin immer davon ausgegangen, dass der Äskulap seine einzige Skulptur war. Ich vermute mal, dass es eine Auftragsarbeit gewesen ist. Von der Klinik aus.«

»Was hat er denn so gemalt, dieser Stoll?«

Peter hielt sich mit beiden Händen am Tisch fest, drückte sich hoch und schlurfte zu der Stehlampe hinüber, die in der Ecke stand. »Ist schon so dämmrig draußen«, erklärte er und drückte mit dem Fuß auf den Einschaltknopf am Boden. Mit langsamen Schritten kam er an den Tisch zurück, ließ sich auf den Stuhl nieder und nahm den Gesprächsfaden wieder auf. »Hugo war meiner Meinung nach kein großer Künstler«, sagte Peter und wiegte den Kopf. »Wobei ich natürlich kein Kunstexperte bin … Aber er hat eigentlich immer die gleiche Art von Bildern gemalt. Düstere Bilder von Bäumen und Waldtieren.« Er lächelte müde. »Vielleicht hätte er mal andere Orte besuchen müssen, um neue Inspirationen zu erhalten. Er hat mit seiner Kunst jedenfalls, soweit ich weiß, keinen großen Erfolg gehabt. Aber irgendwie hat er sich doch damit über Wasser gehalten.« Er zuckte mit den Schultern. »Ich kannte ihn nicht gut.«

»Wo hat er denn gelebt?«, hakte Cora nach.

»Hier. In einem Nebengebäude hinter der Klinik. Da hatte er eine kleine Wohnung und auch sein Atelier.«

»Allein? Hatte er keine Familie?«

Peter schüttelte den Kopf. »Nein, er hatte weder Frau noch Kinder. Ich denke mal, eine Frau hätte sich auch schwergetan, mit ihm zu leben. Äußerlich sah er nicht schlecht aus, groß und kräftig gebaut, mit wallenden, dunklen Haaren und Vollbart. Er sah ein bisschen aus wie dieser Riese Hagrid. Aber ich glaube, er hatte gar keinen Blick für Frauen.« Er nahm zwischendurch einen Schluck Tee und fuhr dann fort. »Hugo war ein Eigenbrötler. Ruhig und ...« Er suchte nach dem richtigen Wort. »Na ja, sagen wir mal so, er war nicht gerade ein Intellektueller. Dafür war er praktisch begabt. Er konnte alles reparieren. Und er war ein Tüftler. Er hat alte, kaputte Sachen recycelt – zum Beispiel alte Schuhe und Schubladen bepflanzt oder alte Dosen zu Windlichtern umgestaltet.«

»Mochtest du ihn?«, fragte Cora geradeheraus.

Peter überlegte kurz. »Nicht sonderlich. Er war mir zu verschroben. Eine Zeit lang hat er sich zum Beispiel in einem selbst gezimmerten Sarg nachts in den Wald gelegt, um Wildschweine zu beobachten.«

Cora horchte auf. Das klang befremdlich ...

»Ja, er war ein komischer Kauz.« Peter sah Cora durchdringend an. »Aber einen Mord ...« Seine Augen wurden glasig. »Also, dass der Hugo ein Mörder gewesen sein soll, das kann ich mir nicht vorstellen. Die Toten ... diese toten Kinder ..., vielleicht ...« Er brach ab und fuhr sich mit der Hand über den Mund. »Ach, ich weiß nicht.« Er lächelte gequält, legte die Hände auf die Knie und lehnte sich nach vorn.

Cora beobachtete ihn aufmerksam. Die Körperhaltung, die der alte Mann eingenommen hatte, signalisierte, dass er sich überfordert fühlte und das Gespräch beenden wollte. Sie sah demonstrativ auf die Uhr. »Oh, schon so spät. Ich werde jetzt mal wieder gehen.« Sie lächelte. »Du hast mir auf jeden Fall schon viel geholfen. Ich danke dir.« Während sie ihren restlichen Tee austrank, studierte sie unauffällig Peters angespannte Gesichtszüge. Irgendetwas war ihm zu den toten Kindern eingefallen, allerdings hatte er sich dann selbst unterbrochen und unbewusst die Hand vor den Mund geführt. Dies war eine typische Geste, wenn die Wahrheit nicht herauskommen durfte.

11. Kapitel

Cora hatte sich mit Till zum Abendessen beim Italiener verabredet. Sie hatte es kaum erwarten können, ihm von ihren neuesten Erkenntnissen zu erzählen. Sobald die Getränke auf dem Tisch standen, begann sie lebhaft zu berichten und hatte bis zum Servieren des Essens bereits alle Einzelheiten des Gesprächs mit Peter Schulz wiedergegeben. Till hatte ihr interessiert zugehört, war selbst aber noch nicht zu Wort gekommen.

»Lasagne und Pizzabrot?«, fragte die Bedienung. Cora nickte und wartete, bis die Italienerin das Essen abgestellt hatte. Mit einem freundlichen »Prego« schwirrte sie davon und kehrte kurz darauf mit Tills Pizza zurück. »Und Pizza Mamma mia!« Sie schenkte Till ein charmantes Lächeln, dann wandte sie sich ab und eilte erneut in die Küche.

Cora lehnte sich zurück und betrachtete aus gebührendem Abstand das heiße Blubbern in der Auflaufform. Es würde noch eine Weile dauern, bis sie sich da rantraute. Sie konzentrierte sich wieder auf Till. »Wird mit der Ermittlung nicht einfach werden, wenn der Stoll schon so lange tot ist.«

Till nahm das Besteck zur Hand und nickte. »Stimmt, das ist allerdings nicht mehr unser Problem. Wir sind bald raus aus dem Fall.«

Das kam für Cora so unvermutet, dass sie überrascht zusammenzuckte. »Wie? Warum das denn?«

»Der Fall geht an die Cold-Case-Gruppe vom LKA über.«

»Cold Case? Wurde denn in diesen Fällen früher schon mal ermittelt?«

»Nein, nicht dass ich wüsste. In der Datenbank haben wir nichts dazu gefunden. Ist aber trotzdem ein Cold Case – weil die Morde Jahrzehnte zurückliegen.« Er setzte das Messer am Rand der Pizza an und schnitt sie in zwei Hälften. »Die Rechtsmedizin hat bereits eine grobe Einschätzung zum Alter der Leichen abgegeben.«

»Ja und?«, hakte Cora nach und wippte ungeduldig mit dem Fuß.

»Die Leiche in der Götterstatue ist männlich. Der Mann starb vor ungefähr dreißig Jahren. Die Kinderleichen sind wesentlich älter.« Er hob die Augenbrauen an. »Um die achtzig Jahre.«

Coras Mund öffnete sich vor Erstaunen. »Im Ernst? Diese Kinder stecken seit über achtzig Jahren in den Statuen? Und das hat in all der Zeit niemand bemerkt?«

»Offensichtlich.« Er setzte das Messer erneut an und schnitt eine der Pizzahälften in drei Stücke. »Rechne mal zurück – die Kinder sind vermutlich in den Vierzigerjahren ums Leben gekommen. Während des Krieges oder in der Nachkriegszeit. So genau kann man das im Nachhinein ja nicht mehr bestimmen.« Er fasste ein Pizzastück am Rand und zog es vorsichtig vom Teller. »Damals sind viele Menschen ums Leben gekommen. Das würde erklären, weshalb es zu den vier vermissten Kindern keine Ermittlungen gegeben hat.«

»Da wäre es aber schon wichtig, zu wissen, ob die Tat während des Krieges oder nach dem Krieg begangen wurde. Wenn es während des Krieges geschehen ist, könnte es sich bei den Kindern um Opfer des NS-Regimes handeln – um jüdische oder behinderte Kinder. Oder um Sinti und Roma. Wenn es allerdings erst nach dem Krieg passiert ist, muss es auch damals aufgefallen sein, dass vier Kinder gleichzeitig verschwunden sind.«

»Falls sie gleichzeitig verschwunden sind«, fügte Till an.

Cora überlegte kurz, dann zuckte sie mit den Achseln. »Bei den Vier-Jahreszeiten-Statuen handelt es sich ja um ein Ensemble. Da würde ich schon davon ausgehen, dass die zum gleichen Zeitpunkt aufgestellt worden sind.« Sie hob ihr Glas an und nippte bedächtig von ihrem Wein. Während sie dem Geschmack des Montepulcianos auf ihrer Zunge nachspürte, kam ihr noch ein anderer Gedanke. »Sag mal, wenn die Götterstatue fünfzig Jahre jünger ist – dann könnte es sich durchaus auch um zwei verschiedene Täter handeln.«

Till nickte kauend. »Hm, möglich. Falls der Bildhauer nicht gleichzeitig der Täter ist, dann schon.«

»Peter sagt, er kann sich den Stoll nicht als Mörder vorstellen.«

»Das muss ja nichts heißen. Wen kann man sich schon als Mörder vorstellen? Wenn dieser Stoll die Skulpturen tatsächlich hergestellt hat, dann wird er vermutlich auch die Leichen präpariert haben.«

Er deutete mit dem Pizzarest in der Hand auf ihre Lasagne. »Willst du nichts essen?«

Nachdenklich nahm Cora ein Stück Pizzabrot in die Hand und fuhr mit der Spitze durch die dünnflüssige Soße am Rand der Lasagne. »Wie wurde das mit der Mumifizierung eigentlich gemacht?« Sie zog das Pizzabrot wieder heraus, ließ es abtropfen und biss davon ab. »Hat sich die Rechtsmedizin dazu schon geäußert?«

»Bei den Kinderleichen hat man auf der getrockneten Haut Reste einer Kalk-Asche-Mischung gefunden. Diese Art der Balsamierung ist wohl aus Peru bekannt. Dabei mussten nicht einmal die Organe entnommen werden. Durch das Einreiben mit Kalk und Asche trocknet die Haut aus und verhärtet sich. Und wenn der Körper erst mal ausgetrocknet ist, können sich auch Bakterien und Pilze nicht mehr vermehren. Das reicht zur Konservierung.«

»Aha, und der Mann?«, fragte Cora zwischen zwei Bissen.

»Bei dem Mann haben sie neben der Kalk-Asche-Mischung auch noch Spuren von Formaldehyd gefunden. Das kann ja ebenfalls zur Balsamierung verwendet werden. Das Zeug ist so hochgiftig, dass es sämtliche Bakterien und Mikroorganismen abtötet.«

»Und was war das für Papier?« Sie legte das angebissene Pizzabrot auf den Teller zurück und machte sich nun über die Lasagne her.

»Das hat er zur Stabilisierung verwendet«, erklärte Till. »Und es war ein zusätzlicher Schutz vor Feuchtigkeit. Ach so, ja, und dann hat er auch noch ein Harz verwendet.« Er drehte die Augen zur Decke. »Wie hieß das noch gleich? Irgend so ein Kunstharz.« Er holte sein Handy hervor und googelte den Begriff. »Epoxidharz!«

»Und dieses Kunstharz gab es schon in den Vierzigerjahren?«, fragte Cora verwundert.

Till deutete auf sein Display. »Hier steht, es wurde erstmals in den Dreißigerjahren entwickelt.«

Cora pustete über das Lasagnestück auf ihrer Gabel hinweg. »Kunstharz, Kalk, Asche, Formaldehyd – der hat offenbar so ziemlich alles verwendet, was möglich war ...«

»Die Ergebnisse aus der Rechtsmedizin und die toxikologischen Tests stehen übrigens noch aus«, warf Till ein.

»Klingt auf jeden Fall nach einem hochprofessionellen Vorgehen.« Sie runzelte die Stirn. »Ich frag mich nur, ob der Stoll das mit der Balsamierung ganz allein hingekriegt hat. Peter meinte nämlich, er sei nicht gerade der Hellste gewesen.

Vielleicht hat er die Leichen unter Anweisung mumifiziert. Und vielleicht«, ihre Miene hellte sich auf, »gibt es ja Mittäter, die noch am Leben sind!«

Till hob abwehrend die Hand. »Langsam! Zum jetzigen Zeitpunkt wissen wir ja noch nicht einmal sicher, ob die Menschen in den Statuen überhaupt ermordet worden sind.«

Cora nahm einen Schluck Wein und sah ihn dabei fragend an.

»Theoretisch …«, er wackelte relativierend mit dem Kopf, »… theoretisch könnten die Leichen zuvor eines natürlichen Todes gestorben sein, bevor er sie einbalsamiert hat. Und theoretisch, aber das ist jetzt totale Spinnerei, könnte er die Leichen sogar auf Wunsch der Angehörigen in den Statuen verewigt haben. So wie die mumifizierten Pharaonen in den Pyramiden im alten Ägypten.«

Cora schüttelte schmunzelnd den Kopf. »Wir sind hier im Schwarzwald und nicht im Tal der Könige.«

»Du weißt, was ich damit sagen will. Im Moment ist das noch nicht mal ein sicherer Fall für die Cold-Case-Gruppe, wenn nicht klar ist, dass diese Menschen durch Gewalteinwirkung gestorben sind.«

»Ich versteh ehrlich gesagt immer noch nicht, weshalb das ein Cold Case sein soll«, meinte sie kopfschüttelnd, »wenn in den Fällen doch noch gar nie ermittelt wurde. Normalerweise ist ein ›Cold Case‹ ein ungelöster Fall, den man zu den Akten gelegt hat und der dann wieder aufgerollt wird. Aber in unserem Fall sind die Leichen doch eben erst gefunden worden.«

»Ja, im Grunde hast du recht«, stimmte Till ihr zu. »Allerdings wird es nach so langer Zeit enorm schwierig werden, Beweise zu finden oder Zeugenaussagen zu bekommen. Falls es überhaupt Zeugen gab, dann sind die heute uralt oder schon gestorben.«

Cora schluckte den Bissen Lasagne hinunter, dann meinte sie: »Dann warten wir mal die weiteren Untersuchungsergebnisse ab.« Sie hielt inne und sah Till ernst an. »Ich bin wirklich gespannt, wie es in der Sache weitergeht. Weißt du, das ist für mich nicht nur irgendein Fall. Diese toten Menschen wurden vor meiner Haustür gefunden. Und ich will verdammt noch mal wissen, wie sie dort hingekommen sind.«

Till griff nach ihrer Hand und streichelte mit dem Daumen sanft über den Handrücken.

»Ich versteh das, Cora. Also – falls sich herausstellt, dass es sich um Mord handelt, dann übernimmt die Cold-Case-Gruppe den Fall. Sobald sich neue Ermittlungsansätze ergeben, geht der Fall wieder an mich über.«

Cora schürzte die Lippen. »Am besten wäre es natürlich, wenn ihr euch gegenseitig unterstützen würdet. Aber du hast ja gerade auch noch mit dem Todesfall dieser Frau in Calw zu tun, nicht wahr?«

»So ist es, aber ich werde den Kollegen vom LKA natürlich alles, was wir zu dem Fall haben, weiterleiten.«

Cora nickte zufrieden. »Gut, das ist super. Sobald wir dann alle Daten beisammenhaben, können wir voll in die Sache einsteigen.«

»Wir?«, schmunzelte Till. »Heißt das, du machst eine Auszeit von der Auszeit?«

Cora lachte auf. »Sozusagen. Ja, bei dieser Sache kann ich nicht einfach zuschauen und abwarten. Außerdem kann ich mir gut vorstellen, dass die Kollegen der Cold-Case-Gruppe mit ihren vielen ungeklärten Fällen ziemlich überlastet sind. Was glaubst du, wie die sich freuen werden, wenn sie fachkundige Unterstützung von einer Kriminalpsychologin aus den eigenen Reihen erhalten!«

»Klar werden die sich freuen.« Er nickte zunächst bekräftigend, dann jedoch runzelte er die Stirn. »Aber geht das denn so einfach während deiner Auszeit? Ich meine, versicherungstechnisch und so weiter?«

»Mit einem zusätzlichen Vertrag wird das sicher möglich sein. Soweit ich weiß, gibt es sogar Sonderregelungen für pensionierte Kollegen, die stundenweise aushelfen. Die befinden sich ja in einer ähnlichen Situation wie ich.«

»Stimmt, du kannst dich ja mal bei Kurt erkundigen, wie er das gelöst hat.« Till überlegte einen Moment, dann berührte er sacht ihre Hand. »Allerdings hast du dir ja nicht ohne Grund diese Auszeit genommen.« Er suchte ihren Blick. »Wenn du die Kollegen stundenweise unterstützen möchtest, ist das natürlich okay. Das ist allein deine Entscheidung.« Er umschloss ihre Hand und drückte sie. »Aber vergiss bei allem Eifer nicht, auch an dich zu denken. Denn eigentlich wolltest du ja während dieser Auszeit zur Ruhe kommen.«

Cora dachte kurz darüber nach, dann nickte sie und erwiderte lächelnd seinen Händedruck.

12. Kapitel

Die Skulpturen im Eingangsbereich des Landeskriminalamts bestanden aus dicken Stahlröhren, die in schrägen Winkeln miteinander verbunden waren. Cora konnte mit dieser Art von Kunst nichts anfangen. Die Skulpturen erinnerten sie an überdimensionierte Abluftrohre, die aus schneebedecktem Rasen ragten. Schön sah das nicht aus, aber zumindest passte es vom Stil her zu dem betongrauen Bürogebäude aus den Siebzigerjahren. Neben der Tür hatte man zwei längliche Holzblöcke aufgestellt, die man an trockenen Tagen als Sitzgelegenheit nutzen konnte. Einer der Blöcke trug den Schriftzug »Bereit für Sicherheit«, in den anderen hatte man den baden-württembergischen Löwen und das Kürzel »LKA BW« eingeritzt.

Es war ein seltsames Gefühl, nach über einem Vierteljahr zum ersten Mal wieder hier zu sein. Cora blieb für einen Moment stehen und schaute zum dritten Stock auf. Dort hinter dem zweitletzten Fenster hatte sie die letzten Jahre gearbeitet. Sie horchte in sich hinein. Wäre sie jetzt gern dort drinnen am Schreibtisch gesessen? Sie atmete einmal tief ein, dann wieder aus. Nein, eigentlich nicht. Obwohl ihr Sabbatjahr ursprünglich ja nur als Pause und nicht als Abschied vom LKA gedacht gewesen war. Gut, insgeheim hatte sie damit gerechnet, dass dieser Ausbruch aus dem Arbeitsalltag letztlich etwas Neues hervorbringen könnte. Der Wunsch nach der Auszeit war ja aus einer Sehnsucht heraus entstanden, wieder mehr Sinn und Erfüllung im Leben zu finden. Nun hatte sie einen Rundumschlag gemacht – neue Liebe, neues Zuhause und neuer Job. Es blieb ihr noch ein halbes Jahr, bis sie ihre neue Stelle beim Kommissariat in Calw antreten würde, dennoch bekam sie über Till schon viel von den Abläufen dort mit und fühlte sich in gewisser Weise bereits zugehörig. Nein, auch wenn sie nun beim Anblick ihres ehemaligen Arbeitsplatzes nicht ganz frei von Wehmut war, fühlte sich die Entscheidung richtig an. Absolut richtig.

Entschlossen drückte sie die rote Eingangstür auf, trat an die Tafel mit dem Raumplan heran und suchte nach dem Büro der Cold-Case-Gruppe. Zimmer 22, Erdgeschoss. Vermutlich hatte man den älteren Ermittlern bewusst ein Büro in ebenerdiger Lage zugewiesen, um einen barrierefreien Zugang zu gewähren. Mit einem Lächeln auf den Lippen ging Cora den Flur entlang. Sie freute sich auf die Zusammenarbeit mit dem Cold-Case-Team. Sie hatte die Gruppe, die hauptsächlich aus pensionierten Polizisten bestand, am Montag per Mail angeschrieben und bereits einen Tag später die freundliche Auskunft erhalten, dass ihre Mitarbeit willkommen sei. Erfreulicherweise hatte die Antwort ihr ehemaliger Kollege Kurt Gärtner verfasst. Der Kriminalpsychologe befand sich seit zwei Jahren im Ruhestand. Cora hatte zuvor fünf Jahre lang mit ihm im selben Team gearbeitet und ihn stets als freundlichen und kompetenten Kollegen erlebt. Seine Menschenkenntnis war herausragend.

Cora war am Ende des Flurs angelangt. Hier war es, Zimmer 22 – der Ort, an dem man den Staub von den alten Akten blies und die ungeklärten Mordfälle der letzten Jahrzehnte unter die Lupe nahm.

Sie klopfte, wartete das »Herein« ab und betrat dann das Büro. Drei ernst dreinblickende Männer schauten ihr entgegen. Ein älterer Mann mit Schnauzer und Brille saß am Computer, Kurt Gärtner stand mit einem kahlköpfigen, schmächtigen Mann gemeinsam am Fenster. Als ihr ehemaliger Kollege sie erkannte, strahlte er auf einmal.

»Cora!«, rief er aus. »Dich schickt der Himmel!« Er ging auf Cora zu und umarmte sie herzlich.

»Hallo, Kurt! Wie schön, dich zu sehen.« Sie tätschelte ihm den breiten Rücken. Kurt hatte etwas von einem Bären. Groß und behäbig, runder Kopf, füllige Backen. Fehlte nur das Fell.

Er trat einen Schritt zurück und wies auf den Mann am Computer. »Darf ich vorstellen? Das ist Thomas, unser Experte für Digitalisierung, Datenanalyse und Kaffeemaschinenentkalkung, und das«, er deutete auf den kleineren Kollegen mit Glatze, »ist Stefan, unser Mann mit dem kürzesten Draht zur Asservatenkammer und zur Rechtsmedizin.«

Cora nickte den beiden Männern zu und lächelte.

»Ja«, sagte Kurt feierlich. »Und das ist Cora Brecht.« Er nickte bekräftigend. »Die Cora Brecht.«

Die beiden Männer grinsten freundlich.

»Wir haben schon viel von Ihnen gehört«, meinte Stefan und hob vielsagend die buschigen Brauen. »Schön, dass Sie uns unterstützen.«

»Gern.« Cora ließ ihren Blick durch den Raum schweifen. »Und hier ermittelt also die legendäre Cold-Case-Gruppe!«

»Na ja, wir drei sind nur der harte Kern«, stellte Kurt richtig. »Zu unserer Gruppe gehören natürlich noch mehr Leute. Insgesamt sind wir ein 18-köpfiges Team, aber die meisten kommen nicht jeden Tag und wenn, dann auch nur stundenweise. Aber immerhin – gemeinsam haben wir über siebenhundert Dienstjahre auf dem Buckel.« Er lachte, streckte stolz die Brust heraus und wippte mit den Füßen. »Da kommt eine Menge

Erfahrung zusammen. Und das Gute ist, dass wir wirklich die Zeit haben, uns in die alten Fälle voll reinzuknien.«

Während Thomas und Stefan an ihre Arbeit zurückkehrten, ließ Kurt ihr einen Kaffee aus der Maschine und bat sie dann, am Besprechungstisch im Nebenzimmer Platz zu nehmen.

Er musterte sie. »Die Auszeit scheint dir gutzutun«, stellte er fest. »Glänzende Augen, entspannte Mimik ... wirkst energiegeladen und ... glücklich.« Er lächelte. »Bist du verliebt?«

Cora lachte auf. »Oh Gott, Kurt und sein Röntgenblick!«

»Das würde auch erklären, weshalb du zu diesen Landeiern nach Calw wechseln möchtest. Ich frag mich die ganze Zeit schon, was da dahintersteckt.«

»Also gut«, sagte Cora. »Gibst ja doch keine Ruhe. Ich bin im Schwarzwald zufällig auf meine Jugendliebe getroffen. Er heißt Till Moritz und ist Kriminalhauptkommissar in Calw.«

»Ah, das ist der Kollege, der den Statuenfall an uns abgegeben hat. Zielstrebiger Bursche. Ich kann mir vorstellen, dass er privat ...«

»Aber jetzt mal zu dir«, fiel ihm Cora ins Wort. »Ich dachte, du wolltest deinen Ruhestand genießen? Reisen, Enkel hüten und Gitarre lernen – das war mein letzter Stand. Stattdessen werkelst du jetzt hier bei der Cold-Case-Gruppe herum ...«

Kurt verzog den Mund zu einem schrägen Grinsen. »Gegenfrage: Weshalb willst du freiwillig mit einem Haufen seniler Alt-Ermittler zusammenarbeiten – wenn du doch stattdessen deine Auszeit mit Till Moritz genießen könntest?«

Coras Gesicht wurde ernst. »Die Leichen aus den Statuen wurden ja quasi vor meiner Haustür gefunden. Da würde ich schon gern wissen, wie die da hingekommen sind und wer das verbrochen hat.«

»Verstehe.« Er seufzte. »Ist ja auch ein Fall, der wirklich unter die Haut geht.« Er griff nach der grauen Akte, die neben ihm auf dem Tisch lag. »Ich habe die Unterlagen schon mal hergerichtet.« Er legte die Akte vor sich und legte die gefalteten Hände darauf ab. »Ist nicht viel, was wir bislang haben.«

»Habt ihr schon einen konkreten Plan, wie ihr bei den Ermittlungen vorgehen wollt?«, fragte Cora und schielte auf die Akte. »Wie läuft das bei solchen Cold-Case-Fällen denn ab?«

Kurt räusperte sich. »Ich fürchte, ich muss dir da gleich mal den Wind aus den Segeln nehmen. Dieser Fall«, er tippte auf die Akte, »ist leider noch nicht an der Reihe. Aktuell sind wir noch mit einem anderen Fall beschäftigt.«

»Aber danach …«

»Danach«, unterbrach Kurt sie, »gibt es mindestens noch zwei weitere Fälle, um die wir uns zuerst kümmern müssen.« Er zog mit einer bedauernden Geste die Schultern hoch. »Wir haben fast fünfhundert ungeklärte Fälle aus den letzten fünfzig Jahren. Für die Bearbeitung gibt es ein Ranking. Priorisiert werden Totschlagsdelikte, die in Kürze verjähren – und Fälle, die neue Ermittlungsansätze erkennen lassen.« Er tippte auf die Akte. »Dieser Fall hat allein schon deshalb keine Priorität, weil die Opfer vor achtzig Jahren gestorben sind und der mutmaßliche Täter tot ist.«

»Die männliche Leiche ist erst seit dreißig Jahren tot«, widersprach Cora. »Da könnte es noch lebende Zeugen geben.«

Kurt schmunzelte. »Cora Brecht im Ermittlungsfieber …«

Ein kurzer Moment der Stille folgte, bevor der alte Kollege schließlich zögernd nickte. »Aber du hast natürlich recht. Auch wenn die Fälle vermutlich zusammenhängen, müssen wir bei den Ermittlungen differenziert vorgehen.« Er nickte erneut, dieses Mal bestimmter. »Ja, mit etwas Glück findest du noch Zeugen. Oder zumindest alte Dokumente. Jedes Puzzleteil, und sei es noch so klein, kann uns letztlich helfen.«

Coras Mundwinkel sanken enttäuscht nach unten. Sollte sie sich nun etwa ganz allein um einen Fall mit fünf Leichen kümmern? Wie stellten sich die Kollegen das vor? »Und wie unterstützt ihr mich?«, fragte sie mürrisch.

»Wir unterstützen dich im Hintergrund und helfen dir, falls du nicht weiterkommst.« Er tätschelte ihre Hand. »Und du hältst uns im Gegenzug über deine Ermittlungsfortschritte auf dem Laufenden.« Er zog seine Hand wieder zurück und öffnete die Akte. »Aber zunächst einmal bringe ich dich jetzt auf unseren Wissensstand. Wir haben nämlich neue Ergebnisse von der Rechtsmedizin erhalten.« Er schob die Akte ein Stück weiter zu Cora hinüber und strich die erste Seite glatt. »Wir wissen inzwischen, dass der Mann an einer Vergiftung starb.«

»Das kann man nach all der Zeit noch nachweisen?«, fragte Cora verwundert.

»Er wurde mit Arsen vergiftet. Arsen ist im Grunde ewig nachweisbar. Da die Leiche mumifiziert war, konnte das Gift in den Geweberesten eindeutig festgestellt werden.«

»Und die Kinder?«

»Von den Kindern wissen wir jetzt, dass es sich um einen Jungen und drei Mädchen handelt, vom Alter her so zwischen acht und elf Jahren.«

»Wurden sie auch ...?« Cora verstummte und presste berührt die Lippen zusammen. Nun, da sie das Geschlecht und das ungefähre Alter der Kinder kannte, wurden sie in ihrer Vorstellung lebendig.

Kurt nickte. »Ja, sie starben ebenfalls an einer Arsenvergiftung. Allerdings«, er hob den Finger, »wären die Kinder vermutlich auch so gestorben.«

Cora sah ihn erstaunt an. »Wie bitte?«

»Die forensische Zahnmedizin hat die Pulpa der Kinderzähne untersucht.« Er hob die Augenbrauen an. »Alle vier Kinder waren zu Lebzeiten an Tuberkulose erkrankt.«

13. Kapitel

Der Kaffee schmeckte zu bitter. Obwohl sie die Brühe normalerweise lieber schwarz trank, fügte Cora entgegen ihrer Gewohnheit etwas Milch hinzu und verrührte das Ganze mit dem Löffel. Einen Moment lang beobachtete sie, wie der helle Strudel das tiefe Schwarz durchdrang, dann richtete sie ihre Aufmerksamkeit wieder auf Peter, der immer noch gedankenverloren vor sich hinstarrte.

Bei ihrem heutigen Besuch war sie ohne Umschweife zur Sache gekommen. Peter wusste mehr, als er bisher gesagt hatte. Er verheimlichte ihr etwas, das spürte sie. Allerdings vermutete sie aufgrund seiner tiefen Betroffenheit, dass er eher etwas verdrängte, als dass er bewusst log. Seitdem sie ihn über den Befund der forensischen Zahnmedizin in Kenntnis gesetzt hatte, war eine längere Gesprächspause entstanden. Nun riss ihn das Klirren von Coras abgelegtem Löffel aus seinen Gedanken und holte ihn zurück in die Gegenwart. Verwirrt nahm er den Faden wieder auf und suchte ihren Blick.

Er räusperte sich. »Tuberkulose, sagst du? Ist das sicher?«

»Ja, es konnte in der Pulpa der Zähne nachgewiesen werden.«

»Aber der Mann war nicht an Tuberkulose erkrankt?«

»Nein, er wurde vergiftet. So wie die Kinder auch.«

Eine Weile lang rieb er sich das Kinn, dann meinte er: »Ich kann mir vorstellen, was nun in deinem Kopf vorgeht. Tuberkuloseerkrankte Kinder. Ja, es liegt nahe, dass diese Kinder in der Klinik in Behandlung waren.« Er seufzte.

»Gab es denn Patienten, denen ihr nicht helfen konntet und die hier in der Klinik verstorben sind?«

»Klar gab es die. Bis in die Fünfzigerjahre hinein gab es viele Infizierte, die an Tuberkulose starben. Zu der Zeit gab es ja noch keine breit verfügbaren Antibiotika.« Er legte den Kopf schief. »Auf welches Alter werden die Kinderleichen denn geschätzt?«

»Die Kinder sind vor ungefähr achtzig Jahren gestorben.«

Peters Gesichtszüge entspannten sich. »Das war weit vor meiner Zeit. Ich bin erst 1973 an die Klinik gekommen. Da war die Tuberkulose schon gut heilbar.« Er winkte ab. »Bereits in den Sechzigerjahren gab es immer weniger Offentuberkulöse, die infektiös waren. Die Zeit der Langzeitkuren war da schon vorbei.«

Cora sah ihn prüfend an. Natürlich war ihr längst klar gewesen, dass Peter in Bezug auf die Kinderleichen nicht als Zeuge dienen konnte. Die Erleichterung, die sich nun aber auf seinem Gesicht zeigte, bewies, dass ihr Gefühl sie nicht trog. Da war noch etwas, über das Peter nicht mit ihr sprechen wollte. Ihre Augen verengten sich. Sie würde es schon noch aus ihm herauskitzeln.

»Dann kommst du als Zeitzeuge leider nicht mehr infrage.« Sie schnalzte mit der Zunge. »Bist zu jung, lieber Peter!« Sie nahm einen Schluck von ihrem Kaffee, der nun durch die Milchzugabe leider nur noch lauwarm war. »Aber vielleicht kannst du mir ja trotzdem weiterhelfen …« Sie holte tief Luft. »Gab es denn zu deiner Zeit irgendwelche Gerüchte oder Anekdoten, die sich die Mitarbeiter über verstorbene oder als vermisst gemeldete Personen erzählt haben?«

Peter schüttelte sogleich den Kopf. »Nein, ich kann mich an nichts dergleichen erinnern.«

Cora biss auf ihre Unterlippe und dachte nach. »Oder kennst du einen Zeitzeugen, der vor achtzig Jahren in der Klinik gearbeitet hat und noch lebt?« Sie sah ihn flehentlich an. »Kann ein Arzt, eine Krankenschwester oder ein Hausmeister sein, ganz egal.«

»Hm, lass mich mal überlegen.« Er verdrehte die Augen zur Decke. Plötzlich erhellte sich seine Miene. »Heidemarie Müller! Die könnte eventuell noch am Leben sein.« Er nickte bekräftigend. »Sie hat in der Klinik als Krankenschwester gearbeitet. Ich habe sie vor vier, fünf Jahren mal in Bad Wildbad im Kurpark getroffen. Da hat sie mir erzählt, dass sie dort in so einer Seniorenresidenz lebt. Wie hieß die noch gleich?« Er rieb sich den Nacken. »Irgendwas mit Rosen … Rosengarten oder Rosenheim. Ich weiß es nicht mehr genau.«

»Wie alt ist die Frau denn inzwischen?«

»Oh, die Heidemarie muss schon über neunzig sein. Sie hat bereits als Jugendliche angefangen, im Sanatorium zu arbeiten. Als ich damals hinzukam, war sie um die vierzig und bereits ein alter Hase unter den Krankenschwestern.«

»Eine jugendliche Krankenschwester?«, fragte Cora verwundert.

»Sie wird zuerst einmal als Schwesternschülerin gearbeitet haben.« Er nippte an seinem Kaffee. »Außerdem war Krieg. Da galten andere Gesetze. Überleg mal – da mussten die jungen Kerle bereits mit sechzehn an die Front.«

»Hm, und du meinst wirklich, diese Heidemarie lebt noch?«

»Sie hat noch einen recht fitten Eindruck auf mich gemacht«, meinte Peter. »Ich denke schon, dass sie noch am Leben sein könnte.«

Cora nickte und nippte erneut an ihrer Tasse. Jetzt war der Kaffee kalt. Während sie die Tasse sachte auf den Unterteller zurückstellte, kam ihr ein anderer Gedanke. »Hat man die Lungenheilanstalt während des Krieges eigentlich umfunktioniert und als normales Krankenhaus genutzt?«

»Du meinst als Lazarett? Nein, soweit ich weiß, hat man hier immer nur Lungenkranke behandelt. Das Sanatorium hatte einen außerordentlichen Ruf und eine überregionale Bekanntheit, was die Lungenheilkunde und die Fortschrittlichkeit der Heilmethoden anging. Die Leute kamen von überallher, um sich therapieren zu lassen.«

»Auch Kinder?«, fragte Cora dazwischen.

Peters Pupillen weiteten sich für einen Moment, dann fing er sich wieder. »Ja, auch Kinder. Die Eltern waren heilfroh, wenn ihre kranken Kinder einen Platz in dieser renommierten Klinik bekamen. Hier wurden sogar lungenchirurgische Operationen durchgeführt. Und es gab Forschungen zur Tuberkuloseimmunisierung. Allerdings ...« Er brach ab, atmete geräuschvoll ein und griff dann zitternd nach seiner Kaffeetasse. Als er sah, dass sie leer war, stellte er sie wieder auf die Untertasse zurück und lächelte verlegen. »Ach, ist ja schon leer. Sag Cora, möchtest du lieber noch einen Tee trinken?«

Cora wollte unbedingt noch mehr über die Klinik hören. Deshalb nickte sie sofort. »Ja, gern. Ich kann dir aber auch dabei helfen.«

Peter hielt sich mit einer Hand an der Tischplatte fest und drückte sich hoch. »Nein, nein. Das schaffe ich schon noch allein. Hat dir der Kräutertee vom letzten Mal geschmeckt?«

Es dauerte einige Minuten, dann kam Peter mit dem Tablett aus der Küche zurück. »So, hier, bitteschön.«

Während der alte Mann sich wieder an den Tisch setzte, nahm Cora die gefüllten Teetassen vom Tablett.

»Was wolltest du vorhin über die Tuberkuloseimmunisierung noch sagen?«, hakte Cora nach. »Du meintest, ›allerdings ...‹«

Peter zog die Augenbrauen zusammen. »Allerdings? Äh, ich weiß nicht. Was wollte ich denn sagen?« Als er den Kopf abwandte, blieb sein Blick plötzlich am Foto seiner Frau hängen. Eine Weile lang starrte er Frida still an, und es schien, als würde er gedanklich Zwiesprache mit ihr halten. Dann plötzlich wurde sein Blick wieder klar und er räusperte sich.

»Ich glaube, ich wollte dir von Dr. Kiefer erzählen.« Obwohl er bekräftigend nickte, verriet seine angespannte Mimik, dass er nur äußerst ungern über dieses Thema sprach. »Er war lange Zeit Chefarzt der Klinik und arbeitete an der Entwicklung einer Tuberkulose-Schutzimpfung. Während des Krieges führte er auch Impfstudien an Kindern durch.« Er atmete tief ein. »Es gab im Nachhinein Gerüchte, bei einer Versuchsreihe seien mehrere Kinder ums Leben gekommen.«

14. Kapitel

»Zum Geburtstag viel Glück, zum Geburtstag viel Glück, zum Geburtstag, lieber Till, zum Geburtstag viel Glück!« Cora beugte sich über den Tisch hinweg und drückte Till einen sanften Kuss auf die Lippen. Sie hatte sich für den besonderen Anlass extra hübsch gemacht und trug zu ihrem kurzen Rock aus Wildlederimitat ein weißes Shirt und hohe Schuhe. Mit einem strahlenden Lächeln überreichte sie ihm den kleinen Kuchen in Herzform, den sie eigenhändig für ihn gebacken hatte. Sie deutete auf die Kerze, die auf dem Kuchen steckte. »Ausblasen und was Schönes wünschen!«

Till betrachtete erstaunt das glasierte Herz, auf dem in roter Zuckerschrift sein Name und die Zahl 47 geschrieben standen. 47, an das Alter musste er sich erst noch gewöhnen. Er holte tief Luft, schloss die Augen und blies die Kerze aus. Er konnte gar nicht anders, natürlich dachte er in diesem Moment an Cora.

»Und – hast du dir was gewünscht?«, fragte sie eifrig.

Till zwinkerte ihr zu und lächelte geheimnisvoll. »Ja, habe ich.« Er stellte den Kuchen auf dem Tisch ab und küsste sie zum Dank. Sie hat sich so viel Mühe gemacht, dachte er bewegt. Zuerst das Drei-Gänge-Menü, und nun auch noch der Kuchen. Da steckte viel Liebe dahinter, das wusste er. Kochen und Backen waren nämlich gar nicht ihr Ding. Viel lieber ging sie essen. Schwäbisch, italienisch, chinesisch oder indisch, das war egal. Einen Anlass, um essen zu gehen, fand sie immer. Man konnte auf den Auszug, Umzug, Einzug anstoßen, auf die Rückzahlung vom Finanzamt, das zwei- oder dreimonatige Zusammensein – Cora war diesbezüglich einfallsreich. Anlässlich seines Geburtstags hatte sie ihn allerdings unbedingt bekochen wollen – und dank ihrer Hingabe war alles gelungen und hatte super geschmeckt. Eigentlich war er längst satt, aber natürlich musste der Kuchen nun auch entsprechend gewürdigt werden. Nachdem sie beide ein kleines Stück davon probiert hatten, brachte Cora eine Geschenktüte an den Tisch.

»Und jetzt kommt die Bescherung!«, verkündete sie feierlich. Mit leuchtenden Augen öffnete sie die Tüte und legte eine Papierrolle mit blauer Schleife sowie eine kleine schwarze Schachtel auf den Tisch. Ihre freudige Erregung entlockte Till ein Schmunzeln. Cora war genauso begeistert vom Schenken wie vom Beschenktwerden. Er öffnete zuerst die kleine Schachtel und fand darin ein Sturmfeuerzeug in Chrom-Optik vor. »Super, das kann ich gut gebrauchen«, kommentierte er das Geschenk, nahm das Feuerzeug heraus und probierte es gleich aus. Begleitet von einem metallischen Klacken schoss die Flamme hervor. Jetzt erst bemerkte er, dass sich auf der Rückseite des Feuerzeugs eine Fotogravur von ihm und Cora befand. Es zeigte sie Kopf an Kopf, ein Selfie, das sie kürzlich bei einem Winterspaziergang aufgenommen hatten. »Wow!«, raunte er. »Das ist wirklich was Besonderes.« Er strich mit dem Daumen über das gravierte Bild.

Cora lächelte zufrieden, setzte sich wieder auf ihren Stuhl und schlug die Beine übereinander. »Freut mich, wenn es dir gefällt.«

Till legte das Feuerzeug beiseite, nahm die Papierrolle und löste die Schleife. »Gutschein für einen Besuch des Thermalbads

›Palais Thermal‹ in Bad Wildbad«, las er vor. »Palais on Lights. Lassen Sie sich vom Farbenspiel verzaubern – ein Fest für die Sinne.«

»An diesem Abend wird der historische Bereich des Bads illuminiert«, erklärte Cora. »Es gibt Überraschungsaufgüsse, und in allen Räumen brennen Kerzen … das wird bestimmt megaromantisch!«

»Hm, und wie ist das dann mit dem Gutschein gedacht? Soll ich da allein hingehen oder …«

»Nein«, fiel ihm Cora ins Wort, »die Escortdame ist natürlich inbegriffen.«

»Ach so, das ist inbegriffen.« Er grinste breit. »Ich steh übrigens auf rothaarig.«

»Das lässt sich machen«, erwiderte Cora, nickte und strich sich eine Haarsträhne aus dem Gesicht.

Till erhob sein Weinglas. »Auf unseren Abend im Palais on Lights!«

»Ja, auf einen schönen Abend«, prostete Cora zurück. »Wenn wir Glück haben, erwischen wir so ein kleines Becken nur für uns beide. Da wollte ich ja immer schon mal mit dir …«

Während Cora Pläne schmiedete, merkte Till, wie sich langsam, aber sicher die Müdigkeit in ihm breitmachte. Er unterdrückte ein Gähnen. Letzte Nacht hatte er mit einigen Kumpels und Kollegen in der Kneipe in seinen Geburtstag hineingefeiert und war erst gegen zwei Uhr morgens ins Bett gekommen. Da er sechs Stunden später bereits wieder auf der Matte stehen musste, hatte er sich den ganzen Tag unausgeschlafen gefühlt. Allzu spät sollte es heute deshalb nicht werden.

»Ich war heute Morgen übrigens noch mal bei Peter«, wechselte Cora schließlich das Thema.

Till nickte. Sie hatte ihm am späten Vormittag bereits per Whatsapp mitgeteilt, dass sie neue Informationen im Statuenfall gewonnen hatte. Obgleich ihr das Thema gewiss

97

auf den Nägeln brannte, hatte sie es bislang hintangestellt und den Fokus an diesem Abend ausschließlich auf ihn und seinen Geburtstag gelegt. Jetzt, da sie auf den Fall zu sprechen kam, verhärteten sich ihre Gesichtszüge.

»Er hat von einem Dr. Kiefer erzählt«, fuhr sie fort. »Der war Chefarzt und hat über Jahrzehnte hinweg die Lungenheilanstalt geleitet. Er wollte eine Tuberkulose-Schutzimpfung entwickeln und hat während des Krieges Impfstudien an Kindern durchgeführt.« Sie sah Till durchdringend an. »Es gab damals Gerüchte, es seien dabei Kinder ums Leben gekommen ...«

»Der hat Impfexperimente an Kindern durchgeführt?«, entfuhr es Till. Mit einem Schlag war er wieder hellwach. Unwillkürlich musste er an die Menschenversuche denken, die Ärzte wie Josef Mengele während des Zweiten Weltkrieges in den nationalsozialistischen Konzentrationslagern an den Gefangenen durchgeführt hatten. Ärzte, die zu Mördern geworden waren, grausamste Versuche unter dem Deckmantel der Medizin – sollte es so etwas auch hier im Schwarzwald gegeben haben?

»Peter sprach nur von Gerüchten. Er kam ja erst in den Siebzigerjahren an die Klinik ...«

»Falls da wirklich an Kindern herumexperimentiert worden ist und es Todesfälle gab, müsste das doch im Nachhinein untersucht worden sein.« Er rieb sich fahrig das Kinn. »Da gab es doch diese Nürnberger Ärzteprozesse.«

»Hm, es gab laut Peter tatsächlich eine Untersuchung bei den Nürnberger Ärzteprozessen«, erklärte Cora. »Das war 1946.«

Till horchte gespannt auf. »Und?«

Cora zuckte mit den Schultern. »Es gab keine hinreichenden Beweise, um Dr. Kiefer irgendetwas nachzuweisen. Er wurde freigesprochen.«

»Gab es keine Zeugen?«, fragte Till verwundert.

»Sicher gab es Zeugen«, meinte Cora. »Aber offenbar hat niemand gegen ihn ausgesagt.«

»Die hatten wahrscheinlich Schiss, dass es ihnen als Mitwissern ebenfalls an den Kragen geht. Das war doch typisch für die Zeit. Im Nachhinein wollte keiner was gewusst oder gesehen haben.«

»Möglich. Aber einem Arztkollegen hat die Sache dann wohl doch keine Ruhe gelassen. Peter hat erzählt, dass es später nochmals eine Untersuchung dazu gegeben hat. Auf den Hinweis von diesem Kollegen hin wurde der Fall in den Sechzigerjahren erneut aufgerollt.«

»In den Sechzigerjahren? So lange hat der Typ gebraucht, um seinen Mund aufzumachen?«

»Na ja, wirklich was erreicht hat er mit seiner Anzeige allerdings nicht.«

»Sag nur, der ist ein zweites Mal freigesprochen worden?«

»Peter meinte, dass die Patientenakten der Kinder plötzlich nicht mehr auffindbar gewesen seien.«

Till stieß ein zynisches Lachen aus. »Ach was, so ein Zufall! Und damit ist er durchgekommen?«

»Kiefer wurde als Mitläufer betrachtet. Die Hinweise von seinem Arztkollegen haben letztlich nur dazu geführt, dass er eine geringe Geldstrafe erhalten hat.«

»Ich glaub's nicht!«, sagte Till und schüttelte empört den Kopf.

»Ja, ich kann das auch nicht nachvollziehen. Den absoluten Hammer finde ich, dass man ihm daraufhin nicht einmal die Leitung der Klinik entzogen hat.«

»Der war weiterhin Chefarzt?«

»Ja, er hat die Lungenheilanstalt bis kurz vor seinem Tod geleitet.«

»Wann war das?«

»In den Neunzigerjahren. Er war als Lungenfacharzt zeitlebens hoch angesehen. Diese Untersuchungen haben seinem Ruf nicht im Geringsten geschadet. Als er in den Neunzigerjahren starb, hat man ihm im Kurpark sogar ein Denkmal errichtet. Sozusagen als Dank für seine herausragende Forschung im Bereich der Tuberkuloseimpfung und für seinen Dienst an der Menschheit.«

»Eine Skulptur?« Till zog argwöhnisch eine Augenbraue hoch. »Sollen wir die sicherheitshalber mal öffnen?«

»Also der Kiefer steckt da bestimmt nicht drin. Peter hat gesagt, er sei in Bad Wildbad beerdigt worden. Muss eine Riesenbeerdigung gewesen sein.«

»Mir ist keine weitere Skulptur im Kurpark aufgefallen ...«

»Die steht auch nicht im Kurpark, sondern im Biergarten der ehemaligen Gaststätte. Das ist das verfallene Gebäude oberhalb der Klinik. Wahrscheinlich hat er sich da gern aufgehalten.«

»Hm, nehmen wir mal an, dieser Dr. Kiefer hatte tatsächlich keinen Dreck am Stecken, und bei den Vorwürfen handelte es sich nur um üble Verleumdung.« Er nippte nachdenklich an seinem Weinglas. »Aber dann frag ich mich natürlich, weshalb wir ausgerechnet im Kurgarten seiner Klinik vier Kinderleichen finden.«

»In Skulpturen, die während seiner Zeit als Chefarzt aufgestellt worden sind«, ergänzte Cora.

»Vielleicht waren wir etwas vorschnell damit, in Stoll den Mörder zu sehen. Unter den Umständen wäre es auch denkbar, dass die Skulpturen Auftragsarbeiten von Kiefer waren.«

»Aber gerade bei den Kindern muss es doch auch Eltern gegeben haben, die nach dem Verbleib ihrer Kinder gefragt haben.« Sie schüttelte den Kopf. »Mir fehlen da noch viel zu viele Puzzleteile, das ergibt für mich kein schlüssiges Bild.«

»Man müsste Zeugen befragen.« Er zog eine Grimasse. »Aber nach so vielen Jahrzehnten hast du da leider schlechte Karten. Ich kann mir nicht vorstellen, dass es da noch Zeitzeugen gibt.«

»Doch«, widersprach Cora. »Peter hat mir von einer ehemaligen Krankenschwester erzählt, die eventuell noch am Leben sein könnte. Er hat sie vor fünf Jahren das letzte Mal gesehen. Da war sie noch fit.«

Till verdrehte skeptisch die Augen. »Na, ich weiß nicht. Die müsste ja schon weit über neunzig sein!«

»Ja und? Heutzutage gibt es immer mehr Leute, die bei klarem Verstand hundert werden. So außergewöhnlich ist das auch wieder nicht. Peter meinte, die Frau hätte zuletzt in einem Seniorenheim in Bad Wildbad gelebt.«

»Dann würde ich mich an deiner Stelle beeilen. Bei so alten Leutchen kann es manchmal ganz schnell gehen. Die kann heute Nacht einen Schlaganfall bekommen und dann war's das.«

»Das weiß ich auch«, erwiderte Cora. Mit einem leisen Stöhnen streifte sie sich die hohen Schuhe von den Füßen. »Deshalb versteh ich auch nicht, weshalb dieser Fall bei der Cold-Case-Gruppe keine Priorität hat. Da zählt doch jede Stunde!« Sie seufzte auf. »Ich habe mir jedenfalls vorgenommen, gleich morgen früh die Seniorenheime abzutelefonieren. Diese Frau Müller ist Zeitzeugin und hat jahrzehntelang mit Kiefer zusammengearbeitet. Wenn mir jemand in der Sache weiterhelfen kann, dann sicher sie.«

Till streckte sich und gähnte. »Ja, wenn sie noch lebt.«

15. Kapitel

Die Seniorenresidenz Rosenhof befand sich in unmittelbarer Nähe des Kurparks von Bad Wildbad und bestand aus drei lang gestreckten Flachdachgebäuden mit gelber Fassade. Diese waren in U-Form angeordnet und umgaben einen ansprechend gestalteten Innenhof mit Brunnen und Rosenrabatten. Cora hatte zunächst einige Minuten lang an der unbesetzten Empfangstheke gewartet, bis schließlich eine Pflegerin Zeit gefunden hatte, sich um ihr Anliegen zu kümmern. Nun stand sie mit einem Strauß Christrosen in der Hand in der Eingangshalle, sah durch die Glasfront hinaus in den angrenzenden Garten und wartete darauf, von der zuständigen Pflegerin zu Frau Müller geleitet zu werden. In der warmen Jahreszeit war der Innenhof sicher ein beliebter Treffpunkt für die Heimbewohner. Ein filigraner Eisenpavillon, Sitzbänke und Tische luden zum Verweilen ein. Auch jetzt im Winter war die Gartenanlage hübsch anzusehen, die pulvrige Schneeschicht verlieh dem Arrangement einen romantischen Touch. Neben ihr saß ein gepflegt aussehender älterer Herr in einem Ohrensessel und beobachtete das rege Treiben der Vögel vor dem Fenster, die in einem gut bestückten Vogelhaus nach Futter suchten.

»Sehen Sie das Rotkehlchen da?« Er deutete mit dem ausgestreckten Zeigefinger nach draußen. »Das kommt jeden Tag um diese Zeit. Frisst am liebsten Haferflocken. Die Kohlmeise dagegen«, er wies erneut mit dem Finger zum Vogelhaus hin, »die schnappt sich immer einen Sonnenblumenkern, fliegt zum Fressen damit weg, kommt wieder zurück und holt sich den nächsten Kern.« Er lachte und sah Cora aus trüben, aber fröhlichen Augen an.

Cora lächelte zurück. »Schön, wenn man die Vögel so aus der Nähe betrachten kann. Sie scheinen gar keine Scheu vor uns Menschen zu haben.«

»Die wissen, dass wir ihnen nur durch die Scheibe zuschauen«, entgegnete der Mann. »Vögel sind intelligenter, als man denkt.«

»Frau Brecht?«

Cora drehte sich um. Eine weiß gekleidete Frau mittleren Alters kam mit einem freundlichen Lächeln auf sie zu. »Frau Müller wäre dann so weit. Sie können den Fahrstuhl benutzen. Zweiter Stock, Zimmer elf.«

Cora nickte und verabschiedete sich von dem älteren Herrn. »Wiedersehen!« Während sie zum Fahrstuhl lief, hörte sie hinter sich die Stimme der Pflegerin. »Na, Heinrich. Was machen die Vögel? War die freche Elster wieder da?«

Cora betrat den Aufzug, drückte auf die Nummer 2 und wartete darauf, dass sich die Türen schlossen. Es war nicht schwer gewesen, Frau Müller ausfindig zu machen. In Bad Wildbad gab es nur ein Seniorenheim, das im Namen einen Bezug zu Rosen aufwies. Ein Anruf hatte genügt, um zu erfahren, dass Frau Müller tatsächlich in dieser Seniorenresidenz lebte und immer noch guter Dinge war. Etwas komplizierter war es gewesen, der Altenpflegerin zu erklären, weshalb sie so dringend mit der alten Dame sprechen musste. Die Herausforderung lag darin, die Dringlichkeit zu verdeutlichen, ohne vertrauliche Details preiszugeben. Als die Pflegerin hörte, dass Cora lediglich eine kurze Befragung im Rahmen einer polizeilichen Ermittlung durchführen musste, war sie jedoch sofort bereit, ein Treffen zu arrangieren. Der Aussage der Altenpflegerin nach war Heidemarie Müller noch im Vollbesitz ihrer geistigen Kräfte. Ihr Kurzzeitgedächtnis ließ sie derweil zwar des Öfteren im Stich, aber das Langzeitgedächtnis funktionierte anscheinend noch hervorragend. Wie so oft bei alten Menschen.

Der Aufzug war im zweiten Stock angelangt. Nachdem sich die Türen mit einem Signalton geöffnet hatten, trat Cora hinaus und sah sich um. Entlang des hellgelb gestrichenen Flurs erstreckten sich auf beiden Seiten im Wechsel weiße Türen und Landschaftsbilder. Neben einem Kunstdruck von Monets Seerosenteich befand sich das Zimmer mit der Nummer 11. Cora klopfte an und wartete. Als keine Reaktion erfolgte, klopfte sie nochmals an, dieses Mal etwas lauter.

»Ja?«, erklang es gedämpft. »Die Tür ist offen.«

Das Zimmer, das Frau Müller bewohnte, war hell, aber kaum größer als vierzehn Quadratmeter. Ein Bett, ein Esstisch, zwei Stühle, ein Sessel, Einbauschränke und ein Fernseher. Mehr Möbel gab es nicht. Dem Farbkonzept des Heims entsprechend war auch dieses Zimmer in einem sanften Gelbton gestrichen, die Möbel bestanden aus hellem Holz, die Vorhänge und der Ohrensessel waren geblümt. Ein großes Fenster und eine Glastür, die auf den angrenzenden Balkon führte, ließen viel Licht herein und sorgten für mehr optische Weite. Als Cora eintrat, saß Frau Müller bereits am eingedeckten Kaffeetisch und lächelte ihr entgegen. Die kleine, schmächtige Frau hatte sich für ihren Gast offenbar fein gemacht und ihren Perlenschmuck angelegt. Schwarze Stoffhose, fliederfarbene Bluse, die weißen, kurzen Haare frisiert – es war wirklich erstaunlich, wie gepflegt die Dame mit ihren vierundneunzig Jahren noch daherkam.

»Guten Tag«, sagte Cora und lächelte. »Mein Name ist Cora Brecht. Frau Gruber hat mich bereits angekündigt, nicht wahr?«

Frau Müller lächelte zurück. »Frau Gruber? Ja, ja.« Sie wies auf den freien Stuhl am Tisch. »Hier ist ein Stuhl. Setzen Sie sich doch.«

»Ich habe Ihnen ein paar Blumen mitgebracht«, erklärte Cora und streckte ihr den Strauß entgegen.

»Oh, Christrosen!«, rief Frau Müller aus. »Wie schön!« Sie sah mit wachem Blick zu Cora auf. »Sind aber giftig. Da müssen Sie sich gut die Hände waschen.«

Cora sah sich nach einer Vase um. Frau Müller folgte ihrem Blick und meinte: »Sie können die Vase dort drüben nehmen, die da auf dem Regal.« Sie deutete zur Tür, die ins angrenzende Badezimmer führte. »Da drinnen gibt es ein Waschbecken.«

Nachdem Cora die Vase mit Wasser befüllt und den Strauß arrangiert hatte, wusch sie sich rasch die Hände und stellte die Christrosen dann in die Mitte des Tischs.

Frau Müller betrachtete entzückt die weißen Blüten. »Ich mag Christrosen.« Sie löste den Blick von den Blumen und sah Cora ernst an. »Ich hatte die früher auch im Garten. Sind aber giftig.« Sie nickte. »Vor allem die Wurzeln.«

»Ich habe mir bereits gut die Hände gewaschen«, erwiderte Cora und setzte sich zu der alten Dame an den Tisch. Frau Müller verströmte einen blumigen Duft, vermutlich ein Maiglöckchenparfum.

»Schön, dass Sie mich besuchen kommen.« Sie zuckte mit den Achseln. »Ich bekomme nicht mehr so viel Besuch, seitdem …« Sie zögerte einen Moment. »Seitdem der Fritz gestorben ist.«

»War das ihr Mann?«, erkundigte sich Cora. Jetzt erst bemerkte sie das Hörgerät, das Frau Müller hinter dem linken

Ohr trug. Das erklärte, weshalb sie das Klopfen an der Tür nicht gleich gehört hatte.

»Ja.« Die Augen der alten Frau wurden feucht. »War ein guter Mann, der Fritz.«

»Und ihre Kinder? Oder Enkelkinder?«

Frau Müller schüttelte den Kopf. »Ich habe keine Kinder.« Sie starrte einen Moment ins Leere, dann fokussierte sie ihren Blick auf die Kaffeekanne. »Frau Gruber hat Kaffee gebracht. Würden Sie uns bitte einschenken? Ich bin in letzter Zeit so zittrig.«

»Oh, ich finde, Sie machen einen sehr fitten Eindruck«, sagte Cora.

»Na ja, man tut, was man kann«, entgegnete Frau Müller und ließ ihre Finger über die Perlenkette hinweggleiten. »Wissen Sie, zu mir kommt regelmäßig eine Heilpraktikerin. Die gibt mir wöchentlich Vitamin-C-Infusionen und ab und zu auch Aufbau-Infusionen mit B-Vitaminen.« Sie lächelte. »Das hält mich gesund und munter.«

Während Cora einschenkte, überlegte sie, wie sie am besten in die Befragung einsteigen sollte. Machte es Sinn, der alten Frau von den Leichenfunden zu erzählen? Konnte sie so eine furchtbare Sache in ihrem Alter noch verkraften?

»Mögen Sie Zimtkekse?«, fragte Frau Müller und wies auf eine weiße Porzellanschale mit Keksen auf dem Tisch. »Die sind lecker. Aber man darf nicht zu viele davon essen. Zu viel Zimt schädigt die Leber.« Sie griff in die Schale, nahm einen Keks heraus und biss davon ab.

»Da kennen Sie sich als Krankenschwester natürlich aus«, sagte Cora. »Ich habe gehört, dass sie lange Zeit im Sanatorium gearbeitet haben. Können Sie mir ein wenig von ihrer Zeit dort erzählen?«

»Wer hat Ihnen das denn gesagt?«, fragte Frau Müller und strich sich die Kekskrümel von der Bluse.

»Peter Schulz. Er war früher Lungenfacharzt an der Klinik.«

»Ach, der Peter? Woher kennen Sie denn den Peter?«

»Er wohnt in meiner Nachbarschaft.«

Frau Müller stutzte. »Dann wohnen Sie auch dort im Wald?«

Cora nickte. »Ja, ich bin in das Haus meiner Eltern eingezogen. Es ist schön ruhig da. Aber früher war das bestimmt ganz anders, als das Sanatorium noch in Betrieb war.« Sie warf der alten Frau einen fragenden Blick zu.

Frau Müller schien im Moment keine Lust auf ein Gespräch über das Sanatorium zu haben. Ohne auf Coras Impuls einzugehen, verspeiste sie zunächst einmal in Ruhe ihren Keks und trank Kaffee. Dann klopfte sie sich erneut die Krümel von der Bluse. »Und Sie sind Kriminalkommissarin, Frau …?«

»Brecht«, ergänzte Cora. »Cora Brecht. Aber ich bin keine Kriminalkommissarin, sondern Kriminalpsychologin.« Sie seufzte innerlich auf. Da brauchte man Geduld …

»Ah, Psychologin«, sagte Frau Müller. »Und weshalb interessieren Sie sich da für die Lungenheilanstalt? Bei uns wurden nur Atemwegserkrankungen behandelt.« Sie legte die Hände in den Schoß. »Aber in Hirsau, da gibt es ein Zentrum für Psychiatrie. Das wäre vielleicht was für Sie.«

Cora beschloss, nicht darauf einzugehen. »Erinnern Sie sich an den früheren Chefarzt der Lungenheilanstalt, Dr. Kiefer? Peter hat gesagt, dass er an einer Impfung gegen Tuberkulose geforscht hat.«

»Dr. Kiefer war ein ausgezeichneter Lungenfacharzt.« Ihre Augen glänzten, als sie hinzufügte: »Er war unheimlich fleißig. Und ehrgeizig. Aber immer freundlich im Umgang mit den Mitarbeitern.« Sie lächelte. »Zu mir war er jedenfalls immer freundlich.« Sie nahm die Kaffeetasse am Henkel, nippte daran und stellte sie etwas schräg auf der Untertasse ab.

Cora sah der alten Dame an, dass sie gerade geistig klar war und in einen Erzählfluss kam. Das Eis war gebrochen.

»Peter sagte, Dr. Kiefer hätte damals auch an einer Impfung für Kinder geforscht. Stimmt das?«

Frau Müller nickte eifrig. »Ja, das stimmt. Unser Sanatorium war eine der wenigen Lungenheilanstalten, die auch erkrankte Kinder von bedürftigen Familien aufnahmen. Die Behandlungskosten wurden zum größten Teil durch Spendengelder finanziert.«

»Es ist erstaunlich, wie gut Sie sich noch an alles erinnern können«, stellte Cora erfreut fest. Ja, das Langzeitgedächtnis der alten Dame schien noch hervorragend zu funktionieren. Trotz ihres fortgeschrittenen Alters würde sie ohne Probleme als Zeugin herangezogen werden können.

Frau Müller nickte stolz. »Wissen Sie, ich habe mein Leben lang Tagebuch geführt. Darin habe ich später immer wieder mal nachgelesen. Ansonsten vergisst man ja vieles. Oder man erinnert sich falsch.«

Cora horchte auf. Wenn sie ein Leben lang Tagebuch geführt hatte, gab es vielleicht auch noch Tagebücher aus den Vierzigerjahren. Sie wollte schon danach fragen, als sie sich besann. Es gab wohl kaum etwas Intimeres als ein Tagebuch. Da konnte sie nicht einfach so um Einblick bitten. Besser, sie wartete zunächst einmal ab, welche Erinnerungen Frau Müller aus freien Stücken bereit war zu teilen.

»Ich finde es toll, wenn man die Disziplin dafür aufbringt«, sagte sie ehrlich beeindruckt. »Und führen Sie jetzt immer noch Tagebuch?«

»Ja, natürlich. Inzwischen schreibe ich weniger, manchmal auch nur einen Satz. Aber ansonsten mache ich das noch genauso wie früher. Jeden Abend vor dem Einschlafen nehme ich das Tagebuch aus meinem Nachttisch heraus und schreibe auf, was an dem Tag passiert ist.«

Cora fragte sich in diesem Moment, was Frau Müller wohl heute Abend notieren würde. Ob sie sich vor dem Schlafengehen noch an ihre Besucherin und das Gespräch erinnern konnte?

»Und wie lange dauerte so eine Luftkur im Sanatorium?«, kam sie auf das eigentliche Gesprächsthema zurück.

»Das war unterschiedlich. Je nach Schwere der Erkrankung. Manche Patienten konnten nach ein paar Wochen entlassen werden, andere brauchten mehrere Monate, bis sich ihr Zustand verbesserte.«

»Blieben die Kinder auch so lange?«

Frau Müller zuckte mit den Achseln. »Wenn es nötig war ...«

»Und die Eltern? Haben die Mütter ihre Kinder zur Kur begleitet? So wie bei diesen Mutter-Kind-Kuren heutzutage?«

Frau Müller strich sich über die Bluse, obwohl diese inzwischen völlig frei von Krümeln war.

»Nein, das war früher anders. Eine Begleitung durch die Eltern war nicht üblich.« Sie schüttelte den Kopf. »Damals waren die Mütter froh, dass ihre Kinder überhaupt einen Platz in der Klinik bekamen. Die Kinder litten ja an schweren Atemwegserkrankungen. Manche hatten nur Asthma oder chronische Bronchitis, die meisten aber die Schwindsucht, also Tuberkulose.«

»Hatten die kranken Kinder da kein Heimweh?«

»Ein bisschen Heimweh hatten sie sicherlich.« Sie machte eine Pause und dachte nach. »Wer hätte das nicht? Aber es ging halt nicht anders. Die meisten Kinder, die bei uns therapiert wurden, kamen nicht aus der näheren Umgebung. Und die Eltern mussten ja schließlich arbeiten.«

»Und wie wurden die Eltern dann über den Krankheitsverlauf ihrer Kinder informiert?«

»Mit der Post. Sie haben ab und zu eine schriftliche Benachrichtigung bekommen. Die Kinder konnten ihren

Müttern dann auch ein Brieflein beilegen, wenn sie wollten.« Sie brach ab und räusperte sich. Um ihre Stimme freizubekommen, nahm sie ein paar Schlucke Kaffee. Nachdem sie die Kaffeetasse wieder abgestellt hatte, verzog sie den Mund zu einem breiten Lächeln. Das aufgesetzte Grinsen signalisierte Cora, dass Frau Müller soeben ein Gedanke gekommen war, der sie verunsichert hatte und den sie nun zu überspielen versuchte. Verheimlichte sie etwas?

»Haben die Eltern ihre Kinder an den Wochenenden besucht?«, fragte Cora weiter.

»Die wohlhabenderen Familien haben das gemacht, ja. Aber wir hatten während des Krieges auch etliche Kinder von mittellosen alleinerziehenden Müttern. Diese Frauen mussten sich allein durchschlagen. Ihre Männer waren noch im Krieg oder galten als vermisst – oder sie waren gefallen. Die waren heilfroh, dass Dr. Kiefer ihre Kinder für wenig Geld therapierte. Sie brachten ihre Kinder hin und holten sie nach der Therapie wieder ab. Besuche zwischendurch konnten sich diese Mütter finanziell gar nicht leisten. Manche hatten ja nicht einmal genug zu essen.« Sie hob die Augenbrauen und nickte. »Im Sanatorium waren wir zum Glück auch während des Krieges ganz gut versorgt. Aber kurz vor Kriegsende, also 1945, gab es auch bei uns Versorgungsprobleme. Wir mussten vorübergehend alle Kinder nach Hause schicken. Und auch die erwachsenen Patienten wurden teilweise entlassen, wenn es zu verantworten war. Manche gingen auch freiwillig nach Hause.« Sie lächelte schwach. »Als der Krieg vorbei war, kamen sie dann wieder in Scharen.«

Cora nickte und beschloss, das Gespräch von nun an stärker zu lenken. Frau Müllers Aufmerksamkeitsspanne war sicherlich begrenzt. »Konnten die Patienten, die zu ihnen kamen, eigentlich alle geheilt werden oder starben manche auch während der Therapie?«

Frau Müller senkte den Blick auf ihre Hände, die gefaltet in ihrem Schoß lagen. »Die Liegekur im Freien brachte gute Heilerfolge.« Sie sah auf. »Die Patienten lagen jeden Tag gut eingepackt sechs Stunden lang in den Liegehallen an der frischen Luft. Leider hatten wir anfangs noch kein Antibiotikum. Das kam ja erst in den Fünfzigerjahren so richtig zum Einsatz.« Sie räusperte sich. »Hin und wieder sind auch bei uns Patienten an der Schwindsucht gestorben.« Sie nickte. »Ja, so war das damals.« Sie nahm sich noch einen Keks aus der Schale. Langsam aß sie ihn auf, ohne auf die herabfallenden Krümel zu achten. »Tuberkulose war ehemals eine gefährliche Krankheit.« Ihr von Falten durchzogenes Gesicht verfinsterte sich. »Das kann man sich heute gar nicht mehr vorstellen, weil wir inzwischen ja viel bessere Medikamente haben. Aber früher«, sie machte eine wegwerfende Handbewegung, »da starben ganz viele Leute daran.« Sie schüttelte den Kopf. »Schrecklich war das, schrecklich.«

»Und wie war das in den Achtziger- oder Neunzigerjahren? Gab es da auch noch Todesfälle durch Tuberkulose an der Klinik?«

Frau Müller legte den Kopf schief und überlegte. »Nein, nicht dass ich wüsste. Zu der Zeit war das Sanatorium ja schon längst in eine Fachklinik mit pneumologischem Schwerpunkt umgewandelt worden. Da kam kaum noch ein Patient mit Tuberkulose.«

Eine Weile lang tranken sie still Kaffee. Die alte Dame machte inzwischen einen müden Eindruck. Sie saß zusammengesunken auf ihrem Stuhl und wirkte nun nochmals kleiner und schmächtiger. Das Gespräch über die vergangenen Zeiten hatte sie angestrengt. Cora beschloss, zum Ende der Befragung zu gelangen. Falls weitere Fragen aufkommen würden, konnte sie Frau Müller ja jederzeit wieder aufsuchen. Die alte Dame machte nicht den Eindruck, als würde sie so schnell das

Zeitliche segnen. Über einen erneuten Besuch würde sie sich gewiss freuen.

»Noch eine andere Frage, Frau Müller – erinnern Sie sich an Hugo Stoll? Den Künstler?«

Frau Müller horchte auf. »Hugo? Natürlich kann ich mich noch an den Hugo erinnern.« Sie fing an, ihre Finger zu kneten.

»Können Sie mir ein bisschen über den Herrn Stoll erzählen? Was hat er denn am Sanatorium gemacht? Er war ja eigentlich Künstler und nicht in der Pflege tätig.«

Frau Müller dachte nach, dann meinte sie schließlich: »Über Hugo kann ich Ihnen nicht viel erzählen, Frau Kommissarin. Er war so etwas wie der Hausmeister am Sanatorium, hat kaputte Dinge repariert, im Winter gestreut und Schnee geräumt, Müll weggeräumt ...«

»Ich dachte, er war in erster Linie Künstler.«

»Ja, schon. Aber davon konnte er wohl nicht leben.« Sie legte ihre Hände auf den Tisch und zuckte mit den Achseln. »Ich kannte ihn nicht so gut. Hugo war in vielen Dingen etwas eigen. Ich weiß nur, dass er im Gegenzug für seine Arbeit an der Klinik freies Essen und eine kostenlose Unterkunft bekommen hat. Dr. Kiefer war dem Hugo gegenüber ziemlich großzügig.«

»Erinnern Sie sich noch an die Skulpturen, die Hugo Stoll für den Kurpark der Klinik hergestellt hat?«

»Skulpturen?«, fragte Frau Müller zurück. »Er hat ja hauptsächlich Bilder gemalt.« Sie presste die Lippen zusammen.

»Ja, das stimmt. Aber er hat auch Skulpturen gemacht. Erinnern Sie sich nicht mehr? Die vier Jahreszeiten ...«

Frau Müller lachte auf. »Oh, junge Dame. Das ist schon so lange her.« Sie schüttelte den Kopf. »Ich weiß nicht ...«

»Ich frage deshalb, weil wir in den Skulpturen mehrere Leichen gefunden haben«, sagte Cora. Sie hatte sich spontan dazu entschlossen, Frau Müller doch darüber zu informieren. Die alte Krankenschwester wusste etwas darüber, sperrte sich aber innerlich dagegen, darüber zu reden. In ähnlichen Fällen half häufig die direkte Konfrontation weiter. Gespannt wartete sie auf die Reaktion der alten Frau.

Doch Frau Müller tat so, als hätte sie den letzten Satz von Cora gar nicht gehört. Sie wandte den Kopf ab und sah mit leerem Blick aus dem Fenster. Nach ein paar Sekunden gab sie sich einen Ruck und wies auf die Keksschale. »Mögen Sie Zimtkekse? Die hier sind ganz besonders lecker.« Sie lächelte. »Aber man darf nicht zu viele davon essen. Zu viel Zimt schädigt die Leber.«

Cora sah die alte Frau irritiert an, dann begriff sie. Frau Müller hatte soeben das Gespräch auf ihre Art für beendet erklärt und die Tür zur Vergangenheit geschlossen. Cora wusste, dass dies ein Schutzmechanismus war, den sie als Psychologin zu akzeptieren hatte. Was Frau Müller überforderte oder belastete, verdrängte sie unverzüglich. Vermutlich hatte sie die Anmerkung über die Leichenfunde derweil schon wieder aus dem Gedächtnis gelöscht. Für heute war es genug. Deshalb erwiderte Cora nun das Lächeln, nahm sich einen Keks aus der Schale und sagte lediglich: »Ja, ich mag Zimtkekse auch sehr gern.«

16. Kapitel

»Nein, nicht«, stammelte Cora und verzog angewidert das Gesicht. »Ich ... ich ... nein, bitte!« Sie wollte sich aufrichten, aber es gelang ihr nicht. Ihr Körper war wie gelähmt. Eine Weile lang lag sie reglos da und jammerte leise vor sich hin, während das Kind an ihrer Seite sie ansah. Dann plötzlich löste sich die Starre, die sie gefangen hielt. Japsend fuhr sie aus dem Schlaf, rappelte sich hektisch auf und rutschte von der Bettkante weg. Das Herz schlug ihr bis zum Hals, beängstigend schnell, als stände sie kurz vor einem Infarkt. Es dauerte einen Moment, bis sie begriff, dass der Platz neben ihr leer war. Das tote Kind, das sie gerade eben noch aus hohlen Augen angestarrt hatte, war verschwunden. Was für ein übler Traum! Der Anblick des kleinen Skeletts war abscheulich gewesen! Zugleich hatte sie sich furchtbar für den empfundenen Ekel geschämt. Mitgefühl wäre angebracht gewesen, nicht Ekel. Doch was angebracht war oder nicht, das interessierte das Unterbewusstsein im Traum meist wenig. Soziale Konventionen spielten keine Rolle. Nein, die Nähe dieses toten Kindes war nicht zu ertragen gewesen. Steif wie ein Brett hatte sie dagelegen, um auf gar keinen Fall mit dem Kind in Berührung zu kommen.

Cora zog das hochgerutschte Nachthemd zurecht. Der Stoff war unangenehm feucht, durchnässt von kaltem Schweiß. Seufzend schlug sie die Decke zurück und kroch aus dem Bett. Genug geschlafen, die Nacht war vorbei. Während sie sich anzog, vermied sie den Blick in den Spiegel. Wenn sie so aussah, wie sie sich fühlte, war es klüger, auf den Anblick zu verzichten. Einen so eindringlichen Traum hatte sie schon längere Zeit nicht mehr gehabt. Ihre früheren Albträume, in denen sie den Autounfall mit ihrer Mutter in immer neuen Varianten durchlebt hatte, waren seit dem Einzug ins elterliche Haus glücklicherweise nicht mehr wiedergekehrt. Offenbar fühlte sie sich an diesem Ort mit ihren Eltern über den Tod hinaus verbunden. Das Haus weckte so viele schöne Erinnerungen, dass dies eine heilsame Wirkung auf ihre Psyche hatte.

Sie schlüpfte in die Hausschuhe und ging ins Erdgeschoss hinunter. Das, was sie jetzt brauchte, waren eine Dusche und im Anschluss daran einen Kaffee. Erfahrungsgemäß half ihr das am besten, die Hirngespinste der Nacht aus dem Kopf zu vertreiben und in die Realität zurückzufinden.

Eine halbe Stunde saß Cora mit nassen Haaren am Küchentisch, aß ein Himbeermüsli und trank Kaffee. Nachdenklich sah sie aus dem Fenster. Die Dusche hatte gutgetan, aber der Albtraum war immer noch präsent. Das lag sicher daran, dass es sich eben nicht um ein Hirngespinst handelte. Der Horror war nicht ihrer Fantasie, sondern der Realität entsprungen.

Von ihrem Beruf her war sie ja an Mordfälle gewöhnt. Als Kriminalpsychologin musste sie fähig sein, eine emotionale Distanz zu seelisch belastenden Fällen aufzubauen. Ansonsten hielt man in dem Job nicht lange durch. Aber wenn es sich um Kinderopfer handelte, fiel es schwer, die Gefühle zurückzudrängen und einen kühlen Kopf zu bewahren.

Cora blickte aus dem Fenster. Ein Tief hatte über Nacht neuen Schneefall mit sich gebracht. Der Weg vor dem Haus war bereits mit einer frischen, dicken Schneeschicht bedeckt. Und es schneite immer noch wie verrückt. Bei dem Wetter blieb sie heute besser zu Hause. Auch hier gab es genug zu tun. Wenn die Haushaltspflichten erledigt wären, würde sie es sich mit einem guten Buch vor dem Holzofen bequem machen. Schließlich war Wochenende. Da durfte man sich auch einfach mal ausruhen. Aber ausruhen wovon? Es war ja nicht gerade so, dass sie vor Stress nicht mehr konnte. Sofort regte sich ihr schlechtes Gewissen. Hätte sie nicht schon längst ein Konzept für das weitere Vorgehen im Statuenfall erarbeitet haben müssen? Noch verliefen ihre Nachforschungen so planlos …

Gut, das lag natürlich auch daran, dass sich die Recherche bei so einer alten Geschichte viel schwieriger gestaltete als bei einem aktuellen Fall. Vonseiten der Cold-Case-Gruppe her stand sie zwar nicht unter Druck, aber die Leute hier aus der Gegend hätten gewiss gern gewusst, was es mit den Leichenfunden auf sich hatte. Schließlich war es durchaus denkbar, dass der Mörder immer noch mitten unter ihnen in einer der umliegenden Gemeinden lebte. Oder, nahe liegender, in einem der Häuser auf der Waldlichtung. Wer so abgeschieden wohnte, dem haftete eh schon der Ruf an, verschroben zu sein. Diese mysteriösen Leichenfunde befeuerten die Gerüchteküche und das Vorurteilsdenken gewiss. Deshalb war es für die Waldbewohner am allerdringlichsten, dass die Sache rasch aufgeklärt wurde. Auch für den Zusammenhalt untereinander war es essenziell. Bei so wenigen Nachbarn musste man sich auf jeden Einzelnen verlassen können. Argwohn war Gift für die Gemeinschaft.

Nicht mehr lange, dann würde gewiss auch die Presse im öffentlichen Interesse Ermittlungsergebnisse einfordern. In diesem Moment fiel ihr ein, dass sie den Zeitungsbericht über die Leichenfunde ja noch gar nicht zur Kenntnis genommen hatte.

Irgendwie war ihr das entgangen. Sie nahm die Zeitung vom Montag und überflog den Lokalteil. Nichts. Dann vermutlich am Dienstag? Ja, hier, gleich auf der ersten Seite. Wie hatte sie den Bericht nur übersehen können?

LEICHENFUNDE IM KURPARK DER ALTEN LUNGENHEILANSTALT

Am Samstagmorgen, 7. Januar, sind im Kurpark der alten Lungenheilanstalt nahe Bad Wildbad mehrere Leichen gefunden worden. Wie eine Sprecherin der Polizei sagte, handelt es sich dabei um die Leiche eines Mannes und um vier Kinderleichen.

Zu Beginn leitete die Kriminalpolizei Calw die Ermittlungen. Da die Opfer allerdings bereits vor einigen Jahrzehnten gestorben sind, hat derweil eine spezialisierte Ermittlungsgruppe des LKA Stuttgart die weiteren Untersuchungen übernommen.

Weitere Angaben zu dem Leichenfund machte die Polizei vorerst nicht, da die rechtsmedizinische Analyse nach Angaben der Staatsanwaltschaft noch nicht abgeschlossen ist. Außerdem, so hieß es vonseiten der Sprecherin, dürfe man noch keine Details bekannt geben, um die weiteren Ermittlungen nicht zu gefährden.

Cora nickte still. An dem Bericht gab es nichts auszusetzen. Alles in allem waren die Angaben korrekt und Einzelheiten waren nicht publik gemacht worden. Nur die Aussage über die spezialisierte Ermittlungsgruppe bereitete ihr Unbehagen. Genau genommen handelte es sich bei der sogenannten Gruppe im Augenblick nur um eine aktiv ermittelnde Person, nämlich sie selbst. Der Rest der Truppe hielt sich als Unterstützung im Hintergrund bereit, für den Fall, dass sie nicht weiterkam. Nun gut, dachte sie, das war viel Verantwortung, die sie da zu tragen hatte; andererseits war wohl niemand motivierter als sie, diesen Fall zu klären. Entschlossen faltete sie die Zeitung zusammen. Es war höchste Zeit, die Ermittlungen strukturiert anzugehen. Sie trank ihren Kaffee aus und ging dann ins Badezimmer, um sich die Haare trocken zu föhnen. Während sie den warmen Luftstrom über die Haare führte, ging sie in Gedanken die bisherigen Ergebnisse durch. Das Gespräch mit Frau Müller hatte zwar zu einigen neuen Erkenntnissen geführt, allerdings war das alles noch viel zu unkonkret. Was Hugo Stoll anging, wusste sie bislang nur, dass er bis zu seinem Unfalltod ein mittelmäßiger Künstler gewesen war, ein Einzelgänger, der sich mit Hausmeisterjobs an der Klinik über Wasser gehalten hatte. Über die männliche Leiche aus der Götterstatue hatte sie noch gar nichts herausgefunden. Obwohl der Mann nicht einmal halb so lange tot war wie die Kinder, wusste sie in diesem Fall im Moment noch nicht, wo sie ansetzen sollte. Bei den Kindern dagegen musste es eine Verbindung zum Sanatorium geben. Alles andere ergab keinen Sinn.

Fakt war: Am Sanatorium waren lungenkranke Kinder mittelloser Familien behandelt worden und der Chefarzt der Klinik hatte Versuche zu einer Tuberkuloseschutzimpfung durchgeführt. Welche Rolle Frau Müller dabei gespielt hatte, konnte sie aktuell noch nicht sagen. Die toten Kinder aus den Statuen wiederum waren an Tuberkulose erkrankt gewesen, letztlich aber an einer Vergiftung gestorben. Ob die Kinder an der Impfstudie teilgenommen hatten, wusste sie nicht. Es hatte Gerüchte gegeben, bei den Impfversuchen seien Kinder ums Leben gekommen. Allerdings war Dr. Kiefer bei den Nürnberger Ärzteprozessen ja freigesprochen worden. Trotzdem war es möglich, dass die Kinder aus den Statuen an der Impfstudie beteiligt gewesen waren. Um das herauszufinden, brauchte sie jedoch zunächst einmal die Namen der kindlichen Patienten. Ob es nach all der Zeit noch Patientenakten gab? Vermutlich nicht.

Interessant war auch die erneute Untersuchung im Fall Kiefer, die in den Sechzigerjahren durch den ehemaligen Arztkollegen angeregt worden war. Dabei stellte sich die Frage, weshalb der Mann erst zwanzig Jahre nach dem ersten Prozess den Mund aufgemacht und Anzeige erstattet hatte. Vielleicht war er ursprünglich beruflich von der Gunst des Chefs abhängig gewesen und dies hatte sich in den Sechzigerjahren geändert. Oder er hatte neue Beweise gefunden, mit denen er den Vorstoß schließlich wagen konnte. Sie musste nachher gleich nochmals bei Peter anrufen. Vielleicht erinnerte er sich ja doch noch an mehr Details in der Sache.

Cora steckte den Föhn aus, räumte ihn in den Schrank zurück und kämmte die Haare dann gründlich durch. Nachdem alle Haarknoten entfernt waren, flocht sie mit routinierten Handgriffen einen Zopf und legte diesen der Gewohnheit folgend nach vorn über die Schulter. Sie hielt in der Bewegung inne. Wenn der Zopf so lag, war von ihrer Narbe am Hals nichts mehr zu sehen. Langsam schob sie den Zopf wieder nach hinten. Till hatte sie einmal gefragt, weshalb sie so darauf erpicht war, die Narbe zu verdecken. Die Antwort darauf war schnell gegeben. Sie wollte nicht mehr an den Autounfall erinnert werden, bei dem ihre Mutter ums Leben gekommen war und bei dem sie sich die Wunde zugezogen hatte. Sie trat etwas dichter an den Spiegel heran, legte den Kopf schief und musterte die Stelle. Nach über einem Jahr war die Narbe zwar verblasst, hob sich aber immer noch von der umgebenden Haut ab und juckte auch hin und wieder noch. Mit einer sanften Abwärtsbewegung strich sie mit dem Finger über die Narbe hinweg. Nein, noch war sie nicht so weit, dieses Wundmal vor fremden Leuten offen zu zeigen. Ihre innere Verletzung war noch nicht so gut verheilt wie die äußere. Aber zumindest zu Hause konnte sie auf das Verstecken verzichten. Unwillkürlich blieb ihr Blick an der zweiten Narbe an ihrem Handgelenk hängen, die sie sich bei den Ermittlungen im letzten Fall im vergangenen Herbst zugezogen hatte. So war das nun mal im Leben, dachte sie. Narben erinnerten einen in den allermeisten Fällen an unschöne, negative Erlebnisse. Aber so wie sich durch schlechte Erfahrungen der Charakter bildete, so gehörten auch die Narben zum Körper und mussten letztlich wohl angenommen werden.

Cora ging in die Küche zurück. Als sie die leere Kaffeetasse vom Tisch räumte, fiel ihr Blick auf das Handy. Es war zwar noch früh am Morgen, aber so, wie sie Peter einschätzte, war er gewiss schon wach. Sie wählte seine Nummer.

»Ja?«, erklang Peters Stimme.

»Hallo, guten Morgen. Hier ist Cora. Entschuldige, wenn ich dich so früh am Morgen schon wieder belästige. Ich hoffe, ich habe dich nicht geweckt.«

»Nein, nein, du hast mich nicht geweckt. Ich bin schon eine Weile wach.« Für einen Moment war es still in der Leitung, dann erklang ein Räuspern. »Möchtest du auf einen Tee herüberkommen?«

Cora warf einen raschen Blick aus dem Fenster und schüttelte dann den Kopf. »Nein, vielen Dank. Wenn ich nicht unbedingt muss, gehe ich heute lieber nicht vor die Tür.« Sie lachte auf. »Das schneit ja unglaublich! Als ob wir nicht schon genug Schnee hätten ...«

»Ja, da hast du recht«, bestätigte Peter. »Ich vermeide zurzeit auch alle unnötigen Autofahrten. Ein Mal in der Woche fahre ich zum Einkaufen. Alles andere verschiebe ich auf den Frühling.« Er lachte leise.

»Ich wollte dich auch nur kurz was fragen«, lenkte Cora auf ihr eigentliches Anliegen hin. »Ach ja, und ich soll dir liebe

Grüße von Heidemarie Müller ausrichten. Ich habe sie gestern in der Seniorenresidenz in Bad Wildbad besucht.«

»Wirklich?«, fragte Peter erfreut. »Das ist ja schön! Geht es ihr gut?«

»Ja, sie ist erstaunlich fit für ihr Alter. Und sie konnte mir bei meinen Fragen auch tatsächlich ein wenig weiterhelfen …« Cora fasste in wenigen Sätzen zusammen, was ihr die Krankenschwester erzählt hatte. Als sie geendet hatte, meinte sie: »Diese Impfstudie muss ja dokumentiert worden sein. Denkst du, es gibt noch irgendwo alte Patientenakten? Oder Berichte über die Studie?«

»Nach all der Zeit?«, erwiderte Peter. »Das kann ich mir nicht vorstellen. Die Akten waren ja bereits bei den Nürnberger Ärzteprozessen unvollständig.«

»Was? Es wurden unvollständige Akten vorgelegt? Und das wurde vom Untersuchungsausschuss akzeptiert?«

»Ich war ja nicht dabei«, erwiderte Peter. »Aber ja, so hieß es damals. Offenbar hatte da jemand bei der Dokumentation ziemlich geschlampt.«

»Oder man hat bewusst belastendes Material verschwinden lassen, um etwas zu vertuschen«, bemerkte Cora spitz. »Und was ist mit anderen Patientenakten? Oder gibt es vielleicht zumindest eine Liste mit den Namen der Patienten? Im Grunde kommen als Zeugen sämtliche Personen infrage, die sich zwischen 1940 und 1990 im Sanatorium aufgehalten haben. Egal ob als Mitarbeiter oder Patient. Jede Erinnerung, jede Aussage ist für mich bei den Ermittlungen hilfreich.«

Peter seufzte. »Oh, Cora, ich fürchte, da kann ich dir nicht weiterhelfen. Ich habe keine Ahnung, was mit den Patientenakten passiert ist, nachdem der Betrieb der Lungenheilanstalt eingestellt worden ist. Vermutlich hat man die Akten vernichtet.« Er zögerte. »Wobei ich mal gehört habe, im Hauptgebäude lägen noch vereinzelt Akten zwischen dem Müll herum.«

»Wirklich? Die Spurensicherung hat im Gebäude nichts gefunden. Allerdings liegt da wohl so viel Schutt, dass man Tage bräuchte, um alles gründlich abzusuchen.« Sie knetete sich nachdenklich das Kinn. »Vielleicht sollte man da drinnen ja nochmals gezielt nach Akten Ausschau halten.«

»Ich kann natürlich nicht sagen, ob das so stimmt«, fügte Peter hinzu. »Ich habe das Sanatorium selbst schon lange nicht mehr betreten.«

Cora war gedanklich schon weiter. »Hm, kannst du dich denn noch an den Namen des Arztkollegen erinnern, der den früheren Chefarzt der Klinik in den Sechzigerjahren wegen der Impfversuche erneut vor Gericht gebracht hat?«

Einen Moment lang war es still in der Leitung.

»Ja, er hieß Heitermann. Ich habe ihn nie persönlich kennengelernt. Als ich an die Klinik kam, hatte er bereits aufgehört, dort zu arbeiten. Soweit ich weiß, hat er später eine eigene Praxis in Calw eröffnet.«

»Heitermann …«, murmelte Cora. »Irgendwo habe ich den Namen kürzlich schon mal gehört. Ich komme im Moment aber nicht darauf, in welchem Zusammenhang.«

»So geht es mir auch oftmals«, meinte Peter und lachte.

»Erinnerst du dich auch noch an den Vornamen?«, fragte Cora.

»Oh, da bin ich leider überfragt. Es wurde immer nur von einem Dr. Heitermann gesprochen.«

»Macht nichts. Zumindest habe ich schon mal den Nachnamen. Und wenn er eine Praxis in Calw gehabt hat, dann dürfte es eigentlich nicht allzu schwer werden, ihn zu finden.«

Cora bedankte sich und beendete dann das Gespräch. Hm, dachte sie, wo habe ich diesen Namen nur schon mal gehört? Heitermann …

17. Kapitel

Ja, so ist das manchmal, dachte sich Cora. Ganz fest hatte sie sich vorgenommen, heute zu Hause zu bleiben, und nun saß sie plötzlich doch im Auto und fuhr durchs Schneetreiben. Aber die Chance, Till bei der Recherche zu begleiten, hatte sie sich nicht entgehen lassen wollen. Nach dem Telefonat mit Peter hatte es einer weiteren Tasse Kaffee bedurft, dann war der Groschen endlich gefallen. Den Namen Heitermann hatte Till im Zusammenhang mit seinem aktuellen Fall erwähnt. So hatte die Frau geheißen, die auf mysteriöse Weise an einem Herzinfarkt gestorben war. Obwohl es sich vermutlich nur um eine zufällige Namensgleichheit handelte, hatte sie sich entschieden, Till zu informieren. Der erzählte ihr dann, dass er für den Nachmittag ohnehin mit Frau Heitermanns Cousine verabredet sei, und lud sie ein, ihn zu dem Termin zu begleiten. Bis dahin wollte er über die Datenbank abgeklärt haben, ob es zwischen Frau Heitermann und dem Lungenfacharzt eine verwandtschaftliche Beziehung gegeben hatte. Nun war sie gespannt, was er in der Zwischenzeit herausgefunden hatte.

Nachdem die beschlagene Frontscheibe endlich frei geworden war, kam Cora schneller voran. Mit kaum nennenswerter

Verspätung erreichte sie schließlich den Waldparkplatz, wo sie von Till bereits erwartet wurde.

»Hi!« Cora setzte sich auf den Beifahrersitz, zog die Autotür hinter sich zu und gab Till einen flüchtigen Kuss auf den Mund.

»Hi, Süße! Na, alles klar?« Er sah sie prüfend an. »Siehst ein bisschen gestresst aus.«

»Nein, alles gut. Ich hatte nur ursprünglich ganz andere Pläne. So spontane Aktionen sind nicht so meins …«

»Aha, was für Pläne hattest du denn?« Er startete den Motor und fuhr los.

Sie grinste. »Ich wollte mich einschneien lassen.«

»Ach so«, sagte Till und zog amüsiert die Augenbrauen hoch. »Frau Brecht wollte sich eigentlich einschneien lassen. Nun ja, es soll ja noch mehr Schneefall geben …«

Cora nickte. »Falls du heute Abend mit zu mir kommst, könnten wir uns zusammen einschneien lassen. Das wäre doch romantisch, nur wir beide am Kaminfeuer …«

»Klingt verlockend«, meinte Till. »Allerdings nur, wenn genügend Vorräte im Haus sind.«

»Wenn du unter Vorräten Pasta und Wein verstehst«, erwiderte Cora, »dann wären wir für die nächsten beiden Wochen gut versorgt.«

Till reagierte mit einem zufriedenen Brummen und konzentrierte sich dann wieder auf die Straße.

* * *

Während der Fahrt nach Calw berichtete Cora von ihrem Besuch bei der alten Krankenschwester.

»Wie hat sie denn reagiert, als du ihr von den Leichenfunden erzählt hast?«, wollte Till wissen.

»Sie hat es überhört«, erwiderte Cora und verzog den Mund zu einem schrägen Grinsen. »Typisches Ausweichverhalten. Ich habe das bewusst erst mal durchgehen lassen. Ich gebe ihr ein paar Tage Zeit, damit sie darüber nachdenken kann, dann besuche ich sie noch mal und hake nach.«

»Hättest du da nicht gleich ein bisschen mehr Druck machen können?«

Cora schüttelte den Kopf. »Bei zu viel Druck besteht die Gefahr, dass sie sich am Ende ganz verschließt. Immerhin ist die Frau schon vierundneunzig, da muss man behutsam vorgehen. Sonst überfordert man so einen alten Menschen auch schnell.«

»Ich dachte, sie ist noch so fit und kann sich an alles von früher erinnern?«

»Na ja, das kommt darauf an, worum es geht. Das Langzeitgedächtnis funktioniert bei ihr noch super. Aber dann verliert sie mitten im Gespräch den Faden und begreift plötzlich gar nicht mehr, worum es eigentlich geht.«

»Na ja, könnte aber auch Taktik sein«, argwöhnte Till. »Wenn das Gesprächsthema unangenehm wird, erinnere ich mich einfach nicht mehr und spiele die demente Alte. Traust du ihr das zu?«

Cora runzelte die Stirn. »Ich kann mir schon vorstellen, dass sie sich intuitiv vor unangenehmen Themen schützt und bei schwierigen Fragen innerlich abschaltet. Sie weiß sicher mehr, als sie bisher rausgelassen hat. Aber dass sie mich bewusst angelogen hat … nein, das glaube ich eher nicht.«

»Vielleicht ist sie bei deinem nächsten Besuch ja geistig besser drauf. Im Vergleich zu uns hast du jedenfalls schon eine ganze Menge herausgefunden.«

»Apropos herausgefunden«, hakte Cora ein. »Was sagt denn die Datenbank? Gibt es eine Verbindung zwischen Frau Heitermann und dem Arzt?«

Till nickte. »Ja, die gibt es tatsächlich! Dr. Heitermann war der Vater von Ingrid Heitermann.«

»Was?« Cora beugte sich nach vorn. »Das ist ja der Hammer!« Langsam ließ sie sich wieder in den Sitz zurücksinken. »Hm, das ergibt natürlich neue Denkansätze ...«

»Ein neuer Impuls kann nicht schaden. Wir kommen im Fall ›Heitermann‹ momentan nämlich keinen Millimeter weiter. Vonseiten der Rechtsmedizin gibt es nichts Brauchbares und von der Spusi auch nicht.« Er zuckte mit den Schultern. »Eigentlich waren wir schon kurz davor, den Fall zu den Akten zu legen. Aber dann hat sich plötzlich diese Frau Frick bei uns gemeldet. Sie ist ja wie gesagt die Cousine von Frau Heitermann. Irgendwie kommt ihr der plötzliche Herztod wohl auch eigenartig vor. Deshalb hat sie um ein Gespräch gebeten. Bin gespannt, was sie erzählen wird.«

Sie passierten das Ortsschild von Calw. Während sie an der Nagold entlang stadteinwärts fuhren, ließ Cora den Blick über die hübschen Fachwerkhäuser schweifen, die die Hauptstraße säumten. Sie mochte Calw. Das Städtchen, das sich im Gedenken an seinen berühmtesten Bewohner auch gern als »Hermann-Hesse-Stadt« bezeichnete, hatte Flair. Hier ein Turm, dort eine malerische Trauerweide am Fluss, Fachwerk in der Altstadt und alte Villen auf den umliegenden Hügeln – überall gab es hübsche Blickfänge. Coras Gedanken schweiften von Hesse zu Dr. Heitermann. Wenn der Lungenfacharzt der Onkel von Frau Frick gewesen war, konnte sie ihnen womöglich wichtige Informationen geben.

* * *

Frau Frick wohnte in einem kleinen Reihenhaus im Calwer Stadtteil Heumaden. Sie hatten noch nicht einmal den Klingelknopf gedrückt, als sich die Tür bereits öffnete. Eine kleine, rundliche Frau um die sechzig begrüßte sie.

»Ah, hallo!« Sie musterte Till und fuhr sich dabei ordnend durch die blonden, kurzen Haare. »Sind Sie der Kommissar?«

Till hielt ihr seinen Dienstausweis entgegen. »Ja, wir haben telefoniert. Ich bin Kriminalhauptkommissar Moritz, und das«, er deutete auf Cora, »ist meine Kollegin Cora Brecht. Frau Brecht ist Kriminalpsychologin.«

Cora lächelte Frau Frick zu, woraufhin diese freundlich nickte. »Schön, dann kommen Sie doch bitte herein.«

Cora und Till folgten der Frau ins Esszimmer, wo sie gemeinsam an einem großen Holztisch Platz nahmen. Nachdem Frau Frick sie mit Kaffee versorgt hatte, fing sie gleich an zu erzählen: »Wissen Sie, meine Cousine und ich, wir waren richtig gut miteinander befreundet. Wir haben uns regelmäßig getroffen und haben oft miteinander telefoniert.«

Till nickte. »Ist Ihnen denn in letzter Zeit aufgefallen, dass Ihre Cousine anders war als sonst? Hatte sie gesundheitliche Probleme? Oder Sorgen? Irgendeine Sache, die sie belastete?«

»Gesundheitlich ging es ihr gut«, meinte Frau Frick. »Bis auf die Schlafstörungen, die sie in letzter Zeit hatte.« Sie zuckte mit den Achseln. »Aber das haben wir ja alle mal.« Sie dachte nach. »Und Sorgen? Na ja, seitdem Ingrid in Rente gegangen war, hatte sie ständig Geldprobleme. Mit der kleinen Rente konnte sie kaum das Haus finanzieren. Die Heizung hätte erneuert werden müssen und das Dach war wohl auch nicht mehr ganz dicht ...«

Till nahm einen Schluck Kaffee und nickte. »Ja, ihre Hausbank hat auf meine Nachfrage hin so etwas Ähnliches angedeutet ...« Bedächtig stellte er die Tasse wieder auf den Unterteller zurück. »Könnten Sie sich vorstellen, dass sie aufgrund der Geldsorgen einen Infarkt erlitten hat?«

»Nein, das glaube ich nicht. Sie hatte auch nie zuvor Probleme mit dem Herzen. In den letzten Monaten hat sie zwar immer mal wieder über ihre zunehmenden Schulden geklagt, aber …«, sie hielt kurz inne und räusperte sich, »aber wissen Sie was? Zuletzt sprach sie davon, eine Lösung gefunden zu haben!« Sie schüttelte den Kopf. »Ich habe mich natürlich schon gefragt, was das für eine Lösung sein sollte. Lösung – klingt ja nicht gerade nach einem Lottogewinn … Im Nachhinein kommt mir das, was sie gesagt hat, jedenfalls sehr seltsam vor.« Sie machte eine bedeutungsvolle Pause. »Sie erklärte, sie wolle noch nichts Genaues dazu sagen, bis es ›in trockenen Tüchern‹ sei.« Sie senkte die Stimme zu einem Raunen. »In trockenen Tüchern! So hat sie das gesagt! Das klingt doch eigenartig, nicht?«

»Hm, ja«, stimmte ihr Till zu. »Wann haben Sie ihre Cousine denn das letzte Mal gesehen?«

»An Silvester.« Ein trauriger Schatten legte sich über ihr Gesicht. »Wir haben noch auf unseren gemeinsamen Italienurlaub angestoßen. An Ostern wollten wir zusammen nach Florenz reisen.« Sie schüttelte den Kopf und seufzte. »Wenn ich das gewusst hätte, dass sie das gar nicht mehr erleben wird …«

Till runzelte die Stirn. »Konnte sie denn das Geld für so eine Reise überhaupt aufbringen?«

»Das hat mich ja auch gewundert«, gab Frau Frick zu. »Aber ich wollte nichts sagen. Sie meinte dann von sich aus, sie müsse ein Geschäft hinter sich bringen. Und dann könnten wir in den Urlaub fahren.«

»Und Sie haben sie nicht gefragt, um was für ein Geschäft es sich handelte?«, erkundigte sich Till.

Frau Frick senkte verlegen den Kopf. »Ich wusste nicht, ob ich ihr das glauben konnte. Ich meine, was sollte das denn für ein Geschäft sein?« Sie räusperte sich. »Aber vielleicht hätte ich ja doch …«

»Und das war der letzte Kontakt, den Sie hatten?«, unterbrach sie Till. »An Silvester?«

»Äh nein, genau genommen war der letzte Kontakt am 5. Januar. Einen Tag vor ihrem Tod haben wir noch telefoniert.«

»Ist Ihnen da etwas Besonderes aufgefallen? War Ihre Cousine anders als sonst? War sie nervös oder hatte sie Angst?«

Frau Frick nickte. »Das ist es ja, weshalb ich mich bei Ihnen gemeldet habe. Die Ingrid war irgendwie komisch, als ich mit ihr telefoniert habe. So nervös, wissen Sie? Normalerweise war sie eine gute Zuhörerin, aber bei diesem Gespräch konnte sie sich überhaupt nicht darauf konzentrieren, was ich ihr erzählt habe.« Sie rieb sich die Nase. »Ich habe sie gefragt, ob alles in Ordnung sei, aber da war sie dann total kurz angebunden. Sie hat behauptet, sie hätte nur schlecht geschlafen.« Frau Frick machte eine kurze Pause. »Mir war natürlich klar, dass da was anderes dahinterstecken musste. Aber ich wollte sie auch nicht nerven.«

»Haben Sie denn inzwischen einen Verdacht, weshalb ihre Cousine an diesem Tag so nervös gewesen ist?«, wollte Till wissen.

»Ich könnte mir vorstellen, dass es wegen dieser Akten war, die sie auf dem Dachboden gefunden hat.« Sie machte große Augen und nickte nachdrücklich.

Cora hatte die Gesprächsführung bislang Till überlassen. Jetzt aber wurde sie hellhörig.

»Was für Akten?«, fragte sie gespannt.

»Alte Patientenakten. Die hatten ursprünglich ihrem Vater gehört.«

Cora öffnete erstaunt den Mund. »Wie? Es gibt Patientenakten, die Ihr Onkel privat aufbewahrt hat?«

Frau Frick nickte stumm.

»Die Spurensicherung hat im Haus Ihrer Cousine keine Akten gefunden«, sagte Till. »Haben Sie eine Ahnung, wo sie inzwischen sein könnten?«

»Nein, tut mir leid«, erwiderte Frau Frick. »Das weiß ich nicht, aber ...«

»Entschuldigen Sie, wenn ich Sie unterbreche«, fiel ihr Cora ins Wort. »Ich habe in einem anderen Zusammenhang gehört, dass Ihr Onkel gegen den ehemaligen Chefarzt der Lungenheilanstalt in den Sechzigerjahren Anzeige erstattet hat. Es ging um Impfversuche an der Klinik. War Ihnen das bekannt?«

»Ja, natürlich. Das war ja auch der Grund, weshalb mein Onkel dort nicht mehr weiterarbeiten wollte und schließlich eine eigene Praxis eröffnet hat. Da wurde in der Familie ganz offen darüber gesprochen.«

»Schon seltsam, dass gegen diesen Chefarzt zwei Mal Untersuchungen eingeleitet wurden, ohne dass es je eine Verurteilung gegeben hat.«

»Mein Onkel konnte diesen Freispruch überhaupt nicht nachvollziehen. Er war überzeugt davon, dass bei den Impfversuchen seines Chefs Kinder ums Leben gekommen sind. Aber vor Gericht reichten die Beweise dann wohl nicht aus. Soweit ich mich erinnern kann, haben irgendwelche wichtigen Akten und Protokolle gefehlt.«

»Das muss für Ihren Onkel frustrierend gewesen sein. Kein Wunder, dass er unter dieser Leitung nicht mehr arbeiten konnte.«

»Ja, die Sache muss ihn sehr belastet haben. Ich glaube, er empfand es als große Ungerechtigkeit. Und das hat ihn nie mehr richtig losgelassen.« Sie nahm die Kaffeekanne und fing an, reihum heißen Kaffee in die Tassen nachzugießen.

Cora lehnte mit einem höflichen Lächeln ab. »Nein danke, mir genügt das. Erinnern Sie sich eigentlich noch, wann Ihr Onkel gestorben ist?«

Frau Frick drehte die Augen zur Decke und überlegte. »Hm, ich glaube, das war 1989.«

»Und woran ist er gestorben?«

»Das war eine tragische Sache.« Frau Frick machte ein betroffenes Gesicht. »Er ist bei einem Waldspaziergang verschwunden.«

»Verschwunden?«, fragte Cora erstaunt nach.

»Ja. Er kam von diesem Spaziergang nicht mehr heim. Man hat natürlich nach ihm gesucht. Es war Herbst und die Nächte waren schon kalt. Zuerst ist man davon ausgegangen, dass er sich verletzt hatte und sich in einer hilflosen Lage befand. Das ist eine Riesensuchaktion gewesen. Ich weiß nicht, wie viele Polizisten da im Wald unterwegs waren, um ihn zu suchen. Die hatten sogar Hunde dabei. Solche speziellen Spürhunde, wissen Sie?«

Cora und Till nickten. »Und die Leiche wurde nicht gefunden?«, schaltete sich Till wieder in das Gespräch ein.

»Nein. Die Leiche wurde bis heute nicht gefunden.« Sie legte die Hände in den Schoß und verschränkte die Finger ineinander. »Das war natürlich schlimm für die Familie. Erst zehn Jahre nach seinem Verschwinden konnte er endgültig für tot erklärt werden. Es gab zwar auf dem Friedhof so eine Gedenkplatte, aber ohne Beerdigung und einen Leichnam kann man nicht so richtig loslassen. Meine Tante hat sich sehr schwer damit getan, den Tod ihres Mannes zu akzeptieren. Und meine Cousine hat auch lange Zeit gehofft, dass er eines Tages wieder zurückkommt. Man kann sich da ja alles Mögliche zusammenreimen. Manche Leute hauen ins Ausland ab oder gründen irgendwo eine neue Familie.« Sie schüttelte den Kopf. »Aber das ist Quatsch. Mein Onkel war gar nicht der Typ dazu. Außerdem liebte er seine Familie. Er hatte gar keinen Grund abzuhauen.«

»Gab es auch die Überlegung, dass er Selbstmord begangen haben könnte?«, erkundigte sich Till.

»Ja, klar gab es die Überlegung. Aber auch dafür ist mein Onkel nicht der Typ gewesen. Ich denke, am wahrscheinlichsten

131

ist noch, dass er im Wald einen Herzinfarkt erlitten hat und einfach nicht gefunden wurde.«

»Einen Herzinfarkt?« Cora legte den Kopf schief. »Das würde dann aber ja vielleicht doch für eine familiäre Veranlagung sprechen, wenn Vater und Tochter beide an einem Infarkt gestorben sind.«

Frau Frick zuckte mit den Schultern. »Was weiß denn ich? Bei Ingrid kann ich mir das jedenfalls nicht vorstellen, da sie in meinen Augen kerngesund war.«

»Und ihr Onkel? Hatte der denn zuvor Herzprobleme?«

»Nicht dass ich wüsste. Mag sein, dass er unter psychischem Druck stand. Er hatte nämlich neues Beweismaterial zu den Impfversuchen gefunden und wollte ein weiteres Mal Anzeige gegen seinen alten Chef erstatten.« Sie schüttelte den Kopf. »Meine Cousine und meine Tante haben die Sache nach dem Tod meines Onkels auf sich beruhen lassen. Aber wie gesagt, das Thema hat ihn bis zuletzt nicht losgelassen …« Sie überlegte. »Er war überzeugt davon, dass er den Chefarzt dieses Mal drankriegen würde.« Mit einer bedächtigen Bewegung griff sie nach ihrem Handy, das sie auf den Tisch abgelegt hatte. »Und nachdem ich das hier gesehen habe, glaube ich das inzwischen auch. Moment …« Sie drückte mit dem Daumen auf das Display. »Ich habe Ihnen doch vorhin von den alten Akten erzählt, die meine Cousine kürzlich gefunden hat. Ich weiß nicht, was sie damit vorhatte. Aber sie war ganz außer sich deswegen.« Frau Frick konzentrierte sich auf ihr Handy und tippte mit dem Finger auf dem Display herum. Schließlich erhellte sich ihre Miene. »Ah, da ist es ja. Schauen Sie mal.« Sie reichte Cora das Handy. »Ingrid hat diese Protokollseite aus einer der Akten abfotografiert und mir geschickt.« Sie schüttelte den Kopf. »Ist das nicht schrecklich?«

Während Cora das Dokument überflog, erstarrten ihre Gesichtszüge. Das Leiden des Probanden war minutiös dokumentiert worden. Erst im letzten Teil des Protokolls wurde deutlich, dass es sich bei dem Probanden um ein Kind handelte. Cora schlug sich vor Bestürzung die Hand vor den Mund. Der Arzt hatte dem Kind ungerührt beim Sterben zugesehen.

18. Kapitel

Cora starrte während der Rückfahrt still aus dem Fenster. Die beleuchteten Fachwerkhäuser der Calwer Altstadt zogen an ihr vorüber, ohne dass sie darauf achtete. Seit sie sich von Frau Frick verabschiedet hatten, versuchte sie, die neuen Informationen gedanklich zu ordnen und in einen Zusammenhang mit ihrem Fall zu bringen.

Schade, dass Frau Heitermann nur diese eine Seite aus der Patientenakte abfotografiert hatte. Das Titelblatt mit dem Namen des Kindes fehlte. Ebenso der Teil der Akte, auf dem der Arzt das Schriftstück unterzeichnet hatte.

»Hoffentlich finden wir diese Akten«, sagte Cora leise. »Schickst du die Spurensicherung nochmals ins Haus? Ihr müsstet auch die Fotos auf dem Handy checken.«

»Hm, sicher. Im besten Fall hat die Heitermann das Material ja komplett abfotografiert und auf einem Stick abgespeichert. Oder auf einer externen Festplatte. Den Laptop haben wir bereits überprüft. Da war nichts Besonderes drauf.«

»Was denkst du, könnten diese Akten ein Tatmotiv sein?«

»Wir haben ja nur einen Ausschnitt gesehen … Aber wenn diese Akte kein Fake ist, dann könnte dies zumindest ein Motiv gewesen sein, den alten Heitermann aus dem Weg zu schaffen.«

Cora nickte. »Das habe ich mir auch schon überlegt. Das ist ja schon ein seltsamer Zufall, dass Dr. Heitermann kurz vor dem Gerichtstermin urplötzlich verschwindet.«

»So ist es. Vermutlich hätten die Akten ausgereicht, um diesen Dr. Kiefer dranzukriegen.«

»Die Frage ist, was Frau Heitermann damit vorhatte …«, überlegte Cora laut.

»Sie steckte in finanziellen Schwierigkeiten … Womöglich hat sie jemanden gefunden, der ihr die Akten abkaufen wollte. Das würde erklären, weshalb sie plötzlich Kohle für die Italienreise hatte.«

Cora zwirbelte nachdenklich die Haarspitzen ihres Zopfes zwischen den Fingern. »Oder sie hat jemanden gefunden, den sie damit erpressen konnte. Ist doch naheliegend, so nervös und ängstlich, wie sie in den letzten Tagen vor ihrem Tod war …«

Till zuckte mit den Achseln. »Möglich. Vielleicht hat sie gedroht, die Akten zu veröffentlichen.« Er rieb sich den Nacken. »Wenn deine Theorie stimmt, dann hat sich der Erpresste erfolgreich gewehrt. Und zwar hochprofessionell, ohne brauchbare Spuren zu hinterlassen.«

»Aber wer außer ehemals Dr. Kiefer hätte Interesse daran gehabt, die Veröffentlichung der Akten zu verhindern?«, fragte Cora.

»Seine Helfer zum Beispiel. Solche Leute wie diese Frau Müller.«

»Die kommt für den Mord an Frau Heitermann sicher nicht infrage«, wandte Cora ein.

»Aber für den Mord am alten Heitermann käme sie durchaus infrage. Vielleicht hat sie das ja gemeinsam mit dem Kiefer durchgezogen.«

Cora überlegte. Sie traute Frau Müller keinen Mord zu. Aber das war nur so ein Gefühl. »Na ja, zu der Zeit, als Heitermann verschwand, muss sie um die sechzig gewesen sein. Und Dr. Kiefer ...«, sie überschlug in Gedanken grob sein Alter, »so um die achtzig.«

»Könntest du das überprüfen und mir dann Bescheid geben?«, bat Till. »Wir sollten uns ab sofort wieder austauschen. Dass die Leichen in den Statuen ausgerechnet zum jetzigen Zeitpunkt entdeckt worden sind, mag Zufall sein. Aber in irgendeiner Weise hängt dein Cold Case trotzdem mit meinem Fall zusammen.«

»Das Bindeglied ist Dr. Heitermann«, meinte Cora.

»Und die Impfexperimente an den Kindern in der NS-Zeit«, ergänzte Till.

Das Stichwort »Impfexperimente« ließ Cora zu ihrem Handy greifen. Mit einem leisen Seufzen öffnete sie das Dokument, das ihr Frau Frick weitergeleitet hatte. Das schwer kranke Kind hatte offenbar weder Schmerzmittel noch fiebersenkende Medikamente erhalten. Im Bericht stand überhaupt nichts von lindernden Maßnahmen. Wie konnte das sein? Stumm studierte sie nochmals das Protokoll.

26. Januar 1944
Die Versuchsperson (VP) hat in den letzten Tagen stark an Gewicht verloren und war nachts in Schweiß gebadet. Sie hustet stark. Der Auswurf ist grünlich. Erhöhte Temperatur (38,3 Grad). Kopfschmerzen. Lymphknoten sind geschwollen. Knoten auf der Haut verhärtet. Linkes Auge ist entzündet. Leichte Atemnot.

27. Januar 1944, 20 Uhr

VP hat starken Husten. Fieber (39 Grad). Kopfschmerzen. Sich rasch entwickelnde Kurzatmigkeit und Brustschmerzen.

28. Januar 1944, 20 Uhr

Schlechter Allgemeinzustand der VP. Hohes Fieber (40 Grad). Kopfschmerzen. Husten mit blutigem Auswurf.

29. Januar 1944, 20 Uhr

Hohes Fieber (40,2 Grad), Husten mit blutigem Auswurf, starke Brustschmerzen und Atemnot. Kopfschmerzen. VP weist vergrößerte Halsvenen auf. Die Knoten auf der Haut öffnen sich und sind eitrig.

30. Januar 1944, 20 Uhr

Die Tuberkulose hat eine Gehirnentzündung ausgelöst. Fieber (40,5 Grad). Starke Kopfschmerzen. Die VP macht einen verwirrten Eindruck, schreit unentwegt nach seiner Mutter. Lähmung im rechten Bein. Starke Atemnot. Husten mit blutigem Auswurf. Krampfanfall.

31. Januar 1944, 21 Uhr

Nach vier weiteren Krampfanfällen ist die VP nicht mehr ansprechbar.

21.30 Uhr

VP ist ins Koma gefallen.

22.30 Uhr

Atmung verlangsamt sich auf 3 Atemzüge pro Minute.

22.44 Uhr

Atmung setzt aus.
Exitus.

Coras Augen füllten sich mit Tränen.

19. Kapitel

Ein sanfter Druck mit der Klinge genügte, um die Zwiebel in zwei Hälften zu zerteilen. Cora wischte sich mit dem Handrücken eine Träne von der Wange. Die aufsteigenden Zwiebeldämpfe waren so scharf, dass es ihr das Wasser in die Augen trieb. Rasch entfernte sie die Außenhaut, dann führte sie die Messerklinge in einer fließenden Bewegung über die rohe Zwiebel hinweg. Als die Stücke klein genug waren, gab sie diese in die erhitzte Pfanne. Kaum waren die zerkleinerten Ringe mit lautem Zischen ins heiße Öl eingetaucht, verbreitete sich der angenehme Duft nach Röstzwiebeln in der Küche.

Während Cora mit einem hölzernen Löffel in der Pfanne rührte, trat Till von hinten an sie heran, schob den Zopf ein wenig beiseite und küsste sie in den Nacken. »Kann ich dir helfen?«

Cora zog schniefend die Nase hoch. »Du könntest schon mal den Wein öffnen und nach dem Feuer sehen.«

Till kam ihrer Bitte nach und stellte sich anschließend wieder zu Cora an den Herd. Eine Weile lang schaute er ihr zu, wie sie die Zutaten zu einer Tomatensoße verrührte, dann wandte er sich ab und sah aus dem Fenster. »Es hat aufgehört zu schneien. Ich glaube mit dem Einschneienlassen, das wird heute nichts.«

Cora nickte. »Schade …« Sie gab noch etwas Pfeffer in die Soße, dann reduzierte sie mit einem Fingerdruck die Hitze des Kochfelds und griff nach ihrem Handy.

»Wen rufst du an?«, fragte Till verwundert.

»Dauert nur einen Moment«, erklärte Cora, wählte eine Nummer und drückte das Handy ans Ohr. »Die Soße muss eh noch ein bisschen einkochen.« Sie lächelte entschuldigend. »Mir lässt der Fall keine Ruhe. Ich möchte bei Peter kurz was nachfragen …« Ihre Augenbrauen hoben sich, als am anderen Ende der Leitung abgenommen wurde. »Hallo, Peter! Entschuldige, dass ich dich so spät noch störe. Aber ich habe heute ein wenig zu Dr. Heitermann recherchiert und da haben sich ein paar neue Fragen ergeben.«

»Stell mal auf laut«, flüsterte Till.

Cora schaltete den Lautsprecher am Handy an, griff dann mit der freien Hand nach dem Holzlöffel und rührte die köchelnde Soße um. »Du hast mir doch erzählt, dass du in den Neunzigerjahren an der Beerdigung von Dr. Kiefer teilgenommen hast. Erinnerst du dich noch, wann das war? Oder zumindest an den Monat?« Sie klopfte den Löffel am Rand der Pfanne ab und legte ihn beiseite.

Für einen Moment war es still, dann erklang ein Räuspern. »Wenn ich mich recht erinnere, dann war das im November oder Dezember. Auf jeden Fall war es Winter. Ich weiß noch, dass es unangenehm kalt war. Es hatte ewig gedauert, bis all die vielen Leute am Grab kondoliert hatten. Ich war hinterher ganz durchgefroren.«

Cora strich sich mit dem Finger nachdenklich über die Lippen. »Hatte er eine große Familie?«

»Nein, seine Frau war bereits vor ihm gestorben. Am Grab standen seine beiden jüngeren Schwestern und deren Männer. Und natürlich sein Sohn.«

»Gibt es nur einen Sohn?«, erkundigte sich Cora.

»Ja, ich weiß nur von einem Sohn. Der ist in Kiefers Fußstapfen getreten. Ich habe mal in einer medizinischen Fachzeitschrift einen Bericht über ihn gelesen. Der muss auch schon um die siebzig sein und ist Professor am Deutschen Institut für Infektionsforschung.«

»Aha, und was erforscht er da?«, hakte Cora nach.

»Er ist in der Ebolaforschung tätig. Sein Team hat die Wirkung eines Ebola-Impfstoffs entschlüsselt und weiterentwickelt. Ich glaube, er ist dafür viel in Afrika unterwegs. Im Kongo, wenn ich mich recht entsinne.«

»Ein Ebola-Impfstoff ... Das heißt, der führt wie sein Vater Impfexperimente durch? Und weil das in Deutschland nicht mehr so einfach möglich ist, macht er es in Afrika?« Sie spürte, wie das Thema sie triggerte.

»Nein, so würde ich das nicht sehen«, sagte Peter ruhig. »Zunächst einmal wird der Impfstoff ja vorab an Tieren getestet. Hauptsächlich an Schimpansen.«

»Die armen Schimpansen«, brummte Cora.

»Besser Tierversuche als Menschenversuche«, entfuhr es Peter.

Ein Moment der Stille trat ein. Cora wusste spontan nicht, was sie darauf antworten sollte. Grundsätzlich war sie Tierversuchen gegenüber kritisch eingestellt. Vor dem Hintergrund der Menschenexperimente in der NS-Zeit leuchtete ihr Peters Argument allerdings ein. Gott sei Dank war es heutzutage verboten, Menschen gegen ihren Willen zu wissenschaftlichen Experimenten heranzuziehen.

Peter schien ihre Gedanken zu erahnen. »Ich weiß«, fügte er relativierend hinzu, »Tierschützer sehen das anders ...«

»Ja«, erwiderte Cora. »Und dafür haben sie gute Gründe.« Sie beschloss, auf das schwierige Thema nicht weiter einzugehen. »Aber um nochmals auf diesen Professor Kiefer zurückzukommen … Kennst du seinen Vornamen? Oder seinen Wohnort?«

»Hm, nein, leider nicht. Er heißt übrigens auch nicht Kiefer. Er hat den Namen seiner Frau angenommen.«

»Wirklich? Das erstaunt mich jetzt. In seiner Generation ist das doch eher ungewöhnlich, oder nicht?«

»Ja, das hat mich ehrlich gesagt auch verwundert. Vielleicht hatte er die Befürchtung, dass es bei seinem Vater doch noch einmal Konsequenzen wegen der Impfversuche in der NS-Zeit geben könnte. Ein Skandal hätte sicher auch auf ihn abgefärbt, zumal er im selben Fachgebiet tätig ist.« Er machte eine Denkpause. »Bei einer Verurteilung wäre sein Ruf aber auch unter anderem Namen in Mitleidenschaft gezogen worden. Kiefer ist schließlich zeitlebens Chefarzt eines Sanatoriums gewesen. Bei so einem bekannten Vater bringen die Familienbande automatisch ein gewisses Ansehen mit sich. Oder im Falle einer Verurteilung eine entsprechende Rufschädigung.«

»Da könntest du recht haben«, bestätigte Cora. »Und wie heißt er dann jetzt, der Professor?«

»Fuchs. Professor Fuchs.«

Irgendetwas klingelte bei ihr in diesem Moment. Fuchs …? Noch während sie Till einen fragenden Blick zuwarf, weiteten sich bereits seine Augen. Rasch bedankte sie sich bei Peter und beendete das Gespräch.

»Fuchs«, stieß Till hervor. »Das war doch der Name auf dem Zettel!«

Cora wusste sofort, was er meinte. Bei ihrem letzten Fall waren sie einem Täter auf der Spur gewesen, der seinen Opfern die Herzen aus der Brust herausgeschnitten hatte. Der sogenannte »Schwarzwaldripper« hatte die Herzen in Einmachgläsern aufbewahrt und diese mit den Namen der Opfer beschriftet. Am Tatort hatten sie ein Glas vorgefunden, das bereits mit einem

Namensschild gekennzeichnet war, obwohl es noch leer war. »I. Fuchs« hatte auf dem Zettel gestanden.

»Du meinst …?« Cora spitzte skeptisch die Lippen. Konnte es sein, dass ausgerechnet dieser Professor Fuchs das nächste Opfer des Schwarzwaldrippers gewesen wäre? Sie schüttelte den Kopf. »Hier in der Gegend gibt es viele Leute, die Fuchs heißen.«

»Schon … Aber so, wie es aussieht, hat Fuchs Impfexperimente an Affen durchgeführt. Und er ist der Sohn eines mutmaßlichen Mörders.« Er zuckte mit den Schultern. »Damit hätte er sich für eine Herz-OP sicher qualifiziert.«

Was das anbelangte, musste Cora ihm recht geben. Der Schwarzwaldripper hatte seine Opfer nicht willkürlich ausgesucht. Er hatte vermeintliche »Sünder« eliminiert, die Tieren und auch Menschen gegenüber gewalttätig gewesen waren. Falls der Professor tatsächlich auf der Liste des Serienmörders gestanden hatte, sprach dies dafür, dass er Dreck am Stecken hatte.

»Erinnerst du dich an die Initiale auf dem Zettel?«

»Es war ein I.«

Cora nickte. »Ich werde schauen, was ich im Internet über ihn finden kann. Wenn er wirklich so erfolgreich in der Ebolaforschung ist, wird es entsprechende Berichte über ihn geben.« Sie warf einen Blick auf die Soße, die inzwischen eingekocht war. »Aber das hat Zeit bis morgen.«

»Morgen wird die Spusi auch ihren zweiten Durchgang bei der Heitermann machen. Ich bin echt gespannt, ob sie diese Akten doch noch irgendwo finden können.« Er sah zu, wie Cora die bereits abgegossenen Nudeln auf die Teller verteilte und die Soße darüber gab. »Ach ja, und damit du Bescheid weißt – ich werde das LKA zudem um einen DNA-Abgleich zwischen Heitermann und dem Toten aus der Statue bitten. Im Archiv existiert immer noch eine DNA-Probe von ihm, die damals im Zusammenhang mit der Vermisstenmeldung über seine Zahnbürste gesichert worden ist. Die Probe können wir jetzt zum Abgleich verwenden.« Cora stutzte für einen Moment, dann nickte sie langsam. »Heitermann ist 1989 verschwunden. Und unsere männliche Leiche hat Stoll vor ungefähr dreißig Jahren in die Statue gesteckt ... Das käme hin! Und es würde erklären, weshalb Heitermanns Leiche nie im Wald gefunden worden ist.«

Sie schnappte die Teller und trug sie an den Esstisch. »Da bin ich ja mal gespannt, ob deine Theorie stimmt.«

Nachdem sie Platz genommen hatten, erhob sie lächelnd das Weinglas. »Feierabend, Herr Kriminalhauptkommissar!«

20. Kapitel

Joachim Fuchs warf einen kontrollierenden Blick auf das Außenthermometer. Minus zwei Grad – und das um elf Uhr morgens! Was für ein Kontrast zum Kongo ... Vor zwei Tagen hatte er noch bei angenehmen 25 Grad auf der Terrasse seines Hotels in Goma gesessen und beim Frühstück die wunderbare Aussicht auf den Kivu-See genossen. Beim Gedanken an die leckeren Mandazi-Teigbällchen knurrte ihm prompt der Magen. Nun gut, sagte er sich, dafür gab es jetzt wieder frische Vollkornbrötchen vom Bäcker Keck. Die waren zwar nicht ganz so köstlich wie frittierte Mandazi, punkteten dafür aber mit ihrem gesundheitlichen Mehrwert. Nur mit Pullover, Hose und Hausschuhen bekleidet, eilte er zum Briefkasten und holte die Post heraus. Wieder einmal zeigte sich, dass es eine gute Entscheidung gewesen war, sich einen XXL-Briefkasten zuzulegen und die Zeitung während des Auslandsaufenthalts abzubestellen. In den zwei Wochen seiner Abwesenheit hatte sich einiges an Post angesammelt. Mit einem dicken Stapel Briefe in der Hand eilte er zum Haus zurück und schloss fröstelnd die Tür hinter sich.

Nachdem er die Umschläge allesamt mit dem Brieföffner aufgeschlitzt hatte, legte er den Stapel neben sein

Frühstücksgedeck auf den Esstisch. Brötchen, Wurst, Käse und ein Glas Orangensaft. Er rieb sich zufrieden die Hände. Alles da, bis auf den Kaffee. Aber der musste ja auch ganz frisch sein. Er ging in die Küche, stellte eine Tasse unter den Auslauf seines Kaffeevollautomaten und drückte auf den Startknopf. Die Maschine gab für einige Sekunden ein mahlendes Geräusch von sich, dann floss die schwarze Brühe gluckernd in die Tasse. Genüsslich atmete er das wunderbare Aroma der kongolesischen Arabicabohnen ein. Seit er im Kongo tätig war, trank er grundsätzlich nur noch den hochwertigen Kaffee von dort. Die Qualität und der milde Geschmack des Kongokaffees waren seiner Meinung nach einzigartig. Da konnte der Kaffee aus Mittelamerika bei Weitem nicht mithalten.

Er balancierte die volle Tasse ins Esszimmer zurück, stellte sie vorsichtig neben dem Teller ab und setzte sich schließlich an seinen Platz. Während er das erste Käsebrötchen aß, konzentrierte er sich allein auf dessen Geschmack und Konsistenz. Beim zweiten Brötchen, dieses Mal belegt mit Wurst, sichtete er nebenbei die Post. Eine Rechnung, noch eine Rechnung, Werbung, eine weitere Rechnung, ein handschriftlich adressierter Brief. Er legte das angebissene Brötchen auf den Teller zurück, setzte die Lesebrille auf, drehte den Brief um und kontrollierte den Absender. Dr. Gustav Bayer. Na so was! Was wollte denn sein alter Studienkollege von ihm? Ob das eine Einladung zum runden Geburtstag war? Rasch überschlug er in Gedanken das Alter seines Freundes. Konnte es sein, dass der Gustav tatsächlich schon achtzig war? Nein, er selbst war dreiundsiebzig. Und Gustav war gewiss nicht so viel älter ... Gespannt nahm er das Schreiben heraus und faltete es auseinander.

Lieber Joachim,
wie geht es Dir? Wie ich mitbekommen habe,
verbringst Du mittlerweile ja mehr Zeit im

146

Kongo als in Deutschland. Ich bewundere Dich dafür, mein Freund. Kannst von Glück sagen, dass Du noch so fit bist und selbst in diesem Alter Deinen Forschungen in Afrika nachgehen kannst. Für mich kommen solche weiten Reisen leider nicht mehr infrage. Dafür habe ich seit meinem Ruhestand die Schönheit unserer Heimat wiederentdeckt. Der Schwarzwald hat ja auch traumhafte Ecken. Und man muss beim Wandern nicht fürchten, auf eine wilde Horde Gorillas zu treffen. (Kleiner Scherz, mein Freund.) Nun wirst Du ja trotz Deiner Reisen innenpolitisch auf dem Laufenden sein. Ich nehme aber an, dass Du kommunalpolitisch eher wenig mitbekommst, habe ich recht? Deshalb habe ich Dir diesen Zeitungsbericht beigelegt. Er ist am Dienstag, 10. Januar, erschienen. Als ich den Bericht gelesen habe, musste ich sofort an Dich denken. Sicher wirst Du für diese schreckliche Sache auch keine Erklärung haben, trotzdem würde es mich interessieren, was Du darüber denkst. Wie kann so etwas geschehen, ohne dass das jemand mitbekommt? Fünf Leichen! Und das bei uns im Schwarzwald! Das ist doch unfassbar!

Joachim Fuchs stutzte. Leichen? Was denn für Leichen? Und wo war dieser Zeitungsbericht überhaupt, von dem sein Freund da sprach? Er untersuchte den Briefumschlag und entdeckte darin ein zusammengefaltetes Stück Papier. Hektisch fingerte er den Zeitungsausschnitt heraus. Noch versuchte er, das mulmige Gefühl, das ihn soeben schlagartig befallen hatte, zu verdrängen. Doch während er aus reiner Höflichkeit die restlichen

Zeilen seines Freundes überflog, zitterte das Schreiben bereits verräterisch in seiner Hand. Was hatte er geschrieben, von wann war dieser Presseartikel? Seine Augen suchten zwischen den Zeilen nach dem genannten Datum. 10. Januar. Das war sechs Tage her … Die Lippen fest aufeinandergepresst, studierte er den Zeitungsbericht.

LEICHENFUNDE IM KURPARK DER ALTEN LUNGENHEILANSTALT

> *Am Samstagmorgen, 7. Januar, sind am frühen Morgen im Kurpark der alten Lungenheilanstalt nahe Bad Wildbad mehrere Leichen gefunden worden. Wie eine Sprecherin der Polizei sagte, handelt es sich dabei um die Leiche eines Mannes und um vier Kinderleichen.*

Fuchs fuhr sich mit der Hand übers Gesicht und stöhnte auf. Das durfte doch nicht wahr sein!

21. Kapitel

»Kuckuck, Kuckuck, Kuckuck!« Als Cora aufblickte, sah sie gerade noch, wie der kleine rote Vogel hinter dem Türchen verschwand. Sie lächelte. Die neue Kuckucksuhr machte sich gut in ihrer Küche. Das knallige Rot des Vogels und der Zeiger kontrastierten schön zum moosgrünen Holzhaus mit aufgesetztem Hirsch. Obwohl es ein modernes Modell war, besaß die Uhr ein mechanisches Uhrwerk, das durch das Gewicht der pendelnden Tannenzapfen angetrieben wurde. Das war praktisch, denn dadurch brauchte man keine Batterien. Am schönsten aber war der warme Ton des Kuckucksrufs, der zu jeder vollen Stunde die Uhrzeit verkündete. Dreihundert Euro waren für eine Wanduhr zwar ein stolzer Preis, aber dafür war das gute Stück auch in Handarbeit im Schwarzwald hergestellt worden. Mit den kitschigen Kuckucksuhren, die als Massenware in den Souvenirläden an Touristen verhökert wurden, hatte dieses wertige Exemplar jedenfalls nichts gemein.

Sie machte sich eine Tasse Tee, setzte sich damit an den Küchentisch und rief dann das Büro der Cold-Case-Gruppe an.

»Hallo, hier ist Cora Brecht. Könnte ich bitte den Kurt sprechen?« Einige Sekunden war es still in der Leitung, dann hörte sie Kurts schnellen Atem.

»Ja?«, fragte er keuchend.

»Hallo, Kurt, hier ist Cora … Sag mal, habe ich dich jetzt aus einer wichtigen Sache herausgerissen? Du klingst so außer Atem.«

»Oh nein, alles gut. Ich bin nur gerade erst zur Tür hereingekommen. Aber lass hören, gibt es Neuigkeiten?«

»Eigentlich habe ich gehofft, du hättest Neuigkeiten für mich«, erwiderte Cora. »Wie sieht es denn mit dem DNA-Abgleich aus?«

»Das dauert wohl noch. Bislang hat die Rechtsmedizin nichts geschickt. Tut mir leid.«

Coras Mundwinkel sanken enttäuscht nach unten. »Schade. Dachte nur …, normalerweise sollten ja schon Ergebnisse da sein. Aber gut, liegt wohl auch daran, dass der Fall keine Priorität hat.« Sie griff nach dem Papierchen am Ende des Teebeutels und bewegte den Beutel im heißen Wasser langsam auf und ab.

»Nein, daran liegt es nicht«, widersprach Kurt. »Ich habe sogar extra schriftlich angemerkt, dass die Analyse nach Möglichkeit vorgezogen werden soll. Aber so ein DNA-Abgleich kann natürlich auch mal länger dauern. Das ist nicht ungewöhnlich.«

Cora stutzte. Wo kam plötzlich dieses gesteigerte Interesse her? »Ist ja schön, dass du dich in der Sache so ins Zeug legst, aber sagtest du nicht, der Fall sei nicht so dringlich? Ich habe es noch genau im Ohr: Totschlagsdelikte, die in Kürze verjähren, gehen vor. Oder Fälle, die neue Ermittlungsansätze erkennen lassen.« Sie machte eine Pause. »Lässt der Fall für dich bereits neue Ermittlungsansätze erkennen?«

»Daran arbeiten wir ja gerade«, gab Kurt zurück. »Aber ja, ich will offen sein … Der Fall ist in der Priorität inzwischen durch den Druck der Presse nach oben gerutscht.«

»Wie meinst du das, durch den Druck der Presse?«

»Da gibt es so einen Redakteur von der Pforzheimer Zeitung, der nicht lockerlässt. Der ruft inzwischen jeden Tag hier an und fragt nach dem Stand der Ermittlungen. Er sagt, die Bevölkerung hätte ein Recht darauf, informiert zu werden. Immerhin hätte man fünf Leichen entdeckt. Die Vorstellung, dass ein mehrfacher Kindermörder immer noch frei herumlaufen würde, sei zutiefst beängstigend. Da könnten wir die Leute nicht einfach mit der Aussage vertrösten, es handle sich um einen Cold Case.«

Cora blies die Backen auf. Offenbar war nun das eingetreten, womit sie insgeheim bereits gerechnet hatte. Natürlich war die Argumentation des Redakteurs nachvollziehbar, aber das Gras wuchs nun mal nicht schneller, wenn man daran zog.

Kurt ahnte wohl, was Cora durch den Kopf ging. »Ja«, sagte er gedehnt, »davon sollte man sich jetzt aber nicht verrückt machen lassen. Ich habe dem Typen schon klargemacht, dass man bei einem Cold Case selbst bei äußerst gewissenhafter Ermittlung keine schnellen Ergebnisse erwarten darf.« Er räusperte sich. »Aber trotzdem wäre es gut, wenn wir diesem Zeitungsfritzen möglichst bald ein bisschen Futter geben könnten.«

»Hm, ja. Verstehe.« Cora starrte einen Moment lang schweigend aus dem Fenster. Sie tat bereits ihr Bestes. Die Ermittlungen ließen sich auch durch einen ungeduldigen Redakteur im Nacken nicht beschleunigen. Als sich Kurt erneut räusperte, sagte sie rasch: »Gut, Kurt, ich melde mich bei dir, sobald ich etwas Neues herausgefunden habe.«

Sie hatte gerade erst das Gespräch beendet, als das Handy läutete. War Kurt etwa noch etwas eingefallen? Als sie auf das Display schaute, sah sie, dass es Adam war. Wie schön, dass er mal von sich aus anrief! Normalerweise lief die Sache immer andersherum und sie musste sich melden.

»Hallo, Adam!«, rief sie erfreut. »Wie geht's?«

»Gut so weit.« Es entstand eine Pause. »Und – gibt es was Neues zu den Leichen?«

Cora überlegte. Welche Einzelheiten durfte sie denn zum jetzigen Zeitpunkt schon ausplaudern? Natürlich hatte sie Adam über die Leichenfunde in Kenntnis gesetzt. Adam war bei seinen Großeltern oftmals zu Besuch gewesen. Er kannte die Waldlichtung und auch das angrenzende Klinikgebäude ganz genau. Die Nachricht über die Toten in den Statuen hatte ihn deshalb in demselben Maße erschüttert wie sie selbst.

»Der Fall wurde inzwischen von der Cold-Case-Gruppe des LKA übernommen«, erklärte sie. »Ich bin Teil des Teams und arbeite den Kollegen zu.«

»Aha«, sagte Adam. Wieder entstand eine Pause. »Ja und? Weißt du schon, wer der Mörder ist?«

»Ich habe einen Verdacht. Aber wenn der zutrifft, dann ist der Täter schon lange tot.«

»Hm, und dann ermittelt ihr trotzdem noch weiter?«, fragte Adam verwundert. »Obwohl der Typ gar nicht mehr verknackt werden kann?«

»Noch haben wir keine Beweise für meine Vermutung. Und dann geht es ja auch noch darum, das Tatmotiv zu ermitteln.«

»Und wie willst du das herausfinden, wenn der Mörder tot ist? Kannst ihn ja nicht mehr nach dem Grund fragen.«

»Das stimmt«, gab Cora zu. »Wenn der Mord so lange zurückliegt, ist es schon verdammt schwer, zu ermitteln. Ich weiß im Moment ja nicht einmal, für welche Angehörigen ich in der Sache ermittle. Zumindest bei den Kindern bräuchte ich dafür die Patientenakten.«

»Hast du schon in der Klinik nachgesehen?«, erkundigte sich Adam. »Da liegt noch so viel Zeug rum, vielleicht sind auch Akten dabei. Ich war mit Opa ja ein paar Mal drinnen.

Wir haben damals sogar noch Nachttöpfe und Schnabeltassen gefunden.«

»Opa ist mit dir in die Klinik eingebrochen?«, fragte Cora ungläubig.

»Das war kein Einbruch«, stellte Adam richtig. »Damals war das Gelände ja noch gar nicht abgesperrt. Und die Tür war offen. Da konnte man einfach so reingehen.«

»Und warum weiß ich davon nichts?«

»Du warst damals bereits beim LKA. Da ist er sicher davon ausgegangen, dass du das nicht so toll findest, wenn wir da reingehen.« Er räusperte sich. »Ich denke mal, dass er mir damit was Besonderes bieten wollte. Mit Opa Schneemann bauen und mit Oma Heidelbeeren sammeln war zwar toll, aber für einen Elfjährigen jetzt auch nicht mehr ganz so spannend.«

Cora schwieg. Einerseits war es ja schön, dass Adam und ihr Vater so ein eingeschworenes Team gewesen waren. Andererseits fragte sie sich, wie ihr Sohn es geschafft hatte, dieses Abenteuer so lange vor ihr geheim zu halten. Der Gedanke, dass Adam schon als Kind kein ausgeprägtes Vertrauensverhältnis zu ihr gehabt hatte, schmerzte sie.

»Inzwischen ist es da drinnen noch viel abgefuckter als früher«, hörte sie Adam sagen.

»Warst du etwa noch mal drin?«, fragte Cora überrascht.

»Nö, aber es gibt zig Videos im Netz.«

»Auf den Geisterjäger-Seiten?«

»Nicht nur. Musst mal auf YouTube nachschauen. Das meiste ist nur so Gruselscheiß. Es gibt inzwischen sogar ein Escape-Room-Video. Die Teilnehmer wurden in einem Kellerraum eingeschlossen und erst wieder rausgelassen, als sie die Rätsel gelöst hatten.«

»Das ist ja übel. Wer hat an so was Spaß?«

»Da gibt es mehr Leute, als du denkst.« Einen Moment lang war es still in der Leitung. »Du, Mama, ich muss jetzt zum Kickboxen.«

»Ist okay. Dann mach's gut.« Sie zögerte einen Moment. »Ach, und falls du mal wieder Lust hast, einen Schneemann zu bauen ... im Moment liegt hier irre viel Schnee.«

Adam lachte auf. »Alles klar! Also, man hört sich!«

Cora spürte einen Stich im Innern. Gern hätte sie eine andere Antwort gehabt. *Alles klar, man hört sich.* Er schlug ihre Einladungen mit einer solchen Leichtigkeit aus, dass sie darauf nie etwas zu erwidern wusste. Matt wischte sie über den roten Hörer und ließ die Hand mit dem Smartphone langsam sinken. Na ja, sagte sie sich, zumindest hat er von sich aus angerufen. Und es geht ihm gut. Das ist schließlich das Wichtigste. Sie sah aus dem Fenster. Das gedämpfte Licht, das durch die Wolkendecke drang, kündigte die bevorstehende Dämmerung an. Sollte sie noch rasch eine Runde um die Klinik drehen? Adam hatte natürlich recht, wenn er ihr empfahl, im Klinikgebäude auf die Suche zu gehen. Es war nicht ausgeschlossen, dass im Schutt immer noch Beweisstücke herumlagen, die für ihren Fall von Belang waren. Nachdenklich rieb sie sich das Kinn. Im Normalfall hätte sie ja vom Eigentümer der Klinik vorher die Erlaubnis einholen müssen, das Gebäude zu betreten. Da der Eigentümer aber unbekannt ins Ausland verzogen war und nicht kontaktiert werden konnte, war das ja nicht möglich. Für einen kurzen Moment dachte sie daran, Till hinzuzuholen, verwarf den Gedanken jedoch sofort wieder. Der hatte gerade genug um die Ohren. Cora wandte sich ab, steckte das Handy ein und ging dann hinaus in den Flur, um sich anzuziehen. Sie machte sich vermutlich viel zu viele Gedanken. Schließlich war es Teil ihrer Ermittlungsarbeit, vor Ort zu recherchieren. Dazu gehörte auch eine Begehung des Klinikgeländes. Nebenbei konnte sie nach Spuren von Hugo Stoll Ausschau halten. Da er in einem der Nebengebäude gewohnt hatte, war anzunehmen, dass er dort auch sein Atelier gehabt hatte. Mit etwas Glück hatte von seiner Kunst das eine oder andere Stück an den Wänden der Klinik oder der Nebengebäude überdauert. Entschlossen zog sie die Tür hinter sich zu und machte sich dann auf den Weg zum Hauptgebäude.

22. Kapitel

Auf der Straße traf Cora ihre Nachbarin. Marion war gerade dabei, ihre Zugangstreppe freizuschaufeln. Ihre Backen glühten bereits vor Anstrengung und Kälte. Als sie Cora bemerkte, unterbrach sie die Arbeit, stützte sich auf die Schneeschaufel und lächelte. »Und – gibt es schon Neuigkeiten von der Polizei?«

Cora schüttelte den Kopf. »Nein, aber die Ermittlungen sind in vollem Gange.«

»Hoffentlich kriegen sie raus, wer das war! Stell dir mal vor, der Mörder lebt hier noch irgendwo in der Nähe!« Sie schaute zur Klinik hinüber und senkte dann die Stimme. »Seitdem man die Leichen entdeckt hat, mag ich dort drüben gar nicht mehr spazieren laufen. Das ist so gruselig!«

»Das geht mir ähnlich«, bestätigte Cora und lächelte schwach. »Ich wünschte, sie würden die Klinik endlich abreißen ...«

»Ja!«, erwiderte Marion und riss die Augen auf. »Alles plattmachen und dann am besten wieder bewalden.«

»Gute Idee«, stimmte ihr Cora zu. »Der Wald erobert sich den Platz ja auch so schon zurück. Nicht mehr lange, dann sieht es hier aus wie bei Dornröschen ...« Sie zuckte mit den Achseln. »Na ja, sobald ich was Neues von der Polizei erfahre, sag ich dir Bescheid.« Sie verabschiedete sich mit einem freundlichen Kopfnicken und setzte ihren Weg fort. Dornröschen, sinnierte Cora. Wenn sie an das Märchen dachte, hatte sie sogleich das Bild vom malerischen, rosenumrankten Schloss im Kopf. Dabei war das Dornröschenschloss ja im Grunde genommen nichts anderes als ein Ort des Grauens. Zumindest in der Version des Märchens, die sie kannte, waren die Jünglinge bei ihrem Versuch, zum schönen Dornröschen vorzudringen, in den Dornenhecken hängen geblieben und gestorben. Ein Schloss voller Menschen im Koma und drumherum eine Hecke, in der unzählige Leichen und Skelette der gescheiterten Jünglinge festhingen – ein Horrorszenario!

Im Kurpark der alten Lungenheilanstalt wuchsen zwar nur vereinzelt Wildrosen und Beerenhecken – die Dornen hielten sich also noch in Grenzen –, dennoch war das gesamte Grundstück bereits eingewachsen. Überall schossen Bäume und Büsche empor, selbst aus den Rissen im Asphalt wucherte der Jungwuchs verschiedener Baumarten. Jetzt im Winter verschwanden die Grasbüschel und ein Teil des herumliegenden Mülls unter dem Schnee.

Am Rand des Kurparks stand ein großes Warnschild, das den Zutritt zum Klinikgelände untersagte. Unter einer wilden Kritzelei mit schwarzem Lackstift stand: »Betreten verboten – Lebensgefahr«. Cora betrachtete das Schild mit skeptischer Miene. Vermutlich hatte man das Ding aus rechtlichen Gründen aufgestellt. Eine abschreckende Wirkung durfte man sich von so einem Schild jedenfalls nicht erhoffen. Ganz im Gegenteil. Aus der Psychologie wusste sie, dass das jugendliche Gehirn in Bezug auf die Risikobewertung noch nicht vollständig entwickelt war. Das war der Grund, weshalb Teenager eher zu riskanten Verhaltensweisen neigten als Erwachsene. Für junge Leute, die ihre Grenzen austesten wollten, kam das Wort »Lebensgefahr« einer Einladung zur Mutprobe gleich.

Und was Geisterjäger anging, war ein »Lost place«, der aufgrund einer Absperrung wenig frequentiert wurde, sicher geradezu ideal, um paranormale Aktivitäten auszukundschaften. Je länger ein Haus unbewohnt war, desto höher war die Wahrscheinlichkeit, dass darin Geister spukten. Zumindest wurde dies in vielen Gruselgeschichten so kolportiert.

Die Leute, die diese YouTube-Gruselvideos von der Klinik gedreht hatten, waren sogar noch einen Schritt weiter gegangen und hatten ihre illegalen Aufnahmen öffentlich ins Netz gestellt. Auch wenn es sich Adams Einschätzung nach um minderwertige Amateuraufnahmen handelte, würde sie sich die Videos auf jeden Fall noch anschauen. Zunächst musste sie sich aber selbst ein Bild von den Innenräumen der Klinik machen.

Cora lief um das Schild herum und steuerte zielstrebig die Südseite des Hauptgebäudes an. Von hier aus konnte man durch die vergitterten Fenster in die tiefer gelegenen Kellerräume blicken. Sie trat an eines der Kellerfenster heran und lugte zwischen den Eisenstäben hindurch. Ein dunkler Raum. Mehr gab es da nicht zu sehen.

Warum, fragte sie sich, war sie in den vergangenen Jahren nie selbst auf die Idee gekommen, das leer stehende Gebäude zu erkunden? Zu der Zeit, als die Klinik noch in einem ordentlichen Zustand gewesen war, hatte sie natürlich aus Respekt vor dem Eigentümer Abstand gehalten. Aber später? Da hatten bereits die Jugendbanden das Gebäude für sich entdeckt und ihre Eltern hatten ihr geraten, das Areal rund um die Klinik besser zu meiden. So handhaben es hier alle Anwohner. Drang der Lärm der Einbrecher bis zu den Häusern herüber, rief man die Polizei. Ansonsten versuchte man, den Schandfleck, so gut es ging, auszublenden.

Cora erreichte einen aufgebrochenen Kellerraum, den man von außen her ebenerdig betreten konnte. Der rechteckige Raum hatte den Charakter eines Gewölbekellers und war relativ

hell, da durch zwei vergitterte halbrunde Fenster Licht herein-
fiel. Die linke Wand war mit einem farbigen Gemälde verziert
worden, das mehrere Handwerker bei der Arbeit zeigte. Auf
der hinteren Wand stand ein Spruch in roter Sütterlinschrift.
Cora betrachtete die filigran geschwungenen Buchstaben und
versuchte, die Worte zu entziffern. Die oberste Zeile war nur
noch teilweise zu erkennen, da sich der Putz darunter abgelöst
hatte. Aber die unteren beiden Zeilen waren noch gut erhalten.

> *Nur die zu…nenden und …genden… sind*
> *Vollmenschen*
> *Aber was wir dann arbeiten ist ganz gleichgültig*
> *In jedem Fall hilft es uns zu sein und werden*

Coras Blick blieb an dem Wort »Vollmenschen« hängen. Was
um Himmels willen war denn ein Vollmensch? Den Begriff
hatte sie noch nie gehört. In der nationalsozialistischen Ideologie
bezeichnete der Begriff »Herrenmensch« die Vorstellung einer
überlegenen arischen Rasse. Aber Vollmenschen? Welche
Voraussetzungen musste man im Sinne des Verfassers erfül-
len, um als Vollmensch zu gelten? Gerade diese Worte waren
unvollständig. Vermutlich bezog sich der Spruch auf die
Tatsache, dass die Kurklinik in früheren Zeiten eine sogenannte
Arbeitsheilstätte gewesen war. Sie hatte kürzlich bei ihrer
Recherche über die Klinik im Internet entsprechende Hinweise
dazu gefunden. Neben den Liegekuren an der frischen Luft
war es Teil der Therapie gewesen, leichte Arbeiten zu verrich-
ten. Die Patienten hatten während ihres Kuraufenthalts beispielsweise Wäscheklammern und Rosenkränze fabriziert oder
waren feinmechanischen Arbeiten nachgegangen. Ein wenig
hatte dieser Ansatz Cora an das Prinzip der heutigen sozialen
Manufakturen erinnert, wo Menschen mit Behinderung einer
sinnvollen Tätigkeit nachgehen konnten.

Sie verließ den Raum wieder und ging nachdenklich weiter. Sie hatte sich schon mehrfach überlegt, wie sich die Patienten damals bei ihrem Kuraufenthalt wohl gefühlt haben mochten. Hatte sich das Klinikpersonal um eine heitere, positive Stimmung bemüht? Oder war die Atmosphäre angesichts der vielen kranken Menschen bedrückend gewesen? Und was war mit den Kindern? Hatte man die ebenfalls mit kleinen Bastelarbeiten beschäftigt? Wie hatte das Personal reagiert, wenn die Kinder Heimweh hatten? Und wo waren die schwer kranken Patienten mit offener, ansteckender Tuberkulose untergebracht worden? Cora nahm sich vor, die Fragen zu notieren und sie Frau Müller beim nächsten Besuch zu stellen.

Kurz darauf hatte Cora den Haupteingang erreicht. Unschlüssig blieb sie stehen. Die Tür stand sperrangelweit offen. Dennoch widerstrebte es ihr, das Gebäude zu betreten. Der Weg bis zur Tür war übersät mit zersplittertem Glas. Während sie vorsichtig einen Fuß vor den anderen setzte, lauschte sie dem Knirschen der Scherben unter ihren Stiefeln. Den Blick fest auf den Boden gerichtet, überlegte sie sich, was junge Leute wohl dazu brachte, Fensterscheiben einzuschlagen. War das blinde Zerstörungswut? Oder genossen sie dabei den Nervenkitzel, etwas Verbotenes zu tun? Vielleicht waren sie auch davon ausgegangen, dass man das Gebäude sowieso bald abreißen würde. Als sie die Überdachung des Eingangsbereichs durchschritt, zog sie instinktiv den Kopf ein. Die Verkleidung war weitgehend heruntergebrochen, teilweise bestand das Dach nur noch aus einem hölzernen Gerippe, durch dessen Lücken man den Himmel sehen konnte. Cora warf einen letzten misstrauischen Blick auf die morsche Konstruktion über sich, dann holte sie nochmals Luft und betrat den dunklen Korridor.

Das Treppenhaus bot ein Bild der Verwüstung. Cora blieb wie angewurzelt stehen. Graffiti an den Wänden, Unrat auf dem Boden, eingetretene Zimmertüren, Scherben, zerschlagene

Fliesen ... und dann dieser modrige Geruch! Einen Moment lang rang sie noch mit sich, dann wandte sie sich mit einem entnervten Stöhnen um und eilte zurück ins Freie. Nein, das hatte keinen Sinn! In diesem Schutt konnte man unmöglich brauchbare Beweise finden. Außerdem musste man für eine Begehung zumindest mit einem Schutzhelm ausgestattet sein.

Was die Nebengebäude anbelangte, so waren diese um einiges jünger als das Hauptgebäude und wiesen eine bessere bauliche Substanz auf. Wie zu erwarten hatten die jungen Leute allerdings auch dort gewütet. Da das größte der Nebengebäude ansonsten noch recht solide aussah, wagte Cora einen kurzen Rundgang. Zunächst hatte sie auch hier den Eindruck, dass es zwischen all dem Müll nichts von Belang gab. Dann aber wurde sie in einem Kellerraum unerwartet fündig. Zwischen wildem Graffitigeschmiere hing ein altes Bild an der Wand, das die Jugendlichen erstaunlicherweise verschont hatten. Es zeigte den Kopf einer Bache, umgeben von dunklen Tannen. Düstere Ölfarben dominierten das Leinwandbild. Das Wildschwein strahlte auf den ersten Blick eine gewisse Angriffslust aus. Bei genauerer Betrachtung erkannte Cora jedoch auch einen Hauch von Traurigkeit und Melancholie in dessen Augen. In der rechten unteren Ecke entdeckte sie zwei ineinander verschlungene Initialen. H und S. Auf Coras Gesicht breitete sich ein zufriedenes Strahlen aus. Hugo Stoll! Eine erste Spur von Stoll!

Während Cora das Wildschwein abfotografierte, analysierte sie in Gedanken bereits das Motiv des Bildes. Ein Wildschwein im nächtlichen Tannenwald. Ließ die Darstellung eine psychologische Deutung zu oder hatte Stoll einfach bevorzugt Motive aus seinem Lebensbereich abgebildet? Prinzipiell ließ das Wildtier zunächst einmal eine Verbundenheit zur Natur erkennen. Ein Wildschwein stand aber auch für Stärke – und Kampfgeist. In Verbindung mit den nächtlichen Schatten konnte es darüber hinaus auf die dunklen Aspekte seiner Psyche hinweisen. Cora rieb sich nachdenklich das Kinn. Hatte Peter nicht gesagt, Stoll habe grundsätzlich düstere Bilder gemalt? Die Dunkelheit konnte Ausdruck einer schwierigen Lebenssituation sein. Oder auch auf eine Gefahr hinweisen …

Cora verließ das Gebäude und hielt nach einem Raum Ausschau, der als Atelier gedient haben konnte. Normalerweise bevorzugten Kunstmaler lichtdurchflutete Räumlichkeiten. Was die Skulpturen anbelangte, konnten diese jedoch auch in einem Kellerraum oder in einer Werkstatt entstanden sein. Ihr Blick fiel auf eine angrenzende Garage. Oder in einem Raum, der zur Werkstatt umfunktioniert worden war.

Das Garagentor bestand nur noch aus einzelnen Latten. Cora schob eine lose Latte beiseite und zwängte sich durch die entstandene Öffnung hindurch. Im Schein der Handylampe sah sie sich um. Ein Berg von Unrat türmte sich vor ihr auf. Autoreifen, Kabel, Styroporteile, Teppichreste, eine zerbrochene Holzleiter, alte Farbeimer und einige Gläser mit schmutzigen Pinseln. Cora machte einen großen Schritt über die Holzleiter hinweg, zog einen der Pinsel aus dem Glas heraus und schnupperte an den steifen Borsten. Nichts, er roch nicht einmal nach Farbe. Obwohl Stoll diesen Pinsel vermutlich nie in der Hand gehalten hatte, entschloss sie sich dazu, das Fundstück im Labor untersuchen zu lassen. Falls das Ding jemals mit Harz oder Formaldehyd in Berührung gekommen war, ließ sich das eventuell immer noch nachweisen. Sie wollte die Garage gerade schon wieder verlassen, als sie ganz hinten zwischen schwarzen Kabeln und Teppichresten eine kleine Schnauze entdeckte. Bei näherem Hinsehen erkannte Cora, dass es sich um die Nachbildung eines Schweinerüssels handelte. Als sie das Handy höher hielt, konnte sie auch die Augen und Ohren des Schweinchens erkennen. Rasch bahnte sie sich einen Weg durch den Müll, zog das Schwein am Rüssel zwischen den Kabeln hervor und trug es dann nach draußen. Inzwischen hatte bereits

162

die Dämmerung eingesetzt; dennoch war es hell genug, um die Details der kleinen Tonskulptur erkennen zu können. Der Kopf war erstaunlich wirklichkeitsgetreu nachgebildet worden, auch der kompakte, gedrungene Leib des Tiers war gelungen, nur die Beine wirkten etwas zu klobig für ein Ferkel. Auf dem Rücken des Schweins hatte der Künstler mehrere Längsstreifen in den Ton eingeritzt. Es handelte sich demnach nicht um ein Ferkel, sondern um einen Frischling.

Cora ließ ihre Fingerspitzen vorsichtig über den gerundeten Rücken des Tieres gleiten. Die Machart erinnerte sie an die Jahreszeiten-Skulpturen. Konnte es sein, dass Stoll dieses Schweinchen erschaffen hatte? Behutsam drehte sie die Figur in den Händen herum. Auf der Unterseite wurde sie dann tatsächlich fündig. Die eingeritzten Initialen waren zwar klein, dennoch konnte man das H und das S noch gut erkennen. Cora lächelte. Sie hielt ein Werk von Hugo Stoll in den Händen!

Den Kopf zur Seite geneigt, presste sie die Skulptur an sich und klopfte mit dem Fingerknöchel gegen den Bauch des Frischlings. Ein dumpfer Klang ertönte. Mit pochendem Herzen legte Cora das Schwein auf den Boden und sah sich dann suchend nach einem Werkzeug um. Sie musste wissen, ob die Skulptur wirklich hohl war. Jetzt. Auf der Stelle. Schließlich entschied sie sich für einen kantigen Stein, der gut in der Hand lag. Einen Augenblick lang überlegte sie noch, welche Stelle sie nehmen sollte, dann holte sie aus und schlug den Stein mit voller Kraft auf das Hinterbein des Schweins. Mit einem vernehmlichen Krachen brach der Ton auf und gab den Blick ins Innere der Skulptur frei.

Papier … Cora hielt für eine Sekunde inne und schluckte trocken. Es ähnelte dem Papier, das sie in den Statuen gefunden hatten. Unbedruckt, gelblich, brüchig. Sie räusperte sich, dann machte sie sich daran, das Papier mit spitzen Fingern behutsam zu lösen. Vielleicht, so sagte sie sich, hatte er dieses Material ja als Füllstoff verwendet, um Kosten zu sparen und das Gewicht der Skulptur zu verringern. Dann, noch während sie Fetzen für Fetzen aus der Öffnung herauszog, spürte sie bereits etwas Hartes unter den Fingerkuppen. War das etwa …? Hastig entfernte sie das restliche Papier. Tatsächlich! Zum Vorschein kam ein kleiner schwarzer Huf.

23. Kapitel

Laut Angabe des Routenplaners dauerte die Fahrt vom Nordschwarzwald bis nach Stuttgart im Durchschnitt eine Stunde. Cora hatte heute jedoch doppelt so lange gebraucht. Plötzliches Tauwetter hatte den Schnee in Matsch verwandelt, und in Kombination mit dem Schneeregen hatte dies zu Überschwemmungen und überfrierender Nässe geführt. Zig Unfälle und lange Staus waren die Folge gewesen. Im Normalfall wäre es Cora höchst unangenehm gewesen, zu einem Termin zu spät zu erscheinen, unter den gegebenen Umständen jedoch war es ihr einfach nur wichtig, das Ziel unversehrt erreicht zu haben.

Jetzt saß sie bereits seit zehn Minuten im warmen Büro der Cold-Case-Gruppe und tauschte sich mit Kurt Gärtner über den Statuenfall aus. Die Frischlingskulptur lag vor ihnen auf dem Tisch und streckte alle viere von sich. In dieser Position waren die Initialen des Künstlers auf dem Bauch des Schweins gut sichtbar.

Nachdem Cora am Vorabend klar geworden war, dass sich im Inneren der Skulptur der Kadaver eines echten Frischlings befand, hatte sie Till und Kurt angerufen und über den Fund informiert. Kurt hatte darum gebeten, zuerst selbst einen Blick auf die Tierskulptur werfen zu dürfen, bevor diese im nächsten Schritt zur Untersuchung an die Rechtsmedizin weitergehen würde.

Cora war auf die Analyseergebnisse mehr als gespannt. Wenn das Tier auf die gleiche Art wie die Kinderleichen mumifiziert worden war, bewies das, dass Stoll die Toten in die Statuen gesteckt hatte, und war somit ein Indiz für seine Mittäterschaft. Womöglich handelte es sich bei dem Schwein um ein Probestück, bei dem er die Technik, die er später auch an den toten Menschen hatte anwenden wollen, ausprobiert hatte.

Während Cora nun den Stand ihrer Ermittlungen zusammenfasste, hörte ihr Kurt aufmerksam zu und machte sich nebenbei handschriftliche Notizen.

»Hast du denn schon Näheres über diesen Stoll herausfinden können?«, hakte er nach.

Cora schüttelte bedauernd den Kopf. »Das ist nicht so einfach. Stoll war kein geselliger Typ und Familie hatte er auch nicht. Er hatte insgesamt wohl sehr wenig Kontakte.«

»Und was ist mit den Leuten, die seine Bilder gekauft haben? Auch wenn er zurückgezogen gelebt hat, muss es ja einen Kontakt zu den Käufern gegeben haben.«

»Ich glaube nicht, dass er allzu viele Werke in Umlauf gebracht hat. Frau Müller meinte, er hätte sich hauptsächlich mit handwerklichen Tätigkeiten an der Klinik über Wasser gehalten. Vom Verkauf seiner Kunstwerke konnte er nicht leben. Ich habe übrigens gestern auf dem Gelände der Lungenheilanstalt ein Leinwandbild von ihm gefunden. Es zeigt eine Bache im Wald.«

Kurt brummte. »Hm, das hilft uns jetzt aber auch nicht wirklich weiter. Gibt es keine anderen Bilder von ihm? Mit Menschen drauf?«

Cora veränderte ihre Sitzposition, indem sie ein Bein über das andere schlug. »Nein, leider nicht.«

»Und wie ist deine psychologische Einschätzung, was die Statuen angeht?«, erkundigte sich Kurt. »Könnte er mit diesen Statuen sein Ego befriedigt haben? So nach dem Motto: Alle Welt verkennt mich als Künstler. Wenn ihr wüsstet, wozu ich imstande bin und was ich da geschaffen habe! Ihr habt doch alle keine Ahnung ...«

Cora zog skeptisch die Stirn kraus. Stoll hatte mit Heitermann vermutlich nichts zu schaffen gehabt. Weshalb hätte er ihn töten sollen? Noch weniger leuchtete ihr das Mordmotiv bei den Kindern ein. Weshalb hätte Stoll lungenkranke Kinder zuerst vergiften und dann als Statuen aufstellen sollen? Tills Theorie von einem Auftragsmord war da schon plausibler. Die Frage war allerdings, ob Stoll bereit gewesen wäre, auf Anweisung zu töten. So wie man ihr Stoll bislang beschrieben hatte, war er vom Typ her kein planender Mörder, sondern vielmehr ein Handlanger, der womöglich die Leichen entsorgen musste. So wie er ansonsten für die Beseitigung des Mülls zuständig gewesen war, hatte er in diesen Fällen eben die Leichen beseitigt.

»Nein«, entgegnete sie, »das glaube ich nicht. Viel eher passt zu seiner Gesamtsituation, dass er diese Skulpturen als Auftragsarbeiten durchgeführt hat und vom Mörder dafür entlohnt wurde. Mein Gefühl sagt mir, dass er nicht einmal den Frischling selbst erlegt hat.« Wo dieses Bauchgefühl herrührte, erwähnte sie lieber nicht. Es klang abstrus, aber seitdem sie dieses Wildschweinbild gesehen hatte, gingen ihr die Augen der Bache nicht mehr aus dem Sinn. Vielleicht handelte es sich dabei ja gar nicht um irgendeine beliebige Bache, sondern um die Mutter des getöteten Frischlings. Falls dies zutraf, hatte er mit dem Bild womöglich sein Mitleid zum Ausdruck gebracht. Cora war in ihrem Gedankenspiel sogar noch einen Schritt weiter gegangen. Was, wenn die Bache symbolisch für die trauernden Mütter der getöteten Kinder stand? Konnte aber natürlich auch sein, dass sie sich da völlig verstieg.

»Okay, angenommen, er war es nicht«, sagte Kurt, »dann stellt sich für mich aber immer noch die Frage, weshalb der Mörder diese schwer kranken Kinder vergiftet hat. Wollte man da womöglich einen Behandlungsfehler vertuschen? Und warum hat es damals keinen öffentlichen Aufschrei gegeben, als mehrere Kinder auf einen Schlag verschwanden?«

Cora zuckte mit den Schultern. »Ohne Patientenakten komme ich da nicht weiter.« Sie stöhnte. »Ich habe gestern Abend sogar noch die Nebengebäude der Klinik abgesucht, weil ich gehört habe, dass vereinzelt noch Akten im Müll herumliegen würden. Da war aber nichts.«

»Tja, diese verfluchten Akten. Dein Freund Till hat mich übrigens darüber informiert, dass er die Spurensicherung nochmals ins Haus dieser Frau Heitermann geschickt hat. Aber da war wohl auch nichts. Weder Akten noch Fotodateien.«

Cora nickte. »Die Spusi hat das Haus von oben bis unten abgesucht …«

»Vermutlich hat der Mörder die Akten mitgehen lassen«, meinte Kurt.

»Es gibt keinen eindeutigen Nachweis für einen Mord an Frau Heitermann«, stellte Cora richtig. »Aber die fehlenden Akten könnten ein Indiz dafür sein, dass bei ihrem Tod nachgeholfen worden ist. Und höchstwahrscheinlich ist ihr Vater vor dreißig Jahren ebenfalls wegen dieser Dokumente aus dem Weg geräumt worden.« Sie rollte mit den Augen. »Das ist doch tragisch …«

»Für welche Person könnte die Veröffentlichung der Akten so gefährlich werden, dass es sich lohnt, dafür zu morden?«, überlegte Kurt.

»Die Papiere wurden mit ziemlicher Sicherheit von Dr. Kiefer unterzeichnet«, erklärte Cora. »Er müsste demnach das größte Interesse an den Unterlagen gehabt haben.« Sie hob bedauernd die Schultern. »Aber er kann's ja nicht gewesen sein.«

»Bei Frau Heitermann natürlich nicht«, räumte Kurt ein. »Aber was ist mit Dr. Heitermann?«

»Auch nicht«, erwiderte Cora und schüttelte den Kopf. »Als Heitermann verschwand, befand sich Kiefer bereits in einem Pflegeheim.«

»Woher weißt du das?«, fragte Kurt.

»Von meinem Nachbarn Peter. Er hat mir schon einige wichtige Hinweise gegeben. Es dauert immer nur eine Weile, bis er sich an die Details wieder erinnert.« Sie zuckte mit den Schultern. »Er ist halt auch nicht mehr der Jüngste.« Einige Sekunden lang starrte sie ins Leere, dann hoben sich plötzlich ihre Augenbrauen. »Nachdem Heitermann verschwunden war, starb einige Wochen später übrigens auch Hugo Stoll.« Sie machte eine rhetorische Pause. »Bei einem Autounfall.«

»Moment mal«, sagte Kurt. »Zuerst wird Heitermann beseitigt und kurz darauf verunglückt Stoll? Das ist ja ein eigenartiger Zufall …« Er rieb sich nachdenklich den Kopf. »Würde natürlich auch zu deiner Auftragstheorie passen. Als gefährlicher Mitwisser war Stoll so was wie eine Zeitbombe. Und wer weiß? Vielleicht kam Stoll ja auch auf die Idee, den Mörder zu erpressen und noch mehr Kohle für sein Schweigen einzufordern.« Er räusperte sich. »Wir müssen checken, ob der Unfall damals untersucht worden ist. Womöglich wurde Stolls Auto ja manipuliert.«

Cora richtete den Blick aus dem Fenster. Wenn die Wetterlage damals im November ähnlich gewesen war, konnte Stoll auch ohne Fremdeinwirkung verunglückt sein. Wie schnell kam man auf Eis und Schnee ins Rutschen, und wenn dann die Bremsen nicht griffen …

169

»Gut«, meinte Kurt. »Da sind ja durchaus ein paar Ansätze dabei, an die sich anknüpfen lässt.« Er schlug die Akte auf und tippte auf das oberste Schriftstück. »Wir waren heute Morgen übrigens auch schon fleißig. Stefan hat nochmals bei der Rechtsmedizin wegen des Gifts nachgehakt, das man den vier Kindern und dem männlichen Opfer verabreicht hat.«

»Sie wurden mit Arsen vergiftet«, unterbrach ihn Cora. »Das weiß ich schon von Till.«

»Ja«, sagte Kurt gedehnt. »Aber die Frage ist, weshalb sich der Täter überhaupt für Gift entschieden hat. Und warum er das männliche Opfer dreißig Jahre später ebenfalls vergiftet hat. Er hätte seine Opfer ja auch einfach erschießen können ...«

Cora hatte sogleich eine Antwort parat. »Gift hat den Vorteil, dass man nicht kämpfen muss. Man bringt sich selbst nicht in Gefahr.« Sie schlug ein Bein über. »Und es ist eine saubere Sache. Es fließt kein Blut und es gibt keine klaffenden Wunden ... Außerdem ist Gift in vielen Fällen nicht nachweisbar.« Sie blickte zu Stefan hinüber, der hinzugetreten war und nun im Türrahmen lehnte.

Er machte eine abwehrende Geste. »Sprich nur weiter. Ich wollte dich nicht unterbrechen.«

Cora lächelte ihm kurz zu, dann wandte sie sich wieder an Kurt. »Allerdings hat unser Mörder mit Arsen natürlich eine schlechte Wahl getroffen. Entweder wusste er nicht, dass dieses Gift jahrzehntelang nachweisbar ist, oder es war ihm schlichtweg egal, weil er das Versteck in den Statuen für sicher hielt.« Sie zuckte mit den Achseln. »Vielleicht hat er sich auch deshalb für Arsen entschieden, weil der Tod nach der Einnahme relativ zeitnah eintritt.«

»Was heißt relativ zeitnah?«, hakte Kurt nach.

»Das Opfer verstirbt in der Regel nach ein paar Stunden. Das hängt natürlich von der Dosis ab.« Sie legte die Stirn in Falten. »Ich habe gelesen, dass es ein grausamer Tod sein muss.

Der Vergiftete hat Krämpfe und Durchfall, erbricht sich und hat innere Blutungen. Am Ende stirbt er an Organ- oder Kreislaufversagen.«

»Das beantwortet aber noch nicht die Frage, weshalb der Mörder keine andere Waffe gewählt hat. Erstechen oder erschießen geht schneller.«

»Früher war Arsen frei verkäuflich. Da kam man ohne Probleme ran. Eine Waffe beschafft man sich dagegen nicht so einfach. Und erstechen – da muss man nah ran. Das ist nicht jedermanns Sache.« Cora wechselte das Bein. »Welche Hypothese hat denn der Rechtsmediziner dazu geäußert?«

»Er vermutet, dass das Gift Teil des Verfahrens war, die Leiche zu konservieren. Der Mörder wollte ja den Verwesungsgeruch abschwächen. Deshalb hat er die Leichen einbalsamiert und sie äußerlich mit Kunstharz und Formaldehyd präpariert. Das Gift wirkte zusätzlich von innen her und half, Maden vom Körper fernzuhalten. Der Rechtsmediziner meinte, diese Methode sei früher auch zur Mumifizierung buddhistischer Mönche in der Mongolei angewandt worden. Die Mönche tranken das Gift aber freiwillig, um rasch die letzte Stufe der Erleuchtung zu erlangen.«

Coras Blick ruhte einen Moment lang nachdenklich auf der Wildschweinskulptur, dann schüttelte sie den Kopf. »Der Stoll war Künstler und Handwerker. Ich kann mir nicht vorstellen, dass sich dieser Mann derart mit den Mumifizierungsmethoden anderer Kulturen auskannte. Ich bleib dabei – der Stoll wurde von seinem Auftraggeber instruiert.«

Kurt klopfte mit der flachen Hand auf die vor ihm liegende Akte. »Thomas hat übrigens in der Datenbank eine Aktennotiz zu Stolls Autounfall gefunden. Es hat damals eine Untersuchung zum Unfallhergang gegeben. Dabei ist auch überprüft worden, ob eine Manipulation des Fahrzeugs vorgelegen haben könnte. Aber –«, er machte eine wegwerfende Geste, »der Verdacht hat sich nicht bestätigt. Der Gutachter führte den Unfall auf einen technischen Defekt der Bremsen zurück. Zudem haben an dem Tag winterliche Straßenverhältnisse geherrscht. Vermutlich hat der Stoll zu spät bemerkt, dass die Bremsen nicht funktionierten. Er hat laut Gutachter wohl noch die Handbremse angezogen, aber da hatte das Fahrzeug bereits zu viel Tempo drauf. Er ist in der Kurve vom Weg abgekommen und dann ungebremst den bewaldeten Abhang hinabgestürzt.« Er schüttelte den Kopf. »Da hatte er ohne Airbags keine Chance.«

»Na ja, vielleicht besteht dann ja doch kein Zusammenhang mit Heitermanns Tod«, räumte Cora ein. »Außerdem wurde die Leiche von Dr. Heitermann ja gar nie gefunden. Im Grunde genommen können wir nicht einmal mit Sicherheit sagen, ob er überhaupt ermordet worden ist.«

»Da muss ich allerdings widersprechen, junge Dame«, schaltete sich Stefan ein und wedelte mit dem Blatt, das er bislang unauffällig in der Hand gehalten hatte. »Das Ergebnis des DNA-Abgleichs kam gerade rein …«

»Und?«, fragte Kurt. Erwartungsvoll lehnte er sich mit dem Oberkörper nach vorn.

»Coras Verdacht hat sich bestätigt.« Stefan lächelte ihr zu. »Bei dem Toten aus der Statue handelt es sich um Dr. Heitermann.«

Coras Augen weiteten sich. Mit diesem Wissen ließen sich ganz neue Schlüsse ziehen.

Auch Kurt atmete angesichts dieser Nachricht erleichtert auf. »Sehr gut! Dann hätten wir immerhin schon mal eine Leiche identifiziert.« Er schenkte Cora ein dankbares Lächeln. »Damit sind wir einen Riesenschritt weiter!«

24. Kapitel

Zehn Minuten später standen sie gemeinsam mit Stefan und Thomas vor einer großen Whiteboard-Tafel und tüftelten an der Aufstellung einer Mindmap, die Kurt mit schnellen Strichen so weit skizziert hatte. Im Zentrum des Netzes stand ein großes Fragezeichen, das durch einen Strich mit dem Namen Hugo Stoll verbunden war. Von Stoll aus gab es jeweils eine Verbindung zu Dr. Heitermann, Dr. Kiefer und zu den vier getöteten Kindern. Dr. Heitermann war zudem mit seiner Tochter Ingrid Heitermann verbunden.

Cora zog einen weiteren Strich zu Stoll und versah diesen mit einem Fragezeichen. »Stoll hat den Heitermann aus dem Weg geschafft. Das wissen wir inzwischen mit ziemlicher Sicherheit.« Sie zeichnete hinter den Namen Stoll ein Kreuz. »Kurz darauf kam Hugo Stoll selbst bei einem Unfall ums Leben.« Sie verzog argwöhnisch das Gesicht. »Ich kann mir nicht vorstellen, dass das Zufall war, selbst wenn der Gutachter keine Manipulation feststellen konnte.« Sie dachte einen Moment lang nach, dann tippte sie auf den Namen Kiefer. »Der Chefarzt kann mit dem Autounfall allerdings nichts zu tun haben, da er wie gesagt zu diesem Zeitpunkt bereits im Pflegeheim war. Er starb übrigens noch im selben Winter wie Stoll.« Sie zeichnete hinter Kiefers Namen ebenfalls ein Kreuz.

»Man kann auch vom Pflegeheim aus einen Auftragskiller engagieren«, meinte Kurt achselzuckend. »Nur weil er pflegebedürftig war, entlastet ihn das nicht automatisch. Anstiftung zum Mord ist allemal denkbar.« Er deutete mit dem Kinn auf Kiefers Namen. »Und was ist mit Kiefers Familie? Könnte er Helfer gehabt haben?«

»Ja, sein Sohn käme infrage. Professor Joachim Fuchs.«

»Ach so, das war doch der Name, den wir im Bundeszentralregister überprüfen sollten«, sagte Kurt und nickte. »Aber da kam ja nichts dabei heraus. Scheint eine saubere Weste zu haben, der Professor.«

»Na ja, wie man's nimmt«, erwiderte Cora. Sie ging zu ihrer Handtasche hinüber, die über der Lehne ihres Stuhls hing, und zog ein zusammengefaltetes Blatt heraus. Stirnrunzelnd überflog sie die Anmerkungen, die sie sich zu ihrer Internetrecherche gemacht hatte. »Es gibt Licht und Schatten …« Das Profil des Professors, das sie im sozialen Netzwerk Xing gefunden hatte, machte auf den ersten Blick einen respektablen Eindruck. Er hatte seine Karriere an einem Forschungsinstitut für Infektionskrankheiten begonnen, danach war er mehrere Jahre lang in Südafrika in der Aidsforschung tätig gewesen. Inzwischen forschte er im Auftrag eines großen Pharmakonzerns in der Demokratischen Republik Kongo. Seine Impfstudien wurden in der Presse als Meilenstein bei der Bekämpfung von Ebola bezeichnet. »Fuchs hat untersucht, ob Ebola-Überlebende einen ähnlich hohen Antikörperspiegel wie Geimpfte haben. Und er hat einen neuartigen Impfstoff entwickelt, der auf einem Lebendvirus basiert, offenbar sehr gut vor einer Ebola-Infektion schützt und im Gegensatz zu den bisherigen Impfstoffen auch schon Kindern unter einem Jahr verabreicht werden kann. Um die

Wirksamkeit des Impfstoffs zu überprüfen, haben manche Probanden den Impfstoff, andere wiederum ein Placebo erhalten. Aktuell werden Tests an Kindern durchgeführt, um eine kindgerechte Dosis zu finden.« Sie deutete mit dem Finger auf das Blatt. »Aber jetzt kommt's. Es gibt auch kritische Stimmen ...«

»Es gibt zu jeder Studie kritische Stimmen«, warf Stefan ein.

Cora ignorierte seine Anmerkung. »Im Zuge der Ebolastudien wurden grausame Versuche an Schimpansen durchgeführt. Dazu gab es heftige Kritik von Tierschutzorganisationen.« Sie holte Luft. »Darüber hinaus gibt es Gerüchte über dubiose Methoden zur Gewinnung von Studienteilnehmern.« Sie machte eine spannungsvolle Pause und sah in die Runde. »Ich musste mich durch zig Ärztezeitungen und Projektstudien wühlen, um an diese Informationen zu kommen ... Fuchs und seinem Team wird unterstellt, dass sie die einheimischen Ärzte bestochen haben. Für jeden gewonnenen Probanden gab es anscheinend eine Prämie. Um möglichst hohe Prämien zu bekommen, haben Ärzte Probanden angeblich nicht ausreichend über die Risiken einer Teilnahme informiert.«

»Aber normalerweise bekommt man doch vor einer Impfung immer so ein Aufklärungsblatt, in dem man alles über den Impfstoff und die Nebenwirkungen nachlesen kann«, wandte Thomas ein. »Das muss man ja sogar vorab unterschreiben.«

Cora zuckte mit den Achseln. »An der Studie nahmen wohl auch viele Leute teil, die nicht so gebildet sind. In dem Bericht stand, die meisten Teilnehmer hätten die Einwilligungserklärungen unterschrieben, ohne den Inhalt des Kleingedruckten verstanden zu haben.«

»Kam es denn zu schwerwiegenden Nebenwirkungen?«, wollte Kurt wissen.

»Nach dem, was ich im Internet gefunden habe, traten massive entzündliche Gelenkerkrankungen auf. Es wurde deshalb sogar in Erwägung gezogen, die Impfungen zu stoppen.«

»Aha, und was den Verdacht der Bestechung anbelangt, wurde da nicht ermittelt?«, fragte Kurt.

»Der Pharmakonzern hat sich schützend vor sein Forscherteam gestellt und die Unterstellungen allesamt von sich gewiesen. Was glaubst du, was die für eine Rechtsabteilung haben? Da geht es ja um Millionenbeträge. Denen fährt so schnell keiner an den Karren …«

»Oder sie prozessieren so lange, bis der Gegenseite die Luft ausgeht.« Kurt nickte. »Ja, da kommt man sicher schwer dagegen an. Außerdem heiligt der Erfolg doch irgendwie die Mittel. Für die afrikanische Bevölkerung ist es ja ein Segen, dass es inzwischen einen Impfstoff gegen Ebola gibt.«

Cora faltete das Blatt wieder zusammen und steckte es in ihre Handtasche zurück. »Ja, natürlich. Trotzdem müssen die Versuchsteilnehmer einer Impfstudie über die Nebenwirkungen aufgeklärt werden. Es gibt ja Gesetze und ethische Regeln zum Schutz von Patienten, die auch in Afrika gelten.«

»Und du meinst, dieser Fuchs könnte hinter den Morden an Heitermann und seiner Tochter stecken?«, fragte Kurt nach. »Wo ist das Motiv?«

Cora rieb sich nachdenklich das Kinn. Dann schrieb sie Prof. Joachim Fuchs an die Tafel und verband ihn sowohl mit Kiefer als auch mit Stoll. Über die Verbindungslinie zu Stoll setzte sie ein Fragezeichen. Ob Fuchs in Afrika tatsächlich illegale Dinge trieb, wusste sie nicht. Sein Vorname Joachim widersprach der Theorie, dass er auf der Liste des Schwarzwaldrippers gestanden hatte. Es sei denn, sie hatten die Initiale J fälschlicherweise als I entziffert. Die Buchstaben ähnelten sich ja in der Schreibweise. Letztlich war es egal. Ob Fuchs aufgrund böser Taten im Fokus des Schwarzwaldrippers gestanden hatte oder nicht – dieses Geheimnis hatte der Serienmörder mit ins Grab genommen. Sie musste sich jetzt an die Fakten halten, die sie hatte. Leider war es bislang nicht viel, worauf sie sich stützen konnte.

»Zunächst könnte es sein, dass er seinen Vater schützen wollte. Der Heitermann gab ja keine Ruhe und hat immer wieder aufs Neue versucht, seinen Vater anzuzeigen. Vielleicht hatte Fuchs genug davon und hat den Arztkollegen deshalb ein für alle Mal zum Schweigen gebracht.« Sie rieb sich gedankenverloren das Ohrläppchen. »Na ja, und dann musste er Jahre später feststellen, dass das Problem immer noch nicht gelöst war. Denn nun tauchte Heitermanns Tochter plötzlich auf und erpresste ihn mit den Patientenakten, die ihr Vater ursprünglich gefunden hatte. Also hat er auch die Tochter beseitigt.« Sie zog einen Strich von Fuchs zu Ingrid Heitermann. »Ein Skandal hätte nicht nur dem Ruf der Arztfamilie geschadet. Womöglich hätte man im Zuge der Ermittlungen auch die Arbeit im Kongo genauer unter die Lupe genommen. Was, wenn der Professor seinem Vater nicht nur in beruflicher Hinsicht, sondern auch bezüglich der Forschungsmethoden nachgeeifert hat?« Ihr Blick wanderte zu Stefan hinüber. »Mal angenommen, es käme heraus, dass Kiefer in der NS-Zeit tödliche Impfexperimente mit Kindern durchgeführt hat … Welche Auswirkung hätte dies auf die Studien des Professors bezüglich eines Kinderimpfstoffs? Ich bin mir nicht sicher, ob sich das Pharmaunternehmen in diesem Fall immer noch schützend vor seinen Mitarbeiter stellen würde. Und da geht es um sehr viel Geld.«

»Und Ruhm«, ergänzte Thomas, der sich bislang zurückgehalten hatte.

Eine nachdenkliche Stille trat ein, die schließlich durch Coras Aufseufzen unterbrochen wurde. »Wir müssen ihn befragen. Sein deutsches Labor befindet sich in Tübingen, das ist ja nicht weit. Es wäre auf jeden Fall interessant zu hören, wie der Professor das Lebenswerk seines Vaters rückblickend betrachtet.«

25. Kapitel

Am folgenden Tag erhielt Cora bereits am frühen Morgen einen Anruf von Frau Gruber, der Altenpflegerin aus der Seniorenresidenz Rosenhof. Sie rief im Auftrag von Frau Müller an. Frau Gruber klang besorgt und meinte, die alte Dame befinde sich seit Coras letztem Besuch in einem aufgewühlten Zustand. Sie schlafe schlecht, rede viel über ihre Jugendzeit und beschäftige sich intensiv mit Erinnerungen an ihre Zeit als Krankenschwester. Gestern habe Frau Müller dann den Wunsch geäußert, nochmals mit der freundlichen Kriminalpsychologin zu sprechen. Es gebe eine wichtige Sache, die sie Cora mitteilen wolle. Bevorzugt in einem Gespräch unter vier Augen. Da Cora den erneuten Besuch bei Frau Müller sowieso schon eingeplant hatte, kam ihr die Einladung sehr gelegen. Sie machte sich sofort auf den Weg und war nun gespannt darauf, was Frau Müller ihr anvertrauen wollte.

Als sie die Eingangshalle der Seniorenresidenz betrat, fand sie wie bereits bei ihrem ersten Besuch einen unbesetzten Empfang vor. Cora schloss daraus, dass auch diese Einrichtung wie die meisten Pflegeheime vermutlich unter einem Mangel an Pflegepersonal litt. Frau Gruber war ihr bislang zwar freundlich begegnet, dennoch vermittelte auch sie den Eindruck, stets auf dem Sprung zu sein. Da Cora zeitig dran war und bis zu ihrem Termin um elf Uhr noch ein paar Minuten Puffer hatte, stellte sie sich an die Empfangstheke und wartete. An der Wand hing ein Schild, welches die Besuchszeiten auswies: 9 bis 12 Uhr und 14 bis 19 Uhr. Sie wandte sich um und ließ den Blick durch die Eingangshalle wandern. Wie schon bei letzten Mal saß der ältere Herr, den die Pflegerin Heinrich genannt hatte, im Ohrensessel und beobachtete durch die Scheibe hindurch die Vögel im Garten. Cora ging zu ihm hinüber und begrüßte ihn mit einem Lächeln. Heinrich lächelte erfreut zurück und wies dann auf das Vogelhaus vor dem Fenster.

»Die freche Elster war gerade da. Die vertreibt immer die kleineren Vögel.« Er machte eine wedelnde Handbewegung. »Die flüchten dann irgendwo in der Nähe ins Gebüsch und warten. Sobald die Elster weg ist, kommen sie zurück. Sie werden sehen, ein, zwei Minuten, dann sind sie wieder da!«

Tatsächlich kamen in diesem Moment zwei Rotkehlchen angeflattert, sondierten blitzschnell den Futtervorrat im Vogelhaus und flogen wenige Sekunden später mit einem Sonnenblumenkern im Schnabel wieder davon. »Sehen Sie?«, rief Heinrich aus. »Das waren die Rotkehlchen. Die kommen immer zu zweit. Und da, da kommt die Blaumeise!«

Der kleine Vogel mit dem blau-gelben Gefieder krallte sich an das Netz eines Meisenknödels und pickte eifrig die Sämereien heraus. Dass der aufgehängte Knödel dabei hin und her pendelte, schien den Vogel nicht zu stören.

Cora schielte auf ihre Uhr, dann blickte sie zu der Empfangstheke hinüber, die immer noch verwaist war. »Ich muss jetzt los«, sagte sie an Heinrich gewandt. »Noch viel Freude mit den Vögeln. Auf Wiedersehen!«

Heinrich nickte. »Wiedersehen. Bis zum nächsten Mal.«

Cora ging zum Empfang zurück, beugte sich über die Theke und inspizierte den Zimmerplan, der gut lesbar hinter der Theke an der Wand hing. An das Stockwerk konnte sie sich noch erinnern, nur die Zimmernummer, die war ihr entfallen. Ein kurzer Blick genügte: Frau Müller, zweiter Stock, Zimmer 11.

Cora steuerte bereits auf den Aufzug zu, als sie aus dem Augenwinkel heraus bemerkte, dass Heinrich die Hand zum Gruß gehoben hatte. Sie winkte kurz zurück und betrat dann rasch den Aufzug, dessen Türen sich soeben mit einem Signalton öffneten. Während der Aufzug mit einem leisen Summen nach oben glitt, überprüfte sie die Schleife, die sie um die mitgebrachte Pralinenschachtel gebunden hatte. Sie hatte sich dieses Mal bewusst für ein unverfängliches Mitbringsel entschieden.

Im zweiten Stock angekommen, ging sie den hellgelb gestrichenen Flur mit den weißen Türen entlang, stoppte beim Seerosenbild von Monet, klopfte mehrfach an und betrat schließlich, da ihr Klopfen kein Gehör fand, ohne Aufforderung das Zimmer. Die Eindrücke ähnelten ihrem vorherigen Besuch so stark, dass sie unwillkürlich das Gefühl eines Déjà-vus beschlich. Wie schon beim letzten Mal war die Tür unverschlossen. Die alte Dame saß wie gehabt am eingedeckten Kaffeetisch, verströmte den Duft von Maiglöckchen und lächelte ihr freundlich entgegen. Erleichtert stellte Cora fest, dass Frau Müller dieses Mal die lila Bluse gegen einen rosafarbenen Pullover eingetauscht hatte. Die alte Dame schien heute einen guten Tag zu haben und machte einen wachen, lebhaften Eindruck. Als sie Cora erkannte, hellte sich ihre Miene augenblicklich auf.

»Ah, Frau Brecht!«, rief sie aus. »Schön, dass Sie kommen konnten.« Sie wies auf den freien Stuhl am Tisch. »Setzen Sie sich doch.«

Cora überreichte Frau Müller lächelnd die Pralinen, goss dann in stillem Einvernehmen Kaffee in die Tassen und setzte sich schließlich an den Tisch. Es folgte eine Phase des Small

Talks, in der sie sich über Pralinen, das Wetter und den Mangel an Pflegekräften austauschten. Frau Müller wollte gerade auf ihr eigentliches Anliegen zu sprechen kommen, als sich auf einmal unerwartet die Tür öffnete.

Überrascht hielten sie in ihrem Gespräch inne und beobachteten gespannt, wie eine alte Frau unter vernehmlichem Stöhnen ihren Rollator ins Zimmer bugsierte. Cora musste beim Anblick der Heimbewohnerin schmunzeln. Obwohl draußen Winterwetter herrschte, trug sie zu ihren Filzpantoffeln ein geblümtes, knielanges Sommerkleid. Um ihren Hals hingen jede Menge Halsketten unterschiedlichster Ausführung – lange, kurze, goldene, silberne, mit Perlen oder Strass, es war ein Gewirr aus Ketten. Cora schätzte die Frau vom Alter her auf Mitte achtzig, wenn nicht gar neunzig. Während die ungebetene Besucherin den Rollator durchs Zimmer schob, sah sie sich suchend um. Cora und Frau Müller würdigte sie unterdessen keines Blickes. Plötzlich verharrte sie in der Bewegung. »Mama? Mama, bist du da?«

Frau Müller seufzte auf, dann schüttelte sie gereizt den Kopf und sagte unüberhörbar: »Nein, Gerda. Deine Mama ist nicht da! Und es gibt hier auch nichts einzukaufen. Geh bitte wieder!«

Die alte Heimbewohnerin sah Frau Müller eine Sekunde lang irritiert an, dann schlurfte sie zur Kommode hinüber und murmelte kopfwackelnd: »Mal sehen, mal sehen …« Ihr Blick wanderte über die Kommode hinweg und blieb an einer kleinen Porzellanvase hängen. Lächelnd griff sie nach der Vase und legte sie dann bedächtig in den Korb, der vorn am Rollator montiert war. Jetzt erst fiel Cora auf, wie viele Dinge die alte Frau mit sich herumfuhr: Unter Frau Müllers Vase lag ein Kerzenständer, daneben klemmte ein Buch, darunter befanden sich mehrere Lesebrillen und an der Seite schaute sogar eine weiße Orchidee heraus, allerdings nur mit Wurzelballen, ohne Topf.

Frau Müller schnaubte empört. »Gerda, gib mir sofort die Vase zurück! Das ist meine Vase!« Gerda gab vor, nichts zu hören, und schob ihren Rollator zufrieden summend aus der Tür.

»Würden Sie bitte meine Vase zurückholen?«, fragte Frau Müller und lächelte gequält. »Wir bekommen die Sachen zwar später wieder zurück, aber ich möchte nicht, dass die Vase kaputtgeht.«

Cora reagierte sofort und rannte der Diebin hinterher. Als sie Gerda eingeholt hatte, hechtete sie um den Rollator herum, schnappte sich wortlos die Vase und eilte dann ins Zimmer zurück. Eigentlich hatte Cora mit einem gewissen Widerstand gerechnet, doch der Protest blieb zum Glück aus. Offenbar war Gerda schon daran gewöhnt, dass man ihr die Beute wieder abnahm.

Frau Müller schüttelte entrüstet den Kopf. »Gerda macht jeden Tag ihre Runde durch die Zimmer und klaut sich irgendwelche Sachen zusammen. Sie nennt das einkaufen. Haben Sie die vielen Ketten um ihren Hals gesehen? Die sind alle geklaut.«

»Schreitet das Pflegepersonal denn da nicht ein?«, fragte Cora verwundert.

»Doch, natürlich. Damit sie nicht mehr einkaufen kann, haben sie den Korb von Gerdas Rollator abmontiert.« Sie zuckte mit den Achseln. »Ich weiß nicht, wo sie diesen Rollator jetzt herhat. Wahrscheinlich hat sie ihn einem anderen Bewohner weggenommen.«

»Na, wenigstens gibt sie die Sachen am Ende wieder her«, meinte Cora.

»Ja, so ist das halt, wenn die Leute dement werden«, stellte Frau Müller fest. »Bei mir funktioniert der Kopf auch nicht mehr so wie früher.« Sie nickte. »Das, was gestern war, vergesse ich manchmal.« Sie zuckte mit den Achseln. »Dafür sind die Erinnerungen aus meiner Kindheit und Jugend umso klarer.« Ihre Mundwinkel hoben sich für einen kurzen Moment, dann verschwand das Lächeln aus ihrem Gesicht. »Leider gibt es auch solche Dinge, die man am liebsten für immer vergessen möchte. Weil es schlimme Dinge waren. Aber gerade diese Erinnerungen«, sie schüttelte den Kopf, »bekommt man nicht los.« Sie griff nach ihrer Kaffeetasse, führte sie zitternd zum Mund und trank ein paar Schlucke. Nachdem sie die Tasse wieder abgestellt hatte, fuhr sie fort. »Sie haben mich doch letztes Mal nach der Impfstudie von Dr. Kiefer gefragt.« Sie legte den Kopf schief. »Diese Impfstudie, die an den Kindern durchgeführt wurde. Sie erinnern sich?«

»Ja, natürlich«, sagte Cora beflissen. »Ist Ihnen noch etwas dazu eingefallen?«

»Es waren neun Kinder«, sagte sie mit brüchiger Stimme. Sie räusperte sich und sah Cora an. »Es waren neun Kinder, die er für diese Studie herangezogen hat – allesamt Kinder von alleinerziehenden, bedürftigen Müttern. Den Kindern hatte man eine Luftkur verordnet. Sie hatten asthmatische Probleme oder litten an chronischer Bronchitis.« Während des Sprechens knetete sie fahrig die verschränkten Hände in ihrem Schoß. Der Anblick der faltigen Hände erinnerte Cora daran, dass ihre Gesprächspartnerin auf die Hundert zuging. Unzählige Altersflecke und dicke, bläuliche Adern, die unter der spröden Haut der Handrücken hervortraten, zeugten von einem langen, arbeitsreichen Leben. Frau Müller räusperte sich erneut. »Von der Teilnahme an der Impfstudie wussten die Mütter nichts.« Sie hielt inne, hielt sich an der Tischkante fest und stemmte sich hoch. »Entschuldigung, ich muss mal kurz auf die Toilette.«

Während die alte Dame ins Bad schlurfte, warf Cora derweil einen Blick auf ihr Handy. Till hatte ihr eine Whatsapp-Nachricht geschickt und nachgefragt, ob sie Lust auf ein Treffen am Abend habe. Sie hatte die Frage gerade mit einem gereckten Daumen und einem roten Kussmund beantwortet, als Frau Müller an den Tisch zurückkehrte. Mit einer zittrigen Geste bat sie ihren Gast, sich von den Zimtkeksen in der weißen Porzellanschale zu bedienen. Während Cora ihrer Einladung nachkam, setzte sie sich hin und lächelte gekünstelt. »Wo war ich stehen geblieben?«

»Bei den Kindern, die Dr. Kiefer für die Impfstudie ausgewählt hat«, half ihr Cora auf die Sprünge.

»Ach ja.« Frau Müller nickte und ließ ihre Finger sinnierend über die Perlenkette hinweggleiten. »Dr. Kiefer hatte damals einen neuen Impfstoff entwickelt. Dieses Serum verabreichte er sieben Kindern.«

Cora stutzte. Hatte sie gerade eben nicht von neun Kindern gesprochen?

»Ja, und danach infizierte er diese geimpften Kinder mit tödlichen Tuberkelbazillen«, fuhr Frau Müller fort. »Die Bazillen stammten, soweit ich weiß, von einem an Tuberkulose erkrankten Meerschweinchen.«

Cora spürte, wie ihr Mund trocken wurde. Mit einer langsamen Bewegung legte sie den angebissenen Keks auf dem Kuchenteller ab und griff nach ihrer Tasse. Wenn dies stimmte, dann hatte Dr. Kiefer diese Kinder ohne Absprache mit den Eltern für seine Impfexperimente herangezogen. Die Mütter dieser Kinder hatten ihre Sprösslinge in die Obhut des Pflegepersonals gegeben und darauf vertraut, dass diese gut umsorgt würden. Ziel war es gewesen, die Atemwegserkrankungen der Kinder auszuheilen. Und was hatte Kiefer getan? Er hatte das Vertrauen der Mütter missbraucht und die Kinder mit einer tödlichen Krankheit infiziert.

Frau Müller legte ihre Hände in den Schoß und fing erneut an, ihre Finger zu kneten. »Zwei der Kinder erhielten aktive

Tuberkelbazillen, obwohl sie davor keine Schutzimpfung erhalten hatten.«

Cora sah die alte Frau irritiert an. Hatte sie soeben richtig gehört? Als Frau Müller den entgeisterten Blick ihres Gasts bemerkte, senkte sie betroffen die Lider und fügte leise an: »Das waren die sogenannten Kontrollkinder.«

26. Kapitel

»Kontrollkinder?«, fragte Cora ungläubig. Sie stellte die Tasse, ohne getrunken zu haben, wieder auf den Unterteller zurück.

»Das ist bei medizinischen Versuchen so üblich«, erklärte Frau Müller, immer noch mit gesenktem Blick. »Durch die Kontrollgruppe kann man die Wirksamkeit eines neuen Medikaments testen.« Sie schaute auf. »Nur so kann man eine zufällige Reaktion ausschließen. Eine Gruppe erhält den Wirkstoff, die andere nicht. Danach vergleicht man dann das Ergebnis.«

Cora japste empört nach Luft. »Aber ... aber es ist sicher nicht üblich, eine Kontrollgruppe mit einer tödlichen Krankheit zu infizieren!«

Frau Müller hielt in der Bewegung inne, dann nickte sie. »Stimmt, das ist nicht üblich.« Es entstand eine längere Gesprächspause, während Frau Müller schweigend ihren Kaffee trank. Cora fürchtete schon, dass sich die alte Frau wieder in ihre Demenz geflüchtet hatte, als diese plötzlich den Faden wieder aufnahm.

»Ich war fünfzehn.« Sie räusperte sich. »Ich hatte die Schule gerade beendet und war glücklich, dass ich an der Lungenheilanstalt eine Stelle als Pflegekraft gefunden hatte. Es

187

war eine Ehre für mich, dass ich Dr. Kiefer zuarbeiten durfte.«
Sie lächelte schwach. »Er war um die dreißig, ein attraktiver
junger Mann und damals schon Chefarzt der Klinik. Das hat
uns Mädchen in der Ausbildung beeindruckt. Und obwohl
er bereits verlobt war, machten sich manche Pflegerinnen insgeheim Hoffnungen.« Sie nickte. »Bei der Arbeit war er sehr
streng und achtete auf Disziplin, aber nach Feierabend zeigte er
sich lockerer und hat mit uns jungen Mädchen gern ein wenig
herumgeschäkert.«

Cora schlug ein Bein über das andere. Es interessierte sie
nicht, ob Kiefer ein Charmeur gewesen war oder ob er mit
den jungen Mädels rumgemacht hatte. Sie wollte auch keine
Rechtfertigung von Frau Müller für ihre Beteiligung an den
Impfexperimenten hören. Das Einzige, was sie gerade interessierte, war der Ausgang dieses Impfexperiments. Andererseits
konnte eine ungeduldige Gesprächsführung in dieser Situation
alles verderben. Frau Müller befand sich gerade im Redefluss.
Sie war gewillt, ihr Gewissen zu erleichtern. Deshalb wäre es
unklug gewesen, sie zu unterbrechen. Keinesfalls durfte sich
Frau Müller missverstanden oder kritisiert fühlen. Denn dann
hätte sie die Tür zur Vergangenheit sicher ganz schnell wieder
zugezogen. Mit diesen Gedanken im Hinterkopf zwang sich
Cora zu einem Lächeln und nickte ermunternd.

»Ich war damals für die Betreuung der Kinder zuständig.
Wissen Sie, da ich selbst drei jüngere Geschwister hatte, konnte
ich gut mit Kindern. Wenn die Kleinen Heimweh hatten, habe
ich mit ihnen gespielt oder wir haben gemeinsam gesungen.
Ich hatte als junge Frau eine recht schöne Stimme.« Sie lächelte
versonnen und fing dann leise zu singen an: »Alle Vögel sind
schon da, alle Vögel, alle. Welch ein Singen, Musiziern, Pfeifen,
Zwitschern, Tiriliern! Frühling will nun einmarschiern, kommt
mit Sang und Schalle.«

Cora lächelte höflich, bevor sie die alte Frau behutsam zum ursprünglichen Thema zurückführte. »Können Sie sich noch an die Namen dieser Kinder erinnern?«

Frau Müller zuckte leicht zusammen und sah Cora verwirrt an. »Wie?«

»Die Namen der Kinder«, versuchte es Cora erneut. »Können Sie sich noch daran erinnern, wie diese Kinder hießen?«

Die alte Frau runzelte nachdenklich die Stirn. »Oh, das ist schon so lange her. Ich weiß nicht …« Plötzlich schnappte sie nach Luft. »Elfriede. Ein Mädchen hieß Elfriede.« Sie strahlte, weil ihr der Name wieder eingefallen war.

»War sie eines der Kontrollkinder?«, wollte Cora wissen. Sie fasste sich an die Schulter und massierte eine verspannte Stelle. Das Gespräch strengte sie zunehmend an.

»Nein. Sie war eines derjenigen Kinder, die überlebt haben.« Kaum hatte Frau Müller den Satz zu Ende gesprochen, erschrak sie über ihre unbedachte Äußerung, und ihre Gesichtszüge entglitten. Sie brauchte einen Moment, um die Fassung wiederzuerlangen, dann holte sie tief Luft und fügte hinzu: »Das Mädchen hatte eine Zeit lang hohes Fieber, aber dank der Impfung hat sie es letztlich gut überstanden.« Der Nachsatz klang beinahe trotzig.

»Und wie viele Kinder haben es nicht überstanden, dieses Impfexperiment?«, fragte Cora mit belegter Stimme.

Frau Müller wies mit einer ruckartigen Bewegung auf die Gebäckschale. »Bedienen Sie sich doch. Frau Grubers Zimtkekse sind die besten.« Sie wackelte mit dem Kopf. »Man darf nur nicht zu viele davon essen. Zu viel Zimt schädigt die Leber.« Sie streckte den zitternden Arm aus, angelte sich umständlich einen Keks aus der Schale und biss dann seitlich davon ab.

Coras Augen verengten sich. Bitte jetzt nicht diese Schiene, dachte sie grimmig. Die alte Frau versuchte erneut, auszuweichen, aber damit würde sie heute nicht durchkommen. Wenn es sein musste, konnte Cora einen sehr langen Atem haben. »Nein danke«, sagte sie knapp und deutete auf das angebissene Gebäckstück auf ihrem Teller. »Mit reicht einer davon.« Sie lehnte sich nach vorn, legte die Hand auf Frau Müllers Unterarm und schlug einen verbindlichen Ton an. »Ich kann mir vorstellen, wie schwer es Ihnen fallen muss, über diese unangenehmen Dinge zu sprechen. Aber für mich ist es sehr wichtig, alles zu erfahren, was damals vorgefallen ist.« Sie suchte Frau Müllers Blick, doch diese kaute nur still vor sich hin und starrte ins Leere. Cora rückte mit dem Gesicht so nah an die alte Frau heran, wie es bei der Penetranz des Maiglöckchenparfums eben noch erträglich war. »Wir haben im Kurpark der Klinik vier Kinderleichen gefunden«, sagte sie eindringlich. »Könnte es sein, dass es sich dabei um die Kinder handelt, die damals bei der Impfstudie gestorben sind?«

Die alte Dame tat zunächst, als hätte sie nichts gehört, und klopfte sich die Keksbrösel vom Pullover. Dann ging sie aber doch auf Coras Frage ein. »Zwei der geimpften Kinder bekamen sehr hohes Fieber und Krampfanfälle. Vermutlich hatten sie durch ihre Vorerkrankungen bereits ein geschwächtes Immunsystem. Trotz Impfung wurde ihr Zustand immer schlimmer. Irgendwann war klar, dass sie die Infektion nicht überleben würden.« Mit einem tiefen Seufzer legte sie den angebissenen Keks auf die Tischdecke und sah Cora an. Ihre trüben Augen hatten sich mit Tränen gefüllt. »Und die beiden Kontrollkinder ...«, sie schluckte, »die Kontrollkinder bekamen eine Gehirnentzündung und fielen dann ins Koma.« Still lösten sich die Tränen und rannen über ihre runzligen Wangen.

Coras Gesichtszüge verhärteten sich. Sie musste an das Impfprotokoll denken, das Frau Heitermann abfotografiert hatte. Zeugnis des jämmerlichen Dahinsiechens einer Versuchsperson, kurz VP genannt. Verbarg sich hinter VP etwa der Name eines dieser todgeweihten Kontrollkinder? Wer hatte den Sterbeprozess dieser Kinder protokolliert? Dr. Kiefer selbst? Oder hatte er lediglich die Unterschrift unter das Protokoll gesetzt, das von einer Krankenschwester verfasst worden war? War Frau Müller etwa diese Krankenschwester gewesen? Wenn sie all diese Details kannte, musste sie trotz ihres jungen Alters in die Studie eingebunden gewesen sein. Vielleicht war es aber ja so, dass Kiefer sie nicht trotz, sondern wegen ihres jungen Alters zur rechten Hand ernannt hatte. Der Chefarzt hatte sicher gespürt, wie sehr sie ihn verehrte, und konnte deshalb auf ihre Loyalität setzen.

Cora musterte argwöhnisch das von Falten zerfurchte Gesicht der ehemaligen Krankenschwester. Natürlich waren Ärzte zu jener Zeit noch starke Autoritätspersonen gewesen. Für die jungen Schwesternschülerinnen allemal. Dennoch durfte man durch diesen Umstand doch nicht zu einer Marionette verkommen, die jeden Auftrag unhinterfragt ausführte. Wo war ihr Gewissen gewesen, als sie die letzten Atemzüge der ihr anvertrauten Kinder protokolliert hatte? Sie hatte den Kindern beim Sterben zugesehen, mit denen sie zuvor gelacht und gesungen hatte!

Die alte Dame griff nach einer geblümten Serviette und tupfte sich damit die Tränen vom Gesicht. Sie musste sich mehrfach räuspern, um ihre Stimme freizubekommen. »Ich bekam die Anweisung, den Kindern Arsen zu verabreichen.« Sie schüttelte den Kopf. »Ich wollte das erst nicht tun. Aber Dr. Kiefer bestand darauf. Und als ich sah, wie sehr die Kinder litten, dachte ich, dass es vielleicht sogar besser für die Kinder war, wenn es schneller ging.« Kaum hörbar fügte sie hinzu: »Sie wären sowieso gestorben.«

»Und dann hat Stoll die toten Kinder in den Statuen verschwinden lassen?«

»Dr. Kiefer sagte damals, er wolle den Kindern mit den Statuen ein Denkmal setzen. Sie hätten ihr Leben für die Wissenschaft gegeben. Deshalb habe er sie in den Skulpturen der vier Jahreszeiten verewigt. Hugo sollte die Statuen so aufstellen, dass Dr. Kiefer von seinem Büro aus einen schönen Blick darauf haben konnte.« Sie holte Luft. »Dr. Kiefer sagte, dieses Denkmal würde ihn zeitlebens an seinen Erfolg erinnern.«

Cora hatte die ganze Zeit still zugehört. Das, was Frau Müller ihr soeben anvertraut hatte, war so haarsträubend, dass es ihr kurzzeitig die Sprache verschlagen hatte. Nun jedoch war der Punkt erreicht, an dem sie nicht mehr an sich halten konnte.

»Erfolg?«, fragte sie schrill. »Was für ein Erfolg?«

Frau Müller strich mit zitternder Hand über die Tischdecke. »Dr. Kiefer war mit dem Ergebnis seines Impfversuchs zufrieden. Trotz der Todesfälle. Er war froh, dass fünf der sieben geimpften Kinder die Infektion dank seines Serums überlebt hatten.« Sie zuckte leicht mit den Schultern. »Er sagte, dies sei ein Meilenstein in der Tuberkuloseforschung.«

Cora erwiderte nichts. Bislang hatte sie angenommen, die Leichen seien in den Statuen versteckt worden, um eine Obduktion zu verhindern. Auf die Idee, das Ensemble der vier Jahreszeiten könne ein heimliches Ehrenmal darstellen, wäre sie nie gekommen.

»Zumindest sind sie nicht umsonst gestorben«, sagte Frau Müller in die Stille hinein. »Dr. Kiefer sagte, ihr Tod hätte einem höheren wissenschaftlichen Zweck gedient.« Sie seufzte und tippte sich leicht an die Brust, dorthin, wo sich ihr Herz befand. »Hier drinnen habe ich gespürt, dass das alles nicht recht war. Aber dann redete ich mir ein, dass ich vielleicht noch zu jung und zu dumm sei, um den wissenschaftlichen Wert zu erkennen.« Sie erhob sich so mühsam, als sei sie in der letzten halben Stunde auf einen Schlag um etliche Jahre gealtert. »Ich habe später nie mehr darüber gesprochen. Nicht mal Fritz habe ich davon erzählt.« Einen Moment lang suchte sie ihre Balance, dann ging sie mit müden Schritten zu ihrem Nachttisch hinüber, öffnete die oberste Schublade und entnahm einen kleinen Beutel aus tiefblauem Samt. Nachdem sie die Schublade wieder zugeschoben hatte, brachte sie den Beutel zu Cora an den Tisch.

»Ich habe in den letzten Tagen viel nachgedacht. Wenn die toten Kinder nach so vielen Jahrzehnten jetzt zum Vorschein gekommen sind, ist das vielleicht ein Zeichen.« Sie nickte. »Die Wahrheit muss ans Licht.« Die Lippen vor Anstrengung fest aufeinandergepresst, machte sie sich daran, die Kordel des Samtbeutels aufzuziehen. Als der Beutel schließlich offen war, drehte sie ihn um und schüttelte den Inhalt heraus. Mit einem hellen Klirren landete ein silberner Schlüssel vor ihr auf dem Tisch. »Hier«, sagte Frau Müller. »Nehmen Sie ihn.« Sie räusperte sich. »Geben Sie gut acht darauf. Es ist das Wertvollste, was ich besitze ...«

27. Kapitel

»Due espressi!« Die junge Italienerin lächelte so breit, dass man den Schiefstand ihrer Zähne sehen konnte. Sie stellte die beiden Tassen vor Cora und Till auf den Tisch ab, drehte sich schwungvoll um und eilte davon. Während des Essens hatten sie fast ausschließlich über Frau Müller gesprochen. Nun holte Cora den blauen Samtbeutel aus ihrer Handtasche hervor und legte ihn vor sich auf den Tisch.

Tills Augenbrauen zuckten. »Was ist das?«

Cora gab keine Antwort. Stumm öffnete sie den Beutel und ließ den Schlüssel in ihre offene Hand gleiten. »Den habe ich von Frau Müller bekommen. Sie sagte, ich solle gut darauf achtgeben – er sei das Wertvollste, was sie besitze ...«

»Aha, sieht aber nicht wie ein typischer Schließfachschlüssel aus.«

Cora steckte den Schlüssel wieder in den Samtbeutel zurück. »Er gehört zu einem Lagerraum, den Frau Müller mit einigen anderen Heimbewohnern zusammen angemietet hat. Darin lagern sie die Sachen, für die im Zimmer kein Platz ist.«

»Spannend, und was lagert sie dort so Wertvolles?«

»Ihre Erinnerungen«, erwiderte Cora. Nach einem kurzen Moment des Innehaltens fügte sie hinzu: »Frau Müller hat zeitlebens Tagebuch geführt. In diesem Kellerraum lagert eine Kiste, in der sie all ihre Tagebücher aufbewahrt.«

»Wow!«, stieß Till hervor. »Und darauf gibt sie dir Zugriff?« Er schüttelte den Kopf. »Warum macht sie das?«

»Vermutlich fühlt sie sich schuldig, weil sie einen Verbrecher gedeckt hat. Wenn ich nicht gekommen wäre«, sie machte eine wegwerfende Handbewegung, »hätte sie die ganze Geschichte wohl mit ins Grab genommen. Mein Besuch hat sie ziemlich aufgewühlt. Da kam vieles wieder hoch, was sie verdrängt hatte. Wahrscheinlich wollte sie vor ihrem Tod noch mal reinen Tisch machen und ihr Gewissen erleichtern.«

»Wenn sie gegen Kiefer ausgesagt hätte, wäre er dran gewesen«, warf Till ein.

»Sie aber auch. Sie hat Kiefer bei den Impfexperimenten assistiert. Im Grunde war das nichts anderes als Beihilfe zum Mord.« Ihre Augen weiteten sich. »Wenn sie das in einem der Tagebücher festgehalten hat, könnte man sie auch heute noch dafür verurteilen. Beihilfe zum Mord verjährt nicht!«

Till schüttelte den Kopf. »Kiefer wurde vor Gericht freigesprochen. Also muss sie auch nicht fürchten, wegen Beihilfe angeklagt zu werden. Außerdem weißt du ja gar nicht, was sie in den Tagebüchern aufgeschrieben hat. Damals war sie noch ein Teenager. Was schreibt denn so ein fünfzehnjähriges Mädchen in sein Tagebuch? Dass sie gerade Stress mit der Freundin oder mit ihren Alten hat. Oder in wen sie gerade verknallt ist. Oder Liebeskummergeschichten. So ein Teenager schreibt über jeden Scheiß, aber nicht über Impfstudien!«

»Ja«, sagte Cora gedehnt. »Das kann schon sein. Wenn man allerdings bedenkt, welch schlimme Dinge sie bei der Arbeit als Schwesternschülerin miterleben musste, ist es auch durchaus denkbar, dass sie dies in ihrem Tagebuch festgehalten hat. Das Sterben der Kinder so hautnah mitzubekommen, ging sicher nicht spurlos an ihr vorüber. So was hinterlässt ja traumatische Schäden.« Sie nahm den Zuckerbeutel, der neben der Espressotasse lag, und fing an, das geschlossene Päckchen mit den Fingern durchzukneten. »Eigentlich hätte sie später dringend eine Therapie gebraucht, um diesen ganzen Horror aufzuarbeiten. Stattdessen hat sie geschwiegen. Nicht einmal ihrem Mann hat sie sich anvertraut.« Sie zuckte mit den Schultern. »Da ist es doch naheliegend, dass sie all das, was sie belastete und worüber sie nicht sprechen durfte, ihrem Tagebuch erzählt hat.«

Till nahm einen Schluck Bier. »Du musst die Tagebücher so schnell wie möglich sichten. Dann wissen wir mehr. Diese ganzen Spekulationen bringen nichts.«

Cora nickte. »Ich habe die Kiste gleich mitgenommen. Ich möchte …«

»Zu dir nach Hause?«, fiel Till ihr ins Wort. Er hatte in seiner Erregung so laut gesprochen, dass die Gäste am Nebentisch nun neugierig herübersahen. Till wartete ab, bis die Leute wieder ein eigenes Gespräch aufgenommen hatten, dann fuhr er mit gesenkter Stimme fort: »Das sind Beweismittel, Cora! Die kannst du doch nicht einfach bei dir in den Keller stellen!«

»Ich möchte die Kiste gemeinsam mit den Kollegen vom LKA sichten«, zischte Cora zurück. »Gleich morgen früh fahr ich hin.«

»Warum erst morgen und nicht heute?«

»Das wird mir für die Rückfahrt zu spät. Für die Nacht ist Glatteis angekündigt worden.«

Till sagte nichts mehr dazu, aber überzeugt sah er nicht aus. Die steile Stirnfalte zwischen seinen Augenbrauen sprach Bände. Cora legte den Zuckerbeutel auf den Unterteller zurück, griff nach der Tasse und nippte daran. Während sie die Tasse Schluck für Schluck leerte, spürte sie dem bitteren Geschmack des Espressos auf ihrer Zunge nach. Sie musterte Till über den Rand ihrer Kaffeetasse hinweg. Man sah ihm deutlich an, wie es in ihm arbeitete. Vielleicht würde er das Ganze wieder etwas entspannter sehen, wenn er hörte, was sie derweil über Hugo Stoll erfahren hatte. Sie wollte gerade schon das Wort ergreifen, als Till ihr zuvorkam. »Ich frag mich die ganze Zeit, weshalb die Eltern der verstorbenen Kinder nie in Erscheinung getreten sind. Die kamen nicht einmal hinzu, als ihr Kind im Sterben lag.« Er schüttelte betroffen den Kopf. »Stell dir das mal vor … Du bist als Kind in so einer Klinik, weit weg von deiner Mama, und plötzlich geht es dir furchtbar schlecht. Du fühlst dich beschissen und schreibst deiner Mama, dass sie kommen soll. Du hoffst, dass sie dich nach Hause holt, aber sie kommt nicht.« Seine Augen blitzten zornig auf. »Stattdessen bist du diesem verfluchten Klinikpersonal ausgeliefert, das dich einfach in deinem Elend liegen lässt.« Er lehnte sich zurück und machte eine wegwerfende Handbewegung. »Und dann stirbst du. Ganz allein. Ohne Mama.« Er verstummte und presste für einen Moment die Lippen so fest aufeinander, dass nur noch ein blassroter Strich zu sehen war. »Was waren das damals für Mütter? Warum haben die sich nicht nach dem Gesundheitszustand ihrer Kinder erkundigt? Egal wie wenig Geld du hast – wenn dein Kind im Sterben liegt, dann gehst du hin und holst es heim.«

Cora nickte. Selbst wenn man die Hintergründe kannte, war das, was damals geschehen war, aus heutiger Sicht kaum nachvollziehbar. Rational nicht und vom Herzen her noch viel weniger. »Von Frau Müller weiß ich, dass man die Kinder beim Briefeschreiben anleitete. Die Kinder wurden angehalten, nur positive Dinge zu schreiben, weil die Mama sich nicht unnötig Sorgen machen sollte. Die Briefe wurden kontrolliert und falls ein Kind kritische Dinge schrieb, ließ man den Brief einfach verschwinden.«

Till verzog das Gesicht. »Auch wenn diese Mütter kein Geld hatten, um ihre Kinder zu besuchen – ein Anruf hätte genügt, um zu merken, dass es dem Kind schlecht ging.«

»Damals gab es ja nur wenige Telefone. Den Kindern wurde bestimmt nicht erlaubt, zu telefonieren.« Sie schüttelte den Kopf. »Frau Müller hat gesagt, dass damals hauptsächlich über Briefe kommuniziert wurde. Wenn sich die Eltern nach dem Gesundheitszustand ihrer Kinder erkundigten, bekamen sie den Bericht über den Krankheitsverlauf per Post.« Sie seufzte. »Im Fall unserer Versuchskinder waren die Berichte allerdings gefälscht. Die haben einfach behauptet, die Kinder seien auf dem Weg der Besserung.«

»Und dann waren die Kinder auf einmal tot«, sagte Till grimmig. »Da muss man doch stutzig werden und nachhaken!«

»Den Müttern wurde gesagt, die Kinder hätten sich bei einem Patienten mit offener Tuberkulose angesteckt. Es wurde so getan, als ob sich der Gesundheitszustand schlagartig, völlig unerwartet verschlechtert hätte. Dass das Kind im Sterben lag, erfuhren sie erst auf den letzten Drücker. Bis die Mutter in der Klinik eintraf, war die Leiche des Kindes bereits verbrannt worden.«

Till riss die Augen auf. »Verbrannt?«

»Ja, zumindest wurde das den Müttern gegenüber behauptet. Es war damals üblich, die verstorbenen Patienten einzuäschern. Die Toten wurden so schnell wie möglich ins nächste Krematorium gebracht, um eine Ansteckung der anderen Patienten zu vermeiden. Je nachdem, wie lange die Anreise der Familienangehörigen dauerte, blieb den Leuten nicht einmal Zeit, sich von den Verstorbenen zu verabschieden. Die bekamen dann bei ihrer Ankunft die Urne überreicht.«

»Und was hat man den Eltern der mumifizierten Kinder überreicht? Da gab es ja gar keine Asche …«

»Das habe ich die Müller nicht gefragt«, erwiderte Cora. »Da war sicher irgendeine andere Asche in der Urne drin.«

»Stell dir das mal heutzutage vor«, meinte Till kopfschüttelnd. »Wenn dir da ein Patient wegstirbt, musst du als Arzt doch gleich Angst haben, wegen eines Kunstfehlers verklagt zu werden. Ich verstehe echt nicht, wie der Kiefer mit all dem ungeschoren davonkommen konnte!« Er machte eine Pause. »Und noch weniger verstehe ich, weshalb es bei so vielen Mitwissern kein Leck gab. Wie konnte das, was Kiefer in dieser Klinik getrieben hat, über Jahrzehnte hinweg geheim bleiben?«

»Der Kiefer war ein eiskalter Typ mit einem gefährlich langen Arm, wenn es darum ging, Kritiker mundtot zu machen. Das hat man ja an Heitermann gesehen.« Sie rieb sich den Nacken. »Der Stoll hatte übrigens auch Angst, beseitigt zu werden.«

Till horchte auf. »Woher weißt du das denn jetzt schon wieder?«

»Von der Müller. Nach der Sache mit Heitermann nahm er zu Frau Müller Kontakt auf.«

»Die Müller wusste von dem Mord an Heitermann?«, raunte Till. Als Cora daraufhin nur stumm mit den Schultern zuckte, schüttelte er den Kopf. »In diesem Fall brauche ich eine Aussage von ihr. Was den Heitermann angeht, wurde bislang ja noch gar nicht wegen eines Tötungsdelikts ermittelt. Sie ist eine wichtige Zeugin, auch wenn sie auf die Hundert zugeht.«

»Dann befrag sie halt«, gab Cora zurück. »Aber möchtest du nicht erst einmal hören, was sie mir bereits erzählt hat?«

»Hm, natürlich.« Er trank den Rest Bier aus und deutete mit einer fahrigen Geste in Richtung der Toiletten. »Bin gleich wieder da ...«

Cora nickte. Kurz sah sie ihm nach, dann faltete sie gedankenverloren ihre Serviette zu einem Dreieck zusammen und strich sie glatt. Diese ganzen Verstrickungen, die sich im Lauf der Jahrzehnte gebildet hatten, machten die Sache kompliziert. Es verlangte viel Geduld, die einzelnen Fäden zu entwirren. Da musste man achtgeben, nicht den Überblick zu verlieren. Hinzu kam, dass es eine äußerst schwere Kost war, mit der sie es da zu tun hatten. Auch wenn die Verbrechen schon lange zurücklagen, ging es einem zunehmend an die Nieren, je intensiver man sich damit beschäftigte. Eine professionelle Distanz einzuhalten, wenn es um den Mord an Kindern ging, fiel auch den hartgesottensten Ermittlern schwer. Cora griff nach ihrem Glas, ließ den verbliebenen Rotwein darin kurz kreisen und trank den Rest dann in zwei Schlucken aus. Ja, es war ein regelrechter Sumpf, den sie da trockenlegen mussten.

28. Kapitel

Heidemarie Müller beäugte den letzten verbliebenen Zimtkeks. Es gelüstete sie überhaupt nicht nach dem Gebäck, schließlich hatte sie gerade erst ihr Mittagessen zu sich genommen. Andererseits konnte jeden Augenblick Frau Gruber auftauchen. Wenn die Schale leer war, konnte sie diese gleich wieder mitnehmen. Seufzend griff sie nach dem Keks und biss seitlich davon ab. Immer noch kauend ging sie zum Bett hinüber, brachte die Decke in einen ordentlichen Zustand und strich das Kopfkissen glatt. Sie hatte direkt nach dem Essen einen Versuch gestartet und sich hingelegt. Nicht mal fünf Minuten hatte sie es ausgehalten, dann war sie wieder aufgestanden. Nein, bevor sie diesen Anruf nicht hinter sich gebracht hatte, war an Schlaf gar nicht zu denken. Da musste das Nickerchen heute eben mal ausfallen. Sie hatte sich gerade die zweite Kekshälfte in den Mund geschoben, als Frau Grubers Kopf in der Tür auftauchte.

»Hallo!«, rief sie ihr entgegen. »Ich habe mehrmals geklopft. Haben Sie nichts gehört?«

Frau Müller schüttelte den Kopf und deutete auf das Hörgerät, das sie auf dem Nachttisch abgelegt hatte. »Zum Schlafen nehme ich das Ding immer ab.« Sie schlurfte zum Bett, nahm das Hörgerät und befestigte es hinter der Ohrmuschel.

»Ach so.« Frau Gruber schloss die Tür hinter sich. »Soll ich Ihnen ins Bett helfen?«

»Nein danke«, erwiderte Frau Müller. »Ich kann eh nicht schlafen.«

»Hat Sie das Gespräch mit der Kriminalpsychologin heute Morgen nicht angestrengt?«, erkundigte sich Frau Gruber. »Sie müssen doch sicher müde sein …«

»Ein bisschen müde bin ich schon«, gab Frau Müller zu. »Aber schlafen könnte ich jetzt trotzdem nicht.«

»Sie haben ja ziemlich lange mit der Kriminalpsychologin gesprochen.« Frau Gruber legte den Kopf schief und lachte verlegen. »Worum geht es denn eigentlich bei diesen Gesprächen? Müssen ja aufwühlende Themen sein …«

Frau Müller hob erstaunt den Kopf. Seit wann war die Gruber denn so neugierig? Sie sann kurz nach einer Antwort, entschloss sich dann aber, die Frage zu ignorieren. Das ging die Pflegerin nun wirklich nichts an.

»Ich glaube, ich lasse das Abendessen heute ausfallen und gehe dafür etwas früher schlafen«, wechselte sie das Thema. »Könnten Sie mein Essen bitte abmelden?«

Frau Gruber wirkte einen Moment lang irritiert, dann zuckte sie mit den Achseln und nickte. »In Ordnung – wenn Sie mir versprechen, dafür beim Frühstück ordentlich zuzulangen.« Als sie die leere Gebäckschale bemerkte, lachte sie auf. »Na, zumindest haben Ihnen die Kekse geschmeckt!«

Frau Müller lächelte. »Ja, Zimtkekse sind meine Lieblingskekse. Aber man sollte nicht zu viele davon essen …«

»Wegen der Leber?«, fiel ihr Frau Gruber ins Wort. »Ich glaube, da müssen Sie sich keine Sorgen machen, Frau Müller. Was glauben Sie, wie viel Alkohol manche der Heimbewohner hier trinken? Das ist viel schlimmer als das bisschen Zimt.«

»Ja, ja«, stimmte ihr Frau Müller zu. »Da haben Sie auch wieder recht.« Sie nickte und wechselte dann übergangslos das

Thema. »Haben Sie eigentlich schon die Telefonnummer von Professor Fuchs herausgefunden?«

Frau Gruber nickte. Sie fasste in ihre Westentasche, holte einen zusammengefalteten Zettel hervor und überreichte ihn Frau Müller. »Das ist die offizielle Nummer seines Labors in Tübingen. Die habe ich aus dem Internet.« Sie zuckte bedauernd mit den Schultern. »Seine private Handynummer war allerdings nirgends aufgeführt.«

Frau Müller faltete den Zettel auseinander und betrachtete die Nummer, die Frau Gruber groß und deutlich notiert hatte. Sie lächelte. »Vielen Dank. Dann werde ich es eben dort bei diesem Labor versuchen.« Sie richtete ihre Augen nachdenklich zur Decke. »Meinen Sie, ich kann da nachmittags noch jemanden erreichen?«

»Rufen Sie an, dann wissen Sie es«, meinte Frau Gruber pragmatisch. »Und falls niemand abnimmt, sprechen Sie eben auf den Anrufbeantworter.«

Frau Müllers Mundwinkel sanken nach unten. Sie hasste es, auf Band zu sprechen. Sie fühlte sich dabei immer furchtbar unbeholfen und hatte das Gefühl zu stammeln. Vor allem der drohende Piepston, der die Redezeit begrenzte, stresste sie. Vor lauter Hektik redete sie dann wirres Zeug, ließ wichtige Dinge weg oder vergaß am Ende gar, ihren Namen zu nennen.

Auf Frau Grubers Gesicht zeigte sich ein mildes Lächeln. »Soll ich für Sie anrufen?«, bot sie an.

»Nein, nein«, wehrte Frau Müller rasch ab. »Das schaffe ich schon.« Das Thema war viel zu heikel, um Frau Gruber einzubeziehen. Außerdem ging es die Pflegerin ja auch wirklich nichts an, mit wem sie was zu besprechen hatte. Ja, es war geradezu irritierend, welche Neugier Frau Gruber plötzlich an den Tag legte. Ansonsten kümmerte sie sich ja schließlich auch nicht um solche Angelegenheiten … Frau Müller nickte bekräftigend.

»Es eilt ja auch gar nicht so. Wenn es der Professor erst nächste Woche abhört, ist es auch nicht schlimm.«

»Gut«, sagte Frau Gruber. »Dann geh ich jetzt mal weiter …« Sie nahm die leere Gebäckschale an sich und wandte sich zum Gehen. Sie hatte den Türgriff bereits in der Hand, als sie sich nochmals umdrehte. »Und Sie sind sich sicher, dass ich das Abendessen abbestellen soll? Wissen Sie, jetzt ist es ja erst vierzehn Uhr. Bis zum Abend ist es noch lang.«

»Nein, bestellen Sie das Essen ruhig ab. Und falls ich später doch noch Hunger bekommen sollte, kann ich ja auch von dem Obst da essen.« Sie wies auf die Obstschale, die mit zwei Äpfeln, Mandarinen und einer Banane bestückt war.

»Okay, dann werden wir sie entsprechend früher bettfertig machen und das Waschen ausnahmsweise mal vorziehen.« Sie zwinkerte Frau Müller zu. »Ich kümmere mich darum.«

Als die Pflegerin gegangen war, nahm Frau Müller ihr Handy aus dem Tischständer und ging damit zum Tisch. Ihr Blick blieb an der Vase mit den Christrosen hängen. Wie anmutig sich die weißen, zarten Blütenkelche in die Höhe reckten! Woher der Strauß wohl kam? Sie konnte sich nicht daran erinnern, wer ihn gebracht hatte …

Sie hielt sich an der Tischkante fest, bis sie in Balance war, dann ließ sie sich langsam auf den Stuhl sinken. Anschließend setzte sie sich die Lesebrille auf und öffnete mit zitternden Fingern den Zettel, den ihr die Pflegerin gegeben hatte. Unschlüssig starrte sie auf die Zahlen. Sie musste sich zuerst einmal überlegen, was genau sie sagen wollte. Und wichtiger noch – was sie nicht sagen wollte. Mit einem tiefen Seufzer ließ sie die Hand sinken und legte den Zettel auf den Tisch zurück.

Cora Brecht hatte einen sympathischen Eindruck auf sie gemacht. Gleichwohl waren ihr inzwischen Zweifel gekommen, ob es richtig gewesen war, dieser Kriminalpsychologin den Schlüssel zu ihrem Kellerraum auszuhändigen. Die Tagebücher waren ihr heilig. Und doch hatte sie dieser wildfremden Frau erlaubt, auf ihre Erinnerungen Zugriff zu nehmen.

Gut, den Impuls für dieses zweite Gespräch hatte sie selbst gegeben. Nach reichlicher Überlegung hatte sie sich dazu durchgerungen, endlich das Schweigen zu brechen und das dunkelste Geheimnis in ihrem Leben preiszugeben. All die Jahre hatte sie versucht, die Erinnerungen an die toten Kinder zu verdrängen. Phasenweise war ihr dies gelungen. Aber selbst die Demenz, die ihr Gedächtnis inzwischen befallen hatte, erwies ihr nicht die Gnade, diese schuldbehafteten Erinnerungen zu löschen. Es war wie ein Fluch, der auf ihr lastete. Vielleicht hätte sie sich von dem Fluch befreien können, wenn sie damals bei den Nürnberger Ärzteprozessen den Mut aufgebracht hätte, eine Aussage zu machen. Stattdessen hatte sie Kiefers Gerichtsverhandlung heimlich mitverfolgt, voller Angst, sie selbst könnte ebenfalls in den Fokus der Ermittler rücken. Dann kam der Freispruch. Eine empörende Ungerechtigkeit nach all dem Leid, das die Versuchskinder unter Kiefers Direktion erfahren hatten. Für den Chefarzt aber war es ein Sieg. Ein Sieg, der auch das Klinikpersonal aufatmen ließ. Aber so erleichtert sie nach dem Freispruch auch gewesen war, der schwarze Fleck auf ihrer Seele verschwand dadurch nicht. Im Gegenteil. Mit jedem Tag des Schweigens brannte sich der schwarze Fleck tiefer in ihre Seele ein. Er breitete sich nicht aus, nein. Aber er war da. Es war wie bei einer weiß bemalten Leinwand, deren Makellosigkeit durch einen schwarzen Punkt gestört wurde – trotz aller Reinheit ringsum suchte das Auge stets zuerst den Makel und blieb bei diesem Punkt hängen.

Und nun war das geschehen, womit sie nie im Leben gerechnet hätte. Die toten Kinder waren urplötzlich wieder aufgetaucht. Nach all der Zeit gab es in Cora Brecht endlich einen Menschen, der sich um ihr Schicksal kümmerte und herausfinden wollte, was ihnen widerfahren war. Zunächst hatte ihr die Vorstellung, dass diese Frau der Wahrheit auf die Spur kommen könnte, Angst gemacht. Doch dann hatte sie darüber nachgedacht und schließlich eine Chance darin erkannt. Eine Chance, den Kindern durch die Aufklärung post mortem ein Stück ihrer Würde zurückzugeben.

Nur deshalb hatte sie sich der Kriminalpsychologin anvertraut. Natürlich würde der schwarze Fleck auf ihrer Seele durch diese Beichte nicht weißer werden, das war klar. Dennoch hatte sie insgeheim gehofft, danach etwas ruhiger schlafen zu können. Leider war dem nicht so. Sie verließ sich zwar darauf, dass Cora Brecht mit den Informationen verantwortungsvoll umgehen würde; letztlich konnte sie aber nicht mit Sicherheit sagen, was die Kriminalpsychologin tatsächlich damit anstellen würde. Diese Unwägbarkeit machte ihr nun Sorgen.

Es ging ihr nicht um sich selbst. Nein, sie sorgte sich vielmehr um das Ansehen von Kiefers Familie, die durch die Untersuchung gewiss Schaden nehmen würde. Denn auch wenn ihr früherer Chef in der Vergangenheit schlimme Fehler begangen hatte, so hatte er zugleich ja auch seine guten Seiten gehabt. Sein Leben lang hatte er sich mit allen Kräften dafür eingesetzt, kranke Menschen zu heilen. Letztlich hatte seine Forschung dazu beigetragen, die Tuberkulose in Deutschland zurückzudrängen. Wie vielen Patienten hatte er damit das Leben gerettet? Hinzu kam, dass sie ihm persönlich zu Dank verpflichtet war. Dr. Kiefer hatte stets einen freundlichen Umgang mit ihr gepflegt. Er war es gewesen, der sie ermuntert hatte, den Beruf der Krankenschwester zu erlernen. In späteren Jahren hatte er in Gegenwart der jüngeren Pflegerinnen oftmals ihre Expertise gelobt. Nie hätte er sie entlassen und durch eine jüngere Fachkraft ersetzt. Er hatte all die Jahre schützend die Hand über sie gehalten und sich loyal gezeigt. Im Gegenzug war auch sie ihm gegenüber loyal gewesen. Bis jetzt.

Gut, Dr. Kiefer war tot. Er würde nicht mehr mitbekommen, wenn sein Ruf nachträglich Schaden nahm. Wer allerdings darunter leiden würde, das war sein Sohn. Mit Joachim hatte sie früher nicht viel zu schaffen gehabt. Der junge Mann hatte nicht weniger Charisma als sein Vater gehabt. Intelligent, ehrgeizig, fleißig – es war damals bereits offenkundig gewesen, dass ihm eine große Karriere bevorstand. Er verstand sich schon als Teenager auf die Kunst, seine Interessen mit Charme durchzusetzen. Auch wenn ihr sein arrogantes Lächeln missfallen hatte, konnte sie nichts Negatives über ihn sagen. Ihr gegenüber hatte er sich jedenfalls ohne Ausnahme respektvoll und höflich benommen. Und nun war er ein hoch angesehener Professor. Sie hatte einmal in der Zeitung einen Bericht über seine Forschungen in Afrika gelesen. Es war herausragend, was er dort leistete. Wenn sie daran dachte, welchen Skandal ihre Informationen auslösen würden, bekam sie sofort ein schlechtes Gewissen. Es würde dem Professor zwar nicht gleich das Genick brechen, aber sein Ruf konnte dadurch irreversibel Schaden nehmen.

Nachdenklich fuhr sie mit den Fingern an ihrer Perlenkette entlang. Ob man mit vierundneunzig Jahren wohl noch vor Gericht musste? Na ja, und wenn schon! Falls die Ermittlungen letztlich zu einer Verurteilung führen würden, musste sie dies hinnehmen. Inzwischen war sie zu alt, um sich vor Strafen zu fürchten. Eine Geldstrafe konnte sie nicht treffen. Das Zimmer in der Seniorenresidenz war so teuer, dass von ihrem kleinen Vermögen fast nichts mehr übrig geblieben war. Bei ihr gab es nichts mehr zu holen. Und eine Gefängnisstrafe? Nun, dann wäre sie zumindest die Sorge los, was aus ihr werden würde, wenn der letzte Cent aufgebraucht wäre. Die Unterkunft im Gefängnis wäre vermutlich kostenfrei. Nein, nicht einmal der Freiheitsentzug konnte sie schrecken. Auch jetzt schon beschränkte sich ihr Bewegungsradius nur noch auf das Heim.

Natürlich konnte sie im Unterschied zu den Gefängnisinsassen theoretisch überall hin. Aber eben nur theoretisch. Praktisch sah es so aus, dass ihre Freiheit durch die eigene Gebrechlichkeit eingeschränkt wurde.

Frau Müller nahm den Zettel mit Fuchs' Telefonnummer zur Hand und seufzte erneut tief auf. Sie fühlte sich so zerrissen. Ihre Entscheidung für die Kinder und gegen Kiefer war gewiss richtig gewesen. Und doch fühlte sich ihre Illoyalität der Arztfamilie gegenüber falsch an. Aber wie auch immer, nun hatte sie den Stein ins Rollen gebracht. Der Skandal ließ sich nicht mehr abwenden. Das Einzige, was sie jetzt noch für Fuchs tun konnte, war, ihn vorzuwarnen. Sie musste ihm sagen, dass sie das Schweigen gebrochen hatte. Oje, das war so unangenehm! Äußerst unangenehm! Er würde sicher sehr böse werden. Frau Müller griff nach dem Handy und fing an zu wählen.

29. Kapitel

Während Tills Abwesenheit hatte Cora schon mal die Rechnung für das Essen beglichen. Sie wartete ab, bis er wieder am Tisch Platz genommen hatte, dann knüpfte sie nahtlos an das vorherige Thema an.

»Um auf den Stoll zurückzukommen … Der hatte offenbar wirklich Angst, dass es ihm nach dem Mord an Heitermann ebenfalls an den Kragen gehen könnte. Er fürchtete, man könnte ihn als Risiko einstufen und …«

»Versteh ich nicht«, fiel ihr Till ins Wort. »Zwischen den Kinderstatuen und der Heitermannstatue liegen über vierzig Jahre. In all der Zeit hat der Stoll dichtgehalten und sich als loyal erwiesen. Weshalb hätte der Kiefer ihn dann zu diesem späteren Zeitpunkt eliminieren sollen? Der Kiefer wusste doch, dass er sich auf Stoll verlassen konnte. Zudem war Stoll ja auch finanziell von ihm abhängig.«

»Mag sein, Stoll war aber trotzdem misstrauisch. Und das nicht erst seit der Sache mit dem Heitermann. Der hat wohl schon in den Vierzigerjahren befürchtet, dass der Kiefer ihn als tickende Zeitbombe betrachten könnte.« Sie lehnte sich über den Tisch hinweg und senkte die Stimme. »Der Kiefer hat den Stoll nach dem Tod der Versuchskinder beauftragt, deren

Patientenakten zu entsorgen. Er sollte sie verbrennen.« Sie machte eine Pause und schüttelte den Kopf. »Das hat er aber nicht getan. Stattdessen hat er die Akten irgendwo im Keller der Klinik versteckt.«

Till blies die Backen auf und ließ die Luft langsam entweichen.

»Ja, und es geht noch weiter«, fuhr Cora fort. »Nach dem Tod von Heitermann wurde Stoll so nervös, dass er beschloss, sich mit den Akten abzusichern. Zu Heidemarie Müller hatte er ein gewisses Vertrauensverhältnis, vielleicht weil sie mehr oder weniger im selben Boot saßen. Deshalb weihte er sie in seinen Plan ein und verriet ihr auch, wo er die Akten versteckt hatte.«

Tills Gesicht hellte sich auf. »Bingo! Dann weißt du jetzt, wo die Akten sind?«

Cora deutete ihm mit einem Handzeichen an, Geduld zu haben. »Langsam, lass mich ausreden.« Sie holte Luft. »Damit der Kiefer gar nicht erst auf dumme Gedanken kommen konnte, ergriff der Stoll die Initiative und machte seinem Ex-Chef gegenüber klar, dass er immer noch die Akten gegen ihn in der Hand hatte.« Till runzelte schon skeptisch die Stirn, als Cora hinzufügte: »Natürlich sagte er ihm auch, dass er noch jemanden in die Sache eingeweiht habe. Als Lebensversicherung sozusagen. Sollte er je eines unnatürlichen Todes sterben, so habe er diese Person instruiert, unverzüglich mit den Akten zur Polizei zu gehen.«

»Keine schlechte Idee«, meinte Till und nickte anerkennend. »Allerdings scheint der Plan nicht funktioniert zu haben … Ich meine, so ein Unfalltod kann ja nicht als natürlicher Tod betrachtet werden. Warum ist die Müller denn daraufhin nicht zur Polizei gegangen? So hatten sie es doch abgesprochen …«

»Die Müller sagte mir, sie hätte zunächst einmal die Ermittlungen der Polizei mitverfolgt. Nachdem der Unfall von Gutachterseite aus auf einen technischen Defekt zurückgeführt worden war, ließ sie die Sache auf sich beruhen. Außerdem starb der Kiefer ja kurze Zeit später selbst.«

»Was nicht beweist, dass er den Mord an Stoll nicht in Auftrag gegeben hat«, knurrte Till. »Aber das hatten wir ja bereits. Und was ist mit den Akten? Hat sie die dann wenigstens in Sicherheit gebracht?«

»Nein, die lagern immer noch in Stolls Versteck.«

»Im Ernst jetzt? Die hat die Akten einfach dort gelassen?« Er schlug verärgert mit der flachen Hand auf den Tisch. »Dann sind die jetzt weg! An Kiefers Stelle hätte ich die ganze Bude auf den Kopf stellen lassen, um die Akten zu kriegen.«

»Der Kiefer wusste doch gar nicht, wo die Akten versteckt waren«, widersprach Cora. »Die hätten ja überall sein können.« Sie drehte das leere Weinglas zwischen den Händen. »Die Müller ist überzeugt davon, dass die Akten immer noch im Keller des Sanatoriums liegen. Der Stoll hat bei einem Kellerraum extra eine zweite Mauer eingezogen. Hinter dieser Mauer steht die Kiste mit den Akten.«

Till schüttelte verwundert den Kopf. »Sag mal, und dann sitzen wir hier und essen? Warum hast du das denn nicht gleich gesagt? Da müssen wir doch sofort dorthin und danach suchen!«

Cora spürte, wie ihr die Röte ins Gesicht stieg. »Falls die Akten tatsächlich noch da sind, dann liegen die da jetzt seit Jahrzehnten. Da kommt es auf einen Tag nun wirklich auch nicht mehr an. Außerdem wollte ich es dir ja zuerst einmal erzählen und hören, was du dazu meinst.«

»Hat die Müller dir wenigstens genau beschrieben, wo dieser Kellerraum ist?«, fragte Till, ohne auf ihre Rechtfertigung einzugehen. »Ich meine, in dieser riesigen Klinik und in den Nebengebäuden gibt es ja zig Kellerräume.«

»Der Keller befindet sich im Hauptgebäude«, erwiderte Cora und verschränkte die Arme vor der Brust. »Aber wo genau … daran konnte sich die Müller nicht mehr erinnern.«

Till seufzte. »Na gut, ich komme morgen zu dir, so gegen Mittag. Dann gehen wir gemeinsam da rein und suchen nach diesem Kellerraum. Sobald wir ihn gefunden haben, sage ich der Kriminaltechnik Bescheid. Die sollen die Mauer dann für uns öffnen.«

Cora lächelte versöhnlich. »Okay, ich hätte da aber auch noch einen anderen Vorschlag ... Was hältst du davon, wenn wir jetzt zu mir gehen? Du könntest bei mir übernachten und wir suchen morgen früh nach dem Kellerraum.«

»Das geht leider nicht«, erwiderte Till. Bedauernd hob er die Schultern. »Ich bin heute Abend noch auf ein Bier bei Oli Schneider eingeladen. Der hat gerade Zoff mit einem Kollegen und wollte meine Meinung dazu hören. Ich kann da unmöglich absagen.«

»Verstehe«, sagte Cora und senkte enttäuscht den Blick. »War heute ja auch eine sehr spontane Sache mit unserem Essen.« Nach einem Moment der Stille suchte sie seinen Blick. »Und wie sieht es morgen aus?« Sie umfasste seine Hand und zog sie ein Stück zu sich. »Ich sehne mich nach dir ...«

»Aber ich bin doch gerade bei dir«, widersprach Till.

»Ja, schon, aber ...«, sie senkte die Stimme, »wir waren uns schon lange nicht mehr so richtig nah.«

Till zog seine Hand behutsam zurück und strich ihr dann zärtlich über die Wange. »In letzter Zeit hatte ich einfach viel zu viel um die Ohren. Aber ich vermisse deine Nähe nicht weniger, das kannst du mir glauben ...« Nach einer kurzen Gedankenpause nickte er schließlich. »Okay, morgen. Dann verschieben wir die Suche auf den Abend. Wenn wir den Kellerraum gefunden haben, bleibe ich anschließend über Nacht bei dir. Passt das?«

Cora beugte sich über den Tisch hinweg und gab ihm zur Antwort einen sanften Kuss auf die Lippen.

30. Kapitel

Am Freitagnachmittag herrschte im Forschungsinstitut eine ruhige Atmosphäre. Die Labore und Büros waren bereits geschlossen, nur in den Stockwerken, in denen die Putzfrauen zugange waren, brannte noch Licht. Das Institut befand sich im geruhsamen Wochenendmodus. Umso auffälliger war das rhythmische Klappern von Jules Absätzen, als sie im Laufschritt ihrem Freund durchs Treppenhaus folgte.

»Ich frag mich, was er jetzt schon wieder will«, keuchte Jule. »Wenn er uns schon zurückpfeift, könnte er wenigstens sagen, worum es geht!«

»Du weißt doch, dass er am Telefon immer kurz angebunden ist«, entgegnete Max über die Schulter hinweg. »Aber wenn er sagt, es ist dringend, dann ist es dringend.«

»Mir stinkt das inzwischen«, gab Jule zurück. »Es ist doch immer dasselbe. Er schnippt mit den Fingern und wir kommen angerannt ... Der tut gerade so, als seien wir seine Leibeigenen!«

Max blieb abrupt stehen. »Jetzt hör doch mal auf«, blaffte er. »Er bestellt uns sicher nicht zum Spaß ein. Es wird schon einen triftigen Grund geben.« Er bedachte sie mit einem grimmigen Blick. »Ich wäre jetzt auch lieber am Bodensee, das kannst du mir glauben!«

Jule verdrehte verdrossen die Augen, dann überholte sie ihn und nahm fortan immer zwei Stufen auf einmal. Max gab sich in solchen Angelegenheiten immer betont gelassen. Das war in seiner Position aber auch nicht so schwer. Denn während er die Pläne des Professors lediglich abnicken musste, war sie diejenige, die diese gedanklichen Ergüsse letztlich in die Tat umzusetzen hatte. Sie war es, die mit den kongolesischen Ärzten über Prämien verhandelte, problematische Impfprotokolle unterzeichnete oder im Bedarfsfall auch mal eine Spritze setzte. Die Erwartungen des Professors an seine Doktoranden waren hoch. Lobende Worte oder gar einen Dank durfte man bei ihm nach getaner Arbeit jedoch nicht erwarten. Deshalb sorgte sie ab und an selbst für eine Belohnung. Und nach all dem Stress der letzten Zeit hatte sie sich dieses Wellnesswochenende am Bodensee redlich verdient. Sie waren bereits auf halber Strecke nach Meersburg gewesen, als Fuchs anrief und sie nochmals ins Institut beorderte. Max hatte sofort zugesagt, ohne Rücksprache mit ihr. Nun kam ihr ganzer Zeitplan durcheinander. Da sie im Hotel bereits im Vorfeld erste Anwendungen gebucht hatte, musste alles nochmals umorganisiert werden. Dabei hatte sie sich schon so auf die Hot-Stone-Massage gefreut …

Ja, Max und seine Loyalität. Einerseits liebte sie ihn ja für diesen Charakterzug. In Bezug auf den Professor konnte diese Ergebenheit aber auch manchmal ganz schön nerven. Wobei sie sich ohne Fuchs wohl gar nie kennengelernt hätten. Sie waren sich bei der Vorbesprechung für eine Forschungsreise im Büro des Professors zum ersten Mal begegnet. Es hatte damals sofort zwischen ihnen gefunkt, sozusagen Liebe auf den ersten Blick.

Drei Jahre war dies nun her. Damals hatte sie sich um einen Platz als klinische Doktorandin beworben. Als Fuchs zusagte, ihre Promotion über Ebola zu betreuen, hatte sie sich sehr gefreut. Der Professor galt nämlich als äußerst wählerisch in der Auswahl seiner Doktoranden. Max hatte bei Fuchs nicht zuletzt durch seine Sprachkenntnisse gepunktet. Da er mütterlicherseits Wurzeln in Guadeloupe hatte, sprach er fließend Französisch. Als ehemalige Kolonialsprache war Französisch im Kongo die offizielle Amtssprache, und es war äußerst hilfreich, wenn man einen Muttersprachler im Team hatte. Max selbst vermutete, dass auch seine dunkle Hautfarbe für Fuchs ein wichtiges Kriterium gewesen war. Im Umgang mit den Kongolesen war es sicher vertrauensfördernder, wenn die blonde, blauäugige Medizinerin noch einen dunkelhäutigen Kollegen zur Seite hatte.

Sie hatten das Büro des Professors erreicht. »Wir müssen spätestens um einundzwanzig Uhr im Hotel sein«, zischte Jule. »Vergiss das nicht!« Sie warf Max einen letzten warnenden Blick zu, fuhr sich rasch ordnend durch die langen Haare, dann klopfte sie an. Ihr Fingerknöchel hatte die Bürotür kaum berührt, als diese bereits von innen aufgerissen wurde. »Jetzt – endlich seid ihr da!« Der Professor winkte sie hastig hinein und wies sogleich auf die Sitzecke. »Nehmt Platz, bitte, nehmt Platz.«

Während Max der Aufforderung sofort nachkam und sich setzte, hielt Jule für einen Moment inne und blickte den Professor irritiert an. Fuchs war für gewöhnlich ein großer Befürworter von Anstandsregeln und Etikette. Normalerweise hätte er ihnen nun ein Getränk angeboten und sie gebeten, die Jacken abzulegen. Wenn er sich nicht einmal die Zeit für eine Begrüßung nahm, brannte tatsächlich die Hütte.

Schweigend ließ sie sich in dem cognacfarbenen Armlehnenstuhl nieder, schlug ein Bein über das andere und sah Fuchs erwartungsvoll an. Obwohl ihr vom Treppensteigen heiß geworden war, behielt sie ihren Daunenmantel an. »Willst du nicht wenigstens deinen Schal ablegen?«, raunte Max, während er sich aus seiner Jacke schälte. Jule überlegte kurz, dann schüttelte sie entschlossen den Kopf. Sie wollte deutlich machen, dass sie nicht vorhatte, allzu lange zu bleiben. Der Professor sah allerdings nicht so aus, als wäre er gerade für die Symbolik von Kleidung empfänglich. Selten hatte sie ihren Doktorvater so angespannt erlebt. Die Falten rund um Stirn und Augen waren ausgeprägter als sonst, und trotz Gesichtsbräune wirkte sein Teint aschfahl.

Fuchs nahm das schnurlose Telefon aus dem Ständer und setzte sich damit ebenfalls an den Tisch. »Wir haben ein Problem«, verkündete er. Dann stellte er das Telefon auf laut und ließ die Sprachbox ablaufen.

»Guten Tag, Herr Professor Fuchs«, sagte eine alte Frauenstimme. Es erfolgte ein Räuspern, dann war es einige Sekunden lang still. »Hier spricht die Frau Müller. Heidemarie Müller.« Die Frau sprach schleppend, so als müsste sie sich nach jedem Wort zurechtlegen, was sie als Nächstes sagen wollte. »Ich war früher Krankenschwester in der Lungenheilanstalt. Ich habe für Ihren Vater gearbeitet. Erinnern Sie sich an mich? Ich bin inzwischen schon vierundneunzig.« Sie räusperte sich abermals. »Ich weiß gar nicht, wie viel ich auf dieses Band sprechen kann … Also, was ich Ihnen sagen wollte … Sie wissen ja, dass es damals bei den Impfstudien Ihres Vaters leider mehrere Todesfälle gab. Ich habe da nie mit jemandem darüber gesprochen. Nicht einmal mit meinem Fritz. Der Fritz, das war mein Mann, wissen Sie? Ein guter Mann war er. Ja, ja.« Sie schien auf einmal den Faden verloren zu haben, und es dauerte einen Moment, bis sie wieder zum eigentlichen Thema zurückfand. »In all den Jahren habe ich nie darüber geredet. Aber jetzt … Stellen Sie sich das mal vor – jetzt haben sie die Kinder gefunden!« Ihre Stimme zitterte. »Die Kinder in den Statuen.« Sie verstummte für einen Moment. »Ich bin Ihrem Vater sehr dankbar für alles, was er für mich getan hat.« Mit jedem Wort wurde ihre Stimme brüchiger, bis sie schließlich kaum mehr zu verstehen war. Jule und Max neigten sich zum Telefon hin, während Professor Fuchs die Lautstärke erhöhte. »Aber jetzt haben sie die Kinder gefunden und die Polizei will wissen, was damals vorgefallen ist.« Sie seufzte. »Es war nicht recht, was wir da gemacht haben.« Plötzlich brach die Aufnahme ab.

Jule und Max stutzten und sahen den Professor fragend an. Der schüttelte jedoch nur unwirsch den Kopf, murmelte etwas von »Aufnahme zu Ende« und drückte dann erneut auf die Wiedergabetaste.

»Oh«, sagte die alte Frau und klang verlegen. »Jetzt habe ich weitergesprochen, obwohl das Band schon zu Ende war.« Sie kicherte beschämt. »Ach, ich bin einfach zu alt für diese Technik! Jetzt weiß ich gar nicht mehr, wo ich zuletzt war … Ach ja, bei den Kindern. Ja, ich habe damals viel falsch gemacht. Und später hatte ich immer Angst …« Sie hielt einen Augenblick inne, bevor sie in bestimmterem Ton weitersprach. »Aber die Zeiten ändern sich. Deshalb habe ich jetzt über all das geredet, was damals passiert ist. Endlich. Ich denke, es ist richtig so. Wissen Sie, ich bin alt. Zu alt, um Angst zu haben. Falls ich vor Gericht muss, dann werde ich jetzt alles sagen, was ich weiß … Es tut mir leid, Herr Fuchs. Ich kann mir denken, dass Ihnen das nicht gefällt. Aber ich kann nicht anders … Wenn Sie Fragen haben, können Sie mich gern zurückrufen. Ich lebe in Bad Wildbad, in der Seniorenresidenz Rosenhof. Auf Wiederhören, Herr Professor.« Eine Weile noch raschelte es in der Leitung, dann endete die Aufnahme mit einem Klickton.

Eine betretene Stille trat ein.

Schließlich ergriff Jule als Erste das Wort: »Gibt es noch eine Aufnahme oder ist das alles?«

»Das ist alles«, erwiderte Fuchs trocken.

»Aber sie hat gar nicht gesagt, mit wem sie darüber geredet hat«, merkte Jule an.

Max zuckte mit den Achseln. »Vermutlich mit der Polizei.«

»So eine Scheiße«, kommentierte Jule die Lage. »Und jetzt?«

217

Professor Fuchs rieb sich den Bart. »Wenn sie vor Gericht als Zeugin aussagt, dann werden auch die alten Verdachtsfälle und die Verfahren gegen meinen Vater wieder aufgerollt werden. Alles, was an der Lungenheilanstalt in den letzten Jahrzehnten ablief, wird untersucht werden. Die werden jeden einzelnen Todesfall, den es an der Klinik gegeben hat, genauestens nachprüfen. Die Presse wird sich darauf stürzen! Es wird einen riesigen Skandal geben …« Er schüttelte frustriert den Kopf. »Der Name meines Vaters wird in den Dreck gezogen werden. Die stempeln ihn als Massenmörder ab. Was er alles für die Allgemeinheit geleistet hat, welche Heilerfolge ihm gelungen sind, das interessiert dann niemanden mehr.« Sein linkes Augenlid begann unkontrolliert zu zucken, während er mit seiner düsteren Vorhersage fortfuhr. »Und wenn die Polizei erst einmal dabei ist, wird sie ihre Ermittlungen früher oder später ausweiten. Ist doch klar, was die Leute dort denken – der Sohn eifert seinem kriminellen Vater nach und führt die Menschenexperimente nun in Afrika fort. Die werden unsere Forschung genauestens unter die Lupe nehmen.« Er wies mit dem Finger auf Jule. »Und dann werden die sicher auch nachfragen, wie wir zu unseren Probanden gekommen sind!«

Als Jule Fuchs' Fingerspitze auf sich gerichtet sah, durchfuhr sie eine düstere Vorahnung. Der Professor war ein Meister der Manipulation. Das wusste sie aus Erfahrung. Er wählte seine Worte stets mit Bedacht. Nichts sagte er einfach nur so. Er war bereits dabei, sie in eine bestimmte Richtung zu lenken. Intuitiv senkte sie den Blick und verschränkte die Arme vor der Brust. Auch wenn sie durch die Zusammenarbeit mit dem Professor ein sicheres finanzielles Polster erwarten durfte, wurde die Abhängigkeit von ihrem Doktorvater von Tag zu Tag unangenehmer. Innerlich wehrte sie sich zunehmend gegen diese Bindung und die Last, die er ihr mit seinen Anweisungen aufbürdete. Und sie hasste ihn dafür, dass es ihm sogar gelungen war, sie zu Straftaten zu überreden …

Dabei war sie ursprünglich einmal so stolz darauf gewesen, ihm assistieren zu dürfen. Wiederholt hatten sie und Max ihn bei seinen Forschungsreisen in die Demokratische Republik Kongo begleitet, manchmal sogar monatelang. Finanziert wurden die Forschungen von dem Pharmakonzern, der die Ebola-Impfstudien bei Fuchs in Auftrag gegeben hatte. Da Jule zuvor im Rahmen eines klinischen Praktikums eine Ausbildung im Krankenhaus absolviert hatte, durfte sie selbst auch Injektionen und Impfungen durchführen. Max' Aufgabe bestand dagegen im Vermitteln, wenn es sprachliche Barrieren oder bürokratische Probleme mit den Behörden gab. Darüber hinaus hatte ihnen Fuchs die Gewinnung von Probanden übertragen. Um aussagekräftige Ergebnisse zu gewinnen, brauchte man nämlich möglichst viele Studienteilnehmer, die sich freiwillig testen ließen.

Anfangs war Jule für diese Aufgabe dankbar gewesen. Die Testungen, die Fuchs an den Schimpansen durchführte, waren grauenhaft. Deshalb war sie froh gewesen, damit nichts zu tun zu haben. Lieber führte sie Gespräche mit den kongolesischen Ärzten und den Probanden. Allerdings hatte sich dann schnell gezeigt, dass es gar nicht so einfach war, die Menschen im Kongo von einer freiwilligen Teilnahme zu überzeugen. Die Kongolesen waren höchst misstrauisch. Sie hatten die Erfahrung gemacht, dass von der Regierung und von Ausländern selten etwas Gutes kam. Zudem gab es Gerüchte, die Impfung gegen Ebola würde die Seuche erst auslösen.

Der Professor kam angesichts des schleppenden Verlaufs dann irgendwann auf die Idee, die einheimischen Ärzte stärker in die Impfkampagne einzubinden. Für jeden Probanden, den sie gewannen, erhielten sie fortan eine Prämie. Die Ärzte gingen daraufhin hoch motiviert ans Werk. Sie überredeten ihre Patienten zur Teilnahme, indem sie die Schutzwirkung herausstrichen und die Nebenwirkungen herunterspielten. Die Probanden mussten stapelweise Unterlagen unterschreiben, mit denen sich der Pharmakonzern rechtlich absicherte, falls doch schwerwiegende Nebenwirkungen auftreten sollten. Die Formulierungen in diesen Unterlagen waren so kompliziert gehalten, dass die Leute gar nicht verstanden, was sie da mit ihrer Unterschrift alles bestätigten.

Von da an ging es gut voran. Immer mehr Leute ließen sich impfen, und der Impfstoff von Professor Fuchs schien eine gute Wirkung zu erzielen. Doch dann kam der Schock. Erst vereinzelt, dann immer häufiger trat bei Geimpften Arthritis auf. Schließlich litten so viele Probanden nach der Impfung unter einer entzündlichen Erkrankung der Gelenke, dass ein Stopp der Tests drohte. Das wäre eine Katastrophe gewesen. Es ging nicht nur um den wissenschaftlichen Ruf, sondern in erster Linie um verdammt viel Geld. Der Pharmakonzern hatte Fuchs im Fall einer erfolgreichen Impfstoffzulassung eine prozentuale Beteiligung an den Gewinnen versprochen. Fuchs änderte daraufhin etwas an der Zusammensetzung des Serums und erprobte den neuen Impfstoff unter Hochdruck an Schimpansen. Dem Pharmakonzern gegenüber verheimlichte er die gehäuften Fälle von Arthritis. Jule und Max gegenüber sprach er von einem vorübergehenden Phänomen, das sich rasch beheben lassen werde. Er bat sie, die Impfprotokolle der betroffenen Probanden etwas zu beschönigen und die Arthritis als vorübergehende Schwellung im Gelenk zu bezeichnen.

»Und dann sind da ja auch noch die Leichen, die sie in den Statuen gefunden haben!«, riss Fuchs sie aus ihren Gedanken. »Wenn die Polizei rausbekommt, dass es sich bei der Männerleiche um Dr. Heitermann handelt, wird sie einen Zusammenhang mit den Impfexperimenten vermuten. Und dann«, er hob die Augenbrauen an, »wird sie den Tod seiner Tochter auch noch mal genauer unter die Lupe nehmen!«

»Das Kaliumchlorid ist nicht nachweisbar«, sagte Jule bestimmt. »Die können uns gar nichts!«

Professor Fuchs nickte bedächtig. »Ja, richtig. Und was sich einmal bewährt hat, sollte man beibehalten. Deshalb würde ich bei Frau Müller genau gleich verfahren.«

Jule starrte ihn an, als hätte er den Verstand verloren. Das konnte doch nicht sein Ernst sein! »Nein, tut mir leid. Da bin ich raus! Ich mach das nicht noch mal!«

»Die Frau ist vierundneunzig Jahre alt«, gab Fuchs zurück. »Im Grunde ist es in diesem Alter doch eher eine Erlösung, wenn man das Leben beenden darf, bevor die Angst und die Schmerzen überhandnehmen.«

»Ich habe immer noch Albträume von Frau Heitermann«, entgegnete Jule leise. »Diese Panik in ihren Augen … ich bekomm das nicht mehr aus dem Kopf!«

Fuchs stöhnte unwillig. »Frau Heitermann war eine eiskalte Erpresserin. Da muss man kein Mitleid haben. Die wollte mich fertigmachen! Sie hätte zuerst mein Geld kassiert und am Ende doch noch Anzeige erstattet. Die Aggression ging allein von ihr aus. Hätte sie mich nicht mit diesen Akten erpresst, wäre ihr auch nichts geschehen. Das, was wir gemacht haben, war nichts anderes als Notwehr.«

Jule biss sich auf die Unterlippe. Wollte er ihre Intelligenz beleidigen? Seine Argumentation war lächerlich. Und hochgradig zynisch. Sie beschloss, nicht darauf einzugehen. Stattdessen wiederholte sie mit fester Stimme, was sie zuvor schon gesagt hatte: »Ich mach das nicht noch mal!«

Der Professor wirkte einen Moment lang verblüfft. Mit diesem Widerstand hatte er offenbar nicht gerechnet. Nachdem er sich neu gesammelt hatte, sagte er in schneidendem Ton: »Ich fürchte, es gibt keine Alternative dazu.« In seinen Augen blitzte es gefährlich auf. »Außerdem möchte ich dich in diesem Zusammenhang darauf hinweisen, dass ich bei einer polizeilichen Untersuchung unserer Arbeit im Kongo natürlich alles offenlegen muss. Zum Beispiel auch die Akten von Mireille Kabila und Marie Makanda.«

Jule schossen die Tränen in die Augen. Es war klar, worauf die Sache hinauslief.

»Das, das ist Erpressung!« Wutschnaubend sprang sie auf und eilte zur Tür. Sie hatte die Klinke bereits in der Hand, als Fuchs noch etwas nachschob: »Und dann ist da ja auch noch die Patientenakte von … wie hieß der Mann noch mal, Jean Mukendi?« Er räusperte sich. »Wenn das mit Mukendi rauskommt, kannst du einpacken. Klar, Fehler machen wir alle. Aber in diesem Fall war es grob fahrlässig, ihm unter diesen Umständen eine zweite Impfung zu verabreichen. Und ich fürchte«, er machte eine Kunstpause, »deine Unterschrift auf dem Protokoll beweist, dass du das zu verantworten hast.«

Jule erstarrte. Einige Sekunden lang stand sie wie versteinert da, während ihre Hand den Türgriff nach wie vor fest umklammert hielt. Sie atmete ein, aus, wieder ein – dann löste sie langsam, Finger für Finger, die Hand vom Griff.

31. Kapitel

»Sie haben Ihr Ziel erreicht. Ihr Ziel liegt rechts.« Obwohl es auf dem Parkareal der Seniorenresidenz Rosenhof noch genügend freie Stellplätze gegeben hätte, fuhr Jule weiter und stellte das Auto in einer Nebenstraße ab. Sie linste auf die Zeitangabe des Navis. Eine Stunde und zwölf Minuten hatte sie von Tübingen nach Bad Wildbad gebraucht. Sie musste sich beeilen. Um neunzehn Uhr endete die Besuchszeit. Sie warf einen letzten Kontrollblick in ihre Schultertasche, dann öffnete sie den großen Seidenbeutel, den sie auf dem Beifahrersitz abgelegt hatte, und nahm die Perücke heraus. Die halblangen dunkelbraunen Lockenhaare waren hochwertig verarbeitet und sahen erstaunlich natürlich aus. Glücklicherweise war sie gleich beim ersten Friseurgeschäft, das sie in Tübingen angesteuert hatte, fündig geworden. Vorsichtig, damit sich die einzelnen Strähnen nicht miteinander verknoteten, schüttelte sie das Kunsthaar ein wenig auf. Nachdem sich das Innenlicht im Auto abgeschaltet hatte, band sie ihre Haare mithilfe eines Gummis straff nach oben und streifte sich dann die künstliche Lockenpracht über den Kopf. Zufrieden stellte sie fest, dass die Perücke einen perfekten Sitz hatte und weder drückte noch kratzte. Sie richtete den Innenspiegel auf sich aus und betrachtete sich. Blond stand ihr eindeutig besser als brünett, aber das war im Moment sekundär. Wichtig war, dass sie einen natürlichen Look hatte und nicht auffiel. Deshalb war sie auch ungeschminkt und trug schlichte Kleidung: Jeans, grauer Daunenmantel und schwarze Schuhe – ein funktionales Outfit, das nicht ins Auge fiel.

Sie warf einen letzten Blick in den Spiegel, dann zog sie den Schlüssel aus dem Schloss und griff nach ihrer Umhängetasche. Zügig, aber ohne einen gehetzten Eindruck zu vermitteln, lief sie zur Seniorenresidenz zurück. Es war Irrsinn, was sie hier tat. Fuchs hatte sie dazu gedrängt, augenblicklich zu handeln.

Ihre Bitte um Bedenkzeit hatte er mit einem abfälligen Augenrollen quittiert.

Aus seiner Sicht gab es nichts zu bedenken. Seine Doktoranden waren für ihn nichts weiter als Marionetten, deren Fäden er führte. Begründet hatte er die Dringlichkeit mit seiner Befürchtung, Frau Müller könne morgen schon unter Polizeischutz stehen. Es sei nur eine Frage der Zeit, bis die Ermittler begreifen würden, welchen Stellenwert Frau Müllers Zeugenaussage besitze. Um ihre Zweifel fortzuwischen, hatte er ihr ins Gedächtnis gerufen, wie problemlos das Ganze bei Frau Heitermann vonstattengegangen sei. Was einmal gut gegangen sei, hatte er argumentiert, werde sicher auch ein weiteres Mal gut gehen. Sie hatte daraufhin trotzdem ihre Besorgnis geäußert. Einen Menschen zu ermorden – das bedurfte der Ausarbeitung eines minutiösen Plans. Die Risiken mussten bedacht und alle Eventualitäten bis ins kleinste Detail berücksichtigt sein. Sie konnte nicht blindlings in dieses Altenheim marschieren, dieser Frau Müller mal kurz eine tödliche Injektion verpassen und anschließend einfach wieder rausmarschieren. Und doch war sie nun gezwungen, genau dies zu tun. Einfach deshalb, weil es keinen anderen Plan gab.

Die gesamte Autofahrt über hatte sie sich das Hirn zermartert, wie sie aus der Sache herauskommen konnte. Das, was Fuchs da von ihr verlangte, widerstrebte ihr zutiefst. Doch sosehr sie auch gegrübelt hatte, sie hatte kein Schlupfloch gefunden. Der Professor hatte heute deutliche Worte gewählt: Er erwarte bedingungslose Loyalität von seinen Doktoranden. Im Gegenzug verspreche er ihnen nicht nur den Doktortitel, sondern darüber hinaus auch eine lukrative Beteiligung an seinen Gewinnen nach der Zulassung des neuen Impfstoffs. So hatte sich das Zuckerbrot dargestellt.

Mit dem nächsten Atemzug hatte er aber sogleich die Peitsche ausgepackt und deutlich gemacht, dass er Jule und Max mit sich in die Tiefe reißen werde, sollte er Schiffbruch erleiden. Und dann hatte er zu guter Letzt noch den Hebel der Erpressung angesetzt.

Jean Mukendi. Der Name dieses Mannes hatte sich ihr ins Gedächtnis eingebrannt. Der neunundsiebzigjährige Kongolese hatte auf die erste Ebolaimpfung mit hohem Fieber, Gelenkschmerzen, Schüttelfrost und grippeähnlichen Symptomen reagiert. Bei seinem zweiten Impftermin waren die Gelenkschmerzen noch nicht vollständig abgeklungen gewesen. Jule hätte aufgrund der heftigen Reaktion nach der ersten Impfung und angesichts seines fortgeschrittenen Alters auf die Folgeimpfung verzichten sollen. Zumindest hätte sie bis zum vollständigen Abklingen der noch bestehenden Krankheitssymptome warten müssen. Stattdessen hatte sie lediglich seine Körpertemperatur überprüft. Da er fieberfrei gewesen war, hatte sie ihm die zweite Impfung verabreicht. In derselben Nacht war Jean Mukendi an Organversagen gestorben.

Mukendis Tod war tragisch, wurde aber von Professor Fuchs damals umgehend relativiert. In der Öffentlichkeit hatte er betont, dass es sich hierbei um einen absoluten Einzelfall gehandelt habe, der ausschließlich auf die schlechte Grundkonstitution und die Vorerkrankungen des Kongolesen zurückzuführen gewesen sei. Er hatte darauf beharrt, dass das

225

plötzliche Organversagen keinesfalls im Zusammenhang mit der Impfung gestanden habe. Mukendis Ehefrau hatte auf eine Klage verzichtet und daraufhin vom Konzern eine Art Witwenrente erhalten. In der Statistik war Mukendis Tod unerwähnt geblieben, um ein falsch negatives Ergebnis zu vermeiden.

Ähnlich war man in den Fällen Mireille Kabila und Marie Makanda verfahren. Die beiden schwangeren Frauen hatten nach der Impfung Fehlgeburten erlitten und ihre ungeborenen Kinder im sechsten und achten Monat verloren. Obwohl die Fehlgeburten unmittelbar nach der Impfung aufgetreten waren, hatte Fuchs einen Zusammenhang abgestritten. Die beiden Frauen hatten eine sogenannte Kompensationszahlung erhalten und dafür von einer Klage abgesehen. Die Fehlgeburten waren in der Impfstatistik ebenso wenig aufgetaucht wie der plötzliche Tod von Jean Mukendi.

Um ihr Gewissen zu beruhigen, hatte Jule im Nachhinein versucht, die folgenschweren Impfschäden zu bagatellisieren. Obgleich die Kausalität zu den Impfungen augenfällig gewesen war, hatte sie im Zusammenhang mit den Todesfällen fortan von »Verkettung ungünstiger Umstände« oder von »Unglücksfällen« gesprochen. Aber ihr Gewissen hatte sich nicht austricksen lassen. Auch wenn der Professor letztlich für die übergeordneten Entscheidungen verantwortlich gewesen war, so trug sie doch eine Mitschuld am Unglück dieser Menschen. Sie hatte sich zu illegalen Handlungen verleiten lassen. Handlungen, die sie jetzt erpressbar machten. Während der Professor darauf geachtet hatte, seine Unterschriften nur mit Bedacht zu setzen und bei den Gesprächen mit den einheimischen Ärzten nicht selbst in Erscheinung zu treten, hatten sie und Max ihr Gesicht und ihren Namen für all das hergegeben. Selbst was die Eliminierung von Frau Heitermann anbelangte, hatte Fuchs ein sicheres Alibi. Er war zur Tatzeit in Afrika gewesen.

Jule presste frustriert die Lippen aufeinander. Auch für heute hatte sich ihr Doktorvater bereits etwas ausgedacht. Um später ein Alibi vorweisen zu können, hatte er Max gebeten, ihn am Abend zu einem Empfang des Pharmakonzerns zu begleiten. Als sie das hörte, war sie fast ausgerastet und hatte Max als Unterstützung gefordert. Doch der Professor hatte mit so einer Reaktion wohl schon gerechnet und daraufhin argumentiert, es sei zu auffällig, mit einem dunkelhäutigen Mann die Seniorenresidenz zu betreten. Ja, dachte Jule wutschnaubend, und genau aus demselben Grund schleppte er Max zu diesem Empfang mit. Dort war seine attraktive, auffällige Erscheinung nämlich von Vorteil. Dank dieser Begleitung würden sich die Leute später eher daran erinnern können, dass der Professor da gewesen war. Sie erledigte hier also die Drecksarbeit, während Max und Fuchs derweil bei Sekt und Häppchen an ihrem Alibi feilten. Zumindest hatte Max im Zuge der Diskussion akzeptiert, dass sie dafür letztlich einen höheren Anteil bekommen würde ...

An der Seniorenresidenz angelangt, blieb sie im Schatten einer Thujahecke stehen und spähte zum Haupteingang hinüber. Erleichtert stellte sie fest, dass sich vor dem Gebäude derzeit niemand aufhielt. Auch wenn sie eine Perücke trug, fühlte sie sich alles andere als sicher. Je weniger Zeugen es gab, desto besser.

* * *

Als Jule wenig später im zweiten Stock aus dem Aufzug trat, wunderte sie sich darüber, wie wenig Kontrolle es in so einem Altenheim gab. Sie hätte zum einen mehr Betrieb in der Eingangshalle erwartet, zum anderen hatte sie damit gerechnet, von einer Altenpflegerin in Empfang genommen zu werden. Sie hatte sich für den Fall einer Kontrolle vorab eine Ausrede zurechtgelegt, weshalb sie keinen Ausweis bei sich trug. Wäre sie zu ihrer Identität befragt worden, hätte sie behauptet, eine entfernte Großnichte von Frau Müller zu sein. Diese ganzen Überlegungen hätte sie sich sparen können. Mit Ausnahme eines im Ohrensessel schlafenden alten Mannes hatte sie in der Eingangshalle keinen Menschen gesehen. Auch die Rezeption war unbesetzt gewesen. Ein Blick auf den Raumplan hatte genügt, um die Zimmernummer von Frau Müller herauszufinden. Sie war völlig unbemerkt hierhergelangt.

Der Flur war nur schwach beleuchtet. Im vorderen Bereich konnte man zwischen den gelben Wandabschnitten weiße Türen erkennen, der hintere Teil des Flurs verlor sich im Dunkeln. Keine Menschenseele war zu sehen. Jule lauschte. Wie still es war! Keine Stimmen, keine Musik, nicht einmal das Geräusch eines Fernsehers. Wo waren die Bewohner und Pfleger denn alle? Das Haus wirkte wie ausgestorben … Mit dem nächsten Atemzug kam ihr ein erschreckender Gedanke. Bereits als sie die Eingangshalle betreten hatte, war ihr ein würziger Geruch in die Nase gestiegen. Selbst hier oben konnte man es noch schwach wahrnehmen – es roch nach Suppe! Vermutlich war es deshalb so ruhig, weil sich die Bewohner gerade alle beim Essen im Speisesaal befanden! Jule stöhnte innerlich auf. Hoffentlich kam die Müller nicht allzu spät vom Essen zurück. Sie wusste ja nicht, wie genau man es hier mit den Besuchszeiten nahm, aber wenn sie nicht riskieren wollte, angesprochen zu werden, musste sie spätestens neunzehn Uhr draußen sein. Nervös blickte sie sich um. Gab es hier keinen Putzraum, wo sie sich verstecken konnte? Sie lief ein paar Schritte den Flur entlang, konnte aber weder einen Putzraum noch eine Abstellkammer entdecken. Und wenn sie einfach schon mal ins Zimmer der Alten ging und dort auf sie wartete? Es konnte aber auch sein, dass die Müller in ihrem Zimmer zu Abend aß. Mal sehen. Hier war es, Zimmer 11.

Leise trat sie an die Tür heran und lauschte mit angehaltenem Atem. Nichts zu hören. Nachdem sie sich vergewissert hatte, dass keiner sie beobachtete, presste sie das Ohr an die Tür, schloss die Augen und konzentrierte sich für einige Sekunden ausschließlich auf ihr Gehör. Nein, es war rein gar nichts zu hören. Sie fingerte bereits ihren Dietrich aus ihrer Umhängetasche, als sie in der Bewegung innehielt. Möglicherweise war die Tür ja gar nicht abgeschlossen. Sachte drückte sie die Türklinke nach unten. Tatsächlich, das Zimmer war offen. Na umso besser! Rasch schlüpfte sie hinein und schloss die Tür sogleich wieder hinter sich. Schlagartig befand sie sich in völliger Dunkelheit. Offenbar schlossen die Rollläden der Fenster so dicht, dass nicht einmal der Hauch eines Lichtschimmers von draußen hereindrang. Jule steckte den Dietrich in ihre Tasche zurück und tastete nach ihrem Handy. In welche Seitentasche hatte sie das verfluchte Ding denn reingesteckt? Sie hasste es, nichts sehen zu können … Sie ertastete die Flasche mit dem Chloroform, die Spritze, die Ampulle mit dem Kaliumchlorid, alles, nur kein Handy. Witternd hob sie den Kopf. Und was war das hier eigentlich für ein penetranter süßlicher Geruch? Erinnerte an Maiglöckchen.

Ein kaum wahrnehmbares Röcheln ließ sie in der Bewegung innehalten. War da jemand? Sie riss die Augen auf und versuchte, die Dunkelheit zu durchdringen. Doch sosehr sie sich auch anstrengte, alles, was sie sehen konnte, war Schwärze. Ihr Herzschlag beschleunigte sich. War das … war das womöglich nur ein Heizungsgeräusch gewesen? Mit angehaltenem Atem lauschte sie abermals, bis sie es dieses Mal deutlicher hörte. Nein, das war kein Rauschen in der Leitung, das war ohne Zweifel ein menschliches Geräusch. Da atmete jemand! Jule japste erschrocken auf. Hektisch suchten ihre Finger die Unterteilungen ihrer Umhängetasche ab, bis sie endlich fündig wurde und das Smartphone in den Händen hielt. Ihr Finger berührte schon den Einschaltknopf, als ihr plötzlich ein anderer Gedanke in den Sinn kam. Vermutlich lag Frau Müller in unmittelbarer Nähe im Bett. Wenn sie jetzt die Taschenlampe anmachte, erschreckte sich die alte Frau womöglich so sehr, dass sie laut aufschrie. War es nicht klüger, das Zimmer wieder zu verlassen und ganz normal anzuklopfen? Langsam drehte sie sich um und tastete nach der Türklinke. Zu ihrem Erstaunen griff sie ins Leere.

Das durfte doch nicht wahr sein! Hatte sie in der kurzen Zeit bereits die Orientierung verloren? Verunsichert streckte sie die Arme aus und trippelte mit kleinen Schritten vorwärts, so lange, bis ihre Fingerspitzen eine Wand berührten. So, irgendwo zur Linken musste sich die Tür befinden. Behutsam tastete sie sich an der Wand entlang. Oh Gott, war sie etwa an ein Bild gestoßen? Das Ding schwang hin und her, fast wäre es heruntergefallen! Mit einem entnervten Stöhnen drückte sie den Powerknopf des Handys. Das fahle Licht des Displays genügte, um zu erkennen, dass sie unweit des Türrahmens stand. Zögernd wandte sie sich um. Sie brauchte das Licht der Taschenlampe gar nicht anzuschalten. Inzwischen hatten sich ihre Augen so weit an die Dunkelheit gewöhnt, dass das schwache Licht des Displays genügte, um die alte Frau im Bett erkennen zu können. Ihr Kopf lag auf einem dicken Kopfkissen, die Decke reichte ihr bis unter die Achseln. Mit Erleichterung nahm Jule zur Kenntnis, dass sich die Brust der Frau gleichmäßig hob und senkte. Sie schlief tief und fest. Wie friedlich sie aussah! Nicht mehr lange, dachte Jule, dann wird sie den endgültigen Frieden finden ...

* * *

Zehn Minuten später befand sich Jule bereits wieder im Aufzug und fuhr nach unten. Sie rückte gerade ihre Perücke auf dem Kopf zurecht, als der Aufzug im ersten Stock auf einmal stoppte.

Gebannt starrte Jule auf die Tür, die sich auf einen Signalton hin surrend öffnete. Jetzt nur nicht die Nerven verlieren, sagte sie sich. Reiß dich zusammen und bleib locker!

Das Erste, was sie erblickte, war ein Rollator, an dessen Lenker ein völlig überladener Korb hing. Die alte Frau, die sich darauf stützte, wackelte kurz mit dem Kopf, dann drängte sie energisch in den Aufzug herein. Jule wich zurück, murmelte »Guten Abend« und wandte dann das Gesicht ab. Aus dem Augenwinkel musterte sie die eigenartige Aufmachung der Seniorin, die über ihrem geblümten Sommerkleid ein Gewirr verschiedenster Ketten trug. Auf ein weiteres akustisches Signal hin schloss sich die Tür wieder und die Fahrt wurde fortgesetzt. Die Heimbewohnerin nahm Jule mit unverhohlener Neugier ins Visier. Plötzlich hellte sich ihr Gesicht auf. »Mama?«, fragte sie erregt. Jule zuckte zusammen. Dachte die Alte etwa, sie sei ihre Mutter? Noch während Jule nach einer angemessenen Reaktion sann, breitete sich ein glückliches Strahlen auf dem Gesicht der betagten Frau aus. »Mama!«, rief sie aus und trippelte aufgeregt von einem Bein aufs andere. »Mama, endlich!« Jule biss sich auf die Unterlippe. Die kindliche Wiedersehensfreude der Seniorin berührte sie. Was sollte sie denn jetzt sagen? Entschuldigen Sie, aber Sie verwechseln mich? Konnte so eine hochgradig demente Person überhaupt mit so einer Aussage umgehen? Im schlimmsten Fall fühlte sich die Frau durch die Zurückweisung derart vor den Kopf gestoßen, dass sie in lautes Geheul ausbrach. Nein, das Risiko konnte sie nicht eingehen. Besser, sie beteiligte sich an dem Spiel. Also ließ sie die Frau im Glauben, sie sei ihre Mutter, und lächelte nur stumm vor sich hin.

Ein kurzes Rucken zeigte an, dass die Fahrt beendet war. Jetzt nichts wie raus, dachte Jule, als sich die Tür zur Eingangshalle hin öffnete. Leider versperrte ihr nun dieser blöde Rollator den Weg. »Darf ich mal durch?«, fragte Jule höflich. Die alte Frau starrte sie eine Sekunde lang verwundert an, dann legte sie auf einmal den Kopf schief und fragte mit brüchiger Stimme: »Gehen wir jetzt wieder heim?« Als Jule die Tränen in ihren Augen bemerkte, zwang sie sich zu einem zuversichtlichen Lächeln. »Später. Ich muss noch was erledigen, dann gehen wir heim.« Mit diesen Worten drängte sie sich seitlich an der Frau vorbei. Ohne sich noch einmal umzudrehen, hastete sie durch die Eingangshalle davon. Sie war schon an der Tür angelangt, da hörte sie nochmals den Ruf der alten Frau hinter sich: »Mama?« Jule verharrte einen Moment in der Bewegung, dann eilte sie zur Tür hinaus und weiter, immer weiter die Straße entlang. Nur weg von diesem Altenheim.

Erst als sie das Auto erreicht hatte, blieb sie stehen, legte den Kopf in den Nacken und sog die kalte Luft bis tief in ihre Lungen hinein. Sie musste endlich diesen Geruch, den die alte Frau verströmt hatte, aus der Nase bekommen. Eines war sicher – den Duft von Maiglöckchen würde sie künftig stets mit Tod und Schuld verbinden.

32. Kapitel

Jule gähnte hinter vorgehaltener Hand. Sie hatte in der letzten Nacht kein Auge zugetan. Obwohl sie nach dem anstrengenden Tag völlig ausgelaugt gewesen war, hatte sie lange gebraucht, um nach all der Aufregung wieder auf einen halbwegs normalen Puls zu kommen. Im Grunde war die Sache ja ideal gelaufen. Trotzdem stellte sich kein Gefühl der Erleichterung ein. Dafür war die Rolle als Todesengel viel zu grausam. Denn auch wenn Frau Müller relativ sanft vom Schlaf in den Tod hinübergeglitten war, hatte sie der alten Frau bis zum letzten Atemzug beim Sterben zusehen müssen. Die ganze Zeit über hatte sie einen Kloß im Hals verspürt, gerade so, als müsste sie selbst ebenfalls ersticken. Das unangenehme Gefühl war später wieder vergangen, die Gedanken an die Tat hatten sich hingegen nicht so schnell verdrängen lassen. Eine Dreiviertelflasche Wein hatte es gebraucht, bis sie sich die nötige Bettschwere angetrunken hatte und endlich imstande gewesen war, die Augen zu schließen. Zwei Stunden später war sie bereits wieder aus dem Schlaf aufgeschreckt. Sie hatte von der alten Frau im Aufzug geträumt. »Mama, warum hast du das gemacht?«, hatte die Alte von ihr wissen wollen. Immer und immer wieder hatte sie diese eine Frage gestellt, und Jule hatte versucht, sich zu rechtfertigen.

Aber je mehr sie um eine Antwort gerungen hatte, desto eindringlicher hatte die alte Frau ihre Frage wiederholt. Schließlich hatte sie die Beherrschung verloren. »Ich musste es tun!«, hatte sie der Alten entgegengebrüllt. »Ich hatte keine andere Wahl!« Beim Aufwachen hatte die Antwort immer noch in ihrem Kopf nachgehallt: Ich hatte keine andere Wahl … Den Rest der Nacht hatte sie damit verbracht, sich von einer Seite auf die andere zu wälzen. Im inneren Widerstreit hatte sie mit sich und ihrer Entscheidung gerungen. Hatte sie wirklich keine andere Wahl gehabt? Was wäre wohl passiert, wenn sie sich dem Professor gegenüber widersetzt hätte? Hätte er seine Drohungen wahr gemacht? Oder hätte er den Druck auf sie so lange erhöht, bis sie schließlich doch eingeknickt wäre? Ihr Doktorvater war ein aalglatter Typ und hinsichtlich seiner Reaktionen schwer einzuschätzen.

»Mit Milch und Zucker?«

Jule zuckte zusammen. »Wie? Äh … schwarz!«

Die Frage des Professors traf Jule wie ein Stich. Wie konnte es sein, dass er nach all der Zeit immer noch nicht wusste, wie sie ihren Kaffee trank? Das hatte gewiss nichts mit Gedankenlosigkeit zu tun, sondern war schlicht ein Zeichen mangelnder Wertschätzung. Während Fuchs damit beschäftigt war, den Kaffee in die drei Tassen zu gießen, spürte Jule, wie die Anspannung in ihrem Inneren stärker wurde. Auch Max wirkte gestresst und wippte unaufhörlich mit dem rechten Bein. Jule wandte den Blick ab. Da wurde man ja schon vom Zusehen nervös.

Nachdem sie mit Kaffee, Milch und Zucker versorgt waren, setzte sich der Professor zu ihnen an den Tisch. Seit ihrer Ankunft hatte er nicht ein einziges Mal gelächelt. Nun wurde seine Miene noch eine Spur finsterer. »So, dann lass mal sehen, was du da gefunden hast«, forderte er sie auf. Jule holte das Tagebuch hervor und schob es Fuchs über den Tisch hinweg zu.

Der Professor zog die Augenbrauen zusammen. »Und das lag auf ihrem Nachttisch, sagst du?«

Jule nickte stumm und hustete hinter vorgehaltener Hand. Zu allem Übel hatte sie sich gestern auch noch erkältet. Der trockene Husten schmerzte in der Brust und wurde von Stunde zu Stunde schlimmer.

Bedächtig strich Fuchs über den ledernen Einband des Buches, in den mit goldenen Lettern das Wort »Tagebuch« eingeprägt war. Dann schlug er die erste Seite auf, auf der Frau Müller ihren Namen vermerkt hatte:

Dies ist das Tagebuch von Heidemarie Müller.

Fuchs nickte, blätterte ein wenig herum und suchte dann den letzten Eintrag. Während er sich in den Tagebucheintrag vertiefte, konnten Jule und Max beobachten, wie sich seine Gesichtszüge allmählich verhärteten. Als er die Notiz vollständig gelesen hatte, ließ er das Tagebuch matt auf den Tisch sinken und atmete geräuschvoll aus.

»Das darf nicht wahr sein!«, kommentierte er das Schriftstück und schüttelte resigniert den Kopf.

»Darf ich mal sehen?«, fragte Max, der als Einziger noch keinen Einblick in das Tagebuch hatte nehmen können. Er zog das Buch heran und richtete es so aus, dass auch Jule hineinschauen konnte. Der gesamte Textblock hatte eine leichte Schräglage nach rechts unten, war aber ansonsten in erstaunlich schöner Schrift verfasst worden.

20. Januar

Heute hatte ich Besuch. Von der Kriminalpsychologin. Frau Brecht heißt sie. Sie arbeitet mit der Polizei zusammen. Sie ist eine nette Frau. Sie kann gut zuhören. Sie interessiert sich für die alten Geschichten. Von früher. Sie sagt, sie will alles aufklären. Das, was damals nicht recht war.

Ja, es ist Zeit. Für die Wahrheit. Ich weiß nicht mehr so ganz genau, was ich ihr alles erzählt habe. Aber wir haben auf jeden Fall über die Impfexperimente gesprochen. Und von den Kindern, die gestorben sind.

Hoffentlich war das richtig. Jetzt habe ich ein schlechtes Gewissen. Wegen Professor Fuchs. Der wird vielleicht Probleme kriegen. Wenn alles rauskommt. Dr. Kiefer war ja immer gut zu mir. Ich habe beim Professor auf das Telefon gesprochen. Ich habe mich entschuldigt.

Ich habe der Frau Brecht auch von Hugo erzählt. Sie weiß jetzt von der Kiste mit den Akten. Und dass Hugo die Kiste im Keller der Klinik eingemauert hat.

An manche Sachen von früher kann ich mich nicht mehr gut erinnern. Darum habe ich ihr den Schlüssel zum Keller gegeben. Das ist mir nicht leichtgefallen. Aber letztlich muss man sich ja doch irgendwann von allem trennen, was einem mal wichtig war.

Die Sache ist nur die – ich will noch gar nicht sterben. Ich bin noch nicht bereit. Nein, jetzt wäre es wirklich noch zu früh. Ach, es ist immer zu früh.

Ich habe Angst. Vor dem Nichts.

Hoffentlich habe ich noch ein paar gute Jahre.

Da war er wieder. Dieser Kloß im Hals. Jule griff nach der Kaffeetasse und trank mehrere Schlucke. Frau Müller hatte nicht sterben wollen. Da gab es nichts, was sich schönreden ließ.

Fuchs räusperte sich und bedachte seine Doktoranden mit einem strengen Blick. »Wir müssen die Akten vor dieser Brecht finden.«

Jule signalisierte mit einem stillen Nicken ihr Einverständnis. Wenn die Akten in die Hände dieser Kriminalpsychologin gelangten, wäre alles, was sie bislang unternommen hatte, umsonst gewesen.

Einige Sekunden lang herrschte eine unangenehme Stille, dann ergriff Max das Wort: »Okay, wir gehen los, sobald es dunkel ist. Zuvor besorge ich uns noch im Baumarkt einen Vorschlaghammer. Den brauchen wir, um die Mauer aufzubrechen.«

»Helfen Sie uns?«, fragte Jule den Professor, obwohl sie die Antwort bereits kannte.

Prompt schüttelte dieser den Kopf. »Ich kann nicht«, sagte er barsch. »Ich muss heute Abend einen Vortrag halten.« Dann wandte er sich an Max. »In der Klinik springen inzwischen die größten Spinner herum. Geisterjäger und Halbstarke, die auf Krawall aus sind. Ihr müsst auch noch irgendetwas mitnehmen, mit dem ihr euch notfalls zur Wehr setzen könnt.«

Max nickte. »Wir werden uns entsprechend ausrüsten.«

33. Kapitel

Cora stand über die Kiste mit Frau Müllers Tagebüchern gebeugt und betrachtete stirnrunzelnd die umfangreiche Sammlung. Die ehemalige Krankenschwester hatte bereits als Mädchen mit dem Schreiben begonnen. Jedes Tagebuch umfasste ein Lebensjahr. Manche Lebensjahre waren so ereignisreich gewesen, dass sie dafür sogar zwei Bücher benötigt hatte. In der Kiste stapelten sich demzufolge zwischen achtzig und neunzig Bücher. Das war ein enormes Gewicht. Wenn sie ihren Rücken schonen wollte, war es deshalb besser, die Last vor dem Weitertransport zum LKA auf zwei kleinere Kartons zu verteilen. Nachdem Cora im Keller fündig geworden war, machte sie sich daran, die Bücher aus der Kiste umzuschichten. Sie seufzte. Es würde viel Zeit brauchen, diesen Berg an Aufzeichnungen zu sichten.

Auf Tausenden Seiten hatte Frau Müller freudige und traurige Erlebnisse, Träume, Hoffnungen und Enttäuschungen festgehalten – das Werk dokumentierte das stetige Auf und Ab in ihrem Leben. Selbst die Bucheinbände spiegelten die unterschiedlichen Lebensphasen, die sie durchgemacht hatte. Neben edlen Ausführungen in Leder oder Brokat fanden sich auch ganz schlichte Bücher mit dünnen Einbänden aus Pappe.

Cora schlug eines der Tagebücher auf. Die erste Seite trug eine Datierung mit dem Jahr 1983. Ob Frau Müller die Bücher wohl chronologisch in die Kiste gestapelt hatte? Sie überprüfte das nächste Tagebuch. 1984. Tatsächlich, es gab eine zeitliche Reihenfolge. Cora suchte weiter, bis sie das Tagebuch von 1989 in den Händen hielt. Hugo Stoll war im Winter tödlich verunglückt. Vermutlich hatte er Heidemarie Müller irgendwann in den Monaten davor über die eingemauerten Akten informiert. Cora schielte nervös auf die Uhr. Es war schon Viertel nach neun. Eigentlich hatte sie gar keine Zeit mehr, um einen genaueren Einblick in das Tagebuch zu nehmen. Außerdem fror sie bereits. Der Keller war kein guter Ort, um sich in Bücher zu vertiefen. Andererseits war es wichtig zu wissen, in welchem Kellerbereich der Klinik die Kiste mit den Patientenakten lagerte. Diese Information konnte ihr heute Abend viel Zeit bei der Suche danach ersparen. Rasch blätterte sie zu den Eintragungen, die mit »Oktober« datiert waren. Nachdem sie die Notizen zur ersten Oktoberwoche flüchtig gelesen hatte, entwich ihr ein frustriertes Stöhnen. Leider hatte sich Frau Müller nie auf wenige Zeilen beschränkt. Ihre Einträge umfassten in aller Regel mindestens eine halbe Seite. In diesem Moment wünschte sich Cora, die Tagebücher lägen ihr in digitalisierter Form vor. Wie viel schneller wäre die Suche vonstattengegangen, hätte sie in der Suchfunktion einfach Stolls Namen eingeben können! Hektisch blätterte sie weiter. Während sie die Zeilen überflog, richtete sie das Augenmerk nur noch auf die Worte Stoll oder Hugo. Beim Eintrag zum 3. November wurde sie schließlich fündig und entdeckte in einer der Zeilen das Wort »Hugo«.

Hugo war heute bei mir. Er hat mir ein Geheimnis verraten. Dr. Kiefer hat ihm nach dem Tod der Kinder den Auftrag gegeben, die Patientenakten zu verbrennen. Das hat er aber

nicht gemacht. Er hat dem Chef nicht über den
Weg getraut. Deshalb hat er die Akten im Keller
der Klinik versteckt. Er hat dafür extra in einem
Kellerraum eine zweite Mauer hochgezogen.
Hugo hat das die ganze Zeit für sich behalten.
Aber jetzt, nachdem Dr. Heitermann auf einmal
verschwunden ist, hat er Angst bekommen, es
könnte ihm genauso ergehen. Weil er ja die
Statuen gemacht hat und über alles Bescheid
weiß. Er denkt nämlich, dass der Chef hinter dem
Verschwinden von Dr. Heitermann steckt. Aber
ich kann mir das nicht vorstellen. Er ist doch
im Altenheim und kann sich kaum bewegen.
Auf jeden Fall hat er dem Chef jetzt verraten,
dass er die Akten immer noch hat. Er hat ihm
gesagt, dass er eine Vertrauensperson eingeweiht
hat, die mit den Akten zur Polizei gehen wird,
falls er eines unnatürlichen Todes sterben sollte.
Die Vertrauensperson, das bin ich. Dr. Kiefer
weiß das aber nicht. Ich hoffe sehr, dass Hugo
sich irrt ...

Enttäuscht klappte Cora das Tagebuch wieder zu. Mist! Auch
hier hatte sie lediglich von »einem Kellerraum« geschrieben.
Das brachte sie also auch nicht weiter. Während sie die restlichen Bücher in die Kartons packte, kam ihr eine andere Idee.
Vielleicht hatte Frau Müller es für zu riskant gehalten, das
Versteck der Akten im Tagebuch schriftlich zu dokumentieren,
und hatte deshalb nur unpräzise von einem Keller gesprochen.
Für Stoll war es jedoch wichtig gewesen, dass sie die Akten im
Falle seines Ablebens rasch zur Polizei bringen konnte. Gewiss
hatte er ihr mitgeteilt, wo die Kiste zu finden war. Das Problem
war nur, dass sich Frau Müller offenbar nicht mehr an den

genauen Ort erinnern konnte. Zumindest hatte sie es gestern nicht mehr gewusst. Aber womöglich hatte sie ja heute eine gute Phase und erinnerte sich doch. Keine Frage, einen Versuch war es wert. Ein kurzer Anruf konnte Klarheit schaffen.

Aber zuerst musste sie noch die Kartons nach oben bringen. Mal sehen, wie sich das nun mit dem Gewicht anließ ... Probeweise hob sie einen der Kartons hoch. Puh, das war immer noch verdammt schwer! Zwölf, dreizehn Kilo waren das gewiss. Aber wenn sie die Kiste dicht an sich presste, musste es gehen. Keuchend schleppte sie erst die eine, dann die andere Bücherkiste bis zur Haustür. Nachdem sich ihr Atem wieder beruhigt hatte, griff sie nach dem Handy und rief die Seniorenresidenz an.

»Ja, Seniorenresidenz Rosenhof?«, meldete sich eine Frauenstimme. »Sie sprechen mit Frau Gruber.«

Cora war froh, dass Frau Gruber ans Telefon gegangen war. Diese Pflegerin wusste über alles Bescheid. Das ersparte viele Erklärungen.

»Ah, Frau Gruber! Hier ist Cora Brecht, die Kriminalpsychologin. Sagen Sie, wäre es wohl möglich, Frau Müller ans Telefon zu bekommen? Ich hätte noch eine kurze Frage an sie.«

In der Leitung wurde es stumm. Es vergingen mehrere Sekunden, in denen nichts zu hören war, und Cora fragte sich schon, ob das Gespräch unterbrochen worden war.

»Frau Gruber?«, fragte sie zaghaft. »Sind Sie noch dran? Können Sie mich hören?«

Ein Räuspern verriet, dass Frau Gruber noch da war; aus irgendeinem Grund zögerte sie jedoch. Endlich setzte sie zu einer Antwort an. »Äh, das geht leider nicht. Frau Müller ist letzte Nacht verstorben.«

»Was?«, entfuhr es Cora. »Aber ... aber gestern ging es ihr doch noch gut! Bei meinem Besuch machte sie mir einen fitten ...«

»Ja, ich weiß«, unterbrach sie Frau Gruber. »Für uns kam es auch völlig unerwartet. Aber wissen Sie, bei so alten Menschen kann es manchmal ganz schnell gehen.«

»Ja, schon«, murmelte Cora. »Trotzdem, ich kann das kaum glauben. Entschuldigen Sie …«

Frau Gruber ließ ihr einen Moment Zeit, die Neuigkeit zu begreifen, dann fuhr sie fort: »Frau Müller war nach dem Gespräch mit Ihnen ziemlich aufgewühlt. Obwohl sie nach dem Mittagessen müde war, konnte sie nicht schlafen. Deshalb hat sie auf den Mittagsschlaf verzichtet und wollte dafür am Abend früher schlafen gehen. Ich musste deshalb das Abendessen für sie abbestellen.«

Cora befielen auf einmal Gewissensbisse. War sie vielleicht schuld an ihrem Tod? Hatte sie die alte Frau mit ihren Fragen und Gesprächen zu sehr aufgeregt? Rasch schob sie die unangenehmen Gedanken beiseite und konzentrierte sich wieder auf den sachlichen Aspekt der Aussage.

»Kam das öfter vor, dass sie das Abendessen ausfallen ließ, um früher schlafen zu gehen?«, fragte Cora.

»Nein, normalerweise war sie ein Mensch, der feste Tagesrhythmen brauchte und diese auch einhielt. Das war schon ungewöhnlich, dass sie so früh schlafen gehen wollte.«

Als Cora das hörte, kam ihr plötzlich ein anderer Gedanke. »Hat der Arzt sie gründlich untersucht? Ich meine … kann ein Suizid ausgeschlossen werden?«

Frau Gruber zögerte. »Hm, ich weiß nicht … Darf ich solche Dinge mit Ihnen überhaupt besprechen? Ich meine, Sie sind ja keine Angehörige oder so.«

»Wenn Ihnen das lieber ist, können wir das natürlich auch persönlich besprechen«, sagte Cora rasch. »Wissen Sie, ich stelle diese Fragen ja nicht aus Neugier. Frau Müller war eine wichtige Zeugin in einer laufenden Mordermittlung. Deshalb gehe ich davon aus, dass meine Kollegen von der Kripo auch noch einige Fragen an Sie haben werden. Und da ich als Kriminalpsychologin in den Fall involviert bin, werden wir ohnehin nochmals miteinander sprechen. Ich …« Sie unterbrach sich, als sie sich der zunehmenden Härte in ihrer Stimme bewusst wurde. »Verstehen Sie mich bitte nicht falsch. Es geht nicht darum, Ihre Pflegeleistung zu hinterfragen. Sie haben sicher alles richtig gemacht. Allerdings irritiert es mich, dass Frau Müller so plötzlich verstorben ist. Das macht mich wirklich betroffen.«

»Der Arzt hat eine natürliche Todesursache bestätigt!«, wandte Frau Gruber ein. »Sie ist an einem Herzinfarkt gestorben.«

»An einem Herzinfarkt?«, vergewisserte sich Cora. »Hatte Frau Müller denn Probleme mit dem Herzen?«

»Nein«, erwiderte Frau Gruber zerknirscht. »Aber in dem Alter …«

»Okay«, sagte Cora. »Wenn der Arzt eine natürliche Todesursache festgestellt hat, wird die Nachprüfung vermutlich schnell vonstattengehen. Ich werde die Kollegen von der Kripo über den Tod von Frau Müller zunächst einmal informieren. Falls es tatsächlich eine zusätzliche Untersuchung geben sollte, wird man Sie im Lauf des Tages informieren.«

»Die Kripo«, murmelte Frau Gruber. »Die hatten wir bisher noch nie im Haus. Ich versteh das ehrlich gesagt alles nicht …«

Cora wollte gerade schon das Gespräch beenden, als ihr noch etwas Wichtiges einfiel. »Ach, um eine Sache möchte ich Sie noch bitten: Lassen Sie bitte das Zimmer genau so, wie Sie es vorgefunden haben. Verändern Sie nichts. Und vor allem – putzen Sie nicht!«

»Gut, dann schließe ich das Zimmer jetzt ab«, erwiderte Frau Gruber. Sie zögerte einen Moment. »Der Bettbezug wurde allerdings bereits von meiner Kollegin abgezogen und zur Wäsche gebracht.«

»Was?«, entfuhr es Cora. »Oh nein … Wurde der Bezug schon gewaschen?«

»Nein, der müsste noch im Behälter mit der schmutzigen Bettwäsche liegen. Ich glaube allerdings nicht, dass wir den Bezug von Frau Müller zwischen all dem anderen Bettzeug herausfinden können. Die Bettbezüge sehen alle gleich aus, die sind alle weiß.«

Cora seufzte. »Na gut, da kann man nichts machen. Ist Ihrer Kollegin denn irgendetwas Besonderes an dem Bezug aufgefallen? War er außergewöhnlich schmutzig oder hatte er Blutflecken?«

»Nein, sie hat zumindest nichts davon erwähnt. Mir ist übrigens auch nichts aufgefallen. Und Dr. Bochtler auch nicht. Wenn es Blutspuren gibt, ist man ja gleich alarmiert.«

»Okay, dann schließen sie das Zimmer jetzt bitte sofort ab. Ich komme später bei Ihnen vorbei. Es wäre gut, wenn Sie das Personal schon mal vorab informieren könnten.«

»In Ordnung.« Frau Gruber räusperte sich erneut. »Frau Müller befindet sich bereits im Aufbahrungsraum. Wenn Sie möchten, können Sie dort noch von ihr Abschied nehmen.«

34. Kapitel

Frau Müller sah aus, als würde sie schlafen. Ihre Gesichtszüge wirkten entspannt, die Augen hatte sie geschlossen. Nur die Gesichtsfarbe wirkte etwas blasser als sonst.

Damit Familie, Angehörige und Heimbewohner von den Verstorbenen Abschied nehmen konnten, war es in der Seniorenresidenz Brauch, die Toten in einem kühlen Raum zur öffentlichen Betrachtung aufzubahren. Der Aufbahrungsraum war nur spärlich möbliert, dennoch konnte man anhand der liebevollen Dekoration den großen Respekt erkennen, der den Toten hier in einem letzten Akt der Fürsorge entgegengebracht wurde. Die leicht geöffneten Fenster waren mit weißen, transparenten Tüchern verhangen, unzählige Kerzen rings um die Verstorbene erzeugten eine ehrfurchtsvolle, beinahe schon spirituelle Atmosphäre. In der Mitte des Raumes befand sich das Bett mit der Toten.

Das Pflegepersonal hatte sich alle Mühe gegeben, die alte Dame ansprechend zurechtzumachen. Dafür hatten sie Frau Müller mit ihrer fliederfarbenen Bluse bekleidet und die Perlenkette angelegt, sie hatten sie leicht geschminkt und rosenholzfarbenen Lippenstift sowie etwas Rouge aufgetragen. Auf einem Bettlaken, das ihr bis zur Hüfte reichte, waren cremefarbene Rosenblätter ausgestreut worden.

»Schau dir mal ihre Arme genauer an«, flüsterte Till, der in diesem Moment neben sie getreten war. Cora ließ den Blick über Frau Müllers Oberkörper wandern. Die Arme der Toten waren über der Brust gefaltet, zwischen den aufeinandergelegten Händen steckte ein kleiner Strauß Christrosen. Beim Anblick der Blumen musste Cora unwillkürlich an ihre erste Begegnung mit Frau Müller denken. »Ich mag Christrosen«, hatte die alte Dame erklärt. »Sind aber giftig.« Zu Lebzeiten hätte die Seniorin sicher darum gebeten, die Hände gesäubert zu bekommen. Nun spielte die Giftigkeit der Blumen keine Rolle mehr. Ihr plötzlicher Tod war jedenfalls gewiss nicht auf das Pflanzengift zurückzuführen. Aber worauf dann?

Zögernd ging Cora einen Schritt näher und beugte sich über die Tote, um ihre Arme in Augenschein zu nehmen. Irritiert stellte sie fest, dass die Leiche immer noch einen zarten Hauch Maiglöckchenduft verströmte. Reflexartig wandte Cora den Kopf ab. Sie brauchte zwei, drei Sekunden, bis sie sich erneut überwinden konnte, dann griff sie mit angehaltenem Atem nach dem oben liegenden Arm der Toten und drehte ihn zur Seite. Da die Totenstarre bereits eingetreten war, fühlte sich der Arm steif und kalt an. Cora unterdrückte das aufsteigende Ekelgefühl, streifte den Blusenärmel zurück und konzentrierte sich auf das, was es zu sehen gab. Über den gesamten Unterarm hinweg zog sich eine Spur von Einstichen. Vor allem im Bereich der Armbeuge und auch auf dem Handrücken hatten die Nadelstiche jede Menge blaue Flecke hinterlassen. Cora wandte sich zu Till um, nickte ihm zu und drehte den Arm wieder in die ursprüngliche Position zurück.

»Das kommt von den Behandlungen durch die Heilpraktikerin«, flüsterte sie Till zu. »Frau Müller hat regelmäßig Infusionen erhalten.«

»Was denn für Infusionen?«

»Vitamine.«

Zwischen Tills Augenbrauen bildete sich eine tiefe Falte. Cora konnte sich schon denken, was ihm missfiel. Es gab hier eine augenfällige Parallele zum Fall Ingrid Heitermann. Beide Frauen waren ohne Vorerkrankung an einem plötzlichen Herztod verstorben. Und beide Frauen hatten Zugang zu Patientenakten gehabt, die Dr. Kiefer belastet hätten. Allerdings hatten sie bei Frau Heitermann keinen Hinweis auf eine unnatürliche Todesursache finden können. Bis auf diesen seltsamen Einstich auf dem Handrücken. Hätte man bei Frau Müller dieselbe Art Einstich gefunden, hätte dies den Verdacht der Fremdeinwirkung in beiden Fällen untermauert. Bei so vielen Einstichen und Blutergüssen allerdings würde es für den Rechtsmediziner äußerst schwer werden, eine klare Aussage zu treffen.

Die Tür öffnete sich leise und Frau Gruber kam herein. In der Hand hielt sie den Totenschein. »Entschuldigung«, sagte sie mit gedämpfter Stimme. »Hier ist die Bescheinigung vom Arzt.«

Till nahm das Papier entgegen und überprüfte sogleich, was der Arzt auf dem Totenschein notiert hatte. »Todeszeitpunkt schätzungsweise zwischen neunzehn und einundzwanzig Uhr«, murmelte er. »Wer hat Frau Müller denn gefunden? Und um wie viel Uhr war das?«

»Ich habe sie gefunden«, erklärte Frau Gruber. »Das war so gegen halb sieben. Ich hatte Frühschicht.«

»Und da war Frau Müller bereits tot?«, vergewisserte sich Till.

»Ja, da war sie bereits tot«, gab die Pflegerin leicht genervt zurück. »Aber ich versteh ehrlich gesagt die ganze Fragerei nicht. Da steht doch ›natürlicher Tod‹ …« Sie deutete auf den Totenschein und reckte energisch das Kinn. »Ich kenne Dr. Bochtler schon seit acht Jahren. Auf sein Urteil kann man sich verlassen. Er ist ein sehr erfahrener Arzt, und ich kann Ihnen versichern, dass er die Untersuchung absolut gewissenhaft durchgeführt hat.«

Till nickte, während er die letzten Zeilen überflog. »Ja, schon. Aber auch ein guter Arzt kann mal was übersehen. Vor allem, wenn er ein mögliches Fremdverschulden gar nicht auf dem Schirm hat.«

Frau Gruber verschränkte die Arme vor der Brust. »Jetzt möchte ich aber doch einmal etwas konkreter nachfragen … Verdächtigen Sie etwa unser Personal?«

Till sah überrascht auf. »Nein. Im Augenblick verdächtige ich noch gar niemanden.«

»Bei uns gibt es keine Todesengel!«, zischte die Pflegerin. »Wir tun alles, um die gesundheitlichen Beschwerden unserer Bewohner zu lindern. Aber wir pflegen nicht zu Tode und wir erlösen unsere Kranken auch nicht eigenmächtig!«

»Das habe ich ja auch nie behauptet«, gab Till zurück. »Ich weiß nicht, wie Sie …«

»Weshalb stellen Ihre Leute dann gerade das Zimmer von Frau Müller auf den Kopf?«, fragte Frau Gruber dazwischen.

»Frau Müller war für uns eine wichtige Zeugin. Natürlich macht es uns da stutzig, wenn unsere Hauptzeugin plötzlich an einem unerwarteten Herztod stirbt. Da wollen wir schon zu hundert Prozent sichergehen, dass bei ihrem Tod nicht nachgeholfen worden ist.«

»Wer sollte denn da nachgeholfen haben?«, hakte Frau Gruber nach.

Tills Gesichtszüge verhärteten sich. »Sagen Sie es mir. Hatte Frau Müller Feinde? Hatte sie in letzter Zeit irgendwelche heftigeren Streitereien? Oder hat sie Ihnen gegenüber geäußert, dass sie Angst hat? Fühlte sie sich bedroht?«

Frau Gruber dachte kurz nach, dann schüttelte sie den Kopf. »Nein, Frau Müller hat sich mit den anderen Heimbewohnern recht gut vertragen. Da gab es kaum Konflikte.« Sie machte eine Pause. »Und auch mit dem Pflegepersonal kam sie gut aus. In unserem Team gab es sicher niemanden, der sie loswerden wollte.«

»Haben sich denn alle Pflegekräfte gleichermaßen um Frau Müller gekümmert oder gab es auch Pflegerinnen, die intensiver mit ihr in Kontakt standen?«

»Wir arbeiten reihum in Schichten. Alle im Team hatten mit Frau Müller zu tun. Aber vielleicht hatte sie zu mir sogar den besten Draht. Wenn sie besondere Wünsche hatte, kam sie in der Regel damit zu mir.«

»Was für besondere Wünsche denn?«, wollte Till wissen.

»Kleinigkeiten, wie beispielsweise die Bitte, ihre Lieblingskekse zu besorgen. Oder Termine bei ihrer Heilpraktikerin zu vereinbaren.« Sie dachte nach. »Gestern bat sie mich, eine Telefonnummer für sie im Internet herauszusuchen.«

Cora wurde hellhörig. »Gestern? Was war das denn für eine Nummer?«

»Von einem Professor. Professor Fuchs.«

Cora und Till tauschten aufgeregt Blicke. Volltreffer, dachte Cora. Fuchs hatte seine Hände im Spiel. Ganz wie sie es vermutet hatte.

»Was wollte sie denn von Professor Fuchs?«, fragte Till eifrig. »Hat sie mit Ihnen darüber gesprochen?«

Frau Gruber zuckte mit den Schultern. »Keine Ahnung. Sie hat es nicht begründet. Und ich habe auch nicht nachgefragt.

Geht mich ja im Grunde auch nichts an ...« Ein leises Klopfen an der Tür ließ sie verstummen. Frau Gruber wollte den Besucher gerade hereinbitten, als sich die Tür bereits ein Stück weit öffnete. Sie stand erst einen Spalt weit offen, da besann sich der Besucher und klopfte erneut. »Entschuldigen Sie«, sagte Frau Gruber an Till gewandt und drückte die Tür von innen auf. Cora konnte im Halbdunkel des Flurs die Silhouette des Mannes erkennen, mit dem sie sich über die Vögel am Futterhaus unterhalten hatte.

»Einen kleinen Moment noch, Heinrich«, hörte sie die Pflegerin sagen. »Du kannst gleich zu ihr.« Nachdem der Mann ein zustimmendes Brummen von sich gegeben hatte, kehrte Frau Gruber wieder ins Zimmer zurück. »Heinrich war mit Frau Müller gut befreundet«, erklärte sie. »Er möchte jetzt gern zu ihr.« Sie strich sich über die Haare und überprüfte beiläufig den korrekten Sitz ihres Haarknotens. »Wie läuft das Ganze denn nun ab?«

»Die Heimbewohner können sich noch in Ruhe von Frau Müller verabschieden«, antwortete Till. »Um siebzehn Uhr wird sie dann abgeholt und ins rechtsmedizinische Institut gebracht.« Als er den kritischen Blick von Frau Gruber registrierte, fügte er hinzu: »Das ist natürlich mit dem Staatsanwalt abgesprochen. Er hat die Obduktion angeordnet.«

«Aha», sagte Frau Gruber grimmig. »Und was ist mit Ihren Leuten da oben?« Sie drehte die Augen zur Decke. »Wann sind die mit dem Zimmer fertig?«

»Das wird schon noch eine Weile dauern«, erwiderte Till. »Die haben ja gerade erst angefangen. In der Zwischenzeit werden wir die Heimbewohner und das Pflegepersonal befragen. Mein Kollege Schneider hat bereits angefangen. Er spricht gerade mit der Pflegerin aus der letzten Nachtschicht.«

»Wollen Sie wirklich mit allen Heimbewohnern reden? Einige davon sind schwer dement. Die werden Ihnen nicht viele brauchbare Informationen liefern können.«

»Das werden wir dann ja sehen«, gab Till zurück. Er öffnete die Tür und ließ Heinrich herein. Kaum hatte der alte Mann das Zimmer betreten, nahm ihn der Anblick der aufgebahrten Freundin so gefangen, dass er die anderen Besucher gar nicht mehr wahrzunehmen schien. Während er sich zögernd näherte, bewegte er sich so leise, als wolle er seine schlafende Freundin nicht wecken. Der Rücken gekrümmt, die Wangen eingefallen, die Augen gerötet – man sah ihm an, wie sehr ihm der plötzliche Tod von Heidemarie Müller zusetzte. Mitten im Raum blieb er auf einmal stehen und betrachtete die Tote betrübt. Nach einigen Sekunden der stillen Versunkenheit trat er schließlich an ihr Bett, beugte sich hinab und tätschelte ihre Hand. »Was machst du denn für Sachen, Heidemarie?« Er schüttelte bekümmert den Kopf. »Wer sitzt denn jetzt beim Essen mit mir zusammen am Tisch?« Beschämt wischte er sich mit dem Handrücken die Tränen vom Gesicht.

Cora und Till schlichen leise hinaus. Es war Zeit, den Mann mit seiner Freundin allein zu lassen.

* * *

Die Tür zu Frau Müllers Zimmer stand offen, ein Absperrband verhinderte jedoch den Zugang. Im Augenblick waren die Kriminaltechniker beschäftigt. Sie waren mit UV-Lampen zugange, um unsichtbare Spuren wie Körperflüssigkeiten oder Fingerabdrücke sichtbar zu machen. Also blieb Cora hinter dem Band stehen und wartete auf eine passende Gelegenheit, um einen der Männer anzusprechen. Obwohl die KT die Arbeit erst vor einer halben Stunde aufgenommen hatte, war von der ursprünglichen Ordnung des Zimmers nicht mehr viel erhalten. Die Schubladen der Kommode standen offen, auf dem Boden lag Verpackungsmaterial, der Tisch war vollgestellt mit Probenbehältern.

Gestern noch habe ich mit Frau Müller an diesem Tisch Kaffee getrunken, sinnierte Cora. Da ging es ihr noch gut. Und dann stirbt sie plötzlich über Nacht. Natürlich hatte Frau Gruber recht, wenn sie betonte, dass man bei einem Menschen in diesem hohen Alter immer mit einem unerwarteten Ableben rechnen musste. Andererseits hatte sich Frau Müller unmittelbar vor ihrem Tod entschlossen, die Polizei mit ihrem Wissen bei den Mordermittlungen zu unterstützen. In Anbetracht dessen war dieser überraschende Herzinfarkt schon verdächtig. Was sie aber am meisten stutzig machte, war dieses Telefonat mit Professor Fuchs am gestrigen Abend. Frau Gruber hatte die Nummer extra heraussuchen müssen. Offensichtlich hatte die alte Dame zuvor also keinen regelmäßigen Umgang mit ihm gehabt. Weshalb hatte Frau Müller ihn dann ausgerechnet an dem Tag kontaktiert, an dem sie sich der Polizei gegenüber zu einer Aussage entschlossen hatte? Vielleicht, überlegte Cora, hatte sie ihre Freimütigkeit im Nachhinein ja bereut und den Professor zumindest vorwarnen wollen. Möglich, dass dieses Telefonat in einen solch heftigen Streit ausgeartet war, dass die alte Frau danach vor Erregung einen Infarkt erlitten hatte. Oder aber der Professor hatte nach dem Telefonat blitzschnell reagiert und sie noch in derselben Nacht ein für alle Mal zum Schweigen gebracht. Wenigstens hat sie mir noch rechtzeitig die Tagebücher anvertraut, dachte Cora. Stirnrunzelnd betrachtete sie den Nachttisch. Frau Müller hatte ihre Gewohnheit, Tagebuch zu führen, im Alter ja nicht aufgegeben. Hatte sie nicht davon gesprochen, sie bewahre das aktuelle Tagebuch im Nachttisch auf?

Cora räusperte sich. »Entschuldigung …«

Einer der Männer unterbrach seine Arbeit und hob fragend die Augenbrauen.

»Habt ihr ein Tagebuch gefunden? Auf dem Nachttisch? Oder in der Nachttischschublade?«

»Ein Tagebuch?«, vergewisserte sich der Mann, schüttelte dann aber sogleich den Kopf. »Nein, bislang haben wir da nichts gefunden.« Er ging zum Nachttisch und kontrollierte den Inhalt der Schublade. Zu Coras Enttäuschung schüttelte er abermals den Kopf. »Nö, nichts. Da ist kein Tagebuch.«

Cora verzog das Gesicht. Das konnte doch nicht sein! Das Tagebuch musste da sein! »Im Bett vielleicht?«, erkundigte sie sich zaghaft. »Oder unter dem Bett?«

Erneutes Kopfschütteln. »Ich muss jetzt weitermachen«, sagte der Mann bestimmt. »Falls wir das Tagebuch finden sollten, geben wir dir Bescheid.«

»Und sonst?«, fragte Cora, obwohl der Mann ihr bereits den Rücken zugewandt hatte. »Gibt es schon erste Hinweise auf Fremdverschulden?«

»Bislang nicht«, brummte der Mann zurück.

Cora murmelte ein »Danke schön«, dann machte sie sich auf den Weg in den ersten Stock, wo Till mit seinem Kollegen Schneider im Aufenthaltsraum des Pflegepersonals die Befragungen durchführte.

Als Cora ins Zimmer trat, unterhielten sich die beiden Kommissare gerade mit einer alten Dame im Rollstuhl. Während Till in Blickrichtung zur Tür saß, wandte sein Kollege ihr den Rücken zu. Als Schneider hörte, dass jemand hereinkam, unterbrach er das Gespräch und drehte sich verwundert um. Beim Anblick von Cora hellte sich sein Gesicht augenblicklich auf. »Ah, da kommt ja unsere Kriminalpsychologin! Sehr gut, wir können jede Unterstützung gebrauchen!«

Cora lächelte entschuldigend. »Ich muss leider demnächst los. Davor müsste ich allerdings noch kurz was mit Till besprechen.« Sie beugte sich zu Till hinab und flüsterte ihm ins Ohr: »Das Tagebuch von Frau Müller ist verschwunden.«

Till erhob sich, nickte Schneider kurz zu und ging dann mit Cora vor die Tür.

»Welches Tagebuch?«, wollte er wissen.

»Na, das aktuelle!«

»Bist du sicher, dass es überhaupt ein aktuelles gab?«

Cora nickte. »Ja, Frau Müller hat es mir selbst gesagt.«

»Hm, dann müsste es ja jemand geklaut haben ...«

Cora wollte gerade etwas erwidern, als Till plötzlich Frau Gruber in den Blick nahm. Die Pflegerin war soeben aus einem Zimmer herausgekommen und machte nun Anstalten, in einem anderen Zimmer wieder zu verschwinden. Er signalisierte Cora zu warten, dann setzte er eilig der Pflegerin nach.

»Entschuldigung, Frau Gruber!«, rief er. »Ich hätte da noch eine Frage.«

Frau Gruber hielt in der Bewegung inne. »Ja?«

»Sie haben das Zimmer von Frau Gruber doch bis zu unserem Eintreffen verschlossen gehalten, nicht wahr? Da konnte in der Zwischenzeit ja niemand rein, oder?«

»Ich habe das Zimmer gleich nach dem Telefonat mit Frau Brecht abgeschlossen, ja. Weshalb fragen Sie?«

»Frau Müllers Tagebuch ist nicht mehr auffindbar.«

»Das liegt sicher in ihrem Nachttisch«, sagte Frau Gruber knapp.

»Nein«, erwiderte Till. »Da ist es leider nicht mehr.«

Frau Gruber machte ein erstauntes Gesicht. »Nicht?« Sie zuckte mit den Achseln. »Na, dann weiß ich auch nicht ...«

Till nickte, bedankte sich und kehrte zu Cora zurück.

»Falls die Müller umgebracht worden ist«, raunte er Cora zu, »dann befindet sich das Tagebuch jetzt in den Händen des Mörders.« Er seufzte. »Zum Glück sind die restlichen Tagebücher in Sicherheit.«

Cora spürte, wie es ihr die Schamesröte ins Gesicht trieb. Die Tagebücher! Ja, die Kartons standen immer noch dort, wo sie sie zuletzt abgestellt hatte. Im Flur, in unmittelbarer Nähe zur Haustür.

Als Cora keine bestätigende Reaktion zeigte, hakte er nach. »Du hast sie doch inzwischen hoffentlich schon zum LKA gebracht, oder?«

»Ich wäre heute eigentlich um elf Uhr mit Kurt verabredet gewesen«, antwortete Cora kleinlaut. »Als ich dann aber hörte, dass Frau Müller tot ist, war es mir wichtiger, zuerst hierher zu fahren …«

»Heißt das, die Kiste steht immer noch bei dir im Keller?«, fragte Till ungläubig.

Cora senkte den Blick und schüttelte den Kopf. »Die Tagebücher stehen im Flur, direkt vor der Haustür. Ich musste die Tagebücher auf zwei Kartons umverteilen, weil die Kiste zu schwer für mich war.«

Till stieß ein abfälliges Zischen aus. »Na, super! Fix und fertig abholbereit … Für denjenigen, der sich auch das aktuelle Tagebuch unter den Nagel gerissen hat!«

»Woher sollte derjenige denn wissen, dass die Tagebücher bei mir sind?«, fragte Cora gereizt.

»Genau aus dem Tagebuch, das jetzt fehlt!«

Cora schwieg betroffen. Daran hatte sie bislang gar nicht gedacht.

»Jetzt können wir nur hoffen, dass die Müller gestern nicht mehr dazu gekommen ist, einen entsprechenden Tagebucheintrag zu verfassen, nachdem sie so müde war.« Er blickte sie nachdenklich an. »Auf wann hast du den Termin mit Kurt denn verschoben?«

»Auf morgen. Elf Uhr.«

»Okay«, sagte Till. »Dann machen wir jetzt Folgendes. Du fährst sofort nach Hause und versteckst die Kisten an

255

einem besseren Platz. Und ich komme dann später nach und übernachte bei dir.« Er runzelte besorgt die Stirn. »Es ist mir nicht recht, wenn du unter diesen Umständen allein zu Hause bist.«

»Und was ist mit den eingemauerten Akten?«, fragte Cora.

»Danach suchen wir dann morgen früh.«

»Gut«, erwiderte Cora. »Lass dir Zeit. Ich freu mich, wenn du kommst. Egal wie spät.« Sie reckte sich, drückte ihm einen flüchtigen Kuss auf die Lippen, dann eilte sie davon.

35. Kapitel

»Kommen Sie, Frau Metzger. Wir können wieder gehen.« Die junge Pflegerin mit dem blonden Pferdeschwanz hakte die Seniorin unter und führte sie langsam mit sich.

Nachdem die Tür ins Schloss gefallen war, hob Till die Arme über den Kopf, dehnte sich und sank dann mit einem lang gezogenen Stöhnen wieder in sich zusammen. Die Ermittlung ging nicht so voran, wie er sich das erhofft hatte … Die Kollegen von der Kriminaltechnik waren derweil wieder abgezogen. Leider hatten sie keinerlei Spuren gefunden, die einen Hinweis auf Fremdverschulden gegeben hätten. Der Bettbezug von Frau Müller konnte trotz intensiver Suche inmitten der Schmutzwäsche nicht mehr eindeutig bestimmt werden. Und die Befragung hatte bislang auch nichts Relevantes ergeben. Nun waren sie bald durch, und nicht eine brauchbare Zeugenaussage war dabei gewesen. Weder den Mitarbeitern noch den Heimbewohnern war etwas Ungewöhnliches aufgefallen. Manche hatten zwar registriert, dass Frau Müller gestern nicht zum Abendessen erschienen war, aber nach ihr geschaut hatte niemand. Alle waren davon ausgegangen, dass die alte Dame früher als sonst schlafen gegangen war. Ob Frau Müller am Abend noch Besuch gehabt hatte, konnte keiner sagen, nicht einmal die Stationsleitung.

Auch Schneider wirkte desillusioniert. Er sah eine Weile nachdenklich vor sich hin, dann schlug er sich mit den Händen auf die Oberschenkel und drückte sich hoch. Mit einem energischen »Der Nächste bitte« öffnete er die Tür.

Herein kam eine betagte Frau mit Rollator, begleitet von einer jungen Pflegerin. Till wusste im ersten Moment gar nicht, welche der beiden Frauen ihn mehr faszinierte. Die attraktive Pflegerin, die dem Aussehen nach wohl südländische Wurzeln hatte – oder die sommerlich gekleidete alte Dame, die eine voluminöse, pinkfarbene Federboa um den Hals geschlungen hatte. Da die Frau mit ihrer gebückten Haltung kaum größer als 1,50 Meter war, zog sie das untere Ende der Federboa hinter sich her.

Schneider musterte die Seniorin zweifelnd. »Möchten Sie sich setzen oder wollen Sie lieber stehen bleiben?«

Die Pflegerin schüttelte den Kopf. »Wenn es nicht zu lange dauert, ist es für Frau Hurtig besser, wenn sie stehen bleibt. Sie kommt nur schwer wieder hoch, wenn sie mal sitzt.« Sie hob die Stimme an. »Nicht wahr, Gerda? Du möchtest lieber stehen bleiben.«

Gerda Hurtig nickte, lehnte sich nach vorn und verlagerte ihr Gewicht auf die Griffe der Gehhilfe. Als sie einen guten Stand hatte, sah sie auf und lächelte breit.

Schneider notierte sich rasch den Namen der Heimbewohnerin, dann stieg er in das Gespräch ein. »Wie ich sehe, sind Sie ja guter Dinge«, sagte er aufmunternd. »Das freut mich. Darf ich fragen, wie alt Sie sind, Frau Hurtig?«

»Ich bin sechsundachtzig«, antwortete die Seniorin und nickte stolz.

»Frau Hurtig ist genau genommen sogar schon siebenundachtzig«, korrigierte die Pflegerin und lächelte.

Die alte Frau schaute kurz verdutzt drein, dann nickte sie jedoch bestätigend.

»Und Sie sind …?«, fragte Schneider an die Pflegerin gewandt.

»Frau Morena«, ergänzte die junge Frau. »Susana Morena.«

Schneider hielt den Namen der Pflegerin sowie das Alter der Heimbewohnerin auf dem Protokoll fest und deutete dann auf den randvollen Korb am Rollator. »Was fahren Sie denn da alles mit sich spazieren, Frau Hurtig?« Er schmunzelte beim Anblick des wilden Sammelsuriums.

Das Lächeln verschwand augenblicklich aus dem Gesicht der Seniorin. Ängstlich blickte sie zu ihrer Pflegerin auf. Susana Morena wusste den Blick von Frau Hurtig sofort zu deuten und tätschelte ihr beruhigend die Hand. »Keine Sorge, Gerda. Die Polizisten werden dich deshalb nicht verhaften. Wir geben die Sachen ja auch wieder zurück, nicht wahr?«

Till und Schneider sahen sich verblüfft an.

»Ist das alles …?« Noch während Schneider nach einem unverfänglichen Wort suchte, hakte Frau Morena ein.

»Geliehen. Das ist alles geliehen. Frau Hurtig geht gern eigenständig in den Zimmern ihrer Mitbewohner einkaufen.« Sie zwinkerte Till zu. »So nennt sie das jedenfalls. Na ja, und wenn der Korb voll ist, machen wir die Runde und bringen alles wieder zurück.«

Schneider konnte ein Grinsen nicht unterdrücken. »Na, wenn das so ist …« Er räusperte sich. »Okay, damit Frau Hurtig nicht so lange stehen muss, machen wir es jetzt kurz mit der Befragung.« Er zeigte den beiden Frauen auf dem Handy ein Foto von Professor Fuchs. »Haben Sie diesen Mann schon einmal gesehen?« Nach einem kurzen Moment der Betrachtung schüttelten die Frauen gleichzeitig die Köpfe.

»Nein«, sagte Frau Morena. »Ich habe diesen Mann noch nie gesehen. Tut mir leid.«

Schneider legte das Handy beiseite, dann beugte er sich mit dem Oberkörper nach vorn und richtete mit erhöhter Lautstärke das Wort an Frau Hurtig. »Haben Sie gestern Abend etwas Auffälliges beobachtet? Oder haben Sie einen fremden Besucher oder eine fremde Besucherin gesehen, die sich komisch verhalten haben?«

Till fuhr sich mit der Hand übers Gesicht und stöhnte innerlich auf. Das brachte doch nichts! Die Frau war viel zu senil, um auf diese Frage eine Antwort geben zu können. Frau Hurtig brauchte ein paar Sekunden, bis sie die Frage aufgenommen hatte, dann aber legte sie den Kopf schief und dachte nach. Schließlich hellte sich ihr Gesicht auf.

»Mama!«, sagte sie erfreut. »Mama war da!«

»Wie?«, fragte Schneider irritiert. Auch Till hob befremdet die Augenbrauen. Die Frau war offensichtlich hochgradig dement.

»Frau Hurtig vermisst ihre Mutter sehr«, klärte die Pflegerin sie auf. »Deshalb wandert sie jeden Tag durchs Heim und sucht in allen Zimmern nach ihrer Mama.« Sie zuckte mit den Schultern. »Es gibt Tage, da begreift sie, dass ihre Mutter tot ist. An anderen Tagen geht die Suche dann wieder von Neuem los.« Sie senkte die Stimme zu einem Flüstern. »Bislang hat sie aber noch nie behauptet, ihre Mutter gefunden zu haben. Das höre ich jetzt zum ersten Mal.«

»Wie sah ihre Mutter denn aus?«, raunte Schneider. »Haben Sie mal ein Foto gesehen?«

Frau Morena musste nicht lange überlegen. »Sie hat mir das Foto von ihrer Mutter schon oft gezeigt. Sie war eine hübsche Frau. Dunkle, lange Locken und dazu strahlend blaue Augen.«

»Kann ich das Foto mal …«

»Sie ist von oben gekommen«, unterbrach Frau Hurtig das Getuschel und richtete ihren Blick zur Decke.

»Vom Himmel?«, fragte Schneider baff.

Gerda Hurtig stieß ein belustigtes Kichern aus. »Nein, ach was! Vom zweiten Stock! Ich habe die Mama im Aufzug getroffen. Sie hat gesagt, dass sie noch was erledigen muss.« Sie holte Luft. »Und wenn sie wiederkommt, dann nimmt sie mich mit nach Hause!« Bei dem Gedanken daran, von der Mutter endlich heimgeholt zu werden, strahlte die alte Frau übers ganze Gesicht.

»Das ist ja schön«, erwiderte Schneider und lächelte gezwungen. »Ich denke, wir können die Befragung an dieser Stelle beenden. Ich wünsche Ihnen alles Gute, Frau Hurtig.«

Die alte Frau wackelte zum Abschied kurz mit dem Kopf, dann setzte sie ein Stück zurück, um mit dem Rollator schließlich eine Wendung in zwei Zügen zu vollziehen. Während sie mit langsamen Schritten davonschlurfte, ließ sie ihren Blick durchs Zimmer schweifen. »Mal sehen, mal sehen …«, murmelte sie vergnügt. Sie wartete noch ab, bis Frau Morena vor ihr durch die Tür getreten war, dann schnappte sie sich blitzschnell im Vorbeigehen einen kleinen Tischkalender von der Kommode.

Schneider warf Till einen fragenden Blick zu, doch der zuckte mit den Schultern. Frau Morena würde sich schon darum kümmern, Frau Hurtigs Spontankauf später wieder zu retournieren.

»Einen noch, dann sind wir durch«, verkündete Schneider und wischte sich theatralisch den nicht vorhandenen Schweiß von der Stirn.

Als Nächstes betrat ein älterer Herr den Raum. Der Heimbewohner wirkte noch relativ fit und legte offenkundig Wert auf eine gepflegte Erscheinung. Till kannte den Mann schon. Es war Heinrich, der Freund von Frau Müller, dem er im Aufbahrungsraum begegnet war. Nun machte der Mann einen gefassteren Eindruck. Er hatte seine aufrechte Haltung wiedergewonnen und fokussierte seine Gesprächspartner mit wachem

Blick. Nur seine geröteten Augen verrieten, dass er von Trauer erfüllt war.

Schneider ließ ihn auf einem bequemen Stuhl Platz nehmen, dann begann er mit der Befragung. »Ich bin Kriminalkommissar Schneider und das hier«, er wies auf Till, »ist Kriminalhauptkommissar Moritz. Wir haben ein paar Fragen zum gestrigen Abend an Sie. Bitte antworten Sie kurz, schmücken Sie nichts aus und lassen Sie unnötige Dinge weg.«

Till senkte den Kopf und schmunzelte. Schneider sagte das nicht ohne Grund. Zuvor waren einige der rüstigeren Senioren von der gestellten Frage abgewichen und hatten stattdessen zig Anekdoten über das Leben im Heim zum Besten gegeben. Vor allem die Herren hatten dabei teilweise eine regelrechte Fabulierlust entwickelt und sich wilde Räuberpistolen ausgedacht, die rein gar nichts mit Frau Müllers Ableben zu tun hatten. Man merkte den Senioren deutlich an, wie sehr sie es genossen, aufmerksame Zuhörer gefunden zu haben. Zu selten erhielten sie im Heim solche Aufmerksamkeit. Zu selten erfuhren sie, dass ihren Worten derartig Bedeutung beigemessen wurde. Es war verdammt schwierig, bei all den Ausschmückungen den Kern einer Aussage zu erfassen. Bisher waren sie leider stets zu dem Schluss gekommen, dass die befragte Person trotz aller Worte letztlich nichts zu sagen gehabt hatte. Noch schwieriger gestaltete sich die Befragung der dementen Heimbewohner. Manche der Demenzkranken scheiterten bereits an der ersten Frage.

»Wie heißen Sie?«

»Heinrich Wannenmacher.«

Schneider nickte zufrieden, notierte sich den Namen und fragte dann: »Haben Sie gestern irgendetwas Außergewöhnliches beobachtet? Etwas, das anders als sonst war?«

»Nein.«

»Hat sich jemand vom Pflegepersonal auffällig verhalten oder wirkte gestresster als sonst?«

»Nein.« Der alte Mann presste die Lippen zusammen und fixierte Schneider in Erwartung der nächsten Frage mit ernstem Blick. Till lächelte in sich hinein. Knapper konnte man die Fragen nicht beantworten. Der Mann war ihm sympathisch. Heinrich Wannenmacher war ein Mensch, der sich an Vorgaben hielt, ohne dabei unterwürfig zu erscheinen.

Dass sich der Mann ausschließlich Schneider zuwandte, überraschte ihn nicht. Bis auf einige wenige Damen, die im Herzen jung geblieben waren, hatten bislang sämtliche befragte Senioren das Wort ausschließlich an Schneider gerichtet. Till interpretierte dies jedoch nicht als Ausdruck mangelnden Respekts. Nein, es hatte vermutlich einfach mit seinem äußeren Erscheinungsbild zu tun. Schneider machte auf die alten Leute mit Stoffhose, gebügeltem Hemd und akkuratem Bürstenhaarschnitt sicher einen seriöseren und kompetenteren Eindruck als er selbst. Ein T-Shirt im Winter und dann noch eine verwaschene Jeans dazu, die Haare zerzaust, damit konnte man bei diesen Jahrgängen nicht punkten. Nicht einmal der höhere Dienstgrad konnte seinen nachlässigen Kleidungsstil wettmachen. Till nahm es gelassen. Schneider machte seine Sache gut, und er fühlte sich unter diesen Umständen in der zweiten Reihe nicht unwohl. In der Rolle des stillen Beobachters machte er sich gedanklich Notizen und fand darüber hinaus etwas Zeit zur Reflexion.

»Hm«, brummte Schneider und zog einen kurzen, energischen Strich auf den Protokollbogen. »Dann kommen wir zur nächsten Frage. Haben Sie gestern Abend einen Besucher bemerkt, der zuvor noch nie da gewesen ist?«

Dieses Mal ließ sich Heinrich Wannenmacher mit der Antwort mehr Zeit. Während der Senior noch nachdachte, wandte Till den Kopf zum Fenster und blickte in den grauen Himmel hinaus. Diese ganze Befragung hätten sie sich sparen können. Falls der Gerichtsmediziner nichts Gegenteiliges feststellte, mussten sie sich damit abfinden, dass Frau Müller eben doch eines natürlichen Todes gestorben war. Unter Umständen war die ganze Aufregung in letzter Zeit einfach zu viel für ihr altersschwaches Herz gewesen.

Schneider strich sich ungeduldig mit den Fingern durch die kurzen Haare und schob eine weitere Frage nach: »Oder hat sich ein Besucher in irgendeiner Weise auffallend verhalten?«

»Es gibt immer mal wieder fremde Leute, die durchs Haus laufen«, erwiderte Wannenmacher. »Das ist ja nichts Besonderes.« Er machte eine Pause. »Mir ist gestern Abend allerdings tatsächlich eine Besucherin aufgefallen. Die Frau kam aus dem Aufzug heraus und hatte es extrem eilig. Sie wirkte regelrecht gehetzt.« Er schüttelte bei dem Gedanken daran den Kopf. »Die Gerda hat ihr aus dem Aufzug heraus ›Mama‹ hinterhergerufen.« Er lächelte dünn. »Sie hat die Frau wohl mit ihrer Mutter verwechselt.«

Till hatte genug gehört. Mit einem vernehmlichen Räuspern übernahm er die Gesprächsführung. »Wie sah die Frau denn aus?«, erkundigte er sich.

Wannenmacher zuckte mit den Schultern. »Wie gesagt, sie hatte es eilig. Ich habe sie auch nur aus der Entfernung gesehen. Ich saß in der Eingangshalle am Fenster.«

»Eine grobe Beschreibung reicht uns«, sagte Till und lächelte ermutigend.

»Die Frau war noch jung, sicher nicht älter als dreißig. Sie war schlank und groß.«

»Wie groß?«, hakte Till nach und erhob sich. »So groß wie ich? Oder größer? Kleiner?«

»Kleiner. Aber 1,80 Meter wird sie schon gewesen sein.«

»Welche Kleidung trug sie?«, fragte Till und setzte sich wieder auf seinen Stuhl zurück.

»Ich kann mich nur noch an den grauen, langen Daunenmantel erinnern. Und sie trug eine Hose. Ich weiß nicht, eine Jeans vielleicht.«

»War irgendetwas auffällig an ihr? Trug sie eine Brille? Hatte sie eine Behinderung? War sie auffallend stark geschminkt.«

»Nein, im Gegenteil. Sie war völlig unscheinbar. Nichts an ihr war auffällig. Wenn sie nicht so gerannt wäre, hätte ich sie vermutlich gar nicht bemerkt.«

»Aha, und welche Haarfarbe hatte sie?«

»Sie hatte dunkelbraune Locken.« Er zog einen imaginären Strich auf Höhe seines Schlüsselbeins. »Schulterlang in etwa. Vom Gesicht konnte ich nicht viel erkennen. Ich hatte auch keinen Blickkontakt mit ihr.«

»Die Frau hat also nicht bemerkt, dass sie sie beobachtet haben?«

Der alte Mann schüttelte den Kopf. »Nein, ich denke nicht, dass sie mich registriert hat.«

»Das ist gut.« Till nahm das Handy vom Tisch und zeigte ihm das Foto von Professor Fuchs. »Haben Sie diesen Mann schon einmal gesehen?«

Wannenmacher schüttelte den Kopf. »Nein.«

»Gut, dann habe ich vorerst keine Fragen mehr an Sie. Ich bedanke mich. Sie haben uns sehr geholfen.«

Kaum hatte Wannenmacher das Zimmer verlassen, platzte es aus Schneider heraus. »Das war Frau Hurtigs Mutter, die er da in der Eingangshalle gesehen hat.«

Till wollte gerade schon eine sarkastische Bemerkung loslassen, als Schneider ungeduldig nachschob: »Du weißt schon, wie ich das meine.«

»Ja, das denke ich auch«, stimmte Till ihm zu. »Und wenn Frau Hurtig recht hat, dann kam sie von oben. Aus dem zweiten Stock.«

»Wo sie womöglich Frau Müller kurz davor einen Besuch abgestattet hat«, ergänzte Schneider. »Das würde auch erklären, weshalb sie es so eilig hatte.«

»Jetzt hängt es davon ab, was die Rechtsmedizin sagt. Falls die Müller doch totgespritzt worden ist, hätten wir schon mal eine vage Täterbeschreibung und zwei Zeugen.«

»Anderthalb Zeugen«, berichtigte Schneider. »Die Hurtig denkt ja, die Mörderin sei ihre Mama. So eine Aussage könnte vor Gericht eher kontraproduktiv wirken.« Er erhob sich, griff sich das Handy vom Tisch und verstaute es in seiner Gesäßtasche. »Und was ist mit Fuchs? Den hat niemand wiedererkannt. Ich glaube nicht, dass er jemals einen Fuß in dieses Haus gesetzt hat.«

Till verzog skeptisch das Gesicht. »Mag sein. Der hat trotzdem Dreck am Stecken, das sag ich dir. Die Kollegen von der KT haben das Handy von Frau Müller gefunden. Sie hatte es im Handyständer abgestellt. Inzwischen wissen wir, dass sie gestern Nachmittag zwei Mal mit Fuchs telefoniert hat. Und wenige Stunden später ist sie tot. Komischer Zufall, oder?«

»Hm, nehmen wir mal an, es war Mord«, sinnierte Schneider. »Würdest du als Mörder das Handy zurücklassen?«

»Wenn ich den Mord verschleiern möchte, dann schon.« Er stand auf und zog seine Jacke über. »Wenn es nach einem natürlichen Tod aussehen soll, darfst du nichts im Zimmer verändern und schon gar nichts mitnehmen.« Er schüttelte missbilligend den Kopf. »Dass das Tagebuch verschwunden ist, spricht nicht für einen Profi. Das war schlecht durchdacht.«

36. Kapitel

Cora hatte nicht ernsthaft mit einem Einbruch gerechnet. Dennoch war sie bei ihrer Rückkehr erleichtert gewesen, die beiden Kartons mit den Tagebüchern an Ort und Stelle vorzufinden. Eine Weile lang hatte sie sich über ein geeignetes Versteck den Kopf zerbrochen, dann aber hatte sie sich spontan umentschieden und war doch noch nach Stuttgart gefahren. Beim LKA waren die Tagebücher sicher und sie hatte eine Sorge weniger.

Nachdem sie wieder zu Hause angelangt war, nahm sie sich sogleich des nächsten Problems an. Falls sich das aktuelle Tagebuch von Frau Müller tatsächlich in den Händen ihres Mörders befand, musste sie die Patientenakten schleunigst sicherstellen. Till hatte davon gesprochen, morgen gemeinsam mit ihr auf die Suche gehen zu wollen. Aber wenn sie nun darüber nachdachte, bekam sie Zweifel, ob das sinnvoll war. Der Mörder würde sicher im Schutz der Nacht in die Klinik einbrechen. Wenn sie ihm zuvorkommen wollten, konnten sie keinesfalls bis morgen warten. Nachdenklich strich sie mit dem Finger über ihre Unterlippe. Till hatte ihr zuvor eine Nachricht geschickt und angekündigt, dass es bei ihm spät werden würde. Blöd … aber andererseits … Sie ging ans Küchenfenster und ließ den Blick über die gegenüberliegenden Häuser schweifen. Die Nachbarn waren um diese Zeit alle noch auf. In den Fenstern brannte Licht, in manchen Zimmern konnte man das Flimmern eines Fernsehers erkennen. Ja, dachte sie entschlossen. Sie würde allein losgehen. Jetzt gleich. Im Notfall wären die Nachbarn ja rasch zur Stelle.

Nachdem sie sich mit einer Tomatensuppe und einem Käsebrötchen gestärkt hatte, ging sie in den Keller und sah sich im Werkzeugschrank ihres Vaters um. Skeptisch betrachtete sie die vorhandenen Gerätschaften. Um eine Mauer aufzubrechen, benötigte man vermutlich einen Schlagbohrer oder so etwas Ähnliches. Leider war sie in handwerklichen Dingen völlig unerfahren. Sie konnte gerade noch einen Akkuschrauber von einer Bohrmaschine unterscheiden, aber die Handhabung dieser Geräte war ihr völlig fremd. Noch wusste sie ja auch gar nicht, aus welchem Baumaterial diese eingezogene Mauer bestand. Falls Stoll sie aus Ziegelsteinen hochgezogen hatte, konnte man vielleicht auch mit Hammer und Meißel etwas erreichen. Sie hatte den Meißel schon in der Hand, als sie sich besann und das Werkzeug kopfschüttelnd wieder in den Schrank zurücklegte. Es genügte vollkommen, wenn sie diesen Kellerraum fand. Um die Öffnung der Mauer konnten sich dann die Kriminaltechniker kümmern.

Viel wichtiger als Werkzeug war für diesen Erkundungsgang hingegen ein Kopfschutz. Entschlossen angelte sie sich den Fahrradhelm ihrer Mutter vom Haken. Vermutlich war der herumliegende Schutt in der Klinik eher auf die mutwillige Zerstörung denn auf die Baufälligkeit des Gebäudes zurückzuführen. Trotzdem konnte ein Helm auf dem Kopf nicht schaden.

Ihr Blick streifte die alte Stabtaschenlampe ihres Vaters, die wie eh und je griffbereit an ihrem angestammten Platz im Regal stand. Der Anblick der Lampe löste unvermittelt ein Gefühl der

Wehmut in ihr aus. Da die Straßenlaternen auf der Lichtung dauerhaft außer Funktion waren, war die Taschenlampe oft im Einsatz gewesen. Bei jedem nächtlichen Gang rund ums Haus hatte ihr Vater sie mit sich geführt. Cora beschloss, die Lampe mitzunehmen. Auch wenn das Ding unhandlich war, war es der Handyfunzel in puncto Leuchtkraft um Längen überlegen. Genau die richtige Ausrüstung also für eine nächtliche Kellerexpedition. Mit Vaters Taschenlampe in der Hand fühlte sie sich gleich ein wenig sicherer. Ja, es war fast so, als würde er sie begleiten.

Cora hatte sich gerade schon den Fahrradhelm aufgesetzt, als ihr noch etwas einfiel. Sie musste unbedingt Till darüber informieren, wo sie steckte. Falls er wider Erwarten früher kommen sollte, würde er vor verschlossener Tür stehen. Da der Mobilfunkempfang im Bereich der Lichtung grundsätzlich mies war, musste sie damit rechnen, im Keller des Sanatoriums nicht erreichbar zu sein. Rasch tippte sie eine Nachricht in ihr Handy.

> Hallo, Süßer! Ich mach mich schon mal auf die Suche nach den Patientenakten. Falls du früher kommst und mich nicht zu Hause antriffst, findest du mich im Keller der Klinik. Wahrscheinlich habe ich dort keinen Handyempfang. Ich freu mich auf dich!

Nachdem sie die Mitteilung noch mit einem Herz versehen hatte, drückte sie mit einem entschlossenen Fingertippen auf Senden. Mit einem zufriedenen Gefühl steckte sie das Handy wieder ein und zog dann die Haustür hinter sich zu. Es gab ihr ein zusätzliches Gefühl der Sicherheit, wenn Till wusste, wo sie sich befand und was sie unternahm. Ob er ihren Alleingang allerdings gutheißen würde, konnte sie im Moment nicht einschätzen. Für gewöhnlich war er nicht begeistert, wenn sie ohne Absprache eigenständig ermittelte. Till erwartete, dass alle Mitglieder seines Teams ständig im Austausch standen und sich gegenseitig zuarbeiteten. Andererseits war er sicher auch über jedes neue Puzzleteil dankbar, das zur Lösung dieses kniffligen Falls beitragen konnte.

Nachdem Cora die beleuchteten Nachbarhäuser hinter sich gelassen hatte, umfing sie tiefe Dunkelheit. Wie immer, wenn sie bei Nacht im Freien unterwegs war, richtete sie den Blick unwillkürlich zum Himmel. Da es mitten im Wald kaum Lichtverschmutzung gab, konnte man hier generell mehr Sterne als in Stadtnähe sehen. Heute wurde dieser Effekt aber noch durch den Neumond verstärkt. Ohne Mondlicht konnte man am klaren Firmament mit bloßem Auge kleine und kleinste Himmelskörper erkennen. Sie senkte den Blick wieder und konzentrierte sich auf den Weg, der vor ihr lag.

Je näher sie dem Sanatorium kam, desto fester legte sich ihre Hand um den Stab der Taschenlampe.

Als sie den Kurpark erreicht hatte, suchte sie sich einen Standort, der eine optimale Sicht auf das Hauptgebäude bot. Bevor sie da hineinging, musste sie sichergehen, dass sich im Moment keine anderen Leute im Gebäude aufhielten. Ihr Blick wanderte langsam über die Fensterreihen hinweg, von den Kellerräumen bis hinauf unters Dach. Hinter den zerschlagenen Fensterscheiben war es komplett dunkel. Nachdem sie auch keine auffälligen Geräusche vernommen hatte, ging sie schließlich weiter, um die Fenster auf der rückwärtigen Seite des Gebäudes zu kontrollieren.

Beim Hindurchgehen unter der brüchigen Überdachung musterte sie misstrauisch das Dachgerippe über sich. Nun trug sie zwar im Gegensatz zum letzten Mal einen Fahrradhelm auf dem Kopf, aber so wirklich sicher fühlte sie sich damit auch nicht.

Sie hatte die Eingangstür erreicht. Cora blieb im Rahmen stehen und lauschte für einige Sekunden. Nachdem sie sich davon überzeugt hatte, dass es auch im Inneren des Gebäudes still war, schaltete sie die Taschenlampe an und leuchtete in den Korridor hinein. Seit ihrem letzten Besuch hatte sich nichts verändert, dennoch schockierte sie das Ausmaß der Verwüstung aufs Neue. Kaum hatte sie ein paar Schritte in den Flur gesetzt, umfing sie wieder dieser modrige Schimmelgeruch, den sie bereits bei ihrem letzten Besuch im Treppenhaus wahrgenommen hatte. Cora war sich bewusst, dass sie einen außergewöhnlich sensiblen Geruchssinn besaß. Diese Gabe bescherte ihr oftmals wunderbare Wohlgerüche. In diesem Fall aber konnte solch ein leistungsfähiges Riechorgan leider zum Fluch werden. Hinzu kam, dass es gewiss nicht gesund war, diese abgestandene Luft einzuatmen. Während sie im Zickzack um den Unrat herumschlich, nahm sie sich vor, beim nächsten Mal eine Atemschutzmaske aufzusetzen. Cora hielt die Taschenlampe etwas höher und leuchtete die Kellertreppe hinab. Dort unten wimmelte es sicher nur so von Schimmelsporen ...

Wie zu erwarten verstärkte sich der Modergeruch im Keller noch um ein Vielfaches. Die schlechte Luft trieb Cora an, sich zu beeilen. Den Wollschal über die Nase gezogen, huschte sie durch die Flure und kontrollierte systematisch einen Kellerraum nach dem anderen. Das Problem war, dass sie gar nicht so genau wusste, wie sie die nachträglich eingezogene Mauer erkennen sollte. Einige Wände wiesen dunkle Flecken auf, andere hatten Risse oder waren mit grünlichem Schimmelbelag überzogen. An sämtlichen Wänden blätterte bereits der Putz. Es blieb ihr wohl nichts anderes übrig, als den Klang des Mauerwerks zu überprüfen. Ein auffallend hohler Ton konnte darauf hinweisen, dass sich dahinter noch ein Raum befand. Bevor Cora die jeweilige Wand abklopfte, suchte sie zunächst die Ecken auf Spinnen ab. Im Schein der Taschenlampe hatte sie etliche große

Exemplare in den Kellerfenstern lauern sehen. Solange sie ruhig in ihren Netzen hockten, war das okay für sie. Jagdspinnen hingegen sollten ihr bitte fernbleiben! Puh, ihr schauderte bei dem Gedanken, welches Ungeziefer sich in den dunklen Winkeln und Spalten wohl noch so verbarg.

Nachdem sie die Wände von fünf Kellerräumen abgeklopft hatte, seufzte sie auf. Der Klang erschien ihr immer gleich zu sein. Entweder hatte sie dafür nicht das richtige Gehör oder der gesuchte Raum befand sich doch in einem der Nebengebäude. Sie verließ den geprüften Keller und wechselte in den nächsten Raum. Sie war gerade erst durch die Tür getreten, als sie wie angewurzelt stehen blieb.

Die Mauer! Das musste die Mauer sein, die sie suchte!

Es handelte sich um eine rotbraune Ziegelsteinmauer, die im Gegensatz zu den anderen Kellerwänden nicht verputzt worden war. Mit klopfendem Herzen trat Cora näher. Es war nicht zu fassen, aber in der Wand vor ihr klaffte ein großes Loch!

37. Kapitel

Cora starrte einen Moment lang verblüfft auf das Loch in der Wand, dann entfuhr ihr ein frustriertes Stöhnen. Das durfte doch nicht wahr sein! So ein Mist! Sie war zu spät gekommen ... Die Lippen fest aufeinandergepresst trat sie näher, streckte den Oberkörper durch die Öffnung hindurch und leuchtete mit der Taschenlampe in den Raum hinein. Es war zwar unwahrscheinlich, aber vielleicht war die Kiste mit den Akten ja noch da. Gespannt führte sie den Lichtstrahl über den Boden hinweg – erst zur einen, dann zur anderen Seite ... Aber nein, der Raum war leer.

Sie wollte den Oberkörper gerade wieder zurückziehen, als sie ein gedämpftes Husten vernahm. Cora erstarrte in der Bewegung. Da war jemand! Ganz in ihrer Nähe ... Mit klopfendem Herzen lenkte sie den Lichtstrahl an die Stelle, wo sie die Person vermutete. Himmel noch mal! Cora zuckte erschrocken zusammen. Direkt neben ihr, den Rücken dicht an die Mauer gepresst, stand eine vermummte Gestalt! Gelähmt vor Schreck sah sie, wie sich die schwarze Kontur plötzlich von der Wand löste und sich unter einer Hustenattacke krümmte. Dem Klang des Hustens nach zu urteilen, handelte es sich um eine weibliche Person.

Cora hatte den Blick noch auf die maskierte Frau geheftet, als sie plötzlich aus dem rechten Augenwinkel heraus eine dunkle Gestalt auf sich zustürzen sah. Der massive Stoß gegen ihre Schultern kam so abrupt, dass sie das Gleichgewicht verlor und nach hinten kippte. Ob sie das Bewusstsein bereits beim Streifen der Ziegelsteinkante verloren hatte oder erst beim Aufprall auf dem Steinboden, konnte sie im Nachhinein nicht mehr sagen …

* * *

Als Cora wieder zu sich kam, dröhnte ihr der Schädel. Ein paar Sekunden lang spürte sie dem dumpfen Schmerz nach, dann nahm sie den harten Boden unter sich wahr. Verflucht hart. Und verflucht kalt! Erschrocken riss sie die Augen auf. Oh mein Gott, dachte sie bestürzt. Es ist stockdunkel! Hektisch rappelte sie sich auf. Der Schmerz, der ihr beim ruckartigen Aufrichten durch den Kopf schoss, war so durchdringend, dass es ihr die Tränen in die Augen trieb. Mit einem tiefen Stöhnen ließ sie sich matt wieder zu Boden sinken. Eine Weile lang blieb sie benommen liegen, dann führte sie ihre zitternden Finger zur Stirn. Direkt unter dem Haaransatz befand sich eine mächtige Beule. Seltsam. Sie war doch auf den Hinterkopf gefallen, wie hatte sie sich dann dieses Horn zugezogen? Vorsichtig strich sie mit den Fingern über die Schwellung. Und weshalb fühlte sich ihre Stirn so feucht an? War das etwa Blut?

Langsam, ganz langsam richtete sie sich auf. Ja, jetzt erinnerte sie sich wieder. Sie befand sich im Keller des Sanatoriums. Sie war auf der Suche nach den Patientenakten gewesen. Und dann war da dieses Loch in der Wand … Ja, aber dann? Sie seufzte. Was dann geschehen war, wusste sie im Moment nicht mehr.

Sie kniff die Augen zusammen, konnte die Schwärze jedoch trotzdem nicht durchdringen. Vermutlich war sie immer noch im Keller. Wo war Papas Taschenlampe? Sie konnte sich noch erinnern, sie dabeigehabt zu haben. Und ihr Handy? Fahrig suchte sie die Manteltaschen ab. Na, Gott sei Dank! In der rechten Tasche steckte es. Mit einem erleichterten Seufzen nahm Cora das Handy hervor und schaltete es ein. Mist! Kein Netz! Aber zumindest hatte sie jetzt Licht. Im Schein der Handylampe sah sie sich um. Ja, sie befand sich immer noch in diesem Kellerraum. Und dort war das Loch in der Wand. Eine Hand an die Kante der Maueröffnung gekrallt, den Rücken gerundet, den Kopf eingezogen, schob sie sich umständlich durch das Loch hindurch. Obwohl sie sich wie in Zeitlupe bewegte, überkam sie beim Aufrichten ein solcher Schwindel, dass sie nur mit Mühe eine erneute Ohnmacht vermeiden konnte. Den Arm an der Wand abgestützt, atmete sie einige Male tief ein und aus, dann ging sie bis zur Tür, um dort an den Rahmen gelehnt die nächste Pause einzulegen.

Sie hatte gerade das Treppenhaus erreicht, als sie plötzlich von oben Schritte hörte. Jemand kam die Treppe herunter! Cora hielt erschrocken den Atem an. Kehrte da womöglich derjenige zurück, der das Loch in die Mauer geschlagen hatte? Und jetzt? Davonrennen kam in ihrem Zustand nicht infrage … Ein gutes Versteck fand sie auf die Schnelle auch nicht. Also blieb ihr nichts anderes übrig, als sich im nächstbesten Kellerraum hinter der Tür zu verkriechen. Kaum hatte sie sich dort zusammengekauert, wurde ihr auch schon schlagartig übel. Oh nein, dachte sie, nicht jetzt! Sie legte den Kopf in den Nacken und atmete tief ein und aus, doch sosehr sie auch gegen die aufsteigende Übelkeit ankämpfte, das Erbrechen ließ sich nicht verhindern. Mit einem würgenden Geräusch spie sie in die Ecke.

Noch während sie sich erbrach, hörte sie, wie die Schritte näher kamen.

»Cora?«

Cora zuckte zusammen. Gott sei Dank, es war Till!

38. Kapitel

Der kleine rote Vogel sprang so abrupt aus der Tür heraus, dass Jule und Max vor Schreck zusammenzuckten. Wie gebannt starrten sie zu der Kuckucksuhr hinauf und lauschten dem Vogel mit angehaltenem Atem bei der Bekanntgabe der Uhrzeit. »Kuckuck, Kuckuck, Kuckuck, Kuckuck …« Elf Schreie zählte Jule, dann verschwand der Vogel endlich wieder hinter seiner Tür.

»Wir müssen uns beeilen«, raunte sie. »Es ist schon elf.«

»Der Typ hat sie bestimmt ins Krankenhaus gefahren«, erwiderte Max, während er den Küchenschrank öffnete und einen prüfenden Blick hineinwarf. »Nach Calw fährt man mindestens eine halbe Stunde. Nach Pforzheim auch. Und dann kommt noch die Warterei in der Notaufnahme hinzu …«

»Trotzdem«, fauchte Jule. »Du weißt nicht, was sie macht. Genau genommen kann sie jeden beschissenen Moment hier zur Tür hereinkommen.« Sie schüttelte unwirsch den Kopf. »Vermutlich sind die Akten eh längst bei der Polizei. Eine Kriminalpsychologin versteckt dermaßen wichtige Beweismittel ja nicht zu Hause.«

»Die Frage ist, ob sie bereits Zeit hatte, die Akten zur Polizei zu bringen. Die musste den Kellerraum ja auch erst einmal finden, die Wand aufbrechen und so weiter … Das geht doch alles gar nicht so schnell.« Max wiegte skeptisch den Kopf. »Ich könnte mir durchaus vorstellen, dass sie die Kiste mit den Akten zunächst einmal bei sich zwischengelagert hat.« Er sah sich um. »Aber wo?«

Jule öffnete den Drehschrank, gab der Trommel einen Schubs und beobachtete, wie die Töpfe und Pfannen auf den Regalböden im Kreis herumfuhren. »Was machen wir eigentlich, wenn die plötzlich zu zweit hier stehen? Die Fenster im Erdgeschoss liegen alle zu hoch, um rauszuspringen.« Sie stoppte die Drehtrommel und schloss den Schrank wieder. »Im Grunde können wir nur über die Haustür raus. Oder durch den Keller. Aber dann müssten wir zuerst einmal die Kellertür knacken. Die hat sie nämlich besser gesichert als die Haustür.«

Max seufzte und wies mit dem Daumen auf seinen Rucksack. »Falls wir tatsächlich überrascht werden, müssen wir schnell reagieren. Am besten, wir statten uns jetzt schon mal vorsorglich mit Lappen und Chloroform aus.« Er runzelte die Stirn. »Das Problem dabei ist, dass wir es dieses Mal nicht mit alten Damen zu tun haben. Die werden sich natürlich wehren. Und der Typ kam schon recht breitschultrig daher. Vielleicht sollten wir ja doch besser den Elektroschocker nehmen.« Als er Jules skeptisches Gesicht sah, schob er nach: »Im Notfall. Nur im Notfall natürlich.«

»Es darf keinen Notfall geben«, sagte sie bestimmt. »Wir müssen weg sein, bevor sie zurückkommen. Und wir dürfen keine Spuren hinterlassen! Gib acht, dass du nichts veränderst.«

* * *

Nach einer halben Stunde hatten sie die Schränke und Kommoden sämtlicher Räume kontrolliert, doch die Suche war ohne Erfolg geblieben. Von den Akten keine Spur.

Jule lehnte sich erschöpft in den Rahmen der Küchentür und stöhnte. »Ich hab's doch gleich gesagt. Die Akten sind nicht hier.«

»Vielleicht hat sie die Kiste ja bei den Nachbarn abgestellt«, überlegte Max laut. »Oder sie hat die Akten aus der Kiste herausgenommen und einzeln versteckt. Klar, die können im Grunde überall sein.« Er runzelte die Stirn. »Tja, dann müssen wir eben warten, bis sie zurückkommt, und sie danach fragen.«

»Und wie willst du …«, sie wandte sich ab und hustete, »es anstellen, dass sie mit dir redet?«

»Ich denke, Fuchs hat sich vorhin am Telefon doch klar ausgedrückt«, gab Max zurück. »Für den Fall, dass wir die Akten nicht finden, sollen wir die bewährte Methode anwenden. Unter entsprechendem Druck wird sie uns schon sagen, wo sich die Akten befinden.«

Jule verdrehte die Augen und schnaubte. »Die bewährte Methode? Mit Kaliumchlorid?« Sie wandte sich erneut ab und hustete in die Armbeuge. »Ihr habt sie doch nicht mehr alle! Die Frau ist Kriminalpsychologin. Und sie ist jung. Ein plötzlicher Herztod in dem Alter … das nimmt dir keiner ab! Ihre Kollegen bei der Kriminalpolizei werden alle Hebel in Bewegung setzen, um ihren Mörder zu finden. Und wenn die erst mal auf uns gekommen sind«, sie hustete nochmals heftiger, »dann kriegen die uns für die anderen beiden Morde auch gleich dran.«

»Ich war ja nur bei der Heitermann dabei …«, setzte Max an, verstummte aber sogleich wieder, als es in Jules Augen gefährlich aufblitzte.

»Ja«, sagte Jule bitter. »Du und der Professor, ihr habt beide ein Alibi, was die Sache mit der Müller angeht.« Ihre Stimme wurde schneidend. »Nur ich bin so blöd und halte andauernd meinen Kopf hin! Aber damit ist jetzt Schluss! Wenn du von der Frau erfahren willst, wo die Akten sind, musst du dir was Neues einfallen lassen. Für die bewährte Methode stehe ich ab sofort nicht mehr zur Verfügung!«

Max atmete tief durch, dann nickte er. »Okay, okay«, murmelte er, »etwas Neues …« Sein Blick schweifte suchend über die Küchenschränke hinweg, bis er schließlich am Messerblock hängen blieb …

39. Kapitel

Es war fast Mitternacht, als die Untersuchungen im Krankenhaus endlich abgeschlossen waren. Cora hatte erst gar nicht ins Krankenhaus gehen wollen, aber Till hatte darauf bestanden, dass sie sich ärztlich untersuchen ließ. Nachdem er ihren Kopf näher betrachtet hatte, fürchtete er in Anbetracht ihrer Symptome, dass sie sich eine Gehirnerschütterung zugezogen haben könnte. Da Cora immer noch unter Gleichgewichtsstörungen litt, hatte er sie kurzerhand in sein Auto verfrachtet und war mit ihr direkt zur Notaufnahme nach Calw gefahren.

Tatsächlich hatte der diensthabende Arzt nach ihrer Schilderung des Vorfalls denselben Verdacht geäußert und verschiedene Untersuchungen angeordnet, um den Schweregrad der Gehirnerschütterung festzustellen. Nun saßen sie bereits seit einer halben Stunde im Flur des Krankenhauses, den Blick auf eine weiße Tür mit der Nummer 2 geheftet, und warteten auf die Auswertung der Computertomografie. Cora hatte Till derweil auf den Stand der Dinge gebracht. Inzwischen konnte sie sich wieder daran erinnern, angegriffen worden zu sein. Leider vermochte sie die Angreifer nicht zu beschreiben. Sie wusste nur noch, dass es mindestens zwei schwarz maskierte Personen gewesen waren, eine davon vermutlich weiblich. Till reagierte auf ihre Schilderung mit einem verärgerten Kopfschütteln.

»Wir hatten doch abgemacht, da zusammen reinzugehen! Warum hast du denn nicht auf mich gewartet?«

»Ich wollte verhindern, dass uns jemand die Akten vor der Nase wegschnappt«, gab Cora zurück. »Und ich konnte nicht einschätzen, wie spät das bei dir wird.«

»Dann hättest du mich eben noch mal anrufen müssen.« Er seufzte. »Ich verstehe nicht, weshalb du immer wieder solche Alleingänge riskierst ...«

»Ich wäre in meinem Job nicht so weit gekommen, wenn ich in der Vergangenheit nicht hin und wieder Alleingänge gemacht hätte«, ereiferte sich Cora. »Notfalls muss man Pläne auch mal abändern und auf die eigene Intuition hören.« Sie hob energisch das Kinn. »Ich sehe das eher als Stärke an, wenn man imstande ist, eigenständig Entscheidungen zu treffen.«

»Mag ja sein, dass du bei anderen Fällen damit Erfolg gehabt hast«, erwiderte Till, »aber dieses Mal hat dich dein Solotrip beinahe das Leben gekostet. Du hast wirklich Glück gehabt, dass das nicht schlimmer ausgegangen ist.«

Cora verzichtete auf eine erneute Rechtfertigung. Sie war viel zu erschöpft für diese Diskussion. Und außerdem musste sie Till in Teilen ja recht geben.

Unterm Strich hatte sie zwar viel riskiert, letztlich aber nichts erreicht. Sie war diesen Leuten, die sie angegriffen hatten, arglos in die Arme gelaufen. Die Angreifer waren inzwischen auf und davon. Und die Kiste mit den Patientenakten war auch weg.

Till griff in seine Jackentasche, holte eine kleine Dose im Format eines Lippenstifts hervor und reichte sie ihr. »Hier, dann nimm künftig wenigstens dieses Pfefferspray mit, wenn du allein auf Tour gehst.«

»Wo hast du denn das jetzt auf einmal her?«, fragte Cora erstaunt.

»Aus dem Auto«, entgegnete Till zerknirscht. »Ich habe das Spray vor einiger Zeit schon für dich gekauft und dann im Handschuhfach abgelegt.« Er schüttelte über sich selbst den Kopf. »Aus den Augen, aus dem Sinn! Erst heute habe ich mich wieder daran erinnert, dass ich dir das Spray ja immer noch nicht gegeben habe. Tut mir leid ...«

Cora umschloss die Dose mit den Fingern und lächelte zufrieden. Das Spray war so handlich, dass es ganz in ihrer Faust verschwand. Sie hatte früher als junge Frau auch schon mal so ein Ding besessen. Und so klein die Dose auch war, es war eine Waffe, die ein Stück Sicherheit verlieh.

Till schien ihre Gedanken erraten zu haben. »Das Spray hat eine Reichweite von vier Metern. Das sollte ausreichen.«

Cora nickte und gab ihm einen Kuss auf die Wange. »Danke!« Während sie den Blick wieder auf die weiße Tür mit der Nummer 2 richtete, ging sie in Gedanken nochmals den Überfall durch. »Woher wussten die wohl von den eingemauerten Patientenakten?«, überlegte sie laut.

»Aus Frau Müllers Tagebuch«, mutmaßte Till. »Wahrscheinlich bist du da unten im Keller Frau Müllers letzter Besucherin begegnet.«

»Mörderin«, korrigierte Cora.

Er schüttelte müde den Kopf. »Das wissen wir ja noch nicht.«

»Auf jeden Fall hat sie jetzt die Kiste«, sagte Cora missmutig. »Vermutlich ist sie gerade dabei, die Akten zu vernichten.«

»Ja, und wir haben wieder nichts in der Hand!«, schnaubte Till. »Wir haben es mit sieben, wenn wir Stoll hinzunehmen, sogar mit acht ungeklärten Todesfällen zu tun, die alle auf irgendeine Weise in Zusammenhang mit Kiefers Impfexperimenten stehen!« Ungeduldig rieb er sich die Oberschenkel und wies mit dem Kinn in Richtung des Besprechungsraums. »Ich glaube, die haben uns vergessen …«

Cora nickte verdrossen und holte das Handy hervor. Zumindest hatte sie nun Zeit, sich auf YouTube mal diese Gruselvideos anzusehen, von denen Adam gesprochen hatte. Sie positionierte das Handy so, dass Till mitschauen konnte, und startete das erste Video.

Wie zu erwarten, war die Qualität der Aufnahme leider grauenhaft. Nach einigen Sekunden wechselte sie zu einem anderen Video, doch das war auch nicht besser.

Die jungen YouTuber hatten die Atmosphäre rund um die Klinik bei Nacht und Nebel gefilmt und berichteten live über ihre Gänsehautgefühle. Um die Dramatik zu erhöhen, hatten sie die Aufnahmen mit spannungsgeladener Musik aus Horrorfilmen untermalt. Cora schaltete das Handy wieder aus.

»Weshalb behaupten die, dass das Sanatorium früher eine Irrenanstalt gewesen ist?«, schimpfte sie. »Das ist doch völliger Quatsch!«

»Irrenanstalt hört sich eben gruseliger an als Lungenheilanstalt«, antwortete Till. »Die Jugendlichen kennen so was nur aus Horrorfilmen. Die denken da gleich an Zwangswesten, Elektroschocks und unheimliche Ärzte in weißen Kitteln …«

In diesem Moment öffnete sich die Tür, und sie wurden von dem Arzt, der bereits zuvor die Untersuchung durchgeführt hatte, hereingebeten.

»Es ist, wie ich es bereits vermutet habe, Frau Brecht«, sagte der Arzt. »Sie haben ein leichtes Schädel-Hirn-Trauma erlitten.« Er vergewisserte sich mit einem prüfenden Blick über die Ränder seiner Brille hinweg, dass Cora die Diagnose verstanden hatte, dann fuhr er fort. »Ihre Symptome wie die Kopfschmerzen, der Schwindel, der Gedächtnisverlust und die Übelkeit werden voraussichtlich in einigen Tagen verschwunden sein. Trotzdem wäre es gut, wenn Sie eine Nacht zur Beobachtung hier im Krankenhaus bleiben würden. Wenn innerhalb von 24 Stunden keine Komplikationen auftreten, können Sie wieder nach Hause gehen.«

Cora sah ihn erstaunt an. Damit hatte sie nicht gerechnet. Und nein, das wollte sie auf keinen Fall! Intuitiv griff sie nach ihrem Zopf und legte ihn sich über die Narbe am Hals. Seitdem ihre Mutter im Krankenhaus gestorben war, verband sie mit diesem Ort Angst, Trauer und Tod. Auch wenn sie höchsten Respekt vor der Leistung des medizinischen Personals in den Kliniken hatte, machte sie lieber einen weiten Bogen um diese Häuser.

»Ich möchte jetzt lieber gleich nach Hause gehen«, erklärte sie bestimmt und reckte das Kinn. »Ich kann mich auch daheim ausruhen.«

Der Blick des Arztes wurde auf einmal streng. »Ich verstehe, dass Sie jetzt am liebsten nach Hause gehen möchten. Allerdings können bei einer Gehirnerschütterung durchaus auch plötzlich Komplikationen auftreten.« Er hob die Augenbrauen. »Eine Hirnblutung zum Beispiel. Das ist zwar selten, aber es kommt vor. In diesem Fall können wir dann hier vor Ort sofort reagieren und Sie schnell behandeln.«

Till nickte ihr zuversichtlich zu. »Wenn das so ist, bleibst du wirklich besser hier.« Er neigte sich zu ihr und raunte: »Stell dir mal vor, du bekommst zu Hause eine Hirnblutung. Und das bei deiner Wohnlage ...«

Cora funkelte ihn wütend an. »Ich kann das selbst einschätzen! Ich hatte schon mal eine Gehirnerschütterung. Damals gab es auch keine Komplikationen.« Sie reckte das Kinn. »Nein, wie gesagt – ich möchte nach Hause.«

Der Arzt seufzte. »Na gut, Frau Brecht. Ich kann Sie natürlich nicht zwingen. Wenn Sie also unbedingt nach Hause wollen ...« Er zuckte mit den Schultern. »Allerdings sollten Sie dann zumindest in den ersten beiden Tagen nicht allein sein. Sie brauchen jemanden, der Sie im Notfall ins Krankenhaus bringen kann.« Er wandte sich Till zu. »Leben Sie mit Frau Brecht zusammen?«

Till schüttelte den Kopf. »Nein, aber ich kann natürlich heute Nacht bei ihr bleiben.«

»Hm, und wie sieht es morgen aus?«

Coras Blick wechselte zwischen den Männern hin und her. Es ärgerte sie, dass sie in die Diskussion nicht einbezogen wurde. »Ich habe genügend Nachbarn, die nach mir schauen können«, brachte sie sich wieder ins Gespräch ein. »Außerdem gibt es ja noch so etwas wie ein Handy. Notfalls kann ich ja auch selbst einen Krankenwagen rufen.« Dass der Krankenwagen bei der aktuellen Schneelage wohl immer noch Probleme haben würde, ohne Schneeketten zu ihr durchzukommen, verschwieg sie in diesem Moment geflissentlich.

Till hatte offenbar denselben Gedanken. Er protestierte zwar nicht, allerdings ließ die Falte zwischen seinen Brauen deutlich erkennen, was er von ihrem zuletzt genannten Argument hielt.

Der Arzt nickte. »Gut, wie Sie meinen. Aber falls die Beschwerden sich innerhalb der nächsten zwei Tage verschlechtern sollten und auch wenn Sehstörungen oder Sprachprobleme auftreten, dann müssen Sie nochmals ins Krankenhaus kommen. Versprechen Sie mir das?«

»Ja, natürlich«, entgegnete Cora.

»In den ersten Tagen sollten Sie sich schonen und viel schlafen«, wies der Arzt sie an. »Wenn es Ihnen besser geht, können Sie schrittweise zu den normalen Aktivitäten zurückkehren.« Er erhob den Zeigefinger. »Hören Sie dabei immer auf Ihren Körper. Wenn es Sie zu sehr anstrengt, legen Sie eine Pause ein. Und was Sport anbelangt, vermeiden Sie Sportarten, bei denen der Kopf zu sehr bewegt wird. Also kein Fußball oder Kampfsport.«

Cora lächelte höflich. »Ja, klar.«

Der Arzt sah skeptisch drein, dennoch entließ er sie schließlich. Ausgestattet mit Schmerzmitteln und Kreislauftropfen, vorsichtshalber bei Till untergehakt, betrat Cora den Aufzug. Während sie ins Erdgeschoss hinabfuhren, suchte sie seinen Blick, doch Till schien dies nicht zu bemerken und starrte unverwandt auf den Schlitz der Aufzugstür. Für einen kurzen Moment war Cora verunsichert. Till konnte ihren Wunsch offenbar genauso wenig nachvollziehen wie der Arzt. Hätte sie sich vielleicht doch zu der einen Nacht im Krankenhaus durchringen sollen? War es leichtfertig, was sie tat? Nachdem sie im Erdgeschoss angelangt waren, führte sie Till wortlos zum Ausgang. Noch rang Cora innerlich mit ihrer Entscheidung, doch kaum hatte sich die automatische Schiebetür hinter ihr geschlossen, atmete sie befreit auf. Oh ja, sie war froh, dass sie dieses Krankenhaus hinter sich lassen konnte!

Till hatte während des gesamten Rückwegs geschwiegen. Erst jetzt, da er den Motor anließ, durchbrach er die Stille und ergriff das Wort. »Du bist so ein Dickkopf!«, schimpfte er.

»Ist doch gut, dass ich so einen Dickkopf habe«, entfuhr es Cora. »Der hält was aus. Das sieht man ja.«

»Quatsch! Du hättest auf den Arzt hören sollen. Im Krankenhaus wärst du gut aufgehoben gewesen. Wenn es jetzt Komplikationen gibt …«

»Es wird keine Komplikationen geben«, fiel ihm Cora ins Wort. »So schlecht geht es mir ja auch gar nicht.«

»Nein, so schlecht geht es dir ja gar nicht!«, echote Till und warf ihr einen zweifelnden Blick zu. »Das bisschen Kopfweh, Schwindel, Erbrechen, die Platzwunde an der Stirn«, er holte Luft, »das bisschen Schädel-Hirn-Trauma … Ach was, das steckt eine Cora Brecht doch locker weg!«

»Ich versteh gar nicht, weshalb du dich so aufregst«, gab Cora zurück. »Ich mag keine Krankenhäuser. Punkt. Und wenn ich da nicht bleiben möchte, dann ist das allein meine Entscheidung.«

»Na ja, es betrifft ja nicht nur dich, sondern auch mich. Jetzt muss ich nämlich den Job der Krankenschwester machen und dich überwachen.«

Cora spürte mit einem Mal ein Stechen in der Brust. Tills Äußerung verletzte sie. »Ist das so ein Problem für dich?«, knurrte sie. »Du wolltest doch eh bei mir übernachten.«

»Von der Nacht ist inzwischen ja leider nicht mehr viel übrig.« Er verdrehte die Augen. »Ein paar Stunden noch, dann muss ich wieder auf der Matte stehen.«

Cora senkte betroffen die Lider. Auch wenn sie es nicht gern hörte – Till hatte mit all dem, was er sagte, im Grunde recht. Während sie sich die schmerzenden Schläfen rieb, kam ihr plötzlich ein neuer Gedanke. »Wir müssen ja gar nicht unbedingt zu mir fahren. Wenn wir schon hier in Calw sind, könnten wir ja auch mal bei dir übernachten!« Sie lächelte müde. »Ich verstehe sowieso nicht, weshalb wir das noch nie gemacht haben. Ich möchte doch auch mal sehen, wie du lebst!«

Till löste den Blick von der Straße und sah sie erstaunt an. »Wie kommst du denn jetzt darauf?« Er fuhr sich mit einer hektischen Geste durch die Haare, dann schüttelte er den Kopf. »Nein, Cora. Das ist keine gute Idee. Ich habe dir doch schon erklärt, dass ich mich in meiner Wohnung nicht mehr wohlfühle. Ich will da nicht mit dir übernachten.«

»Jetzt stell dich bitte nicht so an! Es ist doch viel praktischer, zu dir zu fahren.« Sie grinste. »Mir macht es auch nichts aus, wenn es unaufgeräumt ist. Wir gehen ja eh gleich ins Bett.«

Tills Gesichtszüge verhärteten sich. »Cora, nein. Es tut mir leid. Warte bitte, bis ich umgezogen bin. In der neuen Wohnung ist das alles kein Problem mehr. Da kannst du dann jederzeit bei mir übernachten. Aber jetzt, jetzt geht es nicht.«

Cora presste enttäuscht die Lippen zusammen und sah aus dem Fenster. Warum hatte er sie noch nie zu sich eingeladen? Das war doch nicht normal ... Ja, er hatte auf ihre Nachfragen hin stets behauptet, bereits auf gepackten Koffern zu sitzen. Aber das sagte er jetzt schon seit Monaten. In all der Zeit hatte er nicht eine einzige Wohnungsbesichtigung gehabt. Dafür, dass er angeblich kurz vor dem Auszug stand, ließ er sich verdammt viel Zeit damit, seine Pläne in die Tat umzusetzen. Schwerfällig wandte sie sich ihm zu und beäugte ihn misstrauisch. Nein, beim besten Willen, sie verstand das einfach nicht.

»Ich finde das komisch ...«, sagte sie leise. Sie wartete einen Moment ab, dann schob sie eine Frage nach, die sie insgeheim schon lange umtrieb: »Verheimlichst du mir was?«

40. Kapitel

»Quatsch!«, erwiderte Till barsch.

Cora zog argwöhnisch die Augenbrauen zusammen. Till reagierte zu schroff. Zu aggressiv. Jemand, der nichts zu verheimlichen hatte, hatte die Großmut, auf so eine Frage gelassen zu reagieren.

»Warum glaube ich dir nicht?«, fragte Cora leise, ließ den Kopf zur Seite sinken und schloss matt die Lider. Eigentlich war sie im Moment viel zu erschöpft, um die Wahrheit zu hören. Andererseits ahnte sie schon lange, dass da etwas nicht stimmte. Till liebte sie. Das spürte sie deutlich. Dennoch war da immer noch eine gewisse Distanz zwischen ihnen. Lediglich beim Sex konnte er loslassen und wurde eins mit ihr. Sie hätte schon längst den Mut aufbringen und nachfragen müssen, was ihn hemmte. Stattdessen hatte sie sich mit ganzem Herzen ihrer Verliebtheit hingegeben. Sie hatte die Zweifel verdrängt und der Harmonie wegen die schwierigen Themen umschifft. Nur zu gern hatte sie Tills Ausreden akzeptiert und seine Verschlossenheit bewusst als Besonnenheit fehlinterpretiert. Sie hatte sich selbst etwas vorgemacht. Und er … hatte er sie etwa die ganze Zeit angelogen? Sie öffnete die Augen und sah ihn fragend an.

Nach einer unangenehm langen Phase der Stille räusperte sich Till schließlich. Ohne den Blick von der Straße zu nehmen, setzte er zu einer Erklärung an. »Es ist …«, er zögerte, »es ist kompliziert.«

Cora zuckte reflexartig zusammen, bereute die unkontrollierte Bewegung jedoch sofort. Der Schmerz in ihrem Schädel war so durchdringend, dass sie eine Sekunde lang regelrecht gelähmt war. Hinzu kam ein schrilles Pfeifen im rechten Ohr, das mit der Gehirnerschütterung nichts zu tun hatte, sondern immer dann auftrat, wenn sie sich gestresst fühlte.

»Kompliziert?«, stieß sie hervor. Sie umfasste ihren Kopf mit beiden Händen und stöhnte. »Was heißt kompliziert?«

Till trat auf die Bremse und lenkte das Auto an den Fahrbahnrand. Nachdem er den Motor abgestellt hatte, schnallte er sich ohne ein weiteres Wort ab, ließ das Fenster herunter und zündete sich eine Zigarette an. Er nahm einen langen Zug und blies den Rauch dann geräuschvoll ins Freie. Er benötigte noch zwei weitere Züge, bis er endlich bereit war, ihre Frage zu beantworten. »Ich habe nach der Scheidung von Anne ein zweites Mal geheiratet.«

Cora schluckte trocken. Hektisch drückte sie auf den Fensterheber. Sie brauchte dringend frische Luft. Ihr wurde schon wieder schlecht.

»Ich dachte, dieses Mal würde es passen, aber …« Er stockte und schüttelte bedauernd den Kopf. »Es hat auf Dauer einfach nicht funktioniert.« Er zog ein letztes Mal an seiner Zigarette, dann drückte er sie mit mehreren energischen Stößen im Aschenbecher aus. »Ich habe mich von Pia vor einem halben Jahr getrennt.«

Cora vergaß für einen Moment zu atmen. Langsam wandte sie sich vom Fenster ab und sah ihn ungläubig an. »Warum sagst du mir das erst jetzt?« Vor einem halben Jahr waren sie zwar noch nicht zusammen gewesen, dennoch verletzte es sie, dass er ihr diese zweite Ehe verschwiegen hatte. Ihre Augen füllten sich mit Tränen. »Ich habe dir vertraut …« Sie senkte die Lider und weinte still.

Till holte Luft und setzte zu einer Rechtfertigung an, verstummte jedoch sogleich wieder. Obwohl ihre Frage klar formuliert war, tat er sich offenbar schwer damit, sich zu erklären. So stand Coras Vorwurf weiterhin unbeantwortet im Raum. Während sie weinte und Till schwieg, war es, als breite sich eine finstere Wolke des Misstrauens zwischen ihnen aus. Eine Wolke, die mit jeder Sekunde, die er verstreichen ließ, bedrohlicher wurde.

Endlich nahm er einen erneuten Anlauf, ihr zu antworten. »Ich war so glücklich, dich wiedergefunden zu haben«, sagte er zaghaft. »Ich wollte einfach nur mit dir zusammen sein und die Zeit genießen. Die Sache mit Pia ist für mich nur noch nervig. Ich wollte dich nicht damit belasten.« Er fingerte eine neue Zigarette aus der Packung und steckte sie sich zwischen die Lippen. »Pia sollte«, er nahm die Zigarette wieder aus dem Mund, »auf keinen Fall zwischen uns stehen. Deshalb habe ich nichts gesagt.«

»Sie war die ganze Zeit zwischen uns«, murrte Cora. »So was spürt man doch! Ich habe es immer gespürt …«

»Ich wollte dich nur schützen«, sagte er eindringlich. »Du hattest doch schon genug um die Ohren. Da wollte ich dich nicht auch noch mit meinen Problemen belasten.«

»So kann man doch keine Beziehung führen!«, fauchte Cora. »Ohne Vertrauen!« Plötzlich kam ihr noch ein anderer Gedanke. Ein übler Gedanke. »Wenn du dich erst vor einem halben Jahr getrennt hast … dann bist du ja noch gar nicht geschieden!«

Till legte den Kopf schief und sah sie bekümmert an. In seinem Blick lag tiefstes Bedauern.

»Du hast mich die ganze Zeit angelogen«, heulte Cora auf. »Lebst du etwa noch mit ihr zusammen? Darf ich dich deshalb nie besuchen?«

Tills Gesicht verzog sich zu einer gequälten Grimasse. Einen Moment lang rang er noch mit sich, dann öffnete er die Tür und stürzte ins Freie. Cora sah ihm nach und stöhnte. Sie kannte die Antwort.

Noch während sie sich abschnallte, überrollte sie eine neue Welle der Übelkeit. Sie schaffte es gerade noch, das Auto zu verlassen, als der Brechreiz nicht mehr zu unterdrücken war. Würgend taumelte sie zum nächstbesten Busch, dort erbrach sie sich.

Auf einmal war Till bei ihr. Mit der einen Hand stützte er sie, mit der anderen Hand streichelte er ihr beruhigend den Rücken. »Geht's?«, fragte er besorgt.

Es dauerte eine Weile, bis Cora das Gefühl hatte, ihren Körper wieder unter Kontrolle zu haben. Dann erst nahm sie von Till das angebotene Papiertaschentuch entgegen und säuberte sich damit notdürftig den Mund. Wie gern hätte sie sich jetzt mit etwas Wasser den Mund gespült! Das Brennen im Rachen und der gallige Geschmack auf der Zunge waren kaum zu ertragen … Cora sah sich suchend um. Notfalls ging natürlich auch Schnee. Rasch griff sie in den nächstbesten Schneehaufen am Straßenrand und steckte sich eine Handvoll Schnee in den Mund. Der wohltuende Effekt trat unverzüglich ein. Die kalte Masse verdrängte nicht nur das Brennen im Rachen, sondern milderte auch den schlechten Geschmack auf der Zunge. So, und jetzt wollte sie einfach nur noch nach Hause. Ohne weiteren Kommentar ging sie zum Auto zurück, setzte sich auf den Beifahrersitz und schnallte sich an. In steifer Haltung saß sie da und starrte mit leerem Blick aus dem Fenster. Sie war zutiefst enttäuscht. Wie hatte er ihr das nur verheimlichen können? Auch wenn er sie nicht direkt angelogen hatte, fühlte sie sich getäuscht und hintergangen. Jetzt konnte er sich seine betroffene Miene sparen. Und seine Ausreden auch.

Cora fasste sich an die Ohren und hielt sich probeweise mal die eine, dann die andere Ohrmuschel zu. Mist! Kaum hatte sich ihr Magen beruhigt, trat der Tinnitus wieder in den Vordergrund. Der Piepston war mittlerweile in beiden Ohren zu hören. Cora nahm einen tiefen Atemzug und ließ die Luft durch die gespitzten Lippen kontrolliert wieder entweichen. Für gewöhnlich bekam sie das Ohrgeräusch mit dieser Atemtechnik rasch wieder los. Aber heute? Fehlanzeige! Der Trick funktionierte nicht … Sie wartete, bis Till auf dem Fahrersitz Platz genommen hatte, dann sagte sie leise: »Bring mich bitte nach Hause. Ich muss jetzt dringend schlafen. Und nachdenken.« Till nickte und ließ den Motor an. Während sie ihre Fahrt fortsetzten, sprach keiner ein Wort. Erst als sie bereits den Ortsausgang von Calw erreicht hatten, fügte Cora unmissverständlich hinzu: »Ich möchte nicht, dass du mich ins Haus begleitest.« Ihr Ton wurde schneidend. »Lass mich einfach raus und geh wieder.«

Till schüttelte den Kopf. »Aber der Arzt hat gesagt …«

»Es ist mir egal, was der Arzt gesagt hat«, fiel ihm Cora ins Wort. »Ich weiß selbst, was ich brauche und was mir guttut.« Der nachfolgende Gedanke trieb ihr erneut die Tränen in die Augen, trotzdem sprach sie ihn aus. »Und ich weiß auch, dass du mir im Moment nicht guttust.«

41. Kapitel

Cora war hart geblieben. Obwohl Till angeboten hatte, im Wohnzimmer auf dem Sofa zu schlafen, hatte sie darauf beharrt, die Nacht allein zu verbringen. Nach einigem Hin und Her hatte Till schließlich kapituliert.

»Aber du rufst mich sofort an, wenn es dir schlechter geht!«, rief er ihr aus dem geöffneten Autofenster heraus nach. »Ich kann in einer halben Stunde bei dir sein. Und falls es dir richtig schlecht geht, dann rufst du gleich den Notarzt an. Vergiss nicht zu sagen, dass sie eventuell Schneeketten brauchen.«

»Ja … mach ich«, erwiderte Cora und nickte matt. »Ich melde mich morgen bei dir. Ich weiß aber noch nicht, wann.« Sie warf ihm einen letzten müden Blick zu, dann wandte sie sich ab und stapfte die Treppe hinauf. Obgleich sie hörte, wie er den Rückwärtsgang einlegte, drehte sie sich nicht mehr nach ihm um. Das allmählich schwächer werdende Motorengeräusch im Ohr, schloss sie die Haustür auf und betrat die Diele.

Während sie sich den Schal vom Hals wickelte, gab sie der Haustür einen kurzen Stoß, sodass diese von selbst ins Schloss fiel. Dann ließ sie sich stöhnend auf die kleine Truhenbank im Eingangsbereich sinken und tauschte die Stiefel gegen die Hausschuhe aus. Sie gähnte. Was für ein schrecklicher Tag!

Jetzt wollte sie wirklich nur noch schlafen. Sie war gerade dabei, den Reißverschluss ihres Mantels zu öffnen, als sie auf einmal irritiert innehielt. Was war das eben für ein Geräusch gewesen?

Sie hielt den Atem an und lauschte. Wenn sie das Geräusch richtig geortet hatte, dann war es aus der Küche oder aus dem Wohnzimmer gekommen. Leider war das Piepsen in ihren Ohren so durchdringend, dass es ihr Hörvermögen beeinträchtigte. Cora schnalzte missmutig mit der Zunge. Offenbar mischten sich zu dem leidigen Dauerpiepsen nun auch noch neuartige Phantomgeräusche! Sie hatte gerade den Mantel an die Garderobe gehängt, als ihr Blick an einem nassen Fleck auf dem Fliesenboden hängen blieb. Nanu? Woher kam denn diese Nässe? Bei genauerem Hinsehen sah sie noch mehr feuchte Stellen. Die Spur führte durch den gesamten Flur bis zur Küchentür … Coras Augen pendelten zwischen den Stiefeln und den Flecken hin und her. Noch während sie grübelte, fing ihr Herz bereits nervös zu pochen an. Die Nässe stammte nicht von ihren Schuhen …

Aufgeregt eilte sie zu ihrem Mantel zurück und holte hastig die kleine Spraydose aus der Tasche hervor. Gott sei Dank hatte ihr Till das Pfefferspray mitgegeben! Mit der Dose im Anschlag schlich sie vorsichtig in Richtung Küchentür. Bevor sie die Klinke drückte, lauschte sie nochmals. Als sie jedoch immer noch nichts hörte, öffnete sie die Tür einen Spalt breit und lugte hinein.

In der Küche war es dunkel. Das hereinfallende Licht aus der Diele genügte jedoch, um zu erkennen, dass der Raum leer war.

Ihr Blick richtete sich auf die geschlossene Wohnzimmertür. Okay, auch wenn es ein wenig übertrieben war, ein letzter Check konnte nicht schaden. Danach konnte sie beruhigt schlafen gehen. Sie nahm das Pfefferspray fest in

die Hand und öffnete dann leise die Tür. Esstisch, Stühle ...,
sie schob die Tür etwas weiter auf, ... Sofa, Couchtisch, der
Holzofen. Ein rascher Blick hinter die Tür ... Nichts. Hier
war kein Mensch. Sie machte das Licht an und sah sich um.
Alles befand sich an seinem angestammten Platz. Kein Bild
war heruntergefallen, keine Pflanze war umgekippt. Falls es
überhaupt ein Geräusch gegeben hatte, war es sicher nicht
aus diesem Raum gekommen. Nachdenklich steckte sie das
Pfefferspray in ihre Gesäßtasche. Natürlich war sie nach diesem Überfall hoch sensibilisiert und misstrauisch – das war
nach so einem traumatischen Erlebnis eine ganz normale
Reaktion. In Verfolgungswahn musste es jedoch nicht ausar-
ten. Da sie ja gar nicht offiziell ermittelte, war ihr Name im
Zusammenhang mit diesem Fall bislang noch nie irgendwo
aufgetaucht. Sie stand gewiss nicht auf der Liste dieser poten-
ziellen Mörder. Vermutlich hatte sie die feuchten Abdrücke
im Flur ja doch selbst hinterlassen, als sie in den Stunden
zuvor raus- und reingegangen war. Ja, nur das ergab Sinn. Sie
machte das Wohnzimmerlicht wieder aus, schloss die Tür und
ging ins Bad.

Während sie die elektrische Zahnbürste im Mund her-
umführte, betrachtete sie sich im Spiegel. Mannomann, sie
sah ganz schön mitgenommen aus! Blass, auf den Wangen
hektische rote Flecken, die Augen vor Übermüdung ganz
klein. Hinzu kam die Schramme an ihrer Stirn, die mit
einem bräunlichen Wundschorf überzogen war. Hoffentlich
gab das keine Narbe! Im Gegensatz zu ihrer Narbe am Hals
ließ sich eine an der Stirn nämlich schlecht verstecken. Sie
musste an Till denken. Er konnte nicht nachvollziehen, dass
sie ihre Narben überhaupt verstecken wollte. Für ihn war sie
schön, so wie sie war.

Der Gedanke an Till machte sie traurig und wütend
zugleich. Sie war ja hauptsächlich seinetwegen in den

Schwarzwald gezogen. Und sie hatte sich seinetwegen für die Stelle als Kriminalpsychologin im Kommissariat in Calw beworben. Alles, um ihm nahe zu sein. Sie hatte von einer gemeinsamen Zukunft mit ihm geträumt. Er hatte das gewusst. Und trotzdem hatte er ihr seine Ehe verheimlicht. Sie stellte die Zahnbürste ab und spuckte das restliche Zahnpasta-Speichel-Gemisch in den Abfluss. Ihr Till führte ein Doppelleben – saß mit seiner Ehefrau immer noch im gemachten Nest, und gleichzeitig vergnügte er sich mit ihr, seiner alten Jugendliebe, seiner wilden Zora. Was war sie denn für ihn? Eine Gespielin? Eine nette Abwechslung? Der Gedanke tat verdammt weh! Sie ging in die Knie, um sich nicht so stark über das Waschbecken beugen zu müssen, dann stellte sie das Wasser an und ließ den Strahl über ihr Gesicht laufen. Es dauerte nur wenige Sekunden, dann mischten sich ihre Tränen mit dem warmen Wasser.

Eine Weile lang stand sie nur so da und ließ ihren Tränen freien Lauf. Erst als ihr in der vornübergebeugten Position schwindlig zu werden drohte, drehte sie das Wasser ab und tupfte sich mit dem Handtuch das Gesicht trocken. Ohne nochmals in den Spiegel zu schauen, verließ sie das Badezimmer und ging in die Küche zurück. Sie fröstelte. Puh, hier war es aber kalt! Hatte sie die Nachtabsenkung etwa zu niedrig eingestellt? Das waren doch nie und nimmer siebzehn Grad! Sie fasste prüfend an den Heizkörper. Warm! Die Kälte musste demnach aus dem Flur kommen …

Sie hatte die Tür zur Diele erst ein Stück weit geöffnet, als ihr bereits ein eisiger Wind entgegenwehte. Oh nein, die Haustür stand ja sperrangelweit offen! Wie konnte das denn sein? War die Tür womöglich gar nicht ins Schloss gefallen, als sie ihr den Stoß versetzt hatte? Fluchend eilte sie zur Tür. Sie hatte die Klinke noch nicht erreicht, als sie plötzlich von hinten gepackt und zurückgerissen wurde. Ihr Puls schoss augenblicklich in die

Höhe. Doch der Angriff ging so schnell vonstatten, dass Cora nicht einmal die Zeit blieb, einen Schrei von sich zu geben. Die Augen vor Schreck weit aufgerissen, taumelte sie nach hinten, geradewegs gegen die Brust ihres Angreifers. Ehe sie sichs versah, hatte sie schon ein Messer an der Kehle.

»Wo sind die Akten?«, drang es an ihr Ohr. Der Stimme nach handelte es sich bei ihrem Angreifer um einen jungen Mann.

»Welche Akten?«, röchelte Cora. »Bitte, bitte lassen Sie mich los.« Sie überstreckte den Hals, um mehr Abstand zu der Klinge zu gewinnen.

Vom Treppenaufgang her war ein leises Husten zu hören. Der Klang des Hustens kam Cora bekannt vor … Es erinnerte sie stark an den Husten der vermummten Gestalt im Keller der Klinik. Waren das etwa dieselben Leute? Aber das ergab doch gar keinen Sinn!

»Wir lassen dich erst los, wenn du uns sagst, wo du die Patientenakten versteckt hast«, zischte eine heisere weibliche Stimme. Cora stellte sich auf die Zehenspitzen und schielte zur Treppe hinüber. Die Silhouette der schwarz vermummten Frau war im dunklen Flur kaum auszumachen. Das Messer jedoch, das sie ihr entgegenstreckte, war deutlich erkennbar.

»Ich habe sie nicht«, winselte Cora. »Die Akten müssen bei den Leuten sein, die mich im Keller der Klinik angegriffen haben. Bei denen müssen Sie suchen.«

Die beiden Angreifer tauschten verdutzte Blicke. Mit dieser Antwort hatten sie offenbar nicht gerechnet. Es war nur ein kurzer Moment der Unaufmerksamkeit, doch Cora wusste ihn zu nutzen. Im selben Augenblick, als der Mann das Messer versehentlich etwas sinken ließ, riss sie das Pfefferspray aus der Hosentasche heraus und sprühte der Frau den Wirkstoff entgegen. Der Effekt trat so unmittelbar ein, dass Cora selbst überrascht war. Sie hatte den Sprühstoß gerade erst abgegeben, als die Frau bereits zu schreien begann. Die Hände vors Gesicht geschlagen, stürzte sie laut hustend ins Freie. Eine Schrecksekunde lang war der Mann wie gelähmt, dann stieß er Cora fluchend von sich und hastete seiner Komplizin hinterher.

42. Kapitel

Marion Dehner rieb sich fröstelnd die Arme. »Könntest du bitte die Fenster wieder schließen? Hier ist es ja inzwischen kälter als im Kühlschrank!«

Cora hielt die Nase witternd in die Höhe. »Ja, ich denke, wir haben jetzt genug gelüftet.« Um das Haus von der reizenden Substanz des Pfeffersprays zu befreien, hatte sie sämtliche Fenster im Erdgeschoss aufgerissen und die Räume gründlich durchgelüftet. Der Reizstoff hatte nämlich nicht nur ihre Angreifer in die Flucht geschlagen, sondern letztlich auch ihre eigenen Atemwege gereizt. Obwohl sie den Sprühstoß zur Tür hin abgegeben hatte, hatten sich die Aerosole weiträumig verteilt. Immerhin, das exzessive Lüften hatte geholfen. Das Brennen in den Augen hatte nachgelassen und auch der Hustenreiz war verschwunden. Dafür war es nun im gesamten Erdgeschoss lausig kalt.

Während Cora die Fenster im Wohnzimmer schloss, kümmerte sich Friedrich Dehner um die übrigen Fenster in Küche, Bad und Flur. Cora war dankbar, dass ihre Nachbarn sich bereit erklärt hatten, ihr bis zum Eintreffen von Till Gesellschaft zu leisten. Nachdem die beiden Angreifer geflüchtet waren, hatte sie zunächst einmal Till alarmiert. Da man eine Rückkehr der

Einbrecher nicht ausschließen konnte, hatte Till ihr geraten, nicht allein zu bleiben, sondern umgehend jemanden aus der Nachbarschaft zu sich zu bitten. Obwohl sie die Dehners mit ihrem Anruf aus dem Schlaf gerissen hatte, hatte das Ehepaar den Ernst der Lage sofort erkannt und war auf der Stelle angerückt. Seitdem saßen sie frierend mit Cora in der Küche und wärmten sich die klammen Finger an gefüllten Teetassen. Wenn Cora ihre Nachbarn ansah, war es kein Wunder, dass sie so froren. Unter Marions Wintermantel schaute das Nachthemd hervor. Friedrich hatte in der Hektik sogar die Hausschuhe anbehalten und trug nicht einmal Strümpfe.

»Ich glaube, da kommt er«, stellte Marion fest. »Ich habe ein Auto gehört.« Sie stand auf und sah aus dem Fenster. »Ja, das ist er. Dein Freund ist da.«

Cora atmete erleichtert auf. Endlich!

»Schön«, sagte sie, »dann könnt ihr jetzt ja wieder nach Hause gehen.« Sie lächelte. »Vielen Dank, dass ihr so schnell gekommen seid.«

»Das ist doch selbstverständlich«, erwiderte Friedrich und fuhr sich mit der Hand über das schüttere Haar. »Ich hoffe, die Polizei findet die Typen, die dich überfallen haben!« Er schüttelte empört den Kopf. »Erst der Einbruch bei den Kauders im Herbst und jetzt der Einbruch bei dir …« Er warf seiner Frau einen besorgten Blick zu. »Hoffentlich sind wir nicht die Nächsten!«

»Wir müssen unbedingt eine Alarmanlage installieren«, meinte Marion kopfschüttelnd, während sie Friedrich zur Tür folgte. »Das sag ich doch schon lange.« Sie wies auf Coras Stirn. »Ich wünsch dir gute Besserung. Und falls du Hilfe brauchen solltest – wir sind immer für dich da. Gib einfach Bescheid.«

»Vielen Dank, Marion.« Cora berührte sie zum Abschied sacht an der Schulter. »Das ist lieb von dir.«

An den Türrahmen gelehnt, sah sie zu, wie die Dehners mit Till am Rosenbogen noch ein paar Worte wechselten, um sich dann mit einem letzten Wink in ihre Richtung endgültig zu verabschieden. Cora verlagerte ungeduldig das Gewicht von einem Bein aufs andere. Sie konnte es nicht erwarten, ihm zu erzählen, was vorgefallen war. Till schien es nicht ganz so eilig zu haben. Zunächst schloss er bedächtig das Gartentor hinter sich, dann blieb er am Fuß der Treppe stehen und blickte unsicher zu ihr auf. Cora schluckte nervös. Da war sie wieder, die finstere Wolke des Misstrauens zwischen ihnen. Noch hatten sie sich ja nicht ausgesprochen. Zig unbeantwortete Fragen schwirrten ihr durch den Kopf, die es zu klären galt. Ob diese Aussprache sie versöhnen konnte oder endgültig auseinanderbringen würde, vermochte sie im Augenblick nicht zu sagen.

Andererseits war Till trotz ihres Streits immer noch ihr Freund. Vielleicht war er sogar in erster Linie ihr Freund, mehr noch als ihr Geliebter. Und in dieser Rolle erwies er sich als zuverlässig. Er war sofort gekommen, als sie ihn gerufen hatte. In seinem Gesicht spiegelte sich eine solche Besorgnis, wie sie nur aus tiefstem Herzen kommen konnte. Was seine partnerschaftliche Treue betraf, war sie im Moment stark verunsichert. Wenn es aber um seine Bereitschaft ging, sie zu beschützen, gab es keine Zweifel. Eine Weile noch hielt sie seinem fragenden Blick stand, dann rang sie sich zu einem versöhnlichen Lächeln durch. Ihr Lächeln schien einem Startschuss gleichzukommen. Kaum hatten sich ihre Mundwinkel angehoben, lief Till los. Immer zwei Stufen auf einmal nehmend, eilte er ihr entgegen.

Als er an der Haustür angelangt war, sahen sie sich einen Moment lang stumm an, dann öffnete Cora die Arme und drückte ihn an sich. »Ich bin so froh, dass du da bist«, murmelte sie.

»Und ich bin froh, dass du noch am Leben bist.« Er löste sich behutsam aus ihrer Umarmung, zog sie mit sich in die Diele und schloss dann die Haustür hinter sich. Jetzt erst betrachtete er sie genauer. »Geht es dir gut?«

»Es ging mir schon besser«, brummte Cora. »Ich hatte eine Scheißangst!« Sie führte den ausgestreckten Zeigefinger zum Hals und imitierte das Messer. »So nah war das Messer an mir dran! Zum Glück hatte ich das Pfefferspray in der Hosentasche stecken …«

Till blies die Backen auf. »In der Situation hast du Reizgas benutzt?« Er schüttelte tadelnd den Kopf. »Das kannst du doch nicht machen, Cora! Stell dir mal vor, der hätte das Messer vor Schreck hochgerissen! Das war …«, er suchte nach dem richtigen Wort, »das war megariskant! Mit einem Messer am Hals muss man ruhig bleiben.«

»Es hat ja funktioniert«, gab Cora kleinlaut zurück.

»Ja, weil du Dusel hattest.« Er seufzte. »Am Telefon hast du gesagt, dass es zwei Angreifer waren. Bist du dir da sicher?«

»Ja, ein Mann und eine Frau. Sie waren zwar komplett vermummt, aber das Geschlecht konnte ich eindeutig erkennen. Sie haben ja beide mit mir gesprochen.«

»Aha, und die haben nur die Patientenakten gewollt?«

»Ja. Ich habe ihnen gesagt, dass ich die Akten nicht habe …«

»Das waren bestimmt die gleichen Leute, denen du zuvor schon im Sanatorium begegnet bist.«

Cora kräuselte zweifelnd die Oberlippe. »Den Gedanken hatte ich auch schon, aber was ergibt das für einen Sinn? Ich bin bislang davon ausgegangen, dass die Leute aus dem Keller die Kiste mit den Patientenakten mitgenommen haben.« Sie sah nachdenklich drein. »Andererseits wäre es schon ein großer Zufall, dass in derselben Nacht noch mehr Leute unabhängig voneinander nach den Akten suchen. Ich habe im Keller ja nicht viel erkennen können, aber von der Kleidung her könnte es sich schon um dieselben Leute gehandelt haben.«

»Passt es denn vom Körperbau und von der Größe her?«

»Könnte passen.« Sie zuckte mit den Achseln. »Aber das sind alles nur Mutmaßungen. Im Keller war es stockdunkel. Ich habe nur Umrisse gesehen …«

Till wandte sich ab und ging vor der Haustür in die Hocke. »Hattest du die Haustür abgeschlossen?«

»Nein, ich habe die Tür nur hinter mir zugezogen. Normalerweise muss man hier ja nicht abschließen …«

Während Till das Türschloss inspizierte, bildeten sich immer mehr Falten auf seiner Stirn. »Hm, mit bloßem Auge kann ich da nichts erkennen. Die haben wohl einen Dietrich benutzt.« Er zuckte mit den Schultern. »Na ja, die hätten dein Schloss sicher so oder so geknackt, auch wenn du die Tür ordentlich abgeschlossen hättest. Deine Versicherung wird das allerdings anders sehen. Ist eigentlich viel kaputt gegangen?«

»Nein, es sieht nicht danach aus. Man sieht nicht einmal, dass sie etwas durchwühlt haben. Alles liegt an seinem Platz.«

Till nickte nachdenklich. »Warten wir mal ab, was die Spurensicherung dazu sagt.«

* * *

Es dauerte nochmals drei Stunden, bis die Kriminaltechnik mit der Beweisaufnahme durch war, dann konnte Cora endlich in ihr ersehntes Bett. Sie war unendlich müde. Erschöpft kroch sie unter die Bettdecke und schloss die Augen. Till zögerte zunächst, doch schließlich legte er sich mit etwas Abstand neben sie ins Bett. Kurz bevor sie einschlief, spürte sie noch, wie er ihre Hand nahm, sie behutsam zu sich heranzog und ihr einen sanften Kuss auf den Handrücken gab. Cora beantwortete seine zärtliche Geste mit einem wohligen Seufzen, dann übermannte sie endgültig der Schlaf.

43. Kapitel

Es ging schon auf Mittag zu, als Cora erwachte. Obwohl sie tief geschlafen hatte, fühlte sie sich wie gerädert. Sie rieb sich eine Weile die Augen, dann blickte sie sich um und stellte fest, dass das Bett neben ihr leer war. Till war offenbar so leise aufgestanden, dass sie davon nicht wach geworden war. Gähnend rollte sie sich aus dem Bett. Nachdem sie sich angekleidet hatte, schaute sie prüfend in den Schrankspiegel und betrachtete die Platzwunde an der Stirn.

Der verkrustete Schmiss hob sich immer noch deutlich von ihrer blassen Haut ab, die Schwellung war derweil jedoch zurückgegangen. Vorsichtig betastete sie den Schorf mit den Fingerspitzen. Es schmerzte noch ein wenig, wenn man Druck darauf gab, aber ansonsten schien sich die Wunde in einem guten Heilungsprozess zu befinden. Auch die Kopfschmerzen hatten nachgelassen; der Schwindel und die Übelkeit waren komplett verschwunden. Ach ja! Und der Tinnitus war weg. Cora seufzte erleichtert auf. Offenbar war sie, auch was die Schwere der Gehirnerschütterung betraf, noch einigermaßen glimpflich davongekommen.

Als sie in die Küche kam, duftete es bereits nach frisch gekochtem Kaffee. »Guten Morgen!«

»Guten Morgen!«, erwiderte Till den Gruß. Er griff nach der Kaffeekanne und schenkte ihr in die bereitgestellte Tasse ein.

Cora setzte sich an den Küchentisch, umfasste die Tasse mit beiden Händen und musterte ihn über den Rand der Tasse hinweg. Er sah nicht so aus, als hätte er sich heute schon gewaschen. Unrasiert, die Haare verstrubbelt. Aber so war er eben. Ihr Till. Sie stutzte bei dem Gedanken. Ihr Till? War er das denn noch?

»Du hast mir gestern keine Antwort auf meine Frage gegeben«, sagte sie leise. »Wie ist das jetzt, mit dir und dieser … Pia.«

Till stellte die Kaffeetasse ab und räusperte sich. »Es ist kompliziert …«

»Das sagtest du schon gestern«, unterbrach ihn Cora. »Vielleicht kommt es dir ja nur deshalb so kompliziert vor, weil es dir unangenehm ist, darüber zu sprechen.« Sie holte Luft. »Erzähl mir nur das Wichtigste. Erklär es mir so, dass ich es verstehe!«

Till rieb sich das Kinn und dachte einen Moment lang nach. Dann gab er sich endlich einen Ruck und fing an zu erzählen: »Pia und ich waren ursprünglich ein richtig gutes Team. In vielen Bereichen haben wir perfekt zueinander gepasst. Vor allem, was die Hobbys anging.« Er trank ein paar Schlucke Kaffee, dann stellte er die Tasse wieder vor sich ab und suchte Coras Blick. »Im Gegensatz zu Anne war es für sie auch kein Problem, dass wir keine Kinder hatten. Pia ist Erzieherin und hat bei der Arbeit genug Kinder um sich herum.« Er räusperte sich. »Na ja, und vor ein paar Jahren haben wir dann gemeinsam in Calw ein kleines Haus gekauft.«

Cora fing an, ihre Hände zu kneten. Worauf wollte er eigentlich hinaus? Wenn doch alles so perfekt gewesen war, weshalb war er dann nicht bei ihr geblieben?

»Ich weiß nicht, wann es angefangen hat –«, fuhr Till fort, »vielleicht hatte sie ein Problem mit dem Älterwerden und fand sich selbst nicht mehr ganz so attraktiv. Auf jeden Fall wurde sie plötzlich immer eifersüchtiger.« Er strich sich die Haare zurück. »Irgendwann war es kaum noch auszuhalten. Andauernd musste ich mich rechtfertigen, ständig hat sie mich kontrolliert. Dabei war ich absolut treu. Sie hatte gar keinen Grund, eifersüchtig zu sein.« Er presste bei dem Gedanken daran verärgert die Lippen zusammen. »Sie hat mich sogar aus dem Auto heraus beschattet! Eines Tages hat sie mir im Beisein einer Kollegin eine Riesenszene gemacht. Nur weil ich die Kollegin nach dem Kneipenbesuch noch bis zum Auto begleitet habe. Als diese sich bei mir mit einem Schulterklopfen bedankt hat, ist Pia total ausgerastet. Sie kam aus dem Auto heraus auf uns zugestürzt und hat hysterisch herumgeschrien.« Er schüttelte den Kopf. »Sie hat sich so reingesteigert, dass sie am Ende mit den Fäusten auf mich los ist.« Sein Tonfall nahm einen traurigen Klang an. »Damit hatte sie für mich die Grenze endgültig überschritten. Am selben Abend noch habe ich ihr gesagt, dass ich mich von ihr trennen werde.« Er seufzte. »Aber dann ging das Drama erst richtig los! Pia hat stundenlang mit mir herumdiskutiert. Sie wollte einfach nicht einsehen, dass es vorbei war.« Er runzelte verärgert die Stirn. »Erst als ich selbst laut wurde und geschrien habe, dass es für mich definitiv kein Zurück mehr gibt, hat sie es begriffen.« Er machte eine Pause. »Daraufhin hat sie dann gedroht, sich umzubringen.«

»Deine Frau hätte therapeutische Hilfe gebraucht«, stellte Cora trocken fest. »In so einem Fall geht man zum Paartherapeuten.«

»Ich wollte keine Paartherapie«, sagte Till und schüttelte verärgert den Kopf. »Für mich war es aus! Ich wollte nur noch meine Ruhe. Am liebsten wäre ich einfach abgehauen.« Er seufzte erneut. »Aber so einfach geht das leider nicht, wenn man gemeinsam ein Haus besitzt ...«

In diesem Punkt konnte Cora ihm innerlich nur zustimmen. Auch sie hatte beim Hausverkauf im Zuge ihrer Scheidung große finanzielle Verluste hinnehmen müssen.

»Pia hat ihr gesamtes elterliches Erbe in das Haus gesteckt«, fuhr Till fort. »Den Rest haben wir über einen Kredit finanziert, der über mein Konto läuft.« Er tippte mit dem Finger auf den Tisch. »Und genau da liegt jetzt das Problem. Pia möchte das Haus auf keinen Fall verkaufen. Sie hat aber auch kein Geld, um mich auszubezahlen und den Kredit abzulösen.« Er lehnte sich zurück. »Ich hingegen möchte das Haus so schnell wie nur möglich verkaufen.« Er schüttelte verärgert den Kopf. »Bislang haben wir aber noch keinen Käufer gefunden, der bereit gewesen wäre, den ausgeschriebenen Preis zu zahlen. Pia hat völlig unrealistische Vorstellungen, was den Preis angeht, und weigert sich, auch nur einen Cent runterzugehen. Das ist natürlich reine Taktik, um den Verkauf hinauszuzögern.«

»Warum bist du denn nicht schon längst ausgezogen und hast dir eine Wohnung genommen?«

»Weil ich das nicht finanzieren kann – eine Wohnung plus Kredit. Wie soll das gehen?«

Cora schwieg. Tills Situation war wirklich vertrackt. Trotzdem konnte es nicht sein, dass er unter diesen Umständen gezwungen war, weiterhin mit seiner Frau unter einem Dach zu leben. Sie wäre in dieser Situation einfach auf einen Campingplatz gezogen. Aber Till mochte das Campen ja nicht. Es hätte aber noch eine viel einfachere Lösung gegeben ... Er hätte zu ihr ziehen können! Dass er diese Möglichkeit nicht einmal in Erwägung gezogen hatte, verletzte sie.

»Ich wüsste eine Lösung«, sagte sie nachdrücklich.

Till schüttelte sogleich mit einem abwehrenden Lächeln den Kopf. »Du meinst, ich soll zu dir ziehen?« Sein Lächeln wurde noch eine Spur breiter. »Das ist lieb von dir, Cora. Sehr lieb. Aber ich möchte auf keinen Fall aus dem einen Nest raus und ins nächste Nest rein. Nein, ich möchte eine eigene Wohnung haben, in der ich auch mal nur für mich sein kann. Ich möchte eigenständig sein.« Er berührte sanft ihre Hand. »Aber das heißt nicht, dass ich nicht gern mit dir zusammen bin. Ganz im Gegenteil. Ich genieße die Zeit mit dir.« Er sah sie durchdringend an. »Ich bin glücklich mit dir.«

Cora nickte still. Eine Weile noch hielt sie seinem Blick stand, dann wich sie aus und konzentrierte sich wieder auf ihren Kaffee. Während sie langsam ein paar Schlucke trank, ließ sie sich Tills Worte nochmals durch den Kopf gehen. Es war nicht okay, dass er ihr all dies erst jetzt anvertraute. Sie hasste es, wenn man nicht ehrlich war und aus Feigheit Dinge verschwieg. Tills Verhalten zeugte von Schwäche und Unsicherheit. Womöglich steckte auch Bequemlichkeit dahinter. Andererseits befand er sich zweifelsfrei in einer schwierigen Situation. Zugutehalten konnte sie ihm dabei zumindest, dass er das Haus bereits zum Verkauf ausgeschrieben hatte und auf eine zeitnahe Lösung drängte. Auf ihrem Gesicht zeichnete sich ein versöhnlicher Ausdruck ab. »Dann hoffen wir mal, dass du bald einen Käufer findest und aus dem Haus ausziehen kannst.«

44. Kapitel

Im Büroraum der Cold-Case-Gruppe herrschte eine betriebsame Stille. Bis auf ein gelegentliches Räuspern oder das leise Rascheln von Papier, wenn eine Seite umgeblättert wurde, war kein Geräusch zu hören. In der Mitte des Besprechungstischs befanden sich acht Stapel chronologisch geordneter Tagebücher, wobei jeder Stapel ein Müllersches Lebensjahrzehnt umfasste. Drumherum saßen Cora, Kurt, Stefan und Thomas, ein jeder in die Lektüre eines Tagebuchs vertieft.

Cora überflog die letzte Seite ihres Exemplars, dann schlug sie das Buch seufzend zu und nahm das nächste Tagebuch vom Stapel. Dieses war mit 2008 datiert. Sie näherte sich mit kleinen Schritten der Gegenwart.

Das Sichten der Tagebücher war ein mühsames Geschäft. Seit Stunden saßen sie nun schon hier bei der Lektüre, doch bislang hatten sie nichts von Belang gefunden. Frau Müller hatte über Freud und Leid im Alltag berichtet, über ihre Träume, ihre Beziehung zu ihrem Mann – aber über ihre Arbeit hatte sie so gut wie nie geschrieben. Über die Impfversuche in der Lungenheilanstalt fand sich gar nichts! Obwohl es Frau Müller offenbar belastet hatte, bei den Menschenexperimenten zu assistieren, hatte sie es nicht riskiert, die Geschehnisse schriftlich festzuhalten. Es musste ihr bewusst gewesen sein, dass solche Notizen sie persönlich belastet hätten, wären die Tagebücher in die falschen Hände gelangt.

Traf diese Vermutung zu, bedeutete das aber auch, dass Frau Müller in ihrem letzten Tagebuch aller Wahrscheinlichkeit nach ebenfalls darauf verzichtet hatte, Coras Besuch zu erwähnen. Zumindest wird sie mich nicht namentlich genannt haben, überlegte Cora.

Kurt klappte das Tagebuch in seiner Hand mit einem solch vernehmlichen Schlag zu, dass alle Anwesenden zusammenzuckten. »Wie wäre es mit einer Pause?« Er stand auf, legte das Buch in den Karton mit den überprüften Exemplaren und dehnte stöhnend seinen Rücken. »Ich gebe eine Runde Kaffee aus. Wer möchte?«

Stefan und Thomas sahen nur kurz auf, schüttelten dann stumm die Köpfe und konzentrierten sich erneut auf ihre Bücher. Cora jedoch war froh über die Unterbrechung und reckte zustimmend den Daumen in die Höhe.

»Und die Spurensicherung hat in deinem Haus wirklich gar nichts gefunden?«, fragte Kurt, während er zwei saubere Tassen unter den Auslauf der Kaffeemaschine stellte. »Normalerweise entdecken die doch immer was – und wenn es nur ein paar Hautschuppen sind.«

Cora seufzte. »Nein, keine Spuren. Ich weiß nicht, ob wir es da mit Profis zu tun haben, aber zumindest scheinen sie mit Bedacht vorzugehen.«

Kurt drückte die Starttaste. »Wenn du keine Spuren hast, musst du dich umso stärker auf das Täterprofil und das Motiv konzentrieren«, rief er über das Mahlgeräusch hinweg. Thomas sah mit gerunzelter Stirn von seinem Buch auf, doch Kurt ließ sich nicht beirren. »Wer hat das größte Interesse an den Patientenakten?« Er hob den Zeigefinger an und nickte gewichtig. »Das ist die zentrale Frage.«

Cora zuckte mit den Achseln. »Na, Fuchs natürlich …«

»Okay, nehmen wir mal an, du liegst mit deiner Vermutung richtig«, erwiderte Kurt. »Dieser Professor Fuchs will unter allen Umständen an diese Akten kommen, um eine Nachverurteilung seines Vaters zu verhindern.« Er nahm die gefüllten Tassen vom Tropfgitter herunter und balancierte sie zum Tisch. »Um das zu erreichen, schreckt er auch nicht vor Morden und Überfällen zurück.« Er stellte die Tassen vorsichtig ab, dann nahm er wieder neben Cora Platz. »Natürlich macht er das nicht selbst. Nein, er hält sich im Hintergrund, zieht die Strippen und delegiert die unangenehmen Jobs an seine Handlanger.« Nachdenklich wiegte er seinen großen Kopf. »Falls es wirklich seine Leute waren, die bei dir nach den Akten gesucht haben, dürfte er jetzt allerdings recht unzufrieden sein. Die haben ja nichts gefunden.«

»Ja, das ist der Punkt, an dem es hakt«, gab Cora zu. »Wenn er die Akten nicht hat und ich habe sie auch nicht …«, sie machte eine Gedankenpause, »wer zum Teufel hat sie dann?«

»Vielleicht gibt es ja noch jemanden, der sich für die Akten interessiert«, überlegte Kurt.

»Sag mal, könnt ihr euch auch leiser unterhalten?«, beschwerte sich Stefan. »So kann sich doch kein Mensch konzentrieren.«

»Ich wüsste nicht, wer das sein sollte«, sagte Cora mit gedämpfter Stimme. »Außer der Müller. Aber die ist ja tot.«

»Vielleicht hat sie die Akten nach Stolls Tod ja aus dem Keller geholt und längst woanders versteckt«, flüsterte Kurt so übertrieben leise, dass Stefan stumm die Augen verdrehte.

»Weshalb hätte sie mich dann über die eingemauerten Akten informieren sollen?«, wandte Cora ein und schüttelte den Kopf. »Das ergibt doch keinen Sinn.«

»Nun ja, hast du nicht gesagt, sie war dement?«, entgegnete Kurt. »Vielleicht hatte sie es ja in der Zwischenzeit wieder vergessen ...« Coras skeptischer Blick war Antwort genug. »Okay«, sagte er und warf die Hände beschwichtigend in die Höhe, »dann stellen wir den Gedanken mal hintan und konzentrieren uns lieber wieder auf unseren Hauptverdächtigen Fuchs. Hat Kollege Moritz ihm denn überhaupt schon mal so richtig auf den Zahn gefühlt? Gab es schon eine Befragung?«

»Nein, Till hat bislang nur die Heimbewohner in der Seniorenresidenz befragt und ihnen ein Foto von Fuchs gezeigt. Wir wissen ja, dass die Müller an ihrem Todestag noch mit ihm telefoniert hat.« Sie zuckte bedauernd mit den Achseln. »Aber da kam nichts dabei raus, weder das Pflegepersonal noch die Senioren haben ihn wiedererkannt.«

»Dann würde ich doch mal direkt bei dem Professor nachhaken, was er mit Frau Müller besprochen hat. Und nebenbei wäre es auch interessant, sein Alibi für die Todesnacht zu überprüfen.«

Cora nickte. »Till ist bereits dabei, das zu checken.« Sie strich sich bedächtig über die verschorfte Wunde an der Stirn. »Ich weiß nicht, aber irgendwie habe ich die ganze Zeit schon das Gefühl, wir übersehen da was ...«

»Hm, wie wäre es denn«, Kurts Miene hellte sich auf, »wenn wir den Herrn Professor derweil schon mal ein wenig aus der Reserve locken? Ich denke da an diesen einen Tagebucheintrag, den Frau Müller nach Stolls Unfall verfasst hat. Da hat sie doch den Verdacht geäußert, Dr. Kiefer könnte bei dem Unfall nachgeholfen haben.« Er stand auf, ging zu den Kartons hinüber und suchte das entsprechende Tagebuch heraus. »Wo war es denn?« Er durchblätterte die Seiten. »Du hast mir die Stelle doch vorhin noch gezeigt ...«

»Ich glaube, es war irgendwo im letzten Drittel«, wies ihn Cora an.

»Ach ja, da ist es!« Mit einem zufriedenen Lächeln legte er das geöffnete Tagebuch vor Cora auf den Tisch und strich die Seite glatt. »Fotografier das doch mal ab. Damit machen wir ihm Feuer unterm Arsch!« Stefan gab ein lang gezogenes Zischen von sich, denn Kurt hatte vor lauter Eifer wieder vergessen, dass er leise sprechen sollte.

Cora nahm ihr Handy hervor, zoomte die Stelle heran und machte ein Foto. Danach verfasste sie gemeinsam mit Kurt eine E-Mail, in der sie dem Professor mitteilte, im Besitz der gesammelten Müllerschen Tagebuchwerke zu sein. Zum Beweis fügte sie ein Foto von den aufgestapelten Tagebüchern bei. Sie behauptete, Frau Müller habe sich darin wiederholt kritisch zu den Impfexperimenten an Kindern geäußert. Der abfotografierte Auszug aus einem der Tagebücher sei nur eine von vielen Stellen, in denen sie Dr. Kiefer bezichtigte, strafbare Handlungen begangen zu haben. Abschließend gab sie ihm den dringenden Rat, sich aus eigenen Stücken bei der Polizei zu melden und eine Aussage zu machen.

»Gut, und zum Schluss brauchen wir noch einen Hinweis darauf, dass wir auch ihn ins Visier nehmen werden …« Kurt rieb sich das Kinn. »Ich würde es so formulieren: Wir gehen davon aus, dass es angesichts der Leichenfunde auf dem Sanatoriumsgelände auch in Ihrem Sinne ist, den Sachverhalt so rasch wie möglich zu klären. Die Gerüchteküche in der Bevölkerung brodelt bereits, angeheizt durch die Berichte der Presse. Auch wenn dies mit dem aktuellen Fall nicht unbedingt in Zusammenhang steht, möchten wir Sie darüber hinaus bitten, für die weitergehenden Gespräche auch die Unterlagen zu Ihrer Forschungsarbeit im Kongo bereitzuhalten. Dies hilft uns, ein umfassenderes Bild von den Forschungstätigkeiten der Familie Kiefer / Fuchs zu erlangen. Wir danken Ihnen für die Kooperation.«

»Ist das nicht ein bisschen hoch gepokert?«, fragte Cora und kräuselte zweifelnd die Nase. »Gegen Fuchs liegt ja bislang nichts vor.«

Kurt zuckte mit den Schultern. »Ich würde es versuchen. Ist doch spannend zu sehen, wie er darauf reagiert.«

Cora überlegte kurz, dann nickte sie zögernd und vervollständigte die Mail. Nachdem sie die Nachricht unter der offiziellen Signatur des Landeskriminalamts versandt hatten, rieb sich Kurt zufrieden die Hände. »So«, raunte er, »und nun bist du an der Reihe, Herr Professor!«

45. Kapitel

… Wir gehen davon aus, dass es angesichts der Leichenfunde auf dem Sanatoriumsgelände auch in Ihrem Sinne ist, den Sachverhalt so rasch wie möglich zu klären. Die Gerüchteküche in der Bevölkerung brodelt bereits, angeheizt durch die Berichte der Presse. Auch wenn dies mit dem aktuellen Fall nicht unbedingt in Zusammenhang steht, möchten wir Sie darüber hinaus bitten, für die weitergehenden Gespräche auch die Unterlagen zu Ihrer Forschungsarbeit im Kongo bereitzuhalten. Dies hilft uns, ein umfassenderes Bild von den Forschungstätigkeiten der Familie Kiefer / Fuchs zu erlangen. Wir danken Ihnen für die Kooperation.

Joachim Fuchs stockte der Atem. Was war das denn? Ungläubig schüttelte er den Kopf, während er die Nachricht ein weiteres Mal durchlas. Als er schließlich geendet hatte, blieb sein Blick an der Signatur »Landeskriminalamt« hängen. Mit einem nervösen Räuspern wischte er sich die feuchten Hände an der Hose ab. Offenbar handelte es sich dabei um keine Betrugsmasche, die Mail stammte tatsächlich vom LKA!

Er öffnete nochmals den Anhang und betrachtete die abfotografierte Tagebuchseite. Ah, diese dumme Krankenschwester! Schnaubend fuhr er mit dem Schreibtischstuhl zurück und schnellte in die Höhe. Hatte die Müller nichts Besseres zu tun gehabt, als in ihren Tagebüchern über seinen Vater zu hetzen? War das der Dank dafür, dass er sie als Chef all die Jahre unterstützt hatte? Er ging zum Fenster, verschränkte die Arme hinter dem Kopf und starrte hinaus in den Garten.

Eigentlich konnte er noch froh sein, dass die Müller nicht auf ihn gekommen war. So wie es aussah, bezogen sich ihre Anschuldigungen nur auf seinen Vater. Er selbst war namentlich nicht angeführt worden. Nachdenklich kratzte er sich am Kinn. Entlastete es ihn, wenn der Verdacht auf seinen Vater gelenkt wurde? Hm, da war er sich nicht so sicher. Die Leute vom LKA waren nicht auf den Kopf gefallen. Wenn die erst einmal rausgefunden hatten, dass sich sein Vater zum Zeitpunkt des Unfalls bereits im Pflegeheim befunden hatte, würden sie nach neuen Verdächtigen Ausschau halten. Er fuhr sich unwirsch übers Gesicht und stöhnte. Vermutlich hatten sie ihn längst in den Blick genommen.

Andererseits – wie viel Gewicht konnten die Tagebuchaufschriebe von so einer alten, dementen Schachtel vor Gericht wohl haben? Da stand das Wort einer Krankenschwester gegen das Wort eines Professors. Und mehr als das hatten sie nicht gegen ihn in der Hand. Da war er sich sicher. Ja, das war ein beruhigender Gedanke. Ihm konnte nichts passieren. Auch wenn sie ihn unter Beschuss nahmen. Seine Alibis waren hieb- und stichfest.

Wenn da nur nicht diese Sache mit den Patientenakten gewesen wäre! Diese Dokumente waren der reinste Sprengstoff ... Der Gedanke daran löste ein pulsierendes Zucken unter seinem Auge aus. Zumindest hatte diese Brecht die Akten auch nicht gefunden. Andernfalls hätte er heute gewiss nicht nur diese Mail, sondern gleich eine Vorladung erhalten.

Allerdings musste er sich eingestehen, diese Kriminalpsychologin unterschätzt zu haben. Nicht nur, dass sie offenbar einiges wegstecken konnte – sie war darüber hinaus auch wehrhaft! Jule war nach dem Reizgasangriff stinkwütend gewesen. Er seufzte. Jule … Noch so ein Problem! Was die Brecht anbelangte, hatte sie sich seiner Anweisung ja glattweg widersetzt. Gut, im Nachhinein musste er sich eingestehen, dass er die Sache tatsächlich nicht genügend durchdacht hatte. Es wäre ein Fehler gewesen, die Brecht aus dem Weg zu räumen. Nur weil die Taktik bei den beiden Alten funktioniert hatte, konnte man nicht automatisch erwarten, dass dies wieder so problemlos klappen würde. Der Tod dieser Kriminalpsychologin hätte auch ohne Hinweis auf Fremdeinwirkung gewiss Ermittlungen nach sich gezogen. Da hatte Jule im Grunde schon richtig gehandelt. Trotzdem gefiel ihm ihre störrische Art nicht. Von der ursprünglichen Bewunderung, die sie ihm früher entgegengebracht hatte, war nicht mehr viel zu spüren. Im Gegenteil. Wenn sie mit ihm diskutierte, blitzte es in ihren Augen angriffslustig auf. Manchmal meinte er darin sogar eine regelrechte Feindseligkeit zu erkennen. Gut, aber nun galt es vorrangig, andere Probleme zu lösen. Die Angelegenheit mit Jule würde er schon wieder in den Griff bekommen. Das war alles nur eine Frage des Geldes.

Jetzt musste er zunächst einmal diese Leute vom LKA in die Schranken weisen. Er atmete tief durch, dann setzte er sich an die Tastatur seines Computers zurück. Die konnten ihm gar nichts. Die Polizei hatte keinerlei Beweise, um ihn zu belangen. Auch nicht, was seine Arbeit im Kongo anbelangte. Er überlegte kurz, dann verfasste er eine Antwort, die nicht nur seine Empörung zum Ausdruck brachte, sondern zudem in einer angemessenen Schärfe formuliert war. Zum Abschluss drohte er, im Falle einer Rufschädigung rechtliche Schritte einzuleiten. Er las die Mail nochmals durch, goutierte sie mit einem zufriedenen Nicken und schickte sie dann zur Kenntnisnahme an seinen Anwalt, versehen mit der Bitte um Weiterleitung an das LKA.

46. Kapitel

Till hatte den Anfang der Mail still überflogen, nun las er den Rest des Antwortschreibens im Flüsterton vor: »Nachdem Sie in Ihrem Schreiben Behauptungen aufgestellt haben, die dem Ansehen meiner Familie schaden, möchte ich Sie daran erinnern, dass Rufmord gesetzlich untersagt ist und schwerwiegende Konsequenzen haben kann. Ich habe große Bedenken hinsichtlich der Auswirkungen solcher Äußerungen auf meine persönliche und berufliche Integrität. Sollte es diffamierende Aussagen geben, die in die Öffentlichkeit dringen, behalte ich mir das Recht vor, rechtliche Schritte einzuleiten. Ich bin jedoch nach wie vor offen für eine konstruktive Kommunikation, um Missverständnisse auszuräumen.«

Till drehte sich mit dem Bürostuhl herum und blickte zu Cora auf. »Was regst du dich da auf? Das war doch klar, dass der sich nicht provozieren lässt und sofort mit seinem Anwalt kommt. So jemand wie Fuchs gibt nicht so schnell klein bei.«

»Genau das ist es ja, was mich aufregt«, gab Cora bissig zurück. »Solche Leute schaffen es immer, sich herauszuwinden. Man muss nur genug Einfluss und Geld haben.«

»Und den richtigen Anwalt«, ergänzte Till.

Oli Schneider beugte sich über den Bildschirm und las die letzten Zeilen selbst durch. »Was wollt ihr denn?«, fragte er achselzuckend. »Unser Professor ist – Achtung, ich zitiere – offen für eine konstruktive Kommunikation.« Er strahlte. »Das ist doch wunderbar! Genau da werden wir einhaken.«

Till nickte. »Ich würde vorschlagen, wir vereinbaren jetzt gleich mal einen Termin mit dem Professor. Morgen statten wir ihm dann in Tübingen einen Besuch ab und geben ihm die Chance, Missverständnisse auszuräumen.« Er legte die Stirn in Falten. »Wir haben inzwischen einen ganzen Fragenkatalog beisammen, den wir abarbeiten müssen …«

»Werdet ihr auch sein Umfeld überprüfen?«, erkundigte sich Cora.

»Selbstverständlich«, gab Schneider zurück. Sein leichtes Kopfschütteln verriet, dass er die Frage eigentlich für überflüssig hielt. »Wir werden auf jeden Fall auch mit seinen wissenschaftlichen Mitarbeitern sprechen. Und mit seinen Doktoranden.«

»Würdet ihr dann bitte euer Augenmerk besonders auf die weiblichen Mitarbeiter und Doktoranden richten?«

Schneider legte den Kopf schief. »Ich dachte, du wurdest von einem Mann in den Schwitzkasten genommen …«

»Ja schon, aber die zweite Person war eine Frau«, erklärte Cora, während sie sich nebenbei den Nacken massierte. Infolge der Gehirnerschütterung hatte sie eine unbewusste Schonhaltung eingenommen, um ihren Kopf vor abrupten Bewegungen zu schützen. Nun litt sie zwar nicht mehr unter Kopfschmerzen, dafür aber unter massiven Verspannungen im Nackenbereich. »Und Frau Müllers letzter Kontakt war ebenfalls weiblich.«

»Auch das lange blonde Haar, das wir bei Frau Heitermann gefunden haben, stammt laut DNA-Analyse definitiv von einer Frau«, ergänzte Till.

»Mein Bauchgefühl sagt mir, dass es Fuchs war, der den Einbruch in mein Haus veranlasst hat«, erklärte Cora und nickte nachdrücklich. »Er hat diese Leute beauftragt, nach den Akten zu suchen. Und vielleicht«, sie sah kurz nachdenklich zur Decke auf, »vielleicht handelt es sich ja bei der Einbrecherin um dieselbe Frau, die unsere beiden älteren Damen kurz vor ihrem Tod besucht hat.«

Schneider stemmte die Hände in die Hüften. »Dann würde es ja eigentlich Sinn ergeben, wenn du uns begleitest«, schlug er vor. »Mit etwas Glück erkennst du die Frau ja wieder, die bei dir eingebrochen ist.«

»Nix da!«, rief Till. »Sie ist immer noch von ihrem Schädel-Hirn-Trauma angeschlagen.« Cora wollte gerade schon widersprechen, als Till auf ihre Hand im Nacken wies. »Dein Körper gibt eindeutige Signale, Cora. Du brauchst mehr Ruhe!«

Cora löste ihre Hand vom Nacken und blickte verunsichert zwischen den beiden Kommissaren hin und her. Ein paar Sekunden lang herrschte eine angespannte Stille im Raum, dann winkte Schneider ab. »Ist doch kein Problem.« Er lächelte beschwichtigend. »Wir können die Gespräche auch ohne dich führen.« Er zwinkerte Cora zu. »Anschließend laden wir dann alle Mitarbeiter, die kein sicheres Alibi vorzuweisen haben, zu einer Gegenüberstellung ein. Falls du die Täterin identifizieren kannst, nehmen wir eine DNA-Probe von ihr und führen einen Abgleich mit dem Haar durch, das wir bei Frau Heitermann gefunden haben.« Er rieb sich die Hände. »Im besten Fall gibt es eine Übereinstimmung.«

Cora schielte zu Till hinüber. Als der keine Einwände zu haben schien, nickte sie zufrieden. Eine Gegenüberstellung – das war eine gute Idee.

47. Kapitel

Sieben Personen standen in der Reihe, verschieden groß, von unterschiedlicher Statur, alle schwarz gekleidet. Die aufgezogenen Sturmhauben ließen nur die Augen und den Mund frei, von den Haaren war nichts zu sehen.

Cora leckte sich nervös die Lippen. Das würde nicht einfach werden. Sie hatte keine Ahnung, wie viele Füllpersonen man unter die Mitarbeiter des Forschungsinstituts gemischt hatte. Till hatte ihr lediglich verraten, dass Professor Fuchs nicht in dieser Reihe stand. Er hatte für alle abgefragten Zeiten ein Alibi parat gehabt.

»Lass dir Zeit«, raunte Till ihr ins Ohr. »Und keine Sorge, sie können dich durch den venezianischen Spiegel nicht sehen. Auf der anderen Seite reflektiert das Glas.« Er trat einen Schritt zurück, damit Cora ihre Beobachtungen möglichst unbeeinflusst und unabhängig anstellen konnte.

Cora ließ ihren Blick über die Reihe hinwegschweifen. Jede Person hielt gut sichtbar ein Schild mit einer Nummer in der Hand, alle standen mit dem Gesicht frontal zum Spiegel. Nummer 1 schied schon mal aus. Der Einbrecher, der ihr das Messer an die Kehle gehalten hatte, war größer als sie selbst gewesen. Dieser Mann jedoch war kleiner und dickleibig.

Und wie sah es mit der Nummer 2 aus? Der Statur nach handelte es sich um eine Frau. Eine kleine Frau mit auffällig weiblichen Rundungen. Nein, auch sie schied aus. Die Frau, die sie überfallen hatte, war viel größer und schlanker gewesen. Eher so wie Nummer 3. Coras Herz schlug plötzlich schneller. Diese Frau konnte es gewesen sein! Sie drehte sich zu Till um und suchte seinen Blick, doch der zwinkerte ihr nur ermunternd zu und flüsterte erneut: »Lass dir Zeit.«

Cora nickte und musterte nun Nummer 4. Die Person war groß, athletisch gebaut, breitschultrig. Ja, der Mann ähnelte dem Einbrecher vom Körperbau her. Andererseits gab es viele Männer mit dieser Statur … Till, überlegte sie, würde im schwarzen Outfit wohl ganz ähnlich aussehen. Sie trat etwas näher an den Spiegel heran, überlegte kurz und machte dann wieder einen Schritt zurück. Schwierig!

Nummer 5 war eindeutig weiblich und hatte eine ähnliche Figur wie Nummer 3, allerdings hatte sie eine schmalere Taille und schlankere Waden. Die Frau mit der Nummer 6 schied aufgrund ihrer Oberweite aus. Die Frau hatte gewiss Körbchengröße D, wenn nicht gar E. So üppig war die Einbrecherin nicht gebaut gewesen, das wäre ihr aufgefallen.

Blieb noch die Nummer 7. Auch diese Frau war relativ groß, hatte wohlproportionierte Formen und eine schmale Taille.

Cora wandte sich zu Till um. »Kann ich die Leute auch noch von hinten oder von der Seite sehen?«

Till gab die Anweisung über den Lautsprecher durch: »Drehen Sie sich bitte einmal zur Seite, mit dem Blick nach links!«

Nachdem Cora die Leute eine Weile aus dieser Perspektive betrachtet hatte, nickte sie.

»Danke«, sagte Till in den Lautsprecher hinein. »Und nun drehen Sie sich bitte so, dass wir Sie von hinten sehen können.«

Die Leute taten wie ihnen geheißen und standen nun mit dem Rücken zum Spiegel.

Cora rieb sich nachdenklich das Kinn. Kein Wunder, dass solche Gegenüberstellungen als fehleranfällig galten … Es war verdammt schwer, einen Menschen nur aufgrund der Statur wiederzuerkennen, wenn dieser nicht gerade unter einem auffälligen Rundrücken oder einer anderen ausgeprägten Körperbehinderung litt.

Till tauschte mit Cora Blicke, dann wandte er sich erneut über Lautsprecher an die Leute hinter dem Spiegel. »Vielen Dank, nun stellen Sie sich bitte wieder in die Ausgangsposition zurück, mit dem Gesicht zum Spiegel.« Er trat zu Cora und legte ihr die Hand auf die Schulter. »Und, hast du jemanden aus der Gruppe wiedererkannt?«

Cora zuckte stumm mit den Achseln und murmelte: »Ich bin mir nicht sicher.« Sie beschloss, nach dem Ausschlussverfahren vorzugehen. Nachdem sie alle sieben Personen nochmals eingehend in Augenschein genommen hatte, gab sie schließlich den Vorentscheid bekannt: »Die Personen mit den Nummern 1, 2 und 6 können gehen.«

»Sicher?«, fragte Schneider nach, der bislang still am PC gesessen hatte. Seine Aufgabe war es heute, das Protokoll zu führen.

Cora nickte. »Ja, die anderen muss ich nochmals genauer anschauen.« Sie wartete, bis die drei aufgerufenen Personen den Raum verlassen hatten, dann beäugte sie die Nummern 3, 4, 5 und 7 aufs Neue. Bei Nummer 4 blieb ihr Blick hängen. War das der Mann, der sie überfallen hatte? Sie schloss für einen Moment die Augen und versuchte, sich wieder in die Situation des Überfalls hineinzuversetzen. Wie grob er sie gepackt hatte, hektisch atmend, und dann dieses Messer an ihrem Hals! Sie hatte entsetzliche Angst gehabt! Die Erinnerung triggerte sie so sehr, dass ihr Puls augenblicklich in die Höhe schoss. Sie riss die

Augen auf. Ja, er konnte es sein! Einige Sekunden lang fixierte sie ihn angespannt, dann ließ sie die Schultern sinken. Nein, mit Sicherheit konnte sie es nicht sagen. Sie wünschte sich, dass er es war. Weil sie den Täter endlich überführt sehen wollte. Seufzend schüttelte sie den Kopf. »Nummer 4 kann gehen.«

Nun hatte sie noch die drei Frauen zur Auswahl. Alle ähnelten sich von der Statur. Und alle machten einen gleichermaßen nervösen Eindruck, nachdem die anderen Verdächtigen entlassen worden waren. Es behagte ihnen gar nicht, in die engere Wahl geraten zu sein. Cora runzelte die Stirn. Am liebsten hätte sie sicherheitshalber alle drei Frauen zum DNA-Test geschickt, aber damit hätte sie natürlich ihre Aussagekraft als Zeugin geschwächt. Außerdem war es durchaus möglich, dass sich unter den drei ausgewählten Damen immer noch Füllpersonen befanden, die lediglich der Überprüfung der Zeugenaussage dienten und gar nicht aus dem Kreis des Forschungsinstituts stammten.

»Können die Frauen mal etwas dichter an den Spiegel treten?«, fragte Cora. »Ich würde gern ihre Augen aus der Nähe betrachten.« Sie wusste nicht mehr, welche Augenfarbe die Einbrecherin gehabt hatte. Dennoch konnte ein Blick in die Augen hilfreich sein. Die Augen waren der Spiegel der Seele und verrieten viel über den emotionalen Zustand der Person.

»Ich möchte Sie bitten, näher an den Spiegel heranzutreten und den Blick gerade zu halten«, gab Till ihren Wunsch über den Lautsprecher weiter.

Zögernd traten die Frauen näher. Es war ihren Mienen abzulesen, wie unbehaglich sie sich dabei fühlten. Die eine blinzelte erregt, die andere schaute wie ein verängstigtes Kaninchen und die dritte senkte den Blick, obwohl sie die Aufforderung erhalten hatte, geradeaus zu schauen. Cora konnte die Anspannung der Frauen durchaus nachvollziehen. Es war ein unangenehmes Gefühl, aus nächster Nähe taxiert zu werden, ohne den Beobachter selbst sehen zu können. Vor allem, wenn man sich nicht sicher sein konnte, wie die Sache ausgehen würde. Ein schräger Blick, ein nervös zuckender Muskel im Gesicht, ein zu angespanntes Mienenspiel – und schon vermittelte man ungewollt den Eindruck, als hätte man etwas zu verbergen. Ob man den Zeugen hinter dem Spiegel von der eigenen Unschuld überzeugen konnte, hing nicht zuletzt auch davon ab, wie man sich präsentierte. Es war wichtig, einen sympathischen Eindruck zu hinterlassen.

Das musste der Frau mit der Nummer 3 gerade auch in den Sinn gekommen sein, denn auf einmal beruhigte sich ihr hektischer Wimpernschlag. Die Augen der Frau waren grün. Es war ein dunkles Grün, das an die Farbe von feuchtem Moos erinnerte. Nein, dachte Cora. Beim Anblick dieser Augen regte sich nichts in ihr.

Sie ging einen Schritt weiter und stellte sich frontal zu der Frau mit der Nummer 5. Auch diese Verdächtige hatte sich derweil wieder gefangen und bemühte sich nun um eine verschlossene Miene. Cora schenkte ihrem Pokerface keine Beachtung, sondern konzentrierte sich stattdessen auf die Körpersprache der Frau. Die Hand an der Drosselgrube war ein klares Zeichen dafür, dass sie sich zu schützen versuchte. Und was sagten die Augen? Ihre Iris war stahlblau, durchzogen von einem leichten Grauschleier. Cora rieb sich nachdenklich den Nacken. Hatte Frau Müller in ihren letzten Lebenssekunden etwa in diese Augen gesehen? Für den Hauch eines Moments war ihr die alte Dame wieder so gegenwärtig, dass sie gar meinte, das Maiglöckchenparfum riechen zu können. War es diese Frau mit der Nummer 5 gewesen, die ihr das tödliche Mittel verabreicht hatte? Vielleicht … und vielleicht auch nicht.

Mit einem verdrossenen Kopfschütteln wandte sich Cora nun der letzten Verdächtigen in der Reihe zu, der Frau mit der Nummer 7. Diese hielt den Blick immer noch gesenkt. Cora trat näher. Irgendwann würde die Frau aufblicken. Es war nur eine

Frage der Zeit. Cora versuchte derweil, die Gesichtszüge der Frau unter der Sturmmaske auszumachen. Die Mundöffnung gab den Blick auf volle zartrosa Lippen preis, aber sonst? Obwohl sie nur wenige Zentimeter vom Gesicht der Frau entfernt stand, konnte sie sich kein richtiges Bild davon machen.

Cora fragte sich, was der Frau wohl gerade durch den Kopf ging. Ganz still stand sie da und harrte der Dinge. Die einzige Bewegung, die von ihrem Körper ausging, war das leichte Heben und Senken des Brustkorbs. Cora nahm ihren Atemrhythmus auf und atmete zeitgleich ein und aus, ein und aus. Ist sie das, überlegte Cora. Hat diese Frau es fertiggebracht, zwei hilflose Seniorinnen umzubringen?

Plötzlich dröhnte Tills Stimme durch den Lautsprecher: »Ich möchte die Dame mit der Nummer 7 bitten, den Blick gerade zu halten!«

Die Frau zuckte zusammen, dann hob sie ruckartig den Kopf an und sah auf. Ihre Augen hatten einen kühlen, eisigen Blauton mit einem leicht silbrigen Schimmer. Coras Mund wurde auf einmal ganz trocken. Sie konnte sich täuschen, aber …

Plötzlich krümmte sich die Frau, riss den Arm hoch und hustete in die Armbeuge. Coras Miene wurde starr. Sie konnte den Hustenanfall nicht hören. Aber die Art, wie die Frau sich unter dem Husten krümmte, wie ihr Brustkorb dabei bebte und ihre Schultern zitterten – dieses Bild kam ihr bekannt vor!

»Brauchen Sie ein Glas Wasser?«, fragte Till durch den Lautsprecher.

Im selben Moment, als die Frau die Frage mit einem Kopfschütteln verneinte, wusste Cora mit einem Mal wieder, welche Erinnerung sie mit der hustenden Frau verknüpfte …

»Till!«, japste sie. »Es ist die Nummer 7!«

Die beiden Kommissare nickten, ließen sich ansonsten aber nicht anmerken, was sie von Coras Entscheidung hielten. Als

Zeugin durfte sie weder durch Mimik und Gestik noch durch Bemerkungen beeinflusst werden. Till wies Schneider an, Coras Aussage zu protokollieren, dann wandte er sich nochmals über den Lautsprecher an die Frauen.

»Die Damen mit den Nummern 3 und 5 können gehen. Die Dame mit der Nummer 7 bitte ich, noch zu bleiben und die Sturmmaske abzunehmen!«

Die Frauen mit den beiden genannten Nummern wandten sich vom Spiegel ab und verließen eilig den Raum. Die Frau mit der Nummer 7 sah ihnen kurz irritiert nach, dann legte sie zögernd ihr Schild auf dem Boden ab und richtete sich anschließend wieder auf. Langsam, ganz langsam streifte sie sich die schwarze Maske vom Kopf. Darunter hervor kam ein blasses, aber hübsches Frauengesicht. Interessanter noch als ihr Gesicht waren jedoch ihre Haare. Cora jubelte innerlich auf. Es war ein Gefühl wie beim Hütchenspiel, wenn man das Hütchen antippte und die Kugel zum Vorschein kam. Die Frau besaß lange blonde Haare!

48. Kapitel

Jule schwieg.

Für eine Weile war es so still im Verhörraum, dass man das leise Knistern der platzenden Kohlendioxidbläschen im Mineralwasserglas hören konnte.

»Frau Binder«, unterbrach Schneider die Stille. »Es hilft nichts, wenn Sie schweigen.« Er schlug die Akte auf und tippte auf das oberste Dokument. »Hier haben wir das Ergebnis des Haarabgleichs. Der mikroskopischen Analyse nach stammt das Haar, das wir bei Frau Heitermanns Leiche gefunden haben, eindeutig von Ihnen!« Er holte Luft. »Der DNA-Test steht zwar noch aus, er wird das Ergebnis aber mit Sicherheit bestätigen.«

Jules Augen huschten für eine Sekunde über das Schreiben hinweg, dann fixierte sie wieder ihre im Schoß gefalteten Hände.

»Und bevor Sie uns jetzt mit irgendwelchen Ausreden kommen, wie Ihr Haar an die Leiche geraten sein könnte, möchte ich Ihnen gleich noch ein weiteres Ermittlungsergebnis offenlegen ...« Schneider blätterte in der Akte eine Seite zurück, rückte seine Lesebrille zurecht und überflog den Bericht. Als er die gesuchte Stelle gefunden hatte, weiteten sich seine Augen. »Kaliumchlorid! Unsere Cyberermittler haben herausgefunden, dass Sie mehrfach Kaliumchlorid gekauft haben.« Er legte den Kopf schief und sah sie streng an.

Jule sah auf. »Ist das strafbar?«

»Nein«, mischte sich Till ein. »Der Kauf an sich ist nicht strafbar. Aber es ist strafbar, einem Menschen gewaltsam eine Überdosis Kaliumchlorid zu verpassen und ihn damit zu töten.«

»War das die Todesursache?«, erkundigte sich Jule. »Starb diese Frau an einem erhöhten Kaliumspiegel im Blut?« Sie nahm eine aufrechtere Sitzposition ein und schlug die Beine übereinander.

»Ja«, erwiderte Schneider. »Wir denken, dass sie daran gestorben ist.«

»Sie denken«, gab Jule zurück. »Aha ... Das heißt, Sie wissen es nicht sicher?«

Schneider stöhnte auf. »Lassen Sie bitte die Spielchen, Frau Binder. Fakt ist, dass wir Ihr Haar im Bett der toten Frau gefunden haben. Und Fakt ist auch, dass Sie genügend medizinische Kenntnisse haben, um eine Injektion mit Kaliumchlorid zu verabreichen.« Er blies verärgert die Backen auf. »Frau Heitermann ist an einem plötzlichen Herzinfarkt gestorben. Und das, obwohl sie zuvor nie Herzprobleme hatte.«

»Das gibt es häufiger«, gab Jule zurück.

»Wir denken, dass Sie«, er richtete den Finger auf Jule, »diesen Herzstillstand durch eine Injektion herbeigeführt haben!«

»Sie denken ja so allerlei«, entgegnete Jule. Sie hob trotzig das Kinn. »Haben Sie auch irgendwelche Beweise dafür? Oder sind das alles nur Mutmaßungen?« Sie machte eine kurze Gedankenpause, dann fuhr sie fort: »Ich habe das Kaliumchlorid übrigens für einen befreundeten Arzt im Kongo besorgt. Einige seiner Patienten leiden unter Kaliummangel. Da die Qualität des Kaliumchlorids im Kongo oftmals zu wünschen übrig lässt, hat er mich gefragt, ob ich ihm aus Deutschland die nötige

Menge mitbringen könnte. Er wollte ein qualitativ hochwertiges Präparat in hoher Konzentration.«

»Gibt es zu dem Auftrag etwas Schriftliches?«, fragte Till. »E-Mail, Fax oder etwas Ähnliches?«

Jule lächelte entschuldigend. »Nein, wir haben das am Telefon besprochen.«

»Hm.« Till nickte nachdenklich, dann lächelte er ebenfalls. »Ich glaube Ihnen nicht.« Er beugte sich nach vorn und suchte ihren Blick. »Und das ist schlecht für Sie, Frau Binder.« Er lehnte sich wieder zurück und musterte sie. »Und da Sie nach Beweisen gefragt haben ... Allein die bis dahin vorliegende DNA-Analyse wird vor Gericht schon als starkes Beweismittel gelten. Im Zusammenhang mit dem nachgewiesenen Einkauf des Kaliumchlorids und der Tatsache, dass Sie für die Tatzeit kein Alibi vorweisen können, wird ein Schuh draus.«

Jules Mundwinkel sanken nach unten. Fahrig griff sie nach dem Glas, das vor ihr auf dem Tisch stand, und trank ein paar Schlucke Wasser.

»Ja, es sieht nicht gut für Sie aus«, sagte Till ruhig und schüttelte nachdrücklich den Kopf. »Sie werden beschuldigt, Frau Heitermann ermordet zu haben. Bei einer Verurteilung droht Ihnen lebenslang, also mindestens fünfzehn Jahre Haft.« Er taxierte sie. »Wie alt sind Sie? 28? Also, dann können Sie es sich ausrechnen – mit 43 kommen Sie frühestens wieder raus.« Er wiegte den Kopf. »Na ja, fast schon ein bisschen spät, um eine Familie zu gründen und Kinder zu bekommen.«

Jules Augen füllten sich auf einmal mit Tränen. Einige Sekunden lang hielt sie den Blick starr auf das Wasserglas gerichtet, dann sank sie in sich zusammen und hielt die Hände schluchzend vors Gesicht.

»Das Strafmaß hängt natürlich von verschiedenen Faktoren ab«, fuhr Till unbeeindruckt fort. »Ich nehme ja mal an, dass Sie den Mord an Frau Heitermann nicht ohne Unterstützung begangen haben. Da stellt sich für uns die Frage nach dem Grad Ihrer Beteiligung. Wer hat denn die tödliche Dosis verabreicht? Sie oder einer Ihrer Mittäter?«

Als Jule nicht antwortete, ergriff Schneider das Wort. »Wenn Sie uns die Namen Ihrer Mittäter nennen, könnte sich das strafmildernd auswirken. Im besten Fall werden Sie dann nur wegen Beihilfe zum Mord angeklagt.« Er reichte ihr ein Papiertaschentuch. »Hier bitte.«

Jule griff nach dem Tuch und schnäuzte sich die Nase.

»Welchen Grund sollte ich denn gehabt haben, diese Frau zu töten?«, nuschelte sie in das Papiertaschentuch hinein. »Ich kenne sie doch gar nicht.« Sie zerknüllte das Tuch und hielt es nun fest mit der Faust umklammert.

»Eigentlich sind wir ja davon ausgegangen, dass Sie uns die Antwort auf diese Frage geben werden«, erwiderte Schneider.

Er lehnte sich über den Tisch und kam näher an Jule heran. »Ja, warum haben Sie denn Ingrid Heitermann getötet?«

Jule befiel plötzlich ein Hustenreiz. Rasch wandte sie sich ab und hustete mehrfach in ihre Armbeuge. Nachdem sie sich wieder etwas beruhigt hatte, trank sie ein paar Schlucke Wasser, musste dann aber sofort wieder husten.

Schneider wartete ab, bis sie sich ausgehustet hatte, dann wiederholte er seine Frage: »Gut, Frau Binder, jetzt noch mal … Warum haben Sie Frau Heitermann getötet?«

Jule gab auch dieses Mal keine Antwort auf die Frage. Stattdessen senkte sie den Blick und knetete das zerknüllte Papiertaschentuch schweigend in den Händen.

»Spätestens vor Gericht sollten Sie eine Antwort parat haben«, sagte Schneider trocken. »Es kommt nämlich ganz schlecht, wenn man nicht einmal den Grund dafür nennen kann, weshalb man einem anderen Menschen das Leben genommen hat. Das könnte vom Richter als niedriger Beweggrund eingestuft werden.«

»Wir vermuten ja, dass es dabei um Erpressung ging«, warf Till ein. Interessiert beobachtete er, wie Jule auf einmal verblüfft aufsah. Er wartete noch einen Moment ab, dann legte er nach. »Frau Heitermann war im Besitz von hochproblematischen Patientenakten. Hochproblematisch deshalb, weil diese Akten Impfexperimente an Kindern dokumentierten. Das Heikle daran war, dass diese Kinder bei den Experimenten gestorben sind.« Er klopfte mit den Fingerknöcheln auf den Tisch. »So! Und nun kommen wir zu dem Punkt, wo für mich die Sache hakt. Diese Impfexperimente wurden während des Zweiten Weltkriegs durchgeführt. Zu der Zeit waren Sie noch gar nicht auf der Welt. Wie konnte Frau Heitermann Sie also mit diesen Akten erpressen, wenn Sie persönlich doch gar nichts mit diesen Studien zu tun hatten? Das ergibt für mich absolut keinen Sinn!« Er schüttelte energisch den Kopf. »Die Veröffentlichung dieser Akten hätte Ihnen doch, entschuldigen Sie, am Arsch vorbeigehen können!«

Jule ließ den Kopf wieder sinken und gab einen tiefen Seufzer von sich.

»Falls Sie zu dem Mord angestiftet worden sind, könnte das zu einer milderen Strafe führen«, sagte Schneider eindringlich. »Vielleicht hat man Sie ja überredet, die Tat zu begehen. Oder Sie wurden selbst erpresst und dazu gezwungen.« Er schlug einen zuversichtlichen Ton an. »Solche mildernden Umstände werden vor Gericht berücksichtigt.«

Jule saß still da und atmete tief durch. Dann setzte sie sich gerade hin und verstaute das Papiertaschentuch in der Tasche.

»Kooperieren Sie mit uns«, forderte Schneider sie auf. »Sagen Sie gegen die Person aus, die Sie zu dem Mord angestiftet hat. Auch das kann zu einer Strafminderung führen.«

»Ich müsste mal auf die Toilette«, sagte Jule leise.

Schneider gab ein gereiztes Murren von sich, doch Till nickte zustimmend.

»Okay, von mir aus. Wir machen eine kurze Unterbrechung. Lassen Sie sich in der Zwischenzeit alles nochmals durch den Kopf gehen. In fünf Minuten führen wir das Gespräch dann fort.« Er warf ihr einen warnenden Blick zu. »Ich hoffe sehr, dass Sie nach der Pause besser kooperieren. So kommen wir ja nicht weiter …« An Schneider gewandt murmelte er: »Ich geh dann mal so lange eine rauchen.«

* * *

Als sie fünf Minuten später das Verhör fortsetzten, übernahm Till die Gesprächsführung. Es schien, als sei Jule in der Zwischenzeit in sich gegangen. Ihr Blick war nun klarer und sie wirkte deutlich gefasster. »So, dann machen wir doch mal genau an der Stelle weiter, wo wir vor der Toilettenpause aufgehört haben.« Till stützte das Kinn auf und lehnte sich nach vorn. »Wer hat sie mit dem Mord beauftragt?«

Jule stieß einen tiefen Seufzer aus, dann antwortete sie leise: »Das kann ich nicht sagen.« In der nächsten Sekunde verstummte sie wieder und verschränkte die Arme vor der Brust.

»Okay«, sagte Till gedehnt. »Dann sind wir ja schon mal einen großen Schritt weiter.« Er wandte sich an den Schriftführer. »Fürs Protokoll: Die Verdächtige Jule Binder gibt hiermit zu, Frau Heitermann getötet zu haben.« Jule japste nach Luft und wollte protestieren, doch Till ließ sie nicht zu Wort kommen. »Darüber hinaus gibt sie zu, dass sie zu dem Mord an Frau Heitermann angestiftet worden ist.« Er richtete sich wieder an Jule. »Im Moment können oder wollen Sie uns allerdings noch nicht sagen, von wem Sie den Auftrag erhalten haben. Richtig?« Als Jule daraufhin lediglich die Lippen zusammenpresste, wurde sein Ton schärfer. »Ich muss sagen, Sie enttäuschen mich, Frau Binder. Von einer Doktorandin hätte ich ein klügeres Auftreten erwartet. Aber so, wie Sie sich verhalten – das ist nicht clever!« Er schüttelte den Kopf und ließ enttäuscht die Mundwinkel hängen. »Sie begreifen offenbar gar nicht, dass wir Ihnen gerade einen Strohhalm reichen. Sie stecken richtig tief in der Scheiße, Frau Binder! Es geht hier ja nicht nur um den Mord an Ingrid Heitermann, sondern auch noch um den Mord an Heidemarie Müller!«

Jule schreckte auf und schüttelte energisch den Kopf. »Nein, das war ich nicht!«

»Wir haben aber den starken Verdacht, dass Frau Müller auf dieselbe Art und Weise getötet worden ist wie Frau Heitermann. Und da Sie den Mord an Frau Heitermann ja bereits zugegeben haben, liegt es für uns nun natürlich nahe, dass …« Weiter kam er nicht, denn Jule brach in diesem Moment in lautes Schluchzen aus.

»Ich war das nicht!«, stieß sie hervor. »Wirklich!«

»Es gibt aber Zeugen, die Sie am Todestag von Frau Müller in der Seniorenresidenz gesehen haben.«

Jules Augen weiteten sich, während sie in ein wildes Kopfschütteln verfiel. »Das – kann nicht sein!«

»Doch«, hielt Till in bewusst ruhigem Ton entgegen, »das kann schon sein.« Er stöhnte. »Falls Sie das aber nicht wahrhaben wollen, müssten wir eine erneute Gegenüberstellung mit den Zeugen durchführen.« Sein Blick glitt über ihre Haare hinweg. »Haben Sie noch die Perücke, die Sie damals am Tattag getragen haben? Die müssten Sie dann natürlich bei der Gegenüberstellung aufsetzen.«

»Ich sag jetzt gar nichts mehr ohne Anwalt«, erwiderte Jule unter Tränen. Sie nahm ihr Handy aus der Tasche und wählte eine Nummer. Nach ein paar Ruftönen sprang ganz offensichtlich der Anrufbeantworter an. »Hier ist Jule«, rief sie. »Ich bin immer noch beim Verhör.« Sie schniefte. »Es ist schrecklich! Die wollen mir zwei Morde anhängen! Bitte, ich brauche ganz dringend einen Anwalt! Helfen Sie mir!« Sie drückte auf den roten

Hörer und ließ das Handy matt in ihren Schoß sinken. Dann zerfloss sie in Tränen.

»Hm, das ist jetzt aber blöd, dass der Professor gar nicht rangegangen ist«, sagte Till mit sarkastischem Unterton. »Obwohl er doch weiß, dass Sie heute vernommen werden.« Er nickte. »Den Anwalt von Professor Fuchs haben wir übrigens auch schon kennengelernt. Herr Kiesinger heißt er, wenn ich mich recht erinnere.« Er lachte auf. »Ein ganz scharfer Hund, der Herr Kiesinger. Gewitzt und schlagfertig. Ich glaube, der Professor macht keinen Schritt ohne diesen Mann. Der Anwalt war während des gesamten Verhörs an seiner Seite.« Er zuckte mit den Achseln. »Dabei wäre das ja gar nicht nötig gewesen. Er scheint ja eine weiße Weste zu haben. Zumindest hat er für alle fraglichen Zeiten ein wasserdichtes Alibi.« Er hielt inne und gab Jule Zeit, seine Worte aufzunehmen. Als Jules Schluchzen daraufhin verebbte, fügte er hinzu: »Deshalb konnten wir ihm auch die bevorstehende Reise in den Kongo nicht untersagen.«

Jule schaute ihn ungläubig an. »Aber …«

»Ach, Sie wussten gar nicht, dass Ihr Doktorvater schon wieder abreist?« Er nickte. »Doch, doch, er packt bereits die Koffer. Übermorgen geht sein Flieger.«

»Das glaube ich nicht«, murmelte Jule. »Und Max? Fliegt der mit ihm?«

»Max Sauter?«, fragte Till zurück. »Das weiß ich nicht. Aber nachdem er bei der Gegenüberstellung von unserer Zeugin nicht identifiziert worden ist, spricht nichts dagegen. Gegen ihn liegt ja nichts vor. Und was den Todestag von Frau Müller anbelangt, da hat er ja ein Alibi. Er war gemeinsam mit Professor Fuchs auf einem Empfang Ihres Pharmakonzerns.« Er trommelte mit den Fingern auf die Tischplatte. »Warum waren Sie da eigentlich nicht dabei? Sie behaupten ja, mit dem Tod von Frau Müller nichts zu tun zu haben. Dann hätten Sie ja die beiden Herren zum Empfang begleiten können.«

»Mir ging es an diesem Tag nicht gut. Ich habe mich krank gefühlt und lag im Bett.«

»Allein?«, fragte Schneider. Als Jule nicht darauf antwortete, meinte er: »Hm, da wären Sie mal lieber trotzdem auf den Empfang gegangen. Dann hätten Sie jetzt zumindest ein glaubhaftes Alibi vorzuweisen.«

Jule griff wortlos nach ihrem Wasserglas und trank es in einem Zug aus. Nachdem sie es wieder auf dem Tisch abgestellt hatte, erklärte sie mit einem leichten Zittern in der Stimme: »Er hat mich enorm unter Druck gesetzt.« Sie holte nochmals Luft, dann sagte sie klar und deutlich: »Professor Fuchs hat mich erpresst.«

49. Kapitel

Über Nacht hatte es frisch geschneit. Als Cora am Morgen erwachte und aus dem Fenster sah, lockte sie der Anblick der schneebedeckten Tannen noch vor dem ersten Kaffee nach draußen. Warm eingepackt, mit Mütze, Handschuhen und einem dicken Schal um den Hals, machte sie sich auf zum Morgenspaziergang. Vielleicht, so dachte sie sich, würde die kalte Winterluft ihr helfen, den Kopf wieder freizubekommen. In den letzten Tagen war so vieles geschehen, was sie nun gedanklich ordnen musste. Erst wenn sie diesen Gedankenwirrwarr sortiert hatte, konnte sie zum nächsten Schritt übergehen und sich um ihre seelischen Wunden kümmern.

An der Wegkreuzung entschied sie sich für die Strecke, die bergauf führte. Der Pfad war zwar nicht geräumt, dafür wurde man auf der Höhe mit einer herrlichen Aussicht belohnt. Sie hatte erst die Hälfte der Strecke hinter sich gebracht, als sie bereits mit dem Gedanken spielte, wieder umzudrehen. Es war ziemlich mühsam und schweißtreibend, bergan durch den hohen Schnee zu stapfen. Erschöpft blieb sie stehen, die Hände in die Hüften gestemmt. Hm, lohnte sich die ganze Mühe für einen kurzen Blick ins Tal?

In diesem Moment raschelte und knackste es zwischen den Bäumen. Cora hielt in der Bewegung inne und lauschte. Ein Tier bewegte sich durchs Unterholz. Das Rascheln kam von dort drüben aus dem Dickicht. Es hörte sich an, als seien mehrere Tiere unterwegs. Sie streiften mit ihren Körpern an den Stämmen und Zweigen entlang. Je näher das Geräusch kam, desto deutlicher wurde die Gangart der Tiere erkennbar. Es klang weder nach dem schnellen, katzenartigen Lauf von Füchsen noch nach den federnden Schritten von Hirschen oder Rehen. Nein, es war das dumpfe Trappeln von Hufen im Wechsel mit kraftvollen Sprüngen, begleitet von tiefem Grunzen.

Cora riss angstvoll die Augen auf. Um Gottes willen, Wildschweine! Hoffentlich, dachte sie inständig, hoffentlich schlagen sie eine andere Richtung ein! Den Blick starr auf den Wald gerichtet, stand sie da und lauschte dem ansteigenden Klang des Getrappels.

Urplötzlich war die Rotte dann da! Nur wenige Meter von Cora entfernt brach sie aus dem Dickicht heraus und querte den Pfad. Allen voran galoppierte die Bache, ein beeindruckend großes Tier, gefolgt von zwei halbwüchsigen Wildschweinen und drei aufgeregten Frischlingen, die dem Muttertier quiekend hinterherhetzten. Mit angehaltenem Atem blickte Cora der vorübereilenden Rotte nach. Doch so schnell, wie sie aufgetaucht war, so schnell war sie auch wieder verschwunden. Schließlich war nur noch ein leises Quieken zu vernehmen, ein Knacken, ein Rascheln, dann trat wieder Stille ein. Cora atmete erleichtert auf. Das war ja gerade noch mal gut gegangen!

Nachdem sie sich davon überzeugt hatte, dass die Wildschweine außer Sichtweite waren, setzte sie ihren Weg fort. Das Erlebnis mit der Rotte rief bei ihr die Erinnerung an den mumifizierten Frischling hervor, den sie in der Garage des Sanatoriums gefunden hatte. Sie schnaubte verdrossen. Die Nachforschungen zu Stolls Unfalltod waren letzten Endes im

Sande verlaufen, nachdem der Gutachter der Cold-Case-Gruppe keine Hinweise gefunden hatte, die auf eine Manipulation des Fahrzeugs hingedeutet hätten.

Endlich hatte sie den Aussichtspunkt erreicht. Cora lockerte ihren Schal, streifte die Handschuhe ab und öffnete den Reißverschluss ihrer Daunenjacke. Puh, war ihr inzwischen warm geworden! Die Sitzbank war heute mit einer dicken Schneehaube bedeckt und taugte leider nicht zum Ausruhen. Also stellte sie sich davor, trampelte den Schnee unter den Füßen ein wenig flach und ließ dann den Blick über die weiß gepuderten Tannen hinweg ins Tal gleiten. Wie hübsch die verschneiten Ortschaften von hier oben aussahen! Am Fuß der bewaldeten Berge gab es kaum Industriegebäude, dafür kleine Häuser mit schneebedeckten Dächern, Kirchen mit spitzen Kirchtürmen und weiß verschneite Wiesen. Aus der Vogelperspektive erinnerte der Anblick an ein Bild alter Schwarzwald-Postkarten. Vom Verkehr war von diesem erhöhten Standpunkt aus zum Glück nichts zu hören. Cora genoss eine Weile den Blick in die Ferne, dann jedoch schweiften ihre Gedanken wieder zum aktuellen Fall zurück.

Immerhin hatte Till diese Jule Binder zu einem Geständnis bewegen können. Ihrer Aussage nach war sie von Professor Fuchs beauftragt worden, Frau Heitermann zu ermorden. Die junge Doktorandin hatte angegeben, ihr Doktorvater habe sie zuvor massiv manipuliert und unter Druck gesetzt, letztlich habe er sie sogar erpresst. Die Beteiligung ihres Partners Max Sauter am Mord von Frau Heitermann hatte sie zu Beginn des Verhörs geleugnet, schlussendlich aber doch eingeräumt.

Cora schloss den Reißverschluss ihrer Jacke und zog die Handschuhe wieder über. Nun hatten sie also eine geständige Täterin. Trotzdem war sie mit dem Resultat der Ermittlungen unzufrieden. Nicht nur der Unfalltod von Hugo Stoll war ungeklärt geblieben, sondern auch die Ermordung von Dr.

Heitermann und Heidemarie Müller. Dass im Fall von Frau Müller der Tatbestand des Mordes nicht nachgewiesen werden konnte, machte die Sache nochmals komplizierter.

Tief in ihre Gedanken versunken, wandte sich Cora ab und trat den Rückweg an. Ja, es war schon enttäuschend, wie wenig sie im Endeffekt aufgeklärt hatten. Aber zumindest hatte Jule Binder gegen den Professor ausgesagt. Im Zuge des Geständnisses war sie nicht umhingekommen, auch über die illegalen Praktiken im Kongo zu sprechen. Till hatte daraufhin sofort reagiert und die Informationen über die gefälschten Impfprotokolle an das Bundeskriminalamt weitergeleitet. Sie fragte sich, welches Strafmaß Fuchs nun zu erwarten hatte. Vielleicht wusste Till inzwischen ja schon etwas Neues zu berichten. Sie nahm ihr Handy hervor und wählte seine Nummer.

»Ja, Cora?«, erklang seine Stimme. »Was gibt's so früh am Morgen?«

»Ich bin gedanklich schon wieder an unserem Fall dran«, erklärte Cora. »Gibt es denn was Neues? Hat sich das BKA nochmals zu den gefälschten Impfprotokollen geäußert?«

»Bist du gerade unterwegs?«, fragte Till zurück. »Du klingst so außer Puste ...«

»Ich mache gerade einen Spaziergang.«

»Ach so ... Ja, das BKA hat uns inzwischen rückgemeldet, dass es eine Untersuchung eingeleitet hat und gemeinsam mit den kongolesischen Polizeibehörden in der Sache ermittelt. Solange die Ermittlungen laufen, ist die Impfstudie auf Eis gelegt worden.« Im Hintergrund war die Stimme von Schneider zu hören. Offenbar befand sich Till gerade im Büro. »Da der Pharmakonzern im eigenen Interesse an einer raschen Aufklärung interessiert ist, kooperieren die Leute dort wohl erstaunlich gut. Und sie warten natürlich mit Spannung darauf, welches Urteil den Professor erwartet.«

»Nicht nur die«, bemerkte Cora. »Wie sieht es denn nun aus? Habt ihr den Fuchs inzwischen geknackt? Mein letzter Stand war, dass er die Anschuldigungen seiner Doktorandin vehement zurückgewiesen hat …«

»Ja«, unterbrach sie Till. »Zunächst stand Aussage gegen Aussage. Sein Anwalt hat erneut die alte Schiene gefahren, von wegen Rufschädigung, Verleumdung und so weiter. Die wollten die ganze Sache komplett den beiden Doktoranden in die Schuhe schieben. Fuchs hat behauptet, seine Doktoranden hätten den Mord an Frau Heitermann im Alleingang durchgeführt und er hätte von alldem nichts gewusst. Natürlich hat er dann auch gleich wieder sein Alibi angeführt.«

»Dieses Alibi kann er sich sonst wohin schieben«, murrte Cora. »Trotzdem kann er seine Doktoranden ja beauftragt haben, Frau Heitermann zu ermorden.«

»Ja, was das angeht, wird ihm sein Alibi wenig bringen. Außerdem haben wir inzwischen zwei Zeugenaussagen, die ihn belasten.«

»Ach ja?«

»Max Sauter hat ebenfalls gegen ihn ausgesagt. Nachdem wir ihm klargemacht haben, dass er auf jeden Fall mit einer Anklage wegen Beihilfe zum Mord rechnen muss, hat er ausgepackt und Jules Aussage bestätigt. Wenn beide Doktoranden gegen Fuchs vor Gericht aussagen, hat er schlechte Karten. Anwalt hin oder her.«

Cora nickte zufrieden. Zumindest würden sie den Kerl nun wegen Anstiftung zum Mord drankriegen. »Und was ist mit Frau Müller? Haben sie den Mord an ihr auch gestanden?«

Till seufzte. »Nein, leider nicht. Und da wir bei Frau Müller weder Anzeichen von Fremdeinwirkung noch irgendwelche DNA-Spuren gefunden haben, bringt uns eine Gegenüberstellung mit den Zeugen aus der Seniorenresidenz auch nicht weiter. Jule Binder darf das Pflegeheim so oft mit Perücke betreten, wie sie will – da wird kein Schuh draus.«

Cora schwieg. Sie glaubte nicht an die Mär vom plötzlichen Herztod. Die Fälle von Frau Heitermann und Frau Müller ähnelten sich zu sehr. Solche Zufälle gab es nicht. Aber natürlich hatte Till recht mit seiner Einschätzung. Der Hausarzt hatte bei Frau Müller eine natürliche Todesursache bestätigt, und Jule Binder stritt den Mord konsequent ab. Auch Frau Müllers letztes Tagebuch war trotz intensiver Suche nicht gefunden worden. Da gab es keinen Punkt, wo sie ansetzen konnten. Cora biss sich verärgert auf die Unterlippe. Der Gedanke, dass die Mörder von Frau Müller für ihre Tat nicht zur Rechenschaft gezogen werden würden, war wirklich deprimierend. Trotz ihres hohen Alters war die Dame doch noch so lebensfroh gewesen. Wie sehr hatte sie sich über ihre Besuche gefreut! Extra herausgeputzt hatte sie sich dafür, schöne Blusen und Perlenketten angezogen und sogar Parfum aufgelegt. Sie hatte in Vitamininfusionen investiert, um gesund zu bleiben. Das hält mich gesund und munter, hatte sie gesagt. Nein, wenn man sich das vor Augen hielt, war es auch kein Trost, dass sie vierundneunzig geworden war. Heidemarie Müller hätte sicher gern noch einige Seiten in ihrem Tagebuch beschrieben.

»Frustriert dich das nicht?«, fragte Cora. »Dass du nichts tun kannst, obwohl du genau weißt, dass die Sache stinkt?«

»Natürlich frustriert mich das«, gab Till gereizt zurück. »Aber ich kann es nun mal nicht ändern!«

»Das sollte kein Vorwurf sein«, sagte Cora rasch, als sie merkte, dass Till ihre Worte in den falschen Hals bekommen hatte. »Weißt du, ich bin gerade einfach generell unzufrieden. Ich habe das Gefühl, dass wir viel zu wenig erreicht haben.«

»Wir haben die Mörderin von Frau Heitermann überführt, wir haben ihren Helfer gefasst und wir haben den Auftraggeber ermittelt!«, blaffte Till. »Wie kannst du da sagen, dass wir zu wenig erreicht haben? Ich denke, damit kann man fürs Erste schon mal zufrieden sein!«

»Ja, natürlich«, ruderte Cora zurück. »Ich habe dabei auch mehr an unseren Cold Case gedacht. Da sind wir leider gar nicht vorangekommen. Vier Kinderleichen und ein toter Mann – und wir haben nach wie vor nichts gefunden, was Kiefers Schuld beweist. Das wurmt mich!«

»Ein Fall, der so lang zurückliegt, ist kaum zu lösen«, meinte Till trocken. »Das wussten wir aber doch von Anfang an.«

»Ich bin trotzdem unzufrieden«, brummte Cora. Sie überlegte einen Moment, dann meinte sie entschlossen: »Weißt du was? Ich ruf jetzt gleich mal bei den Kollegen von der Cold-Case-Gruppe an. Mal sehen, was die dazu meinen.«

»Das ist eine gute Idee.« Till lachte leise auf. »Lass deinen Frust an Kurt aus!«

Cora überging seine provokante Bemerkung und beendete das Gespräch. Während sie Kurts Nummer wählte, kamen hinter den Bäumen bereits die Wohnhäuser und das Klinikgebäude zum Vorschein. Cora überlegte kurz, ob sie schon heimgehen sollte, beschloss dann aber, noch eine Runde um die Klinik zu drehen. Sie war gerade auf Höhe der alten Gaststätte angelangt, als Kurt Gärtner den Anruf annahm und sich meldete.

»Hallo, hier ist Cora«, begrüßte sie ihn.

»Oh, hallo!« Kurt klang wie immer erfreut, ihre Stimme zu hören. »Wie geht es dir? Hast du deine Gehirnerschütterung auskuriert?«

»Ja, ich merke kaum noch was davon. Ab und zu noch etwas Kopfschmerzen, aber sonst ist alles gut.« Sie räusperte sich. »Ich wollte nachfragen, wie es jetzt mit unserem Statuenfall weitergeht. Sicher hat dich ja Till schon darüber informiert, dass wir den Fuchs jetzt wegen Anstiftung zum Mord drankriegen. Aber zu den Patientenakten schweigt er sich natürlich aus.«

Kurt seufzte tief auf. »Ja, das ist das Problem! Uns fehlen einfach diese verfluchten Akten! Außer dem Foto, das Frau Heitermann von diesem Impfprotokoll gemacht hat, haben wir ja nichts in der Hand.« Er hielt inne und schnalzte mit der Zunge. »Ich fürchte, ohne diese Patientenakten kommen wir in dem Fall nicht weiter.« Er zögerte. »Cora, ich weiß, dass du das jetzt nicht gern hören wirst, aber ich fürchte … ich fürchte, wir müssen diesen Cold Case endgültig zu den Akten legen.«

Cora blieb abrupt stehen. Hatte sie sich da eben verhört? »Wie?«, fragte sie alarmiert. »Du willst die Ermittlungen einstellen?«

»Wir haben im Team lange darüber diskutiert, aber am Ende haben wir uns dazu entschieden, dass wir in diesen Fall nicht noch mehr Zeit investieren können.« Er holte tief Luft. »Ja, wir müssen die Ermittlungen leider mangels Beweisen einstellen.« Die letzten Worte sagte er in einem Ton, der keinen Raum zur Diskussion ließ.

Cora schluckte trocken, während ihr die Tränen in die Augen stiegen. Kurts Stimme drang an ihr Ohr. »Cora, bist du noch da?«

Cora nickte stumm. Sie war so fassungslos, dass es ihr die Sprache verschlagen hatte. Sie brauchte einen Moment, um sich zu sammeln, dann sagte sie mit leiser, aber eindringlicher Stimme: »Es geht hier um Kinder, Kurt! Dieser perverse Drecksack hat mit Kindern experimentiert und hat ihnen beim Sterben zugesehen! Und er war auch noch stolz darauf. Er hat aus den Kindern Mumien gemacht und sie in Skulpturen eingemauert.« Sie schluchzte auf. »Und dann hat er sie im Park als Denkmal aufgestellt und sich jeden Tag daran aufgegeilt! Und, Kurt, er wurde nie, nie dafür zur Rechenschaft gezogen.« Ihr Ton wurde schrill. »Das ist doch nicht gerecht! Sag mir, Kurt, ist das gerecht?«

Für eine Weile war es still in der Leitung, dann erklang ein unbehagliches Räuspern. »Nein, das ist nicht gerecht.« Er hielt inne. »Und ich finde es genauso schlimm wie du, dass wir die Verbrechen an diesen Kindern und auch an Dr. Heitermann nicht nachweisen können.« Er gab ein zynisches Lachen von sich. »Was glaubst du, wie gern ich der Welt die Wahrheit über diesen Dr. Kiefer mitgeteilt hätte! Aber es ist nun mal, wie es ist – uns fehlt das Beweismaterial!«

Cora presste die Lippen zusammen. Sie hatte es noch genau in Erinnerung, wie erbärmlich diese kleinen mumifizierten Kinderleichen ausgesehen hatten. Der Gedanke, dieses Unrecht nun einfach hinnehmen zu müssen, machte sie rasend. Nachdem es einige Sekunden lang still in der Leitung gewesen war, sagte sie: »Okay, ich verstehe. Na gut, dann kann man wohl nichts machen. Entschuldige meinen Gefühlsausbruch, Kurt. Das war nicht sehr professionell.«

»Ach, Cora«, sagte Kurt leise. Es klang traurig.

»Lass uns ein anderes Mal darüber weiterreden«, erwiderte Cora rasch. »Ich muss das jetzt erst einmal verdauen.« Nachdem sie sich verabschiedet hatte, steckte sie das Handy in die Jackentasche zurück und ging langsam weiter. Da ihr die Lust am Winterspaziergang nach diesem Gespräch vergangen war, beschloss sie, nun doch auf direktem Weg nach Hause zu gehen. Während sie mit zügigen Schritten den Biergarten der Gaststätte durchquerte, streifte ihr Blick eine graue Steinskulptur, die seitlich neben dem Eingang auf einem quadratischen Sockel thronte. Dr. Kiefer! Cora verlangsamte den Schritt, den Blick immer noch auf die Skulptur gerichtet. Sie zögerte kurz, dann änderte sie die eingeschlagene Richtung und ging zu der Skulptur hinüber. Das musste sie sich nun doch einmal genauer ansehen! Argwöhnisch musterte sie das Abbild des Chefarztes. Das Standbild zeigte ihn im fortgeschrittenen Alter, bekleidet mit einem knielangen Arztkittel, im Gesicht einen strengen Ausdruck, den Blick in die Ferne gerichtet. Jahreszeitlich bedingt trug er derzeit zudem eine Mütze aus Schnee. Durch die geschützte Lage in der Nähe der Hauswand zeigte die Skulptur kaum witterungsbedingte Schäden. Lediglich die Nasenspitze und die Ohren waren oberflächlich etwas abgesplittert. Cora bückte sich, um die eingravierte Inschrift auf dem Sockel besser erkennen zu können.

DR. KARL KIEFER

Zum Dank für seine herausragende Forschung und für seinen unermüdlichen Einsatz im Bestreben, Leben zu bewahren.

Coras Hände ballten sich zu Fäusten, während sie las.

»Im Bestreben, Leben zu bewahren?«, dachte sie grimmig. Das war der reinste Hohn! Sie warf der Skulptur einen letzten zornigen Blick zu, dann eilte sie nach Hause.

* * *

Eine halbe Stunde später kam sie zurück. Völlig außer Atem, bewaffnet mit einem Vorschlaghammer, den sie in der Werkstatt ihres Vaters gefunden hatte. Einen Moment lang hielt sie inne, stützte sich auf den Hammer und betrachtete Kiefers Denkmal. Dann löste sie sich von ihrer Stütze und murmelte: »Wollen wir doch mal sehen, ob ich dich nicht vom Sockel holen kann …«

Mit diesen Worten drehte sie die Hüfte, holte von hinten weit aus und ließ den Hammer mit voller Wucht auf die Skulptur krachen. Mit einem dumpfen Knall brach der linke Arm ab. Cora betrachtete zufrieden ihr Werk, dann schnappte sie nach Luft und holte zum nächsten Schlag aus. Sie brauchte ihre ganze Kraft, um die Skulptur nach und nach zu zertrümmern, doch mit jedem Schlag, den sie Kiefers Abbild verpasste, fühlte sie sich ein klein wenig besser.

Als ihr schließlich die Kraft ausging, legte sie den Vorschlaghammer erschöpft beiseite und machte sich daran, die Bruchstücke einzusammeln. In der Nähe stand ein Container mit Bauschutt. Darin würde sie das, was von Kiefers Denkmal übrig geblieben war, entsorgen.

* * *

Während sie die Bruchstücke nach und nach vom Biergarten zum Container schaffte, musste sie daran denken, wie behutsam die Kriminaltechniker bei der Öffnung der anderen Skulpturen vorgegangen waren. Schicht für Schicht hatten sie abgetragen, bis der Äskulap schließlich sein schreckliches Geheimnis preisgegeben hatte.

Angefangen hatte alles mit dieser jungen Geisterjägerin Lena, die den Arm der Götterstatue beschädigt hatte. Hätte sie nicht so genau hingesehen, würden die vier Jahreszeiten und der Äskulap vielleicht heute noch im Kurgarten stehen. Das arme Mädchen war nach ihrer Entdeckung ja völlig durch den Wind gewesen. Sie hatte immer noch im Ohr, wie Lena an ihrem Küchentisch von ihrer schlimmen Begegnung mit den ruhelosen Kinderseelen erzählt hatte. Cora warf mit einem Ächzen die letzten Bruchstücke der Skulptur über den Rand des Containers, dann hielt sie nachdenklich inne. Eigentlich war das ja seltsam … Damals hatte sie das wirre Gerede des Mädchens gar nicht ernst genommen. Aber nun, wenn sie nochmals darüber nachdachte, fragte sie sich schon, wovon sie da geredet hatte. Zu jenem Zeitpunkt, als Lena über die Kinderseelen gesprochen hatte, waren die Kinderleichen in den jahreszeitlichen Skulpturen ja noch gar nicht entdeckt worden. Es hatte sich doch zunächst alles allein um den Äskulap gedreht.

Cora spürte mit einem Mal ein aufgeregtes Kribbeln im Körper. Ja, fragte sie sich, woher hatte Lena gewusst, dass es darüber hinaus um tote Kinder ging? Eigentlich gab es nur zwei Erklärungen dafür: Entweder war Lena tatsächlich ein Medium und hatte Kontakt mit den herumspukenden Seelen der Kinder gehabt oder – und das hielt Cora für wahrscheinlicher – sie hatte damals bereits gewusst, dass im Sanatorium Kinder gestorben waren.

50. Kapitel

Lena hatte sich seit ihrer letzten Begegnung äußerlich kaum verändert. Sie trug die Haare geflochten, ihre Wangen waren rosig und über ihrem schwarzen Pullover trug sie wie damals die Kette mit dem keltischen Knoten. Auch ihre Angewohnheit, sich mit beiden Händen an der Teetasse zu wärmen, hatte sie beibehalten.

Cora stellte den frisch zubereiteten Tee auf den Küchentisch und lächelte ihr zu. »Also vielen Dank noch mal, dass du dir Zeit genommen hast, zu mir zu kommen. Das ist wirklich nicht selbstverständlich.«

»Kein Problem«, erwiderte Lena freundlich. »Ich hatte heute ja keinen dringenden Termin.«

Cora war in der Tat dankbar, dass Lena sich spontan gezeigt und ihre kurzfristige Einladung zum Tee angenommen hatte. Im ersten Moment hatte das Mädchen freilich etwas irritiert auf ihren Anruf reagiert, schließlich hatte sie keine Kontaktdaten hinterlassen. Cora hatte ihr daraufhin erklärt, dass sie die Telefonnummer von den Polizeikollegen erhalten habe und dass es nochmals um die Klärung einzelner Fragen gehe. Obwohl Lena wissen wollte, was es denn genau zu besprechen gab und ob man dies nicht auch am Telefon klären konnte, hatte sich

Cora, was den Inhalt des Gesprächs anbelangte, bedeckt gehalten. Ihr Bauchgefühl sagte ihr, dass sie von dem Mädchen im persönlichen Gespräch mehr erfahren würde als am Telefon. Also hatte sie es Lena so bequem wie möglich gemacht und ihr angeboten, sie vom Bahnhof in Bad Wildbad abzuholen und später auch wieder zurückzubringen.

Da Lena in zwei Stunden schon wieder zum Zug musste, beschloss Cora, keine langen Vorreden zu halten, sondern gleich auf den Punkt zu kommen. »Ja, es gibt da eine Frage, die mir auf den Nägeln brennt. Und vielleicht«, sie schenkte Lena ein gewinnendes Lächeln, »vielleicht kannst du mir dabei ja weiterhelfen.«

In Lenas grünen Augen blitzte es erwartungsvoll auf. »Ach ja? Da bin ich aber gespannt …«

»Du hast mir doch beim letzten Mal erzählt, dass du mit deinen Freunden zusammen in das Sanatorium eingebrochen bist, um paranormale Ermittlungen durchzuführen, nicht wahr?«

Augenblicklich verschwand das Strahlen in ihren Augen. »Ja«, sagte sie zögerlich. »Ist das jetzt ein Problem?«

»Nein, nein«, erwiderte Cora rasch. »Es geht nicht um den Einbruch. Es geht mir vielmehr darum, was du mir im Zusammenhang mit euren Messungen erklärt hast. Wenn ich mich recht erinnere, hast du gesagt, du könntest die paranormalen Aktivitäten auch ohne Messgeräte spüren, da du hochsensitive Fähigkeiten hast. Habe ich das so richtig verstanden?«

Lena nickte und wirkte auf einmal wieder deutlich entspannter. Bei diesem Thema war sie offenbar in ihrem Element. »Ja«, bestätigte sie. »Ich kann als Medium mit den verstorbenen Seelen in Kontakt treten.«

»Du hast aber auch davon gesprochen, dass diese Gabe manchmal belastend sein kann. Besonders, wenn du das Gefühl hast, nicht helfen zu können.« Cora sah sie durchdringend an.

»So wie bei den unglücklichen Kinderseelen, die im Sanatorium herumspuken und keinen Frieden finden können.«

Lena schaute betroffen drein und nickte erneut. »Konnten Sie denn inzwischen herausfinden, wer die Kinder getötet hat?«, fragte sie leise.

Cora legte den Kopf schief und berührte sanft ihre Hand. »Woher weißt du das mit den Kindern?«

Den Blick irritiert auf Coras Hand gerichtet, murmelte Lena: »Das stand vor zwei, drei Wochen im Internet. In so einem Zeitungsbericht haben sie darüber geschrieben.«

Cora zog ihre Hand zurück. »Nein, das meine ich nicht«, erwiderte sie. »Du wusstest bereits von den toten Kindern, bevor wir ihre Leichen in den Statuen gefunden haben.« Sie suchte Lenas Blick, doch die fixierte nur starr die Teetasse in ihren Händen. Ein betretenes Schweigen entstand. Als Cora die Stille nicht länger ertrug, holte sie tief Luft und fügte hinzu: »Wir haben inzwischen herausgefunden, wer für den Tod der Kinder verantwortlich ist. Leider können wir unseren Verdacht nicht beweisen.« Sie schluckte. »Deshalb wurden die Ermittlungen nun eingestellt. Das bedeutet, dass die Öffentlichkeit nie die Wahrheit über den Tod der Kinder erfahren wird.«

»Lebt der Mörder denn noch?«, fragte Lena kaum hörbar. Als sie aufblickte, sah Cora, dass in ihren Augen Tränen glitzerten.

»Der Mörder ist tot.« Cora zuckte mit den Schultern. »Bestrafen können wir ihn nicht mehr. Aber er könnte im Nachhinein immer noch für sein Vergehen verurteilt werden.« Sie schüttelte verärgert den Kopf. »Er wurde ein Leben lang nie für seine Taten zur Rechenschaft gezogen. Er erhielt sogar ein Denkmal und wurde als ehrenhafter Mann gefeiert. Und das alles nur, weil man ihm seine Straftaten nie nachweisen konnte.« Sie seufzte tief. »Ich habe so sehr gehofft, dass wir der Öffentlichkeit sagen könnten, wer diese perverse Idee hatte,

Menschen als Statuen aufzustellen. Aber wie gesagt, daraus wird wohl nichts.«

»Dann werden die Kinderseelen nie ihren Frieden finden«, flüsterte Lena. Eine Träne löste sich und rann über ihre Wange. Das Mädchen starrte einen Moment lang ins Leere, dann fing sie sich jedoch wieder und wischte sich entschlossen die Tränen aus den Augenwinkeln. »Meine Freunde haben gesagt, ich soll es geheim halten. Weil der Einbruch in die Klinik ja illegal war. Und weil diese Akten ja schon uralt sind. Wir dachten nicht, dass die noch irgendeinen Wert haben könnten.«

Cora klappte der Mund auf. »Ihr habt die Patientenakten von den Kindern?«

Lena errötete. »Äh, ja. Wir haben die Kiste im Keller der Klinik gefunden.« Sie machte eine Pause und drehte die Augen nachdenklich zur Decke. »Es ist schon eine Weile her, da haben die Jungs festgestellt, dass es in einem der Kellerräume Auffälligkeiten bei der elektromagnetischen Messung gab. Es war seltsam, aber ich habe sofort gespürt, dass die paranormale Aktivität hinter der Wand war.« Gedankenversunken strich sie sich eine Haarsträhne aus dem Gesicht. »Die Jungs haben daraufhin die Wand aufgebrochen. Es hat ewig gedauert, bis das Loch groß genug war, um durchzuklettern!« Sie sah Cora offen an. »Na ja, und hinter dieser Wand haben wir dann die Kiste gefunden. Also, diese Kiste mit den Patientenakten.«

51. Kapitel

Cora hatte sich hübsch gemacht und trug die Haare ausnahmsweise offen. Till hatte sich für den Abend angekündigt, und sie freute sich, dass er nach langer Zeit endlich mal wieder bei ihr übernachten würde. Umso schöner, dass sie mit dem Fund der Patientenakten auch noch etwas zu feiern hatten. Nachdem sie den Tisch gedeckt hatte, ging sie ins Bad, musterte sich im Spiegel und zog nochmals die Lippen rot nach. Als ihr Blick auf den Becher mit der Zahnbürste fiel, schlug ihr Herz vor Freude augenblicklich schneller. Künftig würde noch eine zweite Zahnbürste in diesem Becher stehen. Tills Zahnbürste. Überraschenderweise hatte er sie nämlich am Telefon darum gebeten, ihm eine Schublade in der Kommode freizuräumen. Er wolle einige persönliche Dinge, wie Pyjama und Kosmetikartikel, dauerhaft bei ihr deponieren. Für Till war diese Schublade ein Riesenschritt, das wusste sie. Es war ein Zeichen dafür, dass ihr Streit ein Umdenken bei ihm bewirkt hatte. Endlich war er innerlich zu mehr Nähe bereit.

Zur Feier des Tages hatte sie ihr kleines Schwarzes angezogen und die Hausschuhe gegen Stöckelschuhe eingetauscht. Und weil man nie wusste, wie sich der Abend entwickeln würde, trug sie für den Fall der Fälle besonders hübsche Spitzenunterwäsche unter dem Kleid.

Während Cora schon mal den Montepulciano in die Rotweingläser einschenkte, summte sie beschwingt vor sich hin. Sie hatte die Kiste mit den Patientenakten heute persönlich zum LKA gebracht und bei der Cold-Case-Gruppe abgegeben. Kurt war ganz aus dem Häuschen gewesen, als sie ihm die Kiste überreicht hatte. Vor lauter Freude hatte er sie sogar in die Arme geschlossen. Ja, sie konnte es selbst kaum fassen, welche unerwartete Wendung diese Geschichte plötzlich genommen hatte. Der Statuenfall war aufgeklärt!

Kurt hatte die freudige Kunde natürlich auch gleich an die Presse weitergegeben. Morgen würde die Bombe platzen! Morgen würde die Bevölkerung die Wahrheit über diese Lungenheilanstalt erfahren. Und nicht nur die Schwarzwälder Bevölkerung würde es erfahren. Nein, die Akten würden in absehbarer Zeit der gesamten Öffentlichkeit zugänglich gemacht werden. Möglich wurde dies durch eine digitale Datenbank, die sämtliche Dokumente zu den Nürnberger Ärzteprozessen enthielt und für die Öffentlichkeit frei zugänglich war. Sobald die Akten abfotografiert waren, würden die Aufnahmen in diese digitale Datenbank eingespeist werden.

Die Vorstellung, durch ihre Aufklärungsarbeit für etwas mehr Gerechtigkeit im Leben gesorgt zu haben, beglückte Cora. Endlich würde die Allgemeinheit erfahren, welche Verbrechen der Chefarzt Dr. Kiefer im Namen der Wissenschaft begangen hatte. Und wenn man Lenas Worten Glauben schenken mochte, würde die Offenbarung der Tat nicht zuletzt auch den umhergehenden Kindergeistern helfen, ihren Seelenfrieden zu finden. Die Krankenakten dokumentierten nämlich nicht nur die Impfversuche an den Kindern, sondern bewiesen darüber hinaus eindeutig, dass die Kontrollkinder aufgrund dieser Versuche ums Leben gekommen waren.

Der plötzliche Ruf des Kuckucks riss sie aus ihren Gedanken. Mist, sie musste sich beeilen, wenn sie noch wie geplant das Reinigungsritual mit dem Salbeibündel durchführen wollte!

Eine ihrer Freundinnen, die sich mit so etwas auskannte, hatte gesagt, der Rauch des brennenden Salbeis würde positive Lebenskraft hervorbringen, negative Energien und Geister vertreiben und für mehr Klarheit und Harmonie sorgen.

Das klang vielversprechend, und vielleicht, dachte sich Cora, verhalf ihr dieses alte indianische Segensritual ja auch zu etwas mehr innerer Ausgeglichenheit.

Mit andachtsvoller Miene entzündete sie ein langes Streichholz, nahm dann das Salbeibündel zur Hand und hielt das entflammte Hölzchen an die getrockneten Blätter. Es dauerte ein paar Sekunden, dann fing das Bündel Feuer. Cora schreckte reflexartig zurück, bemerkte dann jedoch, dass die Flamme rasch kleiner wurde und schließlich verlosch. Zurück blieb ein glutrotes Glimmen. Unter leisem Knistern stieg eine feine Rauchsäule auf. Cora führte das qualmende Bündel in kreisenden Bewegungen durch die Luft und ging bedächtigen Schrittes damit von Raum zu Raum. Während sie den herben Duft des Salbeis einatmete, spürte sie, wie sie mit jedem Atemzug innerlich mehr und mehr zur Ruhe kam.

Ja, sagte sie sich, lass Altes los, gib Neuem Raum.

Die dunklen Geheimnisse der Vergangenheit waren aufgeklärt worden, der Blick richtete sich nun nach vorn. Vergangenes durfte endlich ruhen, und neues Glück konnte einziehen.

Nachwort und Danksagung

»Gnadenkalt« ist ein fiktiver Roman. Sämtliche Figuren der Geschichte sind meiner Fantasie entsprungen. In Wirklichkeit gibt es meines Wissens auch keine Lungenheilanstalt im Nordschwarzwald, die auf eine solch düstere Vergangenheit zurückblickt, wie sie in meinem Roman dargestellt wird.

Dennoch hat diese Geschichte – wie so viele Geschichten – einen wahren Kern.

In den Jahren 2004 bis 2010 lebte ich mit meinem früheren Mann und unseren beiden Kindern auf einer einsamen Waldlichtung fernab der Ortschaft im Nordschwarzwald. Das Lebensgefühl, das ich in dieser Abgeschiedenheit empfunden habe, spiegelt sich in meiner Cora-Brecht-Reihe wider.

Während ich bei »Steinkalt« durch das Schwarzwald-Märchen »Das kalte Herz« inspiriert worden bin, steht bei »Gnadenkalt« eine verfallene Lungenheilanstalt im Mittelpunkt der Geschichte. Im frühen 20. Jahrhundert wurden in Deutschland etliche solcher Lungenheilstätten in höher gelegenen Regionen errichtet. So auch im Schwarzwald, dessen Klima und frische Luft für die Genesung von Lungenkrankheiten, insbesondere der Tuberkulose, als besonders heilungsfördernd betrachtet wurde. In den Siebzigerjahren wurden die meisten dieser Einrichtungen jedoch wieder geschlossen, da die Entwicklung von neuen Medikamenten die Spezialkliniken überflüssig machte. Die einst stolzen Bauten wurden sich selbst überlassen und entwickelten sich im Lauf der Zeit zu verwahrlosten »Lost Places«.

Bei meiner Recherche über Lungenheilanstalten stieß ich auf die düstere Vergangenheit einer Allgäuer Heilstätte für tuberkulosekranke Kinder. In der NS-Zeit wurden nämlich nicht nur in Konzentrationslagern, sondern auch in Heilstätten Medizinversuche durchgeführt. In jener Kinderheilstätte wurden Impfexperimente mit Tuberkelbazillen an behinderten Kindern durchgeführt. Mindestens fünf Kinder kamen aufgrund der Versuche ums Leben. Im Rahmen des Entnazifizierungsverfahrens wurde der Fall zwar untersucht, der verantwortliche Arzt wurde aber aus Mangel an Beweisen freigesprochen und musste als »Mitläufer« lediglich eine geringe Geldstrafe entrichten. 1946 übernahm dieser Arzt die Leitung einer Lungenheilstätte und betreute bis zu seinem Tod im Jahr 1979 Tuberkulosepatienten in der Klinik (https://www.aerzteblatt.de/archiv/60695/NS-Medizinversuche-Nicht-gerade-koerperlich-besonders-wertvolle-Kinder).

Angesichts dieser historischen Hintergründe ist es mir ganz besonders wichtig zu betonen, dass »Gnadenkalt« kein historisch fundierter Roman ist, sondern ein rein fiktiver Thriller, in dem meine persönliche Bestürzung über diese grausamen Taten erkennbar wird.

Bei der Entstehung dieses Buches habe ich viel Unterstützung erfahren.

Mein erster Dank gilt meiner Agentin Diana Itterheim von der Litmedia Agency, die mich auch dieses Mal wieder von der ersten Idee an unterstützt und mein Exposé lektoriert hat. Vielen Dank, liebe Diana, für Dein Vertrauen in mich.

Als Nächstes möchte ich mich bei meinem Redakteur und Lektor Fabian Knecht bedanken, der sich von der Grundidee zu »Gnadenkalt« sofort begeistern ließ und dessen Ideen ebenfalls in den Plot einflossen. Herzlichen Dank, lieber Fabian, dass Du mich erneut mit so viel Geduld und Einsatz durch das Lektorat begleitet hast!

Liebe Angela Kuepper – die Zusammenarbeit mit Dir war mir eine Ehre und ein Vergnügen! Einfühlsam und wertschätzend hast Du mich an die Hand genommen und zielstrebig durch das Lektorat geführt. Deine spürbare Begeisterung für meine Geschichte hat mich bestärkt und dahingehend motiviert, mich in einzelne Szenen nochmals einzufühlen und Coras Persönlichkeit zu stärken. Wieder einmal war ich sehr beeindruckt, wie tief Du in meine Geschichte und in meine Gedanken eingetaucht bist! Ich wiederhole mich – mehr Engagement geht nicht!

Herzlichen Dank auch an den VLG Verlag für die gewissenhafte Korrektur und das Auffinden von Logikfehlern. Dadurch hat das Buch den letzten Schliff bekommen.

Großer Dank gebührt auch dem gesamten kreativen Edition-M-Team von Amazon Publishing, das mitgeholfen hat, mein Werk zu veröffentlichen. Das Cover ist fantastisch geworden, der Klappentext wurde hervorragend formuliert. Vielen Dank, lieber Mauricio, dass Du meine Fragen stets so geduldig beantwortet hast.

Zum Abschluss möchte ich mich bei meiner ganzen Familie bedanken, insbesondere bei meinen Kindern, die viel Verständnis für meine Schreibpassion zeigen.

Der größte Dank gebührt aber meinem Mann, der viel zur Entstehung dieses Buches beigetragen hat. Als Comedian besitzt er nicht nur außergewöhnlichen Wortwitz, sondern auch ein besonderes Feingefühl für Sprache. Beim Brainstorming zu

Titel und Plot unterstützte er mich mit seinen Anregungen und Ideen.

Lieber Micha, ich danke Dir von ganzem Herzen für Deine Geduld. Mit großem Verständnis für meine Belange hast Du mir stets den Rücken freigehalten und für entspannenden Ausgleich gesorgt, wenn ich gestresst war. Wenn ich Zweifel hatte, hast Du mich bestärkt und ermutigt. Über den Erfolg von »Steinkalt« hast Du Dich so sehr mit mir gefreut, als wäre es Dein eigenes Werk.

Auf der Schwäbischen Alb im Dezember 2023

Isa Klink

FOLGE DER AUTORIN AUF AMAZON

Wenn dir dieses Buch gefallen hat, folge Isa Klink auf Amazon. Dann erhältst du eine Benachrichtigung, wenn die Autorin ihr nächstes Buch veröffentlicht. Um der Autorin zu folgen, gehe bitte folgendermaßen vor:

Desktop:
1) Suche auf Amazon.de oder in der Amazon App nach dem Namen der Autorin.
2) Klicke auf den Namen der Autorin, um auf die Autorenseite zu gelangen.
3) Klicke auf den »Folgen«-Button.

Smartphone und Tablet:
1) Suche auf Amazon.de oder in der Amazon App nach dem Namen der Autorin.
2) Klicke auf einen Titel der Autorin.
3) Klicke auf den Namen der Autorin, um auf die Autorenseite zu gelangen.
4) Klicke auf den »Folgen«-Button.

Kindle eReader und Kindle App:

Wenn du dieses Buch auf einem Kindle eReader oder in der Kindle App liest, wird dir automatisch angeboten, der Autorin zu folgen, nachdem du die letzte Seite des Buches gelesen hast.

Zeitfracht Medien GmbH
Ferdinand-Jühlke-Straße 7
99095 Erfurt, Deutschland
produktsicherheit@kolibri360.de

Druck:
CPI Druckdienstleistungen GmbH
im Auftrag der
Zeitfracht Medien GmbH
Ein Unternehmen der Zeitfracht - Gruppe
Ferdinand-Jühlke-Str. 7
99095 Erfurt